Alva Lebre, Lobo Avermelhado

TÍTULO ORIGINAL *White Rabbit, Red Wolf*

Plataforma21 é o selo jovem da VR Editora

DIREÇÃO EDITORIAL Marco Garcia
EDIÇÃO Thaíse Costa Macêdo
EDITORA-ASSISTENTE Natália Chagas Máximo
PREPARAÇÃO Flávia Yacubian
REVISÃO Raquel Nakasone
DIAGRAMAÇÃO Balão Editorial
ARTE DE CAPA WBYK
DESIGN DE CAPA Theresa Evangelista
ADAPTAÇÃO DE LETTERING Juliana Pellegrini

Dados Internacionais de Catalogação na Publicação (CIP)
(Câmara Brasileira do Livro, SP, Brasil)

Pollock, Tom
Alva Lebre, Lobo Avermelhado: esta história é falsa / Tom Pollock ;
tradução Lavínia Fávero. -- São Paulo : Plataforma21, 2019.
Título original: *White Rabbit, Red Wolf.*
ISBN 9978-65-5008-020-4

1. Ficção de suspense 2. Ficção inglesa I. Título.

19-30236 CDD-823

Índices para catálogo sistemático:
1. Ficção : Literatura inglesa 823

VR EDITORA S.A.
Rua Cel. Lisboa, 989 | Vila Mariana
CEP 04020-041 | São Paulo | SP
Tel.| Fax: (+55 11) 4612-2866
plataforma21.com.br
plataforma21@vreditoras.com.br

ALVA LEBRE

ESTA HISTÓRIA É FALSA

LOBO AVERMELHADO

TOM POLLOCK

TRADUÇÃO
LAVÍNIA FÁVERO

PLATAFORMA 21

Para Jasper.
Bem-vindo ao mundo.

Esta história é falsa.

1

ΞNCRIPTΔÇÃO

IHCMOKSECEJ

11000000 01110011 00100000 01110110
01100101 01111010 01100101 01110011
00101100 00100000 01110100 01100101
01110010 00100000 01100011 01101111
01110010 01100001 01100111 01100101
01101101 00100000 11101001 00100000
01110011 01100001 01100010 01100101
01110010 00100000 01110001 01110101
01100001 01101100 00100000 11101001
00100000 01101111 00100000 01110011
01100101 01110101 00100000 01101101
01100001 01101001 01101111 01110010
00100000 01101101 01100101 01100100
01101111

AGORA

A minha mãe dá de cara comigo, dentro da despensa. Eu me encolho no canto, para me proteger da súbita claridade que vem da porta. Estou com a boca cheia de sangue e cacos de porcelana.

Tenho vontade de cuspir, só que isso vai deixar à mostra o estrago que os cacos pontiagudos fizeram nas minhas gengivas. Alguns pedaços ainda me pinicam debaixo da língua, mas não devo engolir porque podem ficar grudados na minha garganta. O sal faz os cortes na língua arderem. Tento sorrir para a minha mãe, mexendo os músculos do rosto o mínimo possível. Uma gota de saliva escapa pelos meus lábios, deixando um rastro vermelho que escorre pelo queixo.

Ela respira fundo para se acalmar, e passa correndo pela porta. Vai logo pressionando um punhado de toalhas de papel contra a minha boca.

– Cospe – ordena.

Obedeço. Olhamos para a gosma que fica na palma da mão dela. Parece um campo de batalha em miniatura: sangue e ossos de porcelana. Parecia que eu tinha sufocado os vestígios da luta travada dentro da minha cabeça.

Ela remexe com o dedo aquela gosma.

– Por que você não começou a contar? – pergunta. Dou de ombros. A minha mãe faz *tsc* e solta um suspiro. – Abre – ordena.

Fico em dúvida, mas acabo inclinando a cabeça para trás e escancarando a boca.

– Aaaaah. Ô dê que ih no deintixa?

A minha mãe cai no riso, e relaxo um pouco ao ouvir sua risada. Com as mãos quentes e confiantes, posiciona meu maxilar mais debaixo da luz. E para de rir.

– Ai, Petey – murmura. – Olha só como você se machucou.

– Dá dã uim aiim?

– Já vi coisa pior. Você não vai precisar ir para o hospital. Mas, mesmo assim...

Aí tira um par de luvas cirúrgicas do bolso do roupão e as calça.

Luvas cirúrgicas, penso, meio enjoado. *No bolso do roupão. Às quatro da manhã. Nossa, como sou previsível.*

Ela aproxima a mão da minha boca.

– Preparado?

Aperto a mão da minha mãe.

– Três, dois, um: lá vamos nós.

Com uma série de puxões que fazem com que eu contorça o corpo todo de dor, ela arranca os cacos de porcelana que ainda estavam presos nas minhas gengivas. Os pedaços afiados caem tilintando no chão da despensa. Aperto a base do saleiro na minha mão direita. A tampa quebrada aparece, branca e pontiaguda, por cima dos meus dedos, espelhando os dentes que a despedaçaram. Ainda consigo sentir a porcelana se partindo. O pânico apertando meu maxilar feito uma chave de roda, me fazendo pressionar a tampa cada vez mais, até o instante da certeza de ter ido longe demais, e os estilhaços explodirem na minha boca.

Quando termina de arrancar os cacos, a minha mãe arranca as luvas, embola e larga em uma das prateleiras vazias. Tira uma caneta pequena e um caderno preto de outro bolso do roupão. Fico olhando para aquele negócio, magoado, mesmo sabendo que é só o jeito dela – a minha mãe é cientista.

– OK. Conta tudo.

– Tudo o quê?

Ela me lança o Olhar nº 4. Se você tem pai e mãe, deve estar por dentro do nº 4. Aquele que quer dizer: "Neste exato momento, querido, você está com a merda só na altura do tornozelo. Mas, se continuar me provocando, vai precisar de equipamento de mergulho".

– Essa história pode até estar dentro da sua cabeça, Peter William Blankman, mas vou arrancá-la daí – diz ela, escondendo a caneta na palma da mão e pegando um abridor de latas na prateleira. – Nem que eu tenha que usar isso aqui.

Dou uma bufada, e a sombra da crise se dissipa um pouco mais.

– Tive uma crise – admito.

– Percebi. A gente já conversou sobre você começar a contar para tentar se controlar.

– Eu tentei.

– E?

Olho para os destroços que estão na minha mão.

– Sem sucesso.

Outro olhar, mais longo e severo, beirando o nº 5 – "Temos outrros maneirrras de fazê-lo falarrr, Herr Blankman" –, mas ela só pergunta:

– Sem sucesso *como*?

Passo a língua nos arranhões debaixo do meu lábio e me encolho de dor.

– Fiquei sem números.

O Olhar nº 5 é substituído por outro, de pura descrença.

– *Você* ficou sem números?

– Fiquei.

– Peter, você é um dos melhores matemáticos da sua idade aqui em Londres, talvez até do país.

– Do *país* já não sei. – Sei, sim. Se acha que não fico conferindo o *ranking*, deve estar louco. – Mas...

– Você, melhor do que ninguém, devia saber que não tem como ficar sem números. É só somar mais 1 e, *voilà!*, aparece outro. Como em um passe de mágica.

– Eu sei, mas...

– Só que não é mágica – diz ela, cáustica. – Só matemática. – Então cruza os braços e completa: – Se você conseguiu exaurir o estoque ilimitado de números inteiros positivos, Peter, apenas *imagina* o que está fazendo com a minha paciência.

Silêncio. Olho para a porta da despensa e penso seriamente em correr na direção dela.

– Petey... – continua a minha mãe, e o tom de ironia sumiu completamente da sua voz. Suas olheiras estão profundas e, de repente, tenho total consciência do quanto o que vai acontecer hoje é importante para ela, e do quanto cada segundo que ficamos nessa come um pouco mais das suas horas de sono. – Por que está comendo louça? Me conta.

Dou uma bufada.

– OK...

Foi um erro tático, sério, uma mancada. Vi a crise se aproximando a quilômetros de distância: deveria estar mais bem preparado.

Eram três e vinte e nove da manhã, e eu ainda estava acordado. Parecia que meus olhos eram pedregulhos colados no crânio, e que o teto se distendia e se distorcia diante deles, feito um mar pintado de creme.

Tenho um grande dia pela frente, pensei. Um grande dia que deveria começar dentro de três horas e trinta e um minutos. Logo, seria uma ideia espetacular fechar os olhos e dormir um pouco. Só que eu não conseguia, porque sabia que teria que acordar dentro de três horas e trinta e um minutos e estava surtando com esse fato.

Um grande dia pela frente, Petey. Um dia enorme, imenso, e bem, bem público. Um passo em falso seria capaz de arruiná-lo não apenas para você, mas para toda a família. Então você precisa, precisa muito, dar uma dormida.

Olhei para o teto. Olhei para o relógio. Três horas e vinte e nove minutos. As condições eram perfeitas.

Peter, aqui é a torre de controle. Estamos em estado de alerta 1. Procedimento autorizado. Você tem permissão, repetindo, tem permissão, para ter uma bosta de uma crise violenta.

Começou como sempre: aquela dor oca na barriga, que antes eu achava que era fome, mas que comida nenhuma era capaz de aplacar.

Três horas e quinze minutos. Três horas, quatorze minutos e cinquenta e três segundos, cinquenta e dois segundos, cinquenta e um... Ou seja: onze mil, seiscentos e noventa segundos. Eu não estaria preparado até lá.

Sentiu só? Você está passando mal. Consegue sentir aquela náusea que toma conta do seu estômago quando fecha os olhos? Só vai piorar. Você vai ficar feito zumbi e precisa estar cem por cento. Porque, se estiver um milímetro fora de esquadro, pode ter uma crise lá. Não aqui em casa, onde a mamãe e a Bella podem ajudar a disfarçar, mas lá fora, no mundo, onde as pessoas podem ver, pessoas com celulares, filmando tudo. Aí vai parar no YouTube, seu sangue na água digital. Que vai fluir e se disseminar por tudo, uma mancha. E todo mundo vai *ver* e *julgar* e *saber*.

Fico em dúvida. A caneta da minha mãe paira sobre o caderno.

– Os mesmos sintomas físicos? – interroga ela.

– Aperto no peito – confirmo, contando os sintomas nos dedos. – Pulsação acelerada. Tontura.

– As mãos?

– Mais molhadas que o protetor genital do Lance Armstrong.

O Olhar nº 4 volta a aparecer.

– Me poupe das suas comparações criativas, Peter.

– Desculpa. – Fecho os olhos, me forçando a lembrar. – Aí tentei aplicar as três linhas de defesa, como a gente conversou...

UM: *começa a se mexer.*

Saí da cama e voei até a escada. O movimento faz bem: sangue nas veias, sangue nos músculos. Obriga a respirar quando respirar se torna difícil.

DOIS: *começa a falar.*

Sou uma panela de pressão, e a minha boca é a válvula de escape. Cerrei os dentes e deixei o fluxo frenético de bobagens que rodopiam pela minha cabeça ganhar o mundo. Às vezes, ouvir as merdas que estou pensando é o que basta para me convencer de que nada disso é verdade.

– Você vai ter o maior, o mais estrondoso colapso em público da história da humanidade. Vai ser viral. Viral o caralho, vai ser pandêmico. Vão filmar crianças reagindo à reação de outras crianças ao assistir você e conseguir centenas de milhões de visualizações. Você vai mudar o vernáculo. "Colapso" vai desaparecer do dicionário e ser substituído por "Petey". Tipo "ter um Petey". Da próxima vez que uma usina de urânio construída com materiais baratos for engolida por um *tsunami* e as barras de zircônio racharem, causando uma inundação de raios gama capaz de mergulhar a cidade vizinha em uma morte cancerosa, o *Petey* nuclear vai estampar a *home* de todos os *sites* de notícias da internet!

OK, isso me pareceu meio ridículo. Comecei a me sentir um pouco mais calmo.

"Você vai, literalmente, se cagar em público."

Tropecei no último degrau. *Isso*, por outro lado, me parecia terrivelmente plausível.

Entrei correndo na cozinha, subi no canto do balcão feito a mais desengonçada das bailarinas e fiquei olhando em volta, procurando loucamente por algo que pudesse usar para me recompor. Mas só vi prateleiras entulhadas de caixas de cereal e macarrão, armários com portas de pinho, a grande geladeira prateada e meu reflexo borrado e monstruoso. Os dígitos verdes do relógio do forno ardiam: 03:59.

Dez mil, oitocentos e um segundos.

TRÊS: *começa a contar.*

Tenta se distrair. Divide a crise em partes contabilizáveis, pequenas tábuas de salvação temporais. Se concentra em manter a cabeça fora d'água até passar pela próxima onda.

– Um – falei. – Dois.

Só que a minha voz real, em alto e bom som, parecia fraca e estridente comparada com a que fazia a contagem dentro da minha cabeça.

Dez mil, setecentos e noventa segundos…

– Três… Quatro… – consegui pronunciar, mas não estava funcionando.

Uma parte isolada do meu cérebro tinha assumido a contagem, enquanto o pânico continuava a crescer, desimpedido e diligente. Precisava de outra coisa, algum desafio mais complicado para desviar minha atenção daquela sensação de queimação no meu baixo-ventre.

– E foi aí... – conto – ...que fiz cagada.

– Ah, é?

– Passei dos números inteiros para raiz quadrada.

Ela fica só me olhando.

– Quantas casas decimais? – pergunta, por fim.

– Seis.

A minha mãe se encolhe toda.

– 2,828427; 3; 3,162278; 3,316... – Eu gaguejava, as sílabas pareciam bolinhas de gude dentro da minha boca, o suor empapava minhas mãos e entre os meus ombros. Tentei de novo: – 3,316...

Mas não adiantou: fiquei sem números.

Olhei em volta, desesperado, procurando alguma coisa – *qualquer coisa* – que pudesse preencher aquele turbilhão violento dentro de mim. Meus olhos pinicavam, e meu coração afundou, descompassado, atrás das costelas. Na luz fraca que vinha da rua, parecia que a cozinha estava *encolhendo*, as paredes se aproximavam. Por um segundo, pensei ter ouvido as vigas crepitarem.

Às vezes, quando a coisa fica feia mesmo, vejo e ouço coisas que não existem. *Merda.* Como foi que isso fugiu tanto do meu controle? Engoli em seco e tentei recorrer à minha última técnica de preservação da sanidade, no melhor estilo "em caso de emergência, quebre o vidro".

QUATRO: *começa a comer.*

Me joguei na geladeira e peguei um Tupperware cheio de *curry* que sobrou da janta. Aquela coisa grudenta e marrom gelou meus dedos quando meti a mão no pote, e comecei a enfiar um punhado atrás do outro na boca. Mastiguei loucamente: uma última e vã manobra desesperada, sabendo que não conseguiria alimentar o buraco que havia dentro de mim com a velocidade necessária, na esperança de que o simples peso da comida empurrasse o pânico que subia pela minha barriga lá para baixo de novo.

– E daí meio que só piorou.

A minha mãe franze a testa e rabisca. Fez apenas algumas anotações esparsas, escrevendo os detalhes que considerou significativos para analisar melhor depois.

– OK – diz. – Você ficou sem números e comeu. Está longe de ser ideal. Mas, no calor do momento, faça o que tiver que fazer. Ainda assim... – aponta a cabeça para a metade do saleiro que seguro no meu punho cerrado – ...isso aí não me parece o melhor candidato a comida reconfortante.

Com os olhos fixos nos meus, abre meus dedos, tira o saleiro e me dá a mão. Aperta meus dedos. Escancara a porta da despensa e me arranca do meu esconderijo.

Parece que uma torcida organizada de futebol vandalizou a cozinha. Armários abertos, gavetas arrancadas e reviradas no chão. Caixas e vidros de picles esparramados, sacos e cascas, pedaços de macarrão cru por todos os lados. Farinha espalhada, feito uma dessas nevascas meia-boca da Inglaterra.

– Fiquei sem números – murmuro, em estado de choque. Nem me lembro de ter feito tudo isso. – E aí... – E a vergonha, que vinha se alastrando por mim feito chama em um pedaço de papel, finalmente toma conta. – Fiquei sem comida.

A minha mãe estala a língua. Fecha o caderno de anotações, guarda no bolso, se agacha em meio aos destroços e começa a pôr sua casa em ordem.

– Mãe... – falo, baixinho. – Deixa que eu limpo.

– Volta para a cama, Peter.

– *Mãe...*

– Você precisa voltar para a cama.

– E você não? – Praticamente arranco uma gaveta das mãos dela. – É você que vai receber um prêmio daqui a sete horas. Você tem que fazer um *discurso*.

Não consigo pensar em nada que seja mais apavorante do que fazer um discurso em público. E olha que passo *muito* tempo pensando em coisas apavorantes.

Ela fica em dúvida.

– Por favor, mãe. Deixa que eu limpo essa bagunça. Acho que vai me ajudar.

A minha mãe percebe que estou falando sério. Me dá um beijo na testa e fica de pé.

– Tudo bem, Peter. Eu te amo, OK?

– OK, mãe.

– Vamos resolver isso. Vamos dar um jeito nesse negócio.

Não respondo.

– Pete? Vamos, *sim*. Juntos.

– Sei que vamos, mãe – minto.

Ela se afasta, desviando dos cacos de vidro e das poças de suco derramado. Antes de sair, se abaixa e pega uma foto caída no chão, limpa com a mão e põe o porta-retrato em cima da geladeira. É uma fotografia em preto e branco de Franklin D. Roosevelt, com a seguinte legenda: "A única coisa que devemos temer é o medo em si". A minha mãe acha essa frase inspiradora. Eu, nem tanto. Apenas dezoito dias depois de essas palavras saírem da sua boca, os nazistas cortaram a fita inaugural do primeiro campo de concentração, em Dachau.

Ãhn, senhor presidente? Tem alguns judeus alemães aqui que queriam dar uma palavrinha com o senhor a respeito dessa sua teoria.

Enfio as gavetas de volta no lugar, viro o 32º presidente dos Estados Unidos para baixo e pego uma vassoura.

"Fiquei sem comida." O que era verdade – até certo ponto –, e a minha mãe engoliu. Não contei para ela que, enquanto enfiava o *curry* na boca, desviei o olhar das facas, das tesouras e dos cantos pontiagudos do balcão; que, quando mordi o saleiro, não tive a sensação de que algo ruim estava acabando, mas que algo pior estava começando.

Preciso parar toda hora e correr até o banheiro para vomitar. Minha barriga pode até ser capaz de segurar quatro litros de comida aglutinada, mas não consegue fazer isso *por tempo indeterminado*. (Quer saber do que mais? Ácido gástrico em uma boca machucada fica mesmo naquele ponto maravilhoso do diagrama de Venn que mostra a interseção entre o *urgh* e o *ai*.) Parece que fui virado do avesso e estou vestindo o forro do meu estômago como se fosse um casaco, todo empapado.

Bem quando estou limpando o leite derramado nas prateleiras da geladeira, ouço um leve *clique clique*: está vindo do telefone em cima do balcão. Que não foi posto direito no gancho. A minha mãe é que deveria estar usando: é o único ser humano que conheço que ainda usa telefone fixo. Com quem poderia estar conversando às 4:29 da manhã?

Uma lata faz barulho, ao ser chutada pelo chão de lajotas. Levo um susto, mas relaxo quando me viro para ver o que é. É a Bel.

Não somos idênticos, óbvio, mas as semelhanças são visíveis: a mesma pele, sardenta no verão e no inverno também; os mesmos olhos castanho-escuros; o nariz pontudo da nossa mãe e o queixo mais ainda; e... bem, deve haver alguns traços que herdamos do nosso pai. Há diferenças, além das mais óbvias, também: ela pintou o cabelo de vermelho; as covinhas que aparecem quando sorri são mais pronunciadas; ah! só eu tenho um buraco de quatro por dois centímetros em cima do olho esquerdo. Até parece que um ceramista descuidado deixou a marca do dedão em mim quando me pôs no forno. Uma falha original.

Só que não é original, nem de longe.

A minha irmã entra na cozinha, coçando a cabeça, sonolenta. Toma conhecimento da destruição, sacode os ombros, como se aquilo não fosse nada de mais, e se ajoelha no chão. Corro até ela e limpamos tudo juntos, separando e arrumando, reconstruindo e consertando.

Não peço para a Bel parar de limpar. Não me sinto culpado. Nunca me sinto assim com ela. Somos uma equipe e tanto.

Não fechei a torneira direito. Ela pinga na pia, fazendo um som parecido com o de um passarinho bicando a janela.

RECURSÃO: 6 ANOS ATRÁS

A água da chuva pingava no chão, vinda da bainha da minha calça do uniforme. Olhei para baixo e fiquei prestando atenção ao *pléc pléc* dos saltos altos batendo no piso emborrachado, se aproximando pelo corredor. Dava para ouvir gritos e risadas vindos do pátio, lá fora.

A Bel estava sentada de frente para mim, debaixo do mural de avisos do colégio. Dobrou tantas vezes uma passagem de metrô que precisou apertar com força para o papel permanecer fechado. Olhou para cima e deu uma piscadela.

– Não se preocupa, maninho. Vai dar tudo certo.

– Como assim, "maninho"? – retruquei. – Você é só *oito minutos* mais velha do que eu.

A minha irmã ficou me olhando, com um sorriso radiante e piedoso.

– E, haja o que houver, sempre serei.

Depois de doze passos, os saltos pararam de fazer barulho, e a minha mãe apareceu, de pé no meio de nós, de braços cruzados, exibindo o clássico Olhar nº 7: "Tomara que seja alguma coisa boa – eu estava contribuindo para o progresso da ciência".

Ela abriu a boca para falar alguma coisa bem na hora em que a porta ao lado da cadeira da Bel se abriu, e a senhora Fenchurch, nossa novíssima – que, até o fim do dia, provavelmente, seria ex – diretora surgiu. A minha irmã ficou de pé, em sinal de respeito, e deu alguns passos em direção à porta, mas a Fenchurch sacudiu a mão para afugentá-la, como se a Bel fosse uma vespa.

– Não, Anabel. Quero falar com sua mãe em particular. – A diretora se virou para a minha mãe, estendeu a mão e disse: – Senhora Blankman...

A minha mãe apertou a mão estendida e entrou na sala, depois da senhora Fenchurch. Eu e a Bel trocamos um olhar incrédulo. A nossa mãe não só tinha permitido que aquela estranha a tocasse, mas também não a corrigira, pedindo que a chamasse de doutora Blankman. A coisa era séria mesmo.

– Senhora Blankman... – falou a senhora Fenchurch. – Obrigada por ter vindo. Como expliquei pelo telefone, temo que não nos reste alternativa a não ser...

Não consegui ouvir o resto da frase porque ela fechou a porta. Meu estômago foi parar na boca. Não resta alternativa a não ser o quê? Suspensão? Expulsão? Voltar a praticar o castigo físico?

Fiquei olhando para a porta fixamente, desesperado para descobrir. A Bel não tirou os olhos dos meus, com um sorriso esquisito no rosto.

Depois de alguns instantes, a maçaneta começou a girar levemente em sentido anti-horário. Sem fazer um ruído sequer, a porta se abriu, apenas meio centímetro. Algo que estava preso no mecanismo da tranca caiu e foi descendo lentamente até o chão, onde ficou se retorcendo devagar, feito um inseto quando morre: uma passagem de metrô de papelão.

Vozes passavam pela fresta.

– ...não pode reconsiderar? – dizia a minha mãe. – Não faz nem uma semana que ela está aqui.

– Fico apavorada só de pensar no que ela conseguiria fazer se ficasse um mês! – exclamou a senhora Fenchurch.

A minha mãe soltou um suspiro, e tive certeza de que ela tirou os óculos e começou a limpá-los. Também tive certeza de que ficaria em silêncio por um bom tempo e... é, foi isso mesmo, continuou a conversa falando muito sem dizer nada.

– Ela é... – A Fenchurch estava com dificuldade de se expressar. – Ela é altamente desordeira.

– Ela é animada.

– Ela é um demônio em miniatura.

– Ela tem *onze anos*. A senhora tem conhecimento do problema de Peter. Ele depende da irmã. É crucial que os dois não se separem.

– A senhora sabe o que ela fez? – indagou a Fenchurch.

Um silêncio, um farfalhar de papel. Era a minha mãe consultando o caderno.

– Ela segurou um menino no chão e inseriu duas minhocas vivas nas narinas dele, uma das quais saiu pela boca através do seio maxilar esquerdo. Pelo que pude entender, não houve nenhuma sequela permanente.

– Mas o menino não para de chorar desde então!

– Eu quis dizer que as minhocas não se feriram – falou a minha mãe, calmamente.

– Senhora Blankman...

– *Doutora Blankman*. – Até eu tremi ao ouvir a minha mãe corrigir a diretora. – Senhora Fenchurch, a senhora tem conhecimento... – mais um virar de páginas – ...que, um pouco antes do incidente com os invertebrados, o menino em questão, Benjamin Rigby, e seus amigos estavam tentando intimidar o Peter e obrigá-lo a entregar a mochila?

Novo silêncio. Do tipo que só dá para a gente se encolher todo.

– Rigby diz que não encostou em Peter. Todas as testemunhas confirmaram que ele apenas disse algumas palavras. Certamente, isso não basta para justificar a conduta de sua filha. As palavras ditas nem foram grande coisa.

– Quando se trata do meu filho – observou a minha mãe, seca –, não precisa ser grande coisa.

Fiquei vermelho. Lembrei do pátio, dos três meninos, de repente tão altos, parados tão perto de mim. E, por mais que aquele fosse só meu quinto dia naquela escola, eu já podia enxergar, e quero dizer *enxergar* mesmo, meu futuro. Como se fosse uma visão enviada por um deus vingativo, dia após dia, ano após ano. Eu conseguia sentir os machucados e ouvir a risada deles, sentir o gosto do sangue escorrendo pelo meu nariz antes mesmo que encostassem um único dedo em mim. Isso deve ter ficado estampado na minha cara, porque o Rigby chegou a perguntar: "Do que você tem tanto medo?".

Ele deve ter ficado maravilhado com o fato de ter encontrado um mané tão fácil.

"Não, não precisa ser grande coisa."

– ...Anabel pode ser muito passional – continuou a minha mãe. – Sua reação pode até ter sido exagerada, mas tenho certeza de que alguém com a sua experiência disciplinar entende o valor de humilhar um mané.

– Como assim, mané? – A Fenchurch parecia perplexa.

– Peter é tímido, senhora Fenchurch. Isso faz dele um alvo e, se me permite a franqueza, o Ensino Fundamental é um verdadeiro *zoológico*. Para que meu filho sobreviva aqui, as outras crianças precisam saber que ele conta com proteção.

Sentada à minha frente, a Bel me deu uma piscadela e disse "maninho" de novo, sem emitir som. Fiz um gesto obsceno, e ela sorriu.

– Lamento, senhora... doutora Blankman. – A Fenchurch tinha recuperado um pouco da compostura. – Mas tenho uma obrigação para com os pais do menino.

A minha mãe interrompeu:

– Já conversei com o senhor e a senhora Rigby.

– Conversou?

– Sim.

– Mas... como a senhora...?

– O senhor Rigby trabalha com um ex-colega meu. Que me passou o contato. Eles estão dispostos a permitir que eu me encarregue do castigo da minha filha se eu deixar que se encarreguem do filho deles. Logo, só resta uma questão: a senhora está disposta a fazer a mesma coisa?

– Bem... bem... suponho que se... se...

Parecia que a Fenchurch estava se afogando, tentando achar uma tábua de salvação em forma de conversa onde se agarrar.

– Obrigada. Isso é tudo, senhora Fenchurch? Um neurônio requer minha atenção.

– Neurônio? – repetiu a Fenchurch, parecendo desnorteada.

– Uma única célula cerebral – esclareceu a minha mãe, dando a entender, pelo tom de voz, que a tal única célula era mais interessante e, provavelmente, mais inteligente, do que a mulher com quem estava conversando.

Quatro segundos depois, a porta se abriu. A minha mãe ficou parada no batente, com um dos sapatos pretos de salto alto bem em cima, de propósito, da passagem da Bel.

– *Ãhn*, mãe?

– Me conta no carro, Peter.

Ninguém disse nada no caminho até em casa. Qualquer palavra poderia ser a faísca que acenderia o pavio da minha mãe. Fiquei olhando pelo vidro, melancólico, até sentir algo áspero ser pressionado contra a palma da minha mão. Era a passagem de metrô. Uma série de letras aparentemente aleatórias tinha sido rabiscada com esferográfica azul.

Dei um sorriso. Como a Bel não tinha minha cabeça boa para códigos numéricos, trocávamos mensagens em cifra de César. A cifra de César deve ser a criptografia mais fácil que existe – perfeita para um imperador romano com muitos segredos, mas pouco tempo.

Para fazer uma, é só escrever o alfabeto, de A a Z, depois escolher uma frase secreta – tipo, sei lá, "Que merda, Brutus" – e escrever embaixo das primeiras letras do alfabeto, cortando as letras repetidas. Depois, é só completar com o resto do alfabeto, na ordem, e o resultado é algo assim:

A	B	C	D	E	F	G	H	I	J	K	L	M	N	O	P	Q	R	S	T	U	V	W	X	Y	Z
Q	U	E	M	R	D	A	B	T	S	C	F	G	H	I	J	K	L	N	O	P	V	W	X	Y	Z

Depois, é só escrever a mensagem, substituindo cada letra pela que está embaixo e, *bum*, sua mensagem está a salvo dos olhos curiosos de professores, pais e visigodos saqueadores.

Infelizmente, como só é preciso adivinhar a palavra-chave, esse tipo de criptografia pode ser decifrada com a mesma facilidade com que eu tenho uma crise nervosa, até mais. Analisei as letras, tentei algumas combinações de cabeça e soltei uma risada abafada.

"Demônio", falei, sem emitir som. A Bel também sorriu. Como qualquer segredo compartilhado, era um abraço, uma maneira de dizer "estou aqui".

De repente, a minha mãe soltou um suspiro exasperado e parou o carro. Por um instante, em que meu coração parou de bater, pensei que ia nos mandar descer e nunca mais voltar para casa.

"Vocês vão ter que ir morar com o seu pai." Era a pior das ameaças, o monstro embaixo da cama.

"Se conseguirem encontrá-lo."

Em vez disso, ela só soltou um suspiro e disse:

– Nunca mais faça isso, Anabel.

– Eu só estava...

– Eu sei o que estava fazendo. Não faça. É arriscado demais. Desta vez, demos sorte, mas nem todo moleque desmiolado daquela escola vai ter um pai cujo emprego posso ameaçar.

– Sim, mãe.

– E, Bel?

– Sim, mãe?

A minha mãe retorceu o canto da boca.

– Caso haja uma próxima vez, o que proíbo terminantemente, entendeu?, não use minhocas. São criaturas adoráveis que não merecem isso. Use Coca-Cola: dói mais.

– Sim, mãe – respondeu a Bel solenemente.

A minha mãe acenou a cabeça e voltou a dirigir.

Eu me recostei no banco, aliviado e espantado. Uma chuvinha fina salpicava o vidro. Fiquei observando as ruas molhadas, cobertas de folhas, passarem por nós.

Quis ser igualzinho à minha mãe quando crescesse.

AGORA

YesWeCantor@mac.com: Não entendi. Um saleiro?

KurtGöde@gmail.com: É.

YesWeCantor@mac.com: Aquela coisa de *porcelana*?

KurtGöde@gmail.com: A própria.

YesWeCantor@mac.com: Você *mastigou*?!

KurtGöde@gmail.com: Espera... É meio nojento, espero que já tenha tomado café da manhã.

Inclino minha *webcam* para tirar uma foto do filme de terror dos anos 1980 que rola dentro da minha boca.

YesWeCantor@mac.com: Caraaaamba, Pete. Isso deve atingir uma magnitude 7 na escala Claglada, no mínimo.

KurtGöde@gmail.com: Nãã, só um 4.

YesWeCantor@mac.com: *4* ?!?!?!?!?!?!?!?!?!?!??!?!

KurtGöde@gmail.com: Deixa um pouco de interrogação com exclamação pros outros, Ingrid.

YesWeCantor@mac.com: 4? GC 4? Como é que você chegou a esse 4, caramba?

KurtGöde@gmail.com: Proximidade, duração, estrago. A minha mãe me ajudou a sair do surto, que passou em menos de 20 minutos. Fiz os cálculos: deu um 4 bem fraquinho.

YesWeCantor@mac.com: *Suspiro* Com você, é sempre assim, Petey: parece promissor, mas não sai do chão.

Me empolgo e digito:

KurtGöde@gmail.com: Você me acha promissor, Ingrid?

YesWeCantor@mac.com: Só quando se trata de fazer cagada, Pete.

Dou uma bufada. A Ingrid consegue me entender melhor do que ninguém, só perde para a Bel. A gente se aproximou por causa dos nossos *hobbies* em comum: *Star Wars*, debochar de participantes de *reality shows* e ficar acordado até tarde da noite, lendo enciclopédias de medicina *online*, pesquisando a tolerância do corpo humano ao calor, à sede e à velocidade, com o objetivo de entender *com precisão* a que podemos sobreviver, e como: pornô fetichista para quem tem tendência à ansiedade.

A Ingrid é a única pessoa que conheço, além de mim, que (a) gosta de matemática e (b) é tão nervosa quanto eu. Sendo assim, era inevitável que, mais cedo ou mais tarde, daríamos um jeito de quantificar nosso medo.

Bem-vindo à Claglada.

A Classificação Logarítmica Linear Ajustável para Graduação da Loucura Aleatória, Desvairada e Alucinada (Claglada) é calculada da seguinte forma:

GC (***Grau de Cagada***) = *Log10*(***T***) + *Log10*(***D***) - *Log10*(***P***)

Onde ***T*** representa o tempo que o episódio durou; ***D***, o valor monetário ou sentimental de qualquer coisa ou pessoa que você tenha acidentalmente quebrado ou ateado fogo, e ***P***, a proximidade em relação às pessoas que podem ajudar.

Temos um pacto: se, algum dia, a Claglada for adotada como procedimento científico padrão, não vamos deixar ninguém mudar a sigla. Como meu sobrenome é Blankman, e o da Ingrid, Immar-Groenberg, poderíamos ter batizado de Big Claglada, mas acabamos decidindo que só Claglada era a alternativa mais classuda. Quando o seu próprio estilo de loucura te dá um soco na cara, a Claglada mede o grau de dificuldade para você sair da lona. A gente se baseou na escala Richter: tremores violentos, abalos sísmicos secundários e estragos. Penso na destruição da cozinha: as crises de pânico são nossa forma específica de terremoto.

KurtGöde@gmail.com: Como anda o seu, aliás?

Demorou um pouco para ela responder.

YesWeCantor@mac.com: Tive um de magnitude 6.

KurtGöde@gmail.com: Que merda!

KurtGöde@gmail.com: ...

KurtGöde@gmail.com: Você tá bem?

YesWeCantor@mac.com: Tô.

KurtGöde@gmail.com: O que foi que aconteceu?

YesWeCantor@mac.com: A coisa me pegou quando saí da aula na sexta. De repente, não conseguia lembrar se tinha lavado ou não as mãos e voltei.

KurtGöde@gmail.com: Ingrid...

YesWeCantor@mac.com: Eu sei, mas tem horas que a gente não consegue se segurar, né? Já tinha lavado 23 vezes quando meu pai me arrastou para fora do banheiro.

KurtGöde@gmail.com: Jesus... Quer fazer alguma coisa?

YesWeCantor@mac.com: Não, tá tudo bem. E, de todo modo, você não pode. Tem que ir naquele negócio da sua mãe.

KurtGöde@gmail.com: Exatamente. Todo mundo sai ganhando.

YesWeCantor@mac.com: Para. Vai ser demais. No Museu de História Natural? Fala sério! Tem como não ser incrível?!?!?!?!?!?!?!?

KurtGöde@gmail.com: Só para te avisar, quando a polícia aparecer, querendo saber quem está por trás do grande roubo das interrogações e exclamações, vou mandar irem atrás de você.

YesWeCantor@mac.com: Engraçadinho. Vai lá no lance da sua família, Pete. Eu vou ficar bem.

Penso duas vezes antes de digitar.

KurtGöde@gmail.com: OK, mas me manda mensagem se mudar de ideia. Eu quebro a porta com um fêmur de diplodoco e vou correndo te encontrar.

YesWeCantor@mac.com: Quase vale a pena ter mais uma crise de magnitude 6 só para ver essa cena. Coragem, viu?

KurtGöde@gmail.com: Vou fazer tudo o que estiver ao meu alcance.

YesWeCantor@mac.com: 23-17-11-35-54, Peter William Blankman. I :*

KurtGöde@gmail.com: 23-17-11-35-54, Ingrid Immar-Groenberg. P :*

Fecho o *laptop*. "Vai lá no lance da sua família, Pete."

Sua.

Não conheço os pais da Ingrid, e ela está determinada a garantir que as coisas continuem assim. Diz que os dois têm dificuldade para acreditar em qualquer problema de saúde que não possa ser diagnosticado por algum exame.

– Podia ser pior – resmungo comigo mesmo. – Eu podia ter uma família como a da Ingrid.

Bem na hora em que estou brigando com o nó da gravata, a Bel entra, de vestido (preto, como era de se esperar. Ela acha que filmes preto e branco têm uma cor sobrando) e se atira na cama.

– E aí, cara de bunda? – diz.

– E aí?

– Que ótimo. Estava esperando que você fosse retribuir o xingamento. E agora fiquei me sentindo mal.

– Desculpa, tô distraído. Tentando não me estrangular.

Ela dá uma bufada e chega mais perto. O nó se desfaz como em um passe de mágica nas suas mãos.

– É preciso ter unhas para fazer direito. Tá se sentindo melhor?

– Tô.

– Por acaso você está mentindo para mim neste exato momento?

– Você sempre percebe quando estou mentindo.

– Coisa de irmãos gêmeos. Você não precisa ir. A mamãe vai entender.

É uma proposta tentadora – eu estaria mentindo se dissesse que não –, mas fico com o estômago revirado só de pensar em não ir. Não, é isso que a gente faz. Apoia a família nas ocasiões importantes. Bate palmas, grita "*uhu*", para verem que está ali. É assim que começa a retribuir dezessete anos de sono interrompido e paciência solapada.

É isso que as pessoas normais fazem.

– Eu vou.

– OK – responde a Bel, se atirando contra o travesseiro de novo. – Mas pode relaxar, viu? Ninguém vai reparar em você. Caramba! Não vão reparar nem se o tio Peter aparecer e fizer aquela surpresa do Natal. Pode parar de se preocupar.

O tio Peter, na verdade, é um daqueles tios que não são da família. A surpresa que ele apronta nas festas inclui um tutu cor-de-rosa, uma coxa de peru e uma interpretação de "*I will survive*". Devo ter mais DNA em comum com certas bananas do que com o tio Peter.

– Haja o que houver, você não vai estragar nada – garante a Bel, com a cabeça apoiada nos dedos entrelaçados. – Confia em mim.

Olho para a minha irmã, e a queimação no meu estômago diminui um pouco. Confio mesmo nela.

– Sempre – respondo. – Você é o meu axioma.

– Você é um garotinho esquisito.

– O "esquisito" eu aceito. Mas chega de "inho". Você só é oito minutos mais velha do que eu.

– Apostamos corrida até a saída, e eu ganhei. Por qual margem é irrelevante.

A voz da minha mãe ecoa pela escada. Está nos chamando.

Olho para os pôsteres pregados na parede em busca de apoio. Dez séculos de matemáticos extraordinários olham para mim: Cantor, Hilbert, Turing. "Estamos todos torcendo por você na enésima potência, Pete", dizem. Piada de matemático, mas não dá para condená-los. Eu foco no rosto pontudo de Évariste Galois. "Eu te entendo, Pete", diz ele. "Também me senti assim antes de ir para aquele duelo em 1832."

"Você morreu naquele duelo", respondo, em pensamento. "Você levou um tiro no estômago e morreu gritando, agonizando de dor."

"Ótimo argumento", concorda ele. "Esqueça o que eu disse."

A Bel segura a minha mão.

– Preparado? – pergunta. – São só algumas horas, e vou estar do seu lado o tempo todo. Você só tem que dar um jeito de criar coragem durante esse período.

Tem um caderno de capa dura azul no canto da escrivaninha. As páginas estão enroladas e grudadas. Faz anos que eu não abro, mas houve uma época...

Preciso dar um jeito de criar coragem.

– Vamos nessa – respondo.

RECURSÃO: 5 ANOS ATRÁS

Bater em retirada! BATER EM RETIRADA!

Enquanto meio que saltitava, meio que tropeçava pela calçada salpicada de gelo, o Agente P. W. Blankman (menções honrosas pela astúcia, pela coragem e pelos cálculos) tinha plena consciência de quatro coisas: um, do gelo paralisante do ar de outubro em seus pulmões; dois, da pancada seca dos seus tênis batendo na calçada; três, do vento que roçava nos pelos de suas pernas desnudas, e – acima de tudo – quatro, do fato de que, se diminuísse a pressão exercida pela mão que apertava suas costas, suas ceroulas cairiam.

Soltou muitos palavrões, como bom integrante da tropa de choque dos Fuzileiros Reais que era. As ceroulas tinham sofrido ferimentos graves, cortadas na cintura até quase a altura da coxa, por uma lâmina inimiga. Mas, se conseguisse fazer ambos chegarem em casa, uma cirurgia de emergência poderia poupá-los do destino das suas calças, aquelas galantes companheiras de pernas dos dois. (Ele sentiu uma rápida pontada de ansiedade ao imaginar como explicaria a perda das calças para a mãe.)

"Terei muito tempo para lamentar a perda dos soldados abatidos em combate depois", pensou o Agente Blankman, desanimado. Teve certeza, quando as calças se ofereceram em sacrifício, de que o preço dessa missão poderia ser alto, tanto em sangue quanto – seu estômago se revirou quando lembrou que saqueara a bolsa da mãe para conseguir financiar a operação – em honra. Apertou ainda mais o saco que segurava na outra mão, e os *donuts* dentro dele se avolumaram, engordurando o papel. O objetivo fora atingido: era com isso que o Soldado Calças deveria ter se importado.

Eram 6:04 de uma manhã de domingo, as ruas estavam vazias, e não havia nenhuma luz acesa na casa quando o Agente Blankman empurrou o portão do jardinzinho e foi até a porta. Chegou a pensar que tinha escapado incólume, até se dar conta de que tinha esquecido a chave.

Foi aí que o Agente Blankman desapareceu e, em seu lugar, só restou – tremendo na soleira da porta, vestindo ceroulas esfarrapadas, mastigando *donuts* de modo deprimente até que o medo de ter os testículos gangrenados pelo frio ultrapassasse o medo da mãe vingativa e decepcionada – eu.

Não tinha mais o que fazer. Apertei a campainha.

Segurei a respiração quando ouvi o som de passos. Anda logo, sei que você tem um sono leve. A porta se escancarou, e soltei o ar em uma explosão de alívio.

– Bom dia, mana.

Tentei dar um sorriso arrebatador, mas ainda estava com a boca suja de geleia e devo ter ficado parecendo um canibal.

– Pete? – A Bel esfregou os olhos. O cabelo parecia uma auréola de fogo, porque dormira em cima dele. – O que você está... São seis da... Onde é que foram parar as suas *calças*?

Passei correndo por ela e fechei a porta, fazendo o mínimo de barulho possível.

– Ficaram com um cachorro, um cachorro grande, que parecia estar muito a fim delas. Achei melhor entregar para ele. Agora respeito muito mais o carteiro.

– Isso é mentira.

– Você sempre percebe quando estou mentindo.

Ela ficou parada, mas não insisti no assunto. Só conseguia pensar na sensação do canivete cortando o tecido. Tem mentiras que a gente conta não para que os outros acreditem, mas porque não consegue suportar as consequências de contar a verdade.

Seu olhar foi das minhas pernas desnudas para o saco de *donuts*, depois se voltou para meus lábios sujos de açúcar. Sua postura ficou mais relaxada.

– As suas crises estão ficando piores. Está trazendo comida para disfarçar. Mas, Pete... – Eu podia ver a minha irmã acordando, ligando os pontos. A Bel estava do meu lado quando gastei meus últimos trocados na livraria especializada em quadrinhos, na semana anterior. – De onde você tirou dinheiro?

Ignorei a pergunta.

– Por favor, Bel. Sei que a mãe ouviu o barulho da porta. Não conta pra ela, diz que foi um entregador que se enganou de casa. Diz que...

– Diz o quê, Peter?

Olhei para cima de repente e senti um aperto no coração. A minha mãe estava no alto da escada, amarrando calmamente a faixa do roupão.

Todas as perguntas previsíveis vieram à tona. Todas as que a Bel tinha feito, mais uma. A pior.

– Peter, você *roubou* dinheiro da minha bolsa?

Fugi, com o rosto ardendo de tão vermelho, engasgando em lágrimas e explicações pela metade, subi as escadas batendo os pés e fechei a porta do quarto com toda a força.

Sentei no chão. Os *donuts* se soltaram dos meus braços, rolaram pelo tapete formando espirais de açúcar que pareciam galáxias. Fiquei olhando para eles, odiando todos, odiando a necessidade que eu tinha deles e odiando a vergonha que me levara a comprá-los escondido. Super-heróis e matemáticos me fitavam da parede, com ar de reprovação. O Galois, em especial, olhava feio para mim.

– Seu desequilibrado – sussurrou. – Seu covarde.

Só que eles eram meus amigos, e sua decepção não ia durar muito.

– Levante – ordenaram. – Vá trabalhar. – Podes solucionar esta questão. Não é nada além de uma equação. Ergue-te e obrigue-a a se curvar à tua vontade.

Não dá para condená-los por falar desse jeito: metade deles morreu antes de 1900.

Fui até a escrivaninha e abri o caderno de capa dura do topo da pilha. Na tênue linha vermelha bem no alto da página, estava escrita uma única palavra.

ARIA

Debaixo dela, uma série de equações se desenrolava. O desespero e a esperança se enfrentaram dentro de mim e, por fim, a esperança venceu, como sempre. Puxei uma cadeira, tremi quando o plástico gelado encostou nas minhas coxas desnudas e comecei a trabalhar.

A coisa mais rápida do universo – a luz dentro do vácuo – se desloca a 299.792.458 metros por segundo. É um número bem grande, mas ainda é preciso elevá-lo ao quadrado para obter a energia contida em um único quilo de urânio quando se despedaça, no pânico da fissão nuclear. Havia sessenta e quatro desses quilos na Little Boy, a bomba atômica que foi detonada sobre o céu de Hiroshima em uma segunda-feira nublada do mês de agosto de 1945. Apenas 1,38 por cento disso entrou em fissão. Mas, ainda assim, a explosão assolou prédios de concreto e causou uma tempestade de fogo que se estendeu por três quilômetros e meio e matou mais de sessenta e seis mil homens, mulheres e crianças instantaneamente. E tudo começou com a divisão de um único núcleo de um único átomo com menos de quatorze milésimos de um milionésimo de milionésimo de metro de largura.

Um metro. Isso é uma coisa definida pela velocidade da luz.

A matemática rege tudo o que existe no mundo: luz, gravidade, rios, luas, mentes, dinheiro. E tudo, *tudo*, está interligado.

Sendo assim, sob o olhar de Burnell, de Euler e também de Einstein, homens e mulheres que descobriram a matemática dos quasares, dos labirintos e do próprio espaço, eu me perdi nos números, tentando encontrar a matemática de *mim* mesmo.

Tentando encontrar uma maneira de mudar essas equações, uma maneira de criar *coragem*.

AGORA

O carro dá uma freada brusca, e acordo com o chacoalhão.

No banco do motorista, a minha mãe xinga um Ford preto que cortou nossa frente sem ligar o pisca. *Donuts*, facas e nuvens de cogumelos perdem a nitidez e vão sumindo à medida que pisco os olhos para me livrar da sonolência.

Com o que eu estava sonhando? Já esqueci. Começo a contar bem baixinho e espero o meu estômago e a minha pulsação se acalmarem.

Lembro de ter lido em algum lugar que o corpo humano é capaz de sobreviver (por um período muito curto) a forças de até cem g durante um acidente de carro. O que acabei de sentir deve ter sido menos de dois por cento disso, mas já bastou para acionar todos os meus alarmes internos. Já ouviu a história do "Pastorzinho mentiroso", que fica gritando "lobo" só por diversão? Bom, neste exato momento, cada terminação nervosa do meu corpo está gritando: "LOBO! LOOOOOOOOOOOOOOOOOOBO! LOBINHO LOBINHO LOBO LOBO! É um pássaro? É um avião? NÃO! É A PORRA DE UM LOBO!".

– Bom – murmura a minha mãe –, chegamos.

Londres está coberta por uma espessa camada de nuvens. Um sol fraco brilha no meio delas, parecendo um farol no meio de um denso nevoeiro. O Museu de História Natural se ergue diante de nós, com seus arcos e torres de catedral. Em menos de três horas, a minha mãe vai receber um prêmio lá dentro, bem embaixo do esqueleto da baleia-azul.

Como eu já disse, hoje é um dia importante.

A Bel olha para mim, do banco do carona.

– Tenha fé, Petey – diz ela.

Respiro fundo e desço do carro. A Bel enfia as mãos nos bolsos do casaco e vai andando na frente, mas a minha mãe me segura, encostando no meu braço.

– A Anabel me contou que você tem andado apavorado por causa de hoje. Disse que está com medo de estragar tudo, não sei como. Foi por isso que aconteceu o incidente dessa madrugada?

Fico olhando para o asfalto da rua.

– Não tem como você estragar nada. Mesmo se quisesse. Peter, esse evento só vai acontecer graças a você e à sua irmã. Meu trabalho, minha vida... Eu não teria nada disso se não fosse por vocês dois, sabia? – Então segura meu rosto com as duas mãos e o levanta. Sua expressão irradia orgulho, amor. – Estou tão feliz por você estar aqui comigo hoje.

Lá dentro, a luz atravessa as enormes claraboias e janelas em arco, iluminando os ossos cinzentos. No final da onda senoidal formada pela coluna vertebral, o crânio enorme da Hope, a baleia-azul, nos observa, boquiaberto. Enquanto espero na fila para passar pela segurança, conto seus ossos (duzentos e vinte e um), depois os painéis de vidro de todas as janelas acima de nossas cabeças (trezentos e sessenta e oito) e, por fim, quantos passos me separam da porta (cinquenta e cinco, número que não para de aumentar, com uma velocidade alarmante). Não consigo me controlar. Graças a Deus, nunca tive o hábito de fumar.

A galeria à nossa volta está sendo transformada. Gritos, passando instruções, ecoam pelas paredes; rodinhas guincham no piso de mármore, e chaves chacoalham, presas aos cintos de técnicos vestidos de preto (oito deles), que posicionam luzes e arrastam maletas.

– Como está se sentindo? – sussurra a Bel.

– Sensacional, fabuloso, invencível, magnífico, superlativo, incr...

Ela solta um suspiro e me interrompe:

– Olha, se o pior acontecer, você pode sair de fininho. – Então aponta para uma pequena câmera preta, pendurada embaixo do mezanino, feito um morcego de metal empoleirado. – Se está assim tão desesperado para ver os outros aplaudindo a mamãe, pode assistir à gravação depois.

Um cara de terno cinza, todo estiloso, se aproxima, com uma prancheta na mão.

– Ah, doutora Blankman... – diz, já se virando para nós. – E vocês devem ser o Peter e a Anabel. – Fica meio cabisbaixo, porque primeiro a minha mãe, depois a Bella, ignoram a sua mão estendida. – É um prazer enorme conhecê-los – insiste. Os nós dos seus dedos estão brancos, de tanto apertar a prancheta. – Obrigado por terem vindo mais cedo. Se me permitem, vou explicar todo o processo...

Então nos leva até o fim da cauda da Hope, que mais parece um chicote feito de ossos.

– Estão montando as mesas, como podem ver... Ah, sim, obrigado, Steven.

Ele vai para trás, abrindo espaço para um técnico de boné preto, que rola uma grande mesa redonda pelo chão, passar. Tem um arranhão comprido e fundo no couro preto da sua bota. A ponteira de metal por baixo do couro brilha.

– E o evento propriamente dito deve começar em cerca de quarenta e cinco minutos.

Começo a me sentir enjoado e tremo dentro do meu terno novo. Isso tudo: é grandioso demais, iluminado demais, barulhento demais. "Lobo", sussurra a voz dentro de mim.

– Onde vamos sentar? – pergunto.

– Todos os premiados e suas famílias vão sentar nesta área central aqui – responde o Capitão Prancheta. – O *brunch* dura uma hora, e a cerimônia começa logo em seguida. – O cara se dirige à minha mãe: – Doutora Blankman, por favor, espere na mesa até seu nome ser chamado, então se dirija ao palco para receber... Um aperto de mão basta, é claro, quando lhe entregarem o prêmio. Mas ele gosta de dar dois beijos na bochecha, por mais que a gente explique que, no vídeo, isso fica muito francês. Então, se a senhora puder permitir que ele faça isso...

– Eu decido... – responde a minha mãe, com um tom gélido – ...quem pode me beijar e quantas vezes.

– Ah... certamente. – A crina do Capitão Prancheta murcha um pouco mais. – O primeiro-ministro está ansioso para ouvir seu discurso. O palco, naturalmente, é seu pelo tempo que desejar, mas estamos tentando cavar alguns minutos a mais na agenda dele de hoje, então, se a senhora puder, *ãhn*...

– Sim?

– Bem, eu pessoalmente, sempre achei que a brevidade é a alma do discurso inteligente.

A minha mãe fica só olhando para ele.

– Doutora Blankman? – insiste o Capitão Prancheta.

– Sim.

– A senhora não disse nada.

– Eu estava fazendo um discurso inteligente.

– Ah... – Ele olha de novo para sua fiel prancheta, como se o objeto pudesse lhe oferecer um lugar onde se esconder. – *Ãhn*, bem, isso é tudo. O primeiro-ministro deve chegar dentro de quarenta e cinco minutos, aproximadamente. Está ansioso para conhecê-la.

Cumprido o dever, o homem vai embora às pressas.

Ah, sim, esqueci de mencionar: o primeiro-ministro vai entregar os prêmios. Quer passar a imagem de que está muito envolvido com a ciência e a pesquisa da Inglaterra. Como eu disse: *muito importante*.

À medida que a hora do *show* se aproxima, mesas com toalhas brancas brotam do chão de mármore, e vão sendo postas por garçons de paletó branco, com talheres prateados tão chiques que as facas têm lâmina serrilhada e até o logotipo do museu, um MHN, gravado em preto. Como a minha boca mais parece um deserto, pego um copo de suco de laranja de uma das mesas e dou um gole. Sabe quando isso não é uma boa ideia? Quando a gente passa a madrugada mastigando louça e está com a boca cheia de cortes minúsculos. Solto um suspiro de assombro por causa da dor e coloco o copo de líquido torturante, cor de raio de sol, de volta na mesa. As roupas pretas dos técnicos aos poucos vão dando lugar a cores mais vivas, ternos impecáveis e vestidos elegantes. Conto trinta e seis pessoas vestidas de convidadas e não de equipe técnica. O Capitão Prancheta passa instruções para elas também. Que sorriem e batem papo com o cara. Nenhuma dessas pessoas têm o dom do discurso inteligente como a minha mãe, acho eu.

Olho de novo para a área central onde vamos sentar, e o nó no meu estômago fica mais apertado. Vou ficar cercado por desconhecidos. Gente cujo comportamento não tenho como prever. Vou ficar sentado de costas para essas pessoas. Um homem de cara vermelha e terno cinza dá risada, com uma mulher negra de tranças e vestido verde. Aparecem mais quatro homens e uma mulher. Suas roupas têm cara de baratas, e eles não estão bebendo o drinque de champanhe e suco de laranja. Seguranças, presumo, do líder mais sem queixo da nossa nação.

E agora vejo que uma única folha de papel foi colocada em cima dos pratos, bem no meio dos nossos lugares: dou uma olhada de relance. São autorizações de uso de imagem para a TV. O suor me pinica em volta do colarinho. Passo a mão na nuca e levanto os olhos. Mais para cima, no alto da grande escadaria, tem uma câmera de vídeo empoleirada, feito um predador prestes a dar o bote.

"Lobo."

– Mãe – sussurro. – *Mãe.* Isso vai passar na TV?

– É o primeiro-ministro, Peter. Tem grandes chances de virar notícia.

Merda. Não surta, não surta.

– E essas pessoas que vão sentar com a gente? Você conhece?

Será que alguma tem tendência a fazer movimentos bruscos ou ruídos altos? Será que alguma vira assombração à noite? Será que alguma vai desencadear uma crise?

A minha mãe olha para mim, franze a testa e rabisca alguma coisa no seu caderno indefectível.

– São todos meus colegas, Peter, amigos de longa data. Vai dar tudo certo.

"Certo" quer dizer "bem", mas também quer dizer "justo", ou seja: apertado.

Um ex-colega, que dá risada, entusiasmado, encosta no ombro da minha mãe. Que me lança um olhar preocupado – "Você está bem?" –, mas sacudo a mão, dando a entender que está tudo certo, e o homem a leva até seu grupinho de amigos deslumbrados, para apresentá-la.

– Segura a onda – resmungo comigo mesmo. Mas já estou segurando essa onda com tanta força que estou expulsando o ar dos pulmões.

– Bel? – A palavra sai em um murmúrio rouco, porque mal consigo respirar. – Bel?

Aqui não tem ar, dizem os meus pulmões.

Que bobagem, pulmões, parem de fazer drama.

Esta galeria tem sessenta e quatro × vinte e oito × trinta metros. Mesmo descontando as paredes internas, a escadaria e o arco do teto, ainda sobram mais de cinquenta mil metros cúbicos do negócio. Mais do que eu poderia respirar em um ano, mesmo se o lugar estivesse hermeticamente fechado.

Então *vocês dois*, senhor e senhora Pulmão, não têm nada do que reclamar.

Olho para o relógio: são 10:45. Ainda faltam duas horas e meia para eu conseguir sair daqui, e já estou de papo com os meus pulmões.

Merda.

Minhas mãos estão tremendo, e só consigo abrir minha caixinha de remédios depois de três tentativas. Engulo um lorazepam a seco e tenho a sensação de estar com um arbusto espinhento preso na garganta. Olho em volta, procurando a Bel, e a vejo conversando, toda simpática, com a mulher negra de vestido verde. A minha irmã está sorrindo. Mas, pela primeira vez na minha vida, desde que me lembro, seu rosto não me tranquiliza.

– Que foi? – diz ela, sem emitir som, olhando para mim com a testa enrugada de irritação. – Qual é o seu problema?

Afasto uma mão da outra. Nenhum. Problema nenhum. Essa é a resposta equilibrada, racional. Só que tem gente demais, ou de menos; ou as mesas não estão distribuídas muito regularmente ou as luzes me parecem supérfluas em um ambiente que tem trezentos e sessenta e oito painéis de vidro nas janelas ou alguma outra coisa absolutamente normal que, hoje, simplesmente grita: "tá errado tá errado tá errado tá errado tá errado".

Sinto que estou desmoronando: ouço o *pléc* tão conhecido das garras do lagarto pré-histórico avançando pelos corredores do meu cérebro, tirando minhas mãos do painel de controle, fechando suas garras escamosas em volta dele. Estou resistindo, mas sei que é inevitável.

O suor agora está pingando nos meus olhos, fazendo-os arderem, e pisco para dispersá-lo. A luz vermelha da câmera pisca para mim. Será que imaginei? Será que já estão filmando? Ainda falta mais de meia hora para o *show* começar. Um assistente de palco arrasta uma maleta pelo salão. As rodinhas uivam em contato com o mármore feito um...

"Lobo."

Um enxame de ácaros pretos turva minha vista. Tem gente falando comigo, mas não consigo ouvir o que dizem. Agora estão olhando para mim, com uma expressão confusa, preocupada, agora borrada, porque me movimento rápido, me virando, girando nos calcanhares, quase perdendo o equilíbrio, correndo até a porta. Contagem regressiva: cinquenta e três passos, cinquenta e dois, cinquenta e um...

– Peter!

É a voz da minha mãe, já bem longe de mim.

UM: *começa a se mexer.*

O movimento faz bem: obriga a respirar. Mas não agora, não hoje. Estou tropeçando, arfando e tossindo mas, não sei como, ainda estou correndo. Espera. Para um segundo, pensa. Só que minhas pernas não me permitem fazer isso. Corro pelos corredores tapados de vitrines de borboletas: olhos que parecem borrões de tinta me encaram, das suas asas. Um formigamento sobe e desce pelos meus braços à medida que eu os abro e fecho sem parar. Não sinto meus pés.

Como foi que cheguei aqui? Onde foi que virei? Olho para trás. Corredores escuros de pedra idênticos se esparramam atrás de mim. Estou a um corredor de distância da galeria ou a vinte?

– Peter! – É a voz da minha mãe. Mesmo distante, parece furiosa e decepcionada.

Não faço ideia do quanto corri. Para. Dê meia-volta. Você está estragando tudo.

Não consigo.

Pisco para tirar o suor dos olhos e vejo fósseis, os ossos sorridentes de um dinossauro. Desesperado, luto contra os meus pensamentos, tentando reassumir o controle. O esqueleto do dinossauro tem vinte e três ossos; vinte e três é um número primo; primordial; esses ossos são os números primos do velho lagarto, indestrutíveis e irredutíveis.

Não consigo. Saio correndo de novo pelo corredor. As luzes ficam mais fracas, e parece que as paredes estão sumindo, até que só consigo enxergar os ossos dentro das vitrines ao redor. Minhas pernas estão ardendo de tanto correr. Parece que tem alguma coisa exercendo resistência à medida que avanço, como se a escuridão fosse algo palpável. Não estou mais cercado de ar enquanto corro, mas de terra. Estou enterrado e cego. Não consigo prosseguir. Meu peito vai explodir. Paro aos tropeções, tossindo, e minhas pernas ficam bambas. O senhor e a senhora Pulmão estão cheios de terra escura e úmida. Os ossos à minha volta sussurram "bem-vindo". São meus companheiros de enterro.

– Peter! – É a voz da minha mãe, ainda distante, mas com um tom diferente, com um toque de histeria, quase de descontrole. Nunca tinha ouvido a minha mãe falar com um tom descontrolado. – Peter!

Ai, meu Deus. Desta vez, caguei tudo mesmo. Fiz a minha mãe passar vergonha, ofusquei seu instante de glória. Sua paciência está por um fio.

DOIS: *começa a falar.*

– Fio. Filho. Palavras. P-p-porra!

Minha língua e meu cérebro estão adormecidos, e as palavras não saem.

– Peter!

Em seguida:

– AJUDA!

Quê? Viro para trás na escuridão. Quero voltar correndo, mas não sei para que lado ir.

– ME AJUDA!

A minha mãe parece estar tão apavorada quanto eu. Ela precisa... sacudo a cabeça, sem conseguir acreditar. A minha mãe precisa da minha ajuda?

– PETER!

Dor. Parece que ela está com dor.

TRÊS: *começa a contar.*

Conta seus passos. Dê meia-volta. Vai ao encontro dela. Vai.

– Um. Um. Um.

Parece que não sei outro número.

– PETER!

– Um – não paro de balbuciar, minhas pernas ainda estão dobradas, inúteis, debaixo do meu corpo. – Um. Um. Um. Um. Um.

– Por favor!

Um.

– POR FAVOR, NÃO...!

Um.

– ME AJUDA!

QUATRO: *comece a comer.*

Enfio os dedos entre os dentes e mordo. Um líquido quente se derrama na minha boca, e cuspo, sem pensar. Tem uma multidão de fósseis à minha volta, me incentivando, silenciosamente, a continuar mordendo, e fico roendo e mastigando, tentando chegar à minha própria parte irredutível, indestrutível. Uma pontada de dor sobe do meu pulso até o peito e faz minhas pernas voltarem à vida, com um choque. Estou correndo de novo. Ou me arrastando, e cuspindo sangue.

– Mãe – balbucio. – Mãe!

Ninguém responde. O corredor à minha volta fica nítido de novo. Os ossos dos dinossauros voltaram a ficar calados, atrás das plaquinhas de cobre com seu nome gravado.

– Mãe?

Viro em um corredor depois do outro, aleatoriamente. Não faço ideia do caminho que fiz. Vejo uma luz refletida nas vitrines de vidro. Borboletas. Eu me lembro das borboletas! Devo estar quase chegando à galeria.

– Mãe?

Ninguém responde. Fico um pouco mais calmo, o suficiente para sentir minha mão latejando de dor, e a seguro. Talvez a minha mãe não tenha vindo atrás de mim. Talvez eu tenha imaginado a voz dela. Talvez ainda esteja na galeria. Olho para o relógio: 10:57. Quase dou risada. Só me afastei por uns poucos minutos. A queimação no meu estômago diminui, e enrolo a mão no *blazer*. Sei como voltar para a galeria daqui. Consigo chegar em tempo para a cerimônia, vou bater palmas, gritar e demonstrar meu orgulho, um filho normal como eu dever...

A uns vinte passos de distância, tem algo caído no chão.

É uma coisa preta, azul e vermelha: algum tipo de tecido, esparramado no chão de mármore. Não consigo distinguir sua forma direito, mas tenho a estranha sensação de ser algo conhecido. Diminuo o passo, me aproximo com cautela. Dezenove passos. Dezoito. É preta no meio, com pedaços azuis em volta, que têm uma fina borda vermelha. Dezessete, dezesseis. A quinze passos de distância vejo que não – a coisa não é preta. É o azul do tecido em volta, com uma mancha escura e brilhante, de algo que ficou empapado. "Quatorze passos, treze." O vermelho *é* a mancha, que se espalha além dos limites do pano amontoado. Conheço esse tom. Olho para baixo e o enxergo na minha própria mão, no ponto onde a mordi.

"Mão." Vejo uma mão enroscada em um amontoado de cabelo encharcado. E então o mundo fica nítido de uma hora para a outra, e eu a reconheço.

"Mãe."

...

...

...

Eu me ajoelho do lado dela. Nem me lembro de ter dado os últimos passos. Minha cabeça está vazia.

Viro a cabeça para trás e berro:

– Bel! Bel! SOCORRO!

Olho para baixo. Estou com as mãos imersas no pano ensanguentado.

"Às vezes, quando a coisa fica feia mesmo, vejo e ouço coisas que não existem." A qualquer instante, vou sair do surto. Vou sentir uma mão encostando no meu ombro, e a minha mãe vai me dar um abraço. Tem tanto sangue. Estou cercado por esse cheiro. É tão espesso que quase parece um gel. Verifico sua pulsação, tão fraca, como se tivesse uma borboleta alfinetada debaixo da pele dela. Olho para a minha mãe, desamparado. Ela está sangrando, e não sei como ajudar. Não sei o que fazer para não piorar a situação. Arranco as dobras do vestido que tapam sua boca para que consiga respirar melhor. O corpo humano necessita de, pelo menos, duzentos e cinquenta mililitros de ar por minuto: preciso garantir que a minha mãe os receba. O nariz dela está com um tom vermelho-arroxeado e tem uma crosta, um corte ao longo das duas narinas.

– BEL! – grito, quase arrebentando a garganta, mas ninguém aparece.

Sangue. Preciso estancar o sangue. Dá para sobreviver à perda de até dois litros de sangue. Me atrapalho todo com o vestido. Pesado, de tão molhado, quente e empapado.

– Seja menos de dois litros – ordeno, para o sangue que se acumula ao meu redor. – Por favor, seja menos de dois litros.

Ouço passos. Gritos. Encontro a parte mais molhada do vestido. Debaixo dos meus dedos, sinto o líquido jorrando aos borbotões, espesso como mel. Os gritos ficam mais altos. Faço uma compressa com o tecido e pressiono contra o ferimento. Tiro o celular do bolso, mas está sem sinal.

– Saia de perto dela! – grita uma voz rouca e masculina.

– Ela é minha... ela é minha... – balbucio, ofegante, mas as palavras não saem.

O sangue escorre pelos meus dedos. As pálpebras da minha mãe se mexem muito de leve, e o bater de asas de borboleta em seu pulso está rareando. Sinto braços agarrando minha cintura, me arrastando para longe dela, e eu me debato e esperneio feito um bebê.

– Mãe! MÃE! Ela ainda está sangrando! ME SOLTA!

Desnorteados, os braços me soltam. Tateio o tecido, desesperado para encontrar novamente a fonte do sangramento. De canto de olho, vejo os uniformes marrons dos seguranças.

Vou acordar a qualquer segundo. A qualquer segundo. Por favor.

Por favor.

Ouço um *pléc pléc* de sapatos de salto. Bel?

– Me deixem passar, seus imbecis. Sou médica – dispara uma voz.

Mãos ressecadas, de pele negra, tateiam ao lado das minhas, encontram o que estão procurando, seguram minha mão e a posicionam. Sinto o sangue fluindo fluindo fluindo de novo. Olho para ela. É aquela mulher da festa, de vestido verde, com aquele monte de tranças. Está com o rosto contorcido, de tão concentrada.

– Aperta aqui – diz ela – e, haja o que houver, não solta.

– Ela é minha... mãe – gaguejo.

– Já chamei a ambulância – fala. – E isso aconteceu em um recinto cheio de médicos. Vamos garantir que ela sobreviva.

"Um recinto cheio de médicos." É *claro*. Uma chama fraca de alívio se acende no meu peito. Todos trabalham com a minha mãe. Colegas e amigos de longa data, foi isso que ela disse. Vão saber o que fazer. A mulher de verde já está mudando a minha mãe de posição com cuidado. Passa o braço por baixo dos quadris dela e a levanta do chão bem devagar. O ferimento que estou apertando com a palma da minha mão fica logo abaixo do umbigo.

– A gravidade vai agir ao nosso favor – a médica de verde explica para mim.

– A Bel. – Olho em volta, procurando pela minha irmã. – Você viu ela?

– Bel? – pergunta a doutora. – Anabel? A sua irmã? – Então me lança um olhar sugestivo e completa: – Por acaso ela não estava com você?

– Não. Você é... você é amiga da minha mãe?

– Isso mesmo. Me chamo Rita.

– Eu... eu saí correndo.

É uma confissão.

– Eu vi – responde a Rita. – Você é o Peter, né? – Faço que sim. – Você saiu correndo daquela galeria como se tivesse visto um fantasma. Uma moça de vestido preto foi atrás de você. Seria a Anabel?

Assinto com a cabeça, desnorteado: não consigo falar. A Bel veio atrás de mim? Eu não a vi.

– A Louise... – a doutora se encolhe um pouco ao chamar a minha mãe pelo nome – ...foi logo atrás de vocês dois. Eu também iria, se fossem meus filhos.

De repente, me sinto muito enjoado, como se tivesse levado um soco no estômago. Ela veio atrás de mim. Seja lá quem estivesse à espreita para atacá-la, fui eu quem levou a minha mãe direto até essa pessoa. Meus dedos escorregam uns em cima dos outros enquanto tento manter a pressão sobre o ferimento, e fico tateando loucamente, para reencontrar o ponto certo.

Um barulho seco de botas. Jalecos verdes refletivos. Paramédicos, quatro deles, trazendo uma maca. Um deles se agacha do meu lado. Com uma tesoura gigante, começa a cortar o vestido da minha mãe em volta da minha mão, enquanto outro posiciona uma máscara de plástico transparente ligada a um tanque vermelho no rosto dela. Ouço algo se rasgando atrás de mim: um terceiro paramédico abre um pacote de gaze.

O da tesoura tenta levantar minha mão com cuidado, mas resisto instintivamente. E se, no segundo em que eu tirar, o que restou do sangue da minha mãe esguichar todo? Ele solta um leve suspiro e simplesmente arranca minha mão dali. Um pedaço de seda empapada vem junto. Debaixo do tecido, o ferimento em formato de olho, como se alguém tivesse enfiado uma faca ali e torcido.

– Você fez bem – murmura o paramédico, pressionando o corte com um curativo adesivo quadrado. Outro paramédico sorri para mim enquanto passa gel desinfetante na minha mão mastigada e enrola uma faixa em torno dela. Tenho a vaga sensação de que o conheço. Meu cérebro se debate, confuso, tentando estabelecer conexões que não deveriam existir.

– Podemos tirá-la daqui? – pergunta outra voz, atrás de mim.

– Vamos ter que fazer isso. – A Rita é taxativa. – Vai buscar a maca.

Eles deitam a maca do lado da minha mãe e a colocam em cima dela devagar com tanto, mas tanto cuidado... Parece que levam anos. Cada movimento do ponteiro grande do meu relógio parece durar um mês.

– Anabel.

Viro para trás de repente ao ouvir o nome da minha irmã, esperando vê-la, finalmente, mas ela não está aqui. É só a Rita, olhando bem sério para mim.

– Peter, isso é importante. Cadê a Anabel?

Todo atrapalhado, pego o celular, só que ainda está sem sinal. Meus dedões mancham a tela de sangue.

– Não sei – consigo dizer, enfim. – Não sei.

Finalmente colocam minha mãe em cima da maca. E contam:

– Um, dois, três, já.

Então a levantam até um carrinho dobrável.

– Tem certeza? – A Rita está tensa, seu rosto enrugado, de um jeito que não consigo interpretar. – Pensa. Aonde ela pode ter ido? Você é o irmão gêmeo dela. A conhece melhor do que ninguém. Quando foi a última vez que tomou o seu remédio? Agora há pouco? Que bom. Agora pensa.

Sacudo a cabeça, mais pateta, impossível. A Anabel deveria estar aqui, comigo, com a nossa mãe. Outra possibilidade terrível me dá um chute no estômago. Lembro dos corredores por onde corri. Será que a Bel está caída em algum deles, sangrando, sem ninguém para ajudá-la?

– E se ela também estiver ferida? – pergunto, com um suspiro de assombro.

– Não está – garante a Rita. – Já procuramos. Ela não está aqui.

– Eu não... eu não...

Mas alguma coisa me parece errada, alguma coisa que não consigo precisar. "Quando foi a última vez que tomou o seu remédio?". Como ela sabe?

Porque é colega da sua mãe, imbecil: é amiga dela. Chamou a sua mãe pelo nome. É claro que sabe dos seus remédios, sabe tudo a seu respeito.

Mas então – e a desconfiança cavouca minha cabeça feito uma minhoca – por que eu não a conheço? Se ela é íntima da minha mãe a ponto de conversar sobre minhas necessidades farmacêuticas, por que a minha mãe nunca me falou da Rita?

Cérebro burro e paranoico. "Se concentra, sua merda inútil." Ela está tentando ajudar. Está te dizendo que a Bel sumiu, e você só consegue ver pelo em ovo.

A minha mãe e os paramédicos estão três quartos para fora da porta. Um deles mantém a porta aberta com o pé. Usa uma bota pesada, de couro preto. Tem um arranhão comprido na ponta, que deixa à mostra a ponteira de metal. Meu estômago se revira.

– Espera aí... – Corro para lá bem na hora em que a minha mãe, que está com o rosto meio escondido pelas mechas de cabelo empapado, some pela porta, que se fecha em seguida. – Espera aí...

– Peter? – A Rita está olhando para mim, com uma cara preocupada. – Você pode ir atrás deles, Peter. Está tudo bem.

– Quem é você? – pergunto, com a voz rouca. Tenho um nó na garganta, de catarro e lágrimas.

– Eu já te falei. Sou médica, amiga dela. Meu nome é...

– Não acredito – interrompo. – Se é amiga da minha mãe, por que ela nunca comentou de você? – A minha cabeça está fervilhando, e as minhas palavras saem atropeladas. – A bota daquele cara tinha um arranhão, igualzinho ao da bota do cara que trouxe a nossa mesa. Tinha oito técnicos, duas equipes de quatro. Tem quatro paramédicos mas, normalmente, só mandam dois. E você falou com eles como se os conhecesse. "Nós vamos ter que tirá-la daqui", você disse. *Nós*. Quem é você? Quem *são* vocês?

Minha voz some, estou sem ar. "Cala a boca, Peter." Escuta só o que você está falando. Você está agitado e paranoico. Fico olhando para a mulher, torcendo para que negue tudo, para eu poder relaxar e confiar nela. Não consigo fazer isso sozinho. Ela vai explicar, vai, sim. Vai me corrigir. Vai me ajudar.

A Rita me olha. Depois olha para o relógio. Parece ter tomado uma decisão.

– Você pode acreditar que somos seus amigos – diz, sem mudar nem um pouco o tom de voz. – Ou pode acreditar que somos seus inimigos. Ou seja: sua mãe, que está sangrando e indefesa, está em nosso poder. Então, em ambos os casos, acho que deveria fazer o que estamos mandando.

Gelo por dentro. Fico olhando para a Rita. Sua expressão é neutra, paciente, esperando eu me decidir. Viro de costas. Através do vidro jateado, ainda consigo vê-los empurrando a minha mãe pelo longo corredor contíguo. Tenho vontade de brigar com aqueles caras: esse desejo se assoma dentro de mim com tanta força que parece que vai estraçalhar meu peito e me arrastar, mas eles são tantos e tão grandes... E, mesmo que, em algum universo histericamente improvável, eu conseguisse bater em quatro homens adultos, faria o que depois? Já perdemos muito tempo. A minha mãe poderia morrer antes que outra ambulância, uma ambulância *de verdade*, chegasse. Sua única esperança são seus sequestradores.

Ai, meu Deus, Bel, cadê você?

Engulo em seco, um gosto azedo, e digo:

– Me diz o que tenho que fazer.

Através do vidro, vejo a silhueta borrada de um homem correndo na nossa direção. Diminui o passo ao passar pela maca onde a minha mãe está, acelera em seguida e cruza a porta. Reconheço o homem de terno cinza que estava na festa, agora de gravata mais solta e cara vermelha. Quando me vê, uma leve expressão de alívio toma conta do seu rosto, logo substituída por uma de perplexidade. Ele se dirige à Rita:

– Cadê a menina? – indaga. Tem um sotaque arrastado da Irlanda do Norte.

A Rita permanece em silêncio.

– *Você não sabe?* – pergunta o homem, incrédulo. – Como não, porr...

– Controle-se – dispara a Rita, curta e grossa.

O homem olha para mim, depois para ela. "A menina", penso, enlouquecido. Será que o cara está falando da Bel?

– Sumiu? Ele a levou? – sussurra o homem. – Como foi que isso aconteceu? Como ele conseguiu *entrar aqui*?

"Ele", penso, e meus pensamentos estão embolados. Quem é "ele"?

– Não sei – admite a Rita.

– Bloquear os pontos de acesso era responsabilidade da sua equipe.

– E a vigilância, da sua, Seamus. Quer começar a atirar pedras? – O tom de Rita é perigosamente tenso. É absurdo, mas penso "chegou a hora do equipamento de mergulho, querido".

– Não vou assumir a culpa por isso.

– Vai, sim. Se eu resolver que vai – retruca a Rita, com um tom que não deixa espaço para discussão. – Agora volta lá para os seus monitores e encontra um caminho livre para a gente sair daqui.

Então se vira para mim de novo, e fico observando o cara passar correndo pela porta dupla de vidro.

– Vai na frente – ordena, como se tivesse uma arma apontada para a minha cabeça. Mas não precisa de arma nenhuma: está com a minha mãe em cima de uma maca. – Não se afasta mais do que cinquenta centímetros. Olha pra mim. – Eu olho nos seus olhos. – Você sabe quanto é cinquenta centímetros?

– Balanço a cabeça afirmativamente. – Que bom. Então anda. – Ela fica em silêncio por alguns instantes e completa: – Pelo jeito, seus instintos são bem razoáveis. Se reparar em algo estranho, não precisa ficar com vergonha de gritar.

A Rita me vira, me segurando pelos ombros, e me empurra contra a porta. Minhas mãos deixam impressões cor de ferrugem no vidro gelado. O sangue da minha mãe já está secando, endurecendo nas saliências e reentrâncias da palma das minhas mãos.

Vindo de trás de mim, ouço um ruído de celular: a Rita está fazendo uma ligação. Só chama uma vez.

– *Casa.*

Está baixo, mas estou perto a ponto de conseguir ouvir a voz do outro lado da linha.

– Estou com a lebre – responde a Rita.

– *E o lobo?*

Levo um susto violento.

"Lobo."

O lobo que levou a minha irmã?

A Rita fica em dúvida e responde em seguida, com um tom de voz que eu não a tinha ouvido usar até agora, um tom que sei reconhecer mais do que qualquer outro: medo.

– Pelos ares.

RECURSÃO:
5 ANOS ATRÁS

Eu estava com os dedos dos pés retorcidos, agarrados à beirada do muro, e o limo molhado, gelado e escorregadio feito alga marinha deslizava no meio deles. Meus sapatos do uniforme do colégio – com as meias perfeitamente enroladas dentro – eram um par de aspas solitárias em cima do tapete de folhas caídas, lá embaixo. A distância era de menos de três metros: eu tinha a sensação de estar à beira de um precipício.

A Bel estava encostada no muro, comendo uma maçã. Ela estava sempre comendo maçãs, não só a polpa, mas o miolo também, o cabinho e até as sementes. Sei o que você deve estar pensando: sementes de maçã = cianeto = uma morte rápida e dolorosa. Mas já pesquisei, e a minha irmã precisaria ingerir mais de três mil coisinhas dessas para chegar à dose letal média. As árvores que nos tiravam do campo de visão da escola estavam cor de fogo por causa do outono, e tinha pedaços de folhas de um marrom avermelhado grudados nos cabelos e nas meias-calças dela. Aquele pequeno descampado sempre fora nosso: *nosso* lugar, *nosso* segredo. Ninguém ia ali. À minha frente, o bosque se espalhava pelo morro, lá longe. Quando a gente era menor, brincava de esconde-esconde naquele bosque. Lembrei, com saudade, de todos aqueles lugares para se esconder.

– Vai logo – disse ela. – É fácil, que nem pular de cima de um tronco.

– Pular de cima de um *muro* – corrigi. Posso levar as coisas ao pé da letra ao ponto de ser teimoso, principalmente quando estou com medo (o que dá na mesma do que um hadoque dizer "principalmente quando estou molhado", mas, de todo modo...).

Me ensina. Foi isso que eu tinha pedido para a minha irmã, e aquela era a sua sala de aula. Destemor 1 – princípios básicos para não defecar em si mesmo. A Bel já tinha pulado seis vezes para me mostrar, aterrissando suavemente e rolando em seguida, espalhando uma tempestade de folhas pelo ar, rindo o tempo todo, protegida apenas pelo agasalho do uniforme. Eu estava com um capacete de bicicleta preso ao meu crânio e duas almofadas roubadas da sala de convivência grudadas com *silver tape*, uma na barriga e outra nas costas. E, apesar disso, não conseguia obrigar meus pés a se soltarem dos tijolos.

A Bel respirou fundo e soltou o ar em um suspiro mais do que exagerado.

– Pula *logo*, Pete.

– Sério, você é a menina mais impaciente que eu conheço.

– Muitas dessas meninas que você conhece têm que ensinar o irmão mais novo a pular muro, né?

– Não. Acho que, normalmente, essa é uma tarefa mais do pai.

Nós dois ficamos em silêncio por um segundo. Senti aquela náusea revirando meu estômago, a que sempre sinto quando penso no meu pai – tipo quando você come camarão e se lembra de repente de uma intoxicação alimentar violenta que teve.

– Por acaso você... – meço minhas palavras, tateando a ferida – ...você imagina como seria?

– Como seria *o quê*?

– Se a mamãe começasse a namorar de novo?

– É... isso que você quer?

– Credo, não – fui logo respondendo.

– Você acha que isso tem alguma chance de acontecer?

Mais um longo silêncio.

– Não – falei, por fim. – Não depois do que aconteceu da última vez.

– É...

Nós dois ficamos aliviados. Era melhor assim, só nós três. Mais seguro.

– Eu gostaria de ver um homem à altura dela – sugiro. – O cara teria que ter tipo uns seis PhDs, só para chegar perto.

– É – disse a Bel, sorrindo. – Mas sabe o que não exige PhD? Pular do muro. Chega de procrastinação, maninho. Pula logo.

Olhei para baixo. Minha cabeça rodopiava. Meu estômago se revirava. Meus braços giravam. Para falar a verdade, as únicas partes do meu corpo que não se mexiam eram os meus pés. Continuavam enraizados nos tijolos.

A Bel soltou mais um suspiro.

– Por outro lado...

Ela apertou a maçã entre os dentes, pulou, se agarrou no alto do muro e subiu nele. Em seguida, se endireitou, mordeu um pedaço da fruta e cuspiu na mão. Uma ferida branca reluziu naquela casca de um verde ácido.

– Que tal fazermos do seu jeito? – sugeriu, mastigando, pensativa. Então segurou a maçã no ar e perguntou: – O que acontece se eu soltar?

– Vai cair.

– Obrigada por sua surpreendente colocação, professor Einstein. A que velocidade?

Suspirei.

– Vai ter uma aceleração de nove vírgula oito metros por segundo quadrado, depois reduzir para zero, quando bater no chão. E, por sinal, é muita ironia você escolher o Einstein para demonstrar a mecânica newtoniana, já que...

– Qual seria a velocidade da sua queda? – interrompeu ela.

– A mesma – respondi. – A gravidade não dá bola para tamanho: te arrasta para baixo de qualquer maneira.

– Qual seria a força do seu impacto?

Dei uma espiada no limo.

– Quatro quilonewtons – murmurei, relutante. – Mais ou menos...

– Que é... – ela instigou, gesticulando, com a maçã pela metade em sua mão. Não respondi. – ...totalmente sobrevivível

– falou, completando a própria frase. – Certo? Quer dizer, você sabe que sim.

– Não sei se *sei*, exatamente.

– Fala sério, Petey, você sabe exatamente de que altura pode cair sem se machucar. Sabe tudo dessas coisas. – Mais uma mordida na maçã. – Aposto que até pesquisou quantas sementes posso comer sem me envenenar.

– Não pesquisei, não!

– *Ahn-han*. Olha, mesmo que você não tivesse me visto fazer isso um milhão de vezes, pensa na matemática da coisa. Seus preciosos números estão te dando o sinal verde, então do que você tem tanto medo?

"Do que você tem tanto medo?" Por um instante, enxerguei os lábios do Ben Rigby pronunciando essas palavras.

– Anda, Petey – murmurei.

Tentei criar coragem. Olhei para a minha irmã, desconfiado, e ela me deu um sorriso mais brilhante que uma supernova e fez um joinha. Fui me virando centímetro por centímetro, até ficar de novo de frente para o abismo. Os troncos das árvores pareciam se espichar, se afastando de mim; o tapete de folhas e limo parecia perigosamente tênue. Dava para ouvir os gritos e as risadas das crianças ao longe, lá no pátio. Tudo girava, e eu tinha a sensação de que o mundo se inclinava para trás ao meu redor. Olhei fixamente para cima e tentei dobrar as pernas.

Três penosos minutos depois, falei:

– Não consigo.

A Bel soltou um suspiro.

– Por que não?

– Olha, racionalmente, sei que não vou me machucar. Meu *cérebro* confia nos números: só estou...

– Sim?

– Só estou com dificuldade de convencer os músculos das minhas pernas, que precisam dar o salto em si.

Ouvi um leve *plum!* atrás de mim. A maçã da Bel pousou nas folhas, e a marca dos seus dentes na polpa branca reluziu. A minha irmã estendeu a mão para mim.

– Essas suas pernas céticas... – falou. – Será que confiam em mim?

Titubeei, mas acabei assentindo. Claro que confiavam. Passaram meses no mesmo útero que ela: a Bel esteve do meu lado desde sempre. Essa é a mais profunda confiança que existe. A Bel é o meu axioma.

– Então permita-me guiá-las. Se você não consegue confiar em si mesmo, confia em mim. – Ela deu um sorrisinho irônico e completou: – Afinal de contas, eu sou meio que especialista. Se existisse PhD em Queda, eu teria um.

Um alarme soou dentro do bolso da minha irmã.

– Merda – disse. – Tenho que voltar para a aula de ciências. E você?

– Tenho um período livre.

– Então continua praticando.

A minha irmã bateu de leve no meu capacete, desceu do muro, fez um pouso perfeito, só para esfregar na minha cara, e saiu correndo na direção do colégio.

– Três, dois, um, zero – murmurei. Meus pés continuaram em cima dos tijolos. – Três, dois, um, *zero*... Três, dois, um...

– Boa tarde, Bronhaman.

Levei um susto e fui para a frente, tentando me equilibrar. Quando levantei a cabeça, lá estava ele: o Ben Rigby, acompanhado pelo Kamal Jackson e pelo Brad Watkins, parados bem rente às árvores. Gelei. Não tinha como aquilo ser coincidência: ninguém ia ali. Eles tinham nos seguido, esperado a Bel ir embora.

E o Ben estava segurando o canivete.

Os pais tinham lhe dado de presente um daqueles canivetes suíços com dezesseis zilhões de funções, que mais parece uma gaveta cheia de talheres fundida por meio de uma explosão nuclear. Só que, naquele exato momento, apenas a lâmina principal estava aberta.

Eu já tinha pensado muito naquela lâmina: meditado copiosamente a respeito de cada ponta de aço reluzente, porque, desde que o Ben ganhou o troço, ficava dizendo que ia cortar as minhas bolas.

"Pula logo." Eu só precisava dar um passo para trás, e teria três metros de tijolos sólidos entre mim e eles. Mas meus músculos pareciam de pedra.

Os três começaram a se aproximar, esmagando as folhas com os pés.

– Quer ouvir uma coisa triste, Kamal? – O Ben falava como se eu nem estivesse ali. – Uma coisa muito trágica... Acho que somos os melhores amigos do Bronhaman.

O Ben era um valentão talentoso. Tinha um jeitão excelente para isso.

– Nós ou todos aqueles *donuts* que ele comeu semana

passada? – completou o Kamal. – Ouvi dizer que ele enche a cara de comida quando se sente sozinho.

Fiquei petrificado. Olhei para o canivete e senti uma pontada de culpa. Precisava sair dali. Quatro quilonewtons, falei para as minhas pernas. *Mexam-se!* Nada.

– Verdade, Bronhaman? Aqueles *donuts* eram o seu remédio para a falta de amigos?

– Eu tenho amigos.

Minha intenção era parecer desafiador, mas ficou mais para choramingo. Eles não iam engolir. Tinham me visto tentando fazer amizade. Tímido demais, no começo; depois carente demais, forçando a barra, assustando os outros.

– É mesmo? Quem?

– A Bel.

– A sua irmã? – O Ben deu uma risada de deleite. – E eu que pensei que não tinha como você ser mais patético. Mas, pelo jeito, a coisa só melhora. Só consegue citar uma única amiga, que é da sua família. Mas aí é que está, Bronhaman... – Ele colocou a outra mão no bolso e tirou o celular de lá. – Não foi isso que você disse semana passada.

E aí pressionou a tela.

– Minha irmã é uma vaca. Odeio ela. Ela vai ter o que merece.

Era uma voz metálica, distorcida pelo alto-falante. Mas, mesmo assim, era a minha voz, inconfundível.

E então, de repente, eu estava deitado de novo no beco atrás da padaria, às seis da manhã do domingo anterior, com as lajes da rua congelando e arranhando meus braços, que o Kamal e o Brad seguravam.

– É só falar... – O Ben estava agachado do meu lado, segurando o celular. – Uma vez só, para a gente gravar, que soltamos você. Senão...

Lembrei do barulho de algo se rasgando no meio das minhas pernas, da súbita sensação do ar gelado e do metal mais gelado ainda pressionando a parte interna das minhas coxas. Lembrei de ficar me segurando para não mijar nas calças.

Minhas pernas tremiam. Se eu não pulasse, ia acabar caindo. A Bel ainda devia estar perto o suficiente para me ouvir. Se eu gritasse... Mas meus olhos pousaram no celular, e essa ideia perdeu o sentido.

Os três estavam quase encostados no muro. Olhei para baixo, atrás de mim. O outro lado era liso. Não tinha como descer pelo muro. Era pular ou nada.

"Se você não consegue confiar em si mesmo, confia em mim."

– TRÊS! – berrei, tão alto que eles pararam de se aproximar, assustados.

– Quê...? – o Ben começou a dizer, mas eu o interrompi e continuei a contar, aos berros.

– DOIS...

Minhas pernas se dobraram debaixo de mim, meu peso foi para trás.

– UM...

AGORA

– *Zero.*

A voz do Seamus chiava no celular da Rita em cima do painel. Ao longo dos últimos dez minutos, o tom dele tinha passado de tenso para apavorado.

A ambulância costura no trânsito à nossa frente, e seguimos no seu encalço, nos enfiando nas frestas momentaneamente abertas pela sirene.

– *Já chequei as câmeras um milhão de vezes, e há zero vetores de entrada. Não tinha como alguém cometer essa agressão; não tinha como ninguém entrar ou sair sem ser visto.*

– Tem uma mulher sangrando dentro de uma ambulância à minha frente que discorda dessa sua afirmação, Seamus – retruca a Rita.

– *Não sei o que dizer, Rita...*

– Para que você serve, então?

Ela estica o braço por cima do volante e desliga o aparelho.

"Tem uma mulher sangrando." Imagino a minha mãe respirando, seu peito subindo e descendo no mesmo ritmo. Continua respirando, falo – tanto para mim mesmo quanto para ela –, *continua respirando, caramba*. Lembra...

Depois de abandonar seus sapatos de salto na poça de sangue que havia no chão, Rita foi me obrigando a sair do museu por uma série de corredores dos fundos e saídas de serviço. Em uma bifurcação, a maca com a minha mãe foi para a direita, e tentei ir atrás, mas ela disparou:

– Esquerda.

– Mas... – tentei dizer, só que interrompi a frase quando vi a cara da Rita e imaginei um dos falsos paramédicos passando um bisturi na pele da garganta da minha mãe. Virei à esquerda.

– É só um atalho – disse a Rita. – Tem escadas, e não vão conseguir subir com o carrinho.

Viramos mais umas duas vezes e subimos uns degraus de concreto, depois descemos mais alguns e chegamos a uma porta preta, com uma placa verde de saída de incêndio. Fui logo pondo a mão na barra de metal para abrir, mas a Rita falou:

– Espera.

Pôs o celular no ouvido.

– Seamus, você está de olho no caminho? Saída leste.

A voz do Seamus chiou do outro lado da linha:

– *Livre.*

– Você disse a mesma coisa da última vez.

– *Não precisa acreditar em mim se não quiser* – retrucou o Seamus, ríspido. – *Mas por que se dá o trabalho de perguntar, então?*

A Rita soltou um palavrão e desligou.

– OK – falou, me virando de frente para ela. – Peter, depois dessa porta, a exatos sessenta metros à esquerda, tem um Ford Focus preto parado. Está destrancado. Quando eu disser "vai", corre o mais rápido que puder e entra nele. Presta atenção, porque isso é importante: a sua mãe não vai sair daqui sem você. Se correr para qualquer outro lugar que não o meu carro, vou deixar ela aqui sangrando dentro da ambulância até voltar, e ela não tem tanto tempo assim para você ficar desperdiçando. Entendeu?

Engoli minha fúria impotente.

– Sim.

– Preparado?

– Sim.

– Então vai.

Eu me virei, me atirei contra a porta e senti que ela cedeu. Uma lufada de ar gelado me atingiu em cheio, e corri para a esquerda, pela calçada. A cidade era um túnel de cores borradas e ruídos abafados: o cinza da calçada, o vermelho dos ônibus, a balbúrdia do trânsito. Um carro compacto preto estava estacionado em local proibido, rente ao meio-fio. Oitenta e cinco passos, pensei, sessenta metros. Me atirei contra a porta do carona, segurando a maçaneta, e ela abriu em seguida. Entrei às pressas.

Uma fração de segundo depois, a porta do motorista se abriu, e a Rita sentou do meu lado. Devia estar bem atrás de mim, mas eu estava tão concentrado que nem notei. Olhei para ela, procurando sinais de satisfação com a minha obediência, mas não vi nada. Parecia exausta: o suor escorria, em linhas caóticas, pelo seu rosto, e seus ombros estavam encolhidos para cima, como se tentassem proteger seu pescoço. Seu olhar ficava oscilando, espiando através do para-brisas. Fiz a mesma coisa, mas só consegui enxergar ônibus, carros e pedestres andando a esmo, em uma típica manhã do bairro de Kensington.

– OK – disse ela. Girou a chave, e o motor roncou. Engatou a marcha e, em seguida, ficou completamente parada.

– Que foi? O que estamos esperando...? – comecei a perguntar.

Um toque completo de sirene, e uma ambulância xadrez verde e amarela passou correndo, com as luzes piscando.

A Rita pisou no acelerador, e começamos a perseguição.

– O que eu tenho que fazer? – pergunto para ela. Meu cérebro está uma bagunça. Impressões, imagens, buzinas, luzes de freio, sangue, sangue, *sangue*. Tento acalmar minha respiração. Verifico minha pulsação e descubro – para minha total surpresa – que, na verdade, está *desacelerando*: oitenta e oito batidas por minuto e continua diminuindo. Por um instante, não consigo entender por quê. Mas então meus olhos veem as horas brilhando no painel: 11:26.

"Ah."

Faz quarenta e um minutos que engoli o comprimido de lorazepam. Neste exato momento, minha querida Lôra está a mil, correndo pelo meu cérebro, enfiando meias na boca de todos aqueles neurônios que estão tagarelando loucamente, abafando o ruído da turba ensandecida que existe dentro da minha cabeça. Mesmo que ela não estivesse fazendo isso, só dá para ficar em pânico absoluto, tipo incêndio de gravidade máxima, por um certo tempo, antes que seu sistema neurossináptico inteiro entre em colapso, feito um asmático obeso no meio de uma maratona. Estou chegando ao meu limite absoluto. Meus olhos doem, minhas têmporas latejam. Tento tatear no nevoeiro em busca da única pergunta que realmente importa.

– O que eu tenho que fazer para você levar a minha mãe para o hospital?

A Rita mal me olha.

– Calar a boca, ficar quietinho, fazer o que eu mando, quando eu mandar.

– É isso que estou fazendo.

– Então vai notar, por conseguinte, que sua mãe está atravessando as ruas de Londres a toda dentro de uma grande *van* amarela com luzes azuis piscando em cima. O que isso normalmente significa?

Normal? Era para a minha mãe ter recebido um prêmio hoje. Só que, em vez disso, tomou uma facada na barriga. Fui sequestrado por uma médica que trata seus pacientes com a gentileza de um assassino em série e não tenho a menor ideia de onde a minha irmã está. Então, não, desculpa, o Normal não veio trabalhar hoje. Seu substituto, o Completo Insano Desvairado, está aqui – será que ele poderia anotar seu pedido? Ele gostaria de recomendar a porra da vitela!

Me segurando para manter um tom de voz neutro, digo:

– Estamos indo em direção nordeste, e todos os três hospitais mais próximos do Museu de História Natural ficam na direção sudeste. Então, vou perguntar de novo: o que eu tenho que fazer para você prestar socorro à minha mãe?

A Rita me lança um olhar, meio achando graça, meio impressionada.

– Você entende mesmo dessas coisas, hein?

– Sou campeão mundial de paranoia. Por acaso acha que vou a qualquer lugar sem saber onde fica a sala de cirurgia mais próxima?

Ela sorri. Do lado de fora, as grandes colunas de arenito da Apsley House aparecem e desaparecem em um piscar de olhos, quando viramos a mil na Hyde Park Corner, em direção ao St. James Park.

– Estamos levando a sua mãe para as instalações da empresa. – Ela pensa por alguns instantes e completa: – Vantagens de ser funcionário.

Fico só olhando para a Rita.

– Por acaso você está me dizendo que a minha mãe é... – Tento, inutilmente, encontrar a palavra certa. Sinto uma leve pontada, tipo uma agulhada. *Bel, cadê você?*

– É... isso aí que você é? – consigo dizer, finalmente.

– Eu te falei que eu e a Louise somos colegas – responde ela. – Nunca disse de quê.

– Mas você ameaçou a minha mãe. Disse que ia deixá-la sangrar *até morrer*.

– Eu tinha que dar um jeito de fazer você entrar no carro. – Um leve sacudir de ombros. – Essa era a maneira mais rápida.

A Rita remexe no porta-luvas, tira lá de dentro uma caixa de lenços de papel, uma latinha de balas que faz barulho, e, por fim, uma foto. Que entrega para mim. É antiga, está com as pontas amassadas. Tem uma coisa preta grudada em cima, mas ainda dá para ver claramente três mulheres sorridentes no meio de um campo. A Rita é a da direita, tem uma loira que não conheço na esquerda, e no meio, alguns anos mais nova, mas com a pele clara, cheia de sardas e inconfundível, está a minha mãe.

Seguro a foto, desconfiado, entre o dedão e o indicador. A Rita me lança um olhar de esguelha.

– E, como você é o campeão mundial da paranoia, naturalmente acha que é uma montagem.

Ela suspira, faz uma manobra em zigue-zague tão violenta que chego a pensar que o cinto de segurança vai me partir ao meio, depois tenta dirigir normalmente.

– Você é bom de quê? – pergunta.

Não respondo.

– De matemática, certo? Até onde sei, é uma verdadeira calculadora ambulante. Então, aqui vai uma pergunta: quanto é um mais dois?

Fico olhando para ela, sem expressão. Sinto o frio se apoderando do meu corpo, adormecendo meus lábios e as pontas dos dedos. Cerrar os dentes é a única coisa que os impede de ficar batendo sem parar.

A Rita aperta os lábios, pensativa.

– OK – diz ela. – Vamos tentar de outro jeito: quer ver no que *eu* sou boa?

Então abre o vidro e tateia embaixo do banco. Quando tira o braço de lá, tem uma moeda de dez centavos brilhando na palma da mão.

– Cara ou coroa? – pergunta. Em seguida, talvez por ter se tocado que não vou transformar essa conversa em um joguinho, responde por mim: – Cara, então.

Ela põe a mão para fora da janela e joga a moeda para cima. Meus olhos acompanham, através do teto solar, a moeda brilhar, pairar, virar, virar, virar e...

Pam!

Um som de estilhaço invade meus ouvidos. Sinto cheiro de metal quente e de algo parecido com uma vela recém-apagada. A moeda abandona seu curso e some de vista. Por um segundo torturante, penso que batemos o carro e fecho os olhos com força. Minhas vértebras se encolhem, para se proteger dos cacos do para-brisas que podem vir voando e arrancar meu rosto do crânio.

Passa um segundo, dois. Meu rosto ainda está bem preso em seu devido lugar. O movimento do carro ainda revolta o meu estômago. Abro os olhos, olho para baixo e vejo uma bela pistola preta na mão da Rita. O fedor de metal quente e de produtos químicos invade as minhas narinas.

– Cara – diz ela, sem se dar ao trabalho de olhar. – Você acredita em mim?

Acredito.

Do lado de fora, na calçada, cabeças se viraram na direção do barulho. Mas o carro já se afastou, e a arma voltou para o lado de dentro e está apontada muito vagamente para mim.

– O que você está pensando? – pergunta Rita, na mais perfeita calma, tirando os olhos da rua de quando em quando e olhando para mim. – Descreve o que está passando pela sua cabeça neste exato momento.

A ponta da pistola parece um buraco negro, que suga toda a luz que existe no mundo.

"Luz... luz..." Minha cabeça rodopia, tentando encontrar alguma esperança, algum cálculo em que possa se agarrar para continuar no momento presente em vez de me transformar em uma gosma catatônica.

– Fala – ordena a Rita.

Mas não sei o que ela quer que eu diga.

"Luz."

– L-l-luz – balbucio. Engulo em seco e tento de novo, fazendo de tudo para meus dentes não ficarem batendo.

– Continua.

– Se s-s-s-somar o tempo que a luz leva para sair de mim e chegar na sua retina, a eletricidade necessária para acionar seu nervo óptico e ri-ri-ricochetear pelo seu cérebro, depois d-d--descer pelo seu braço até o dedo que está no gatilho, dá mais ou menos um quarto de segundo. Eu, você e esta arma estamos j-j-juntos dentro desse carro há oito *minutos* e meio.

Minha coragem me deixa na mão.

– E daí?

– E daí que você teve duas mil e quarenta oportunidades isoladas de me matar e ainda não aproveitou nenhuma.

Por um longo segundo, ela fica só me olhando. Duas pupilas escuras e o cano escuro da arma dela. E aí ela resmunga:

– Jesus Cristo, você é uma figura mesmo. Como é que sabe essas coisas todas?

Como eu sei o tempo que um ser humano leva para tomar uma decisão irrevogável? Fico só olhando para ela.

A Rita guarda a arma do lado do banco.

– Você gosta de contar. Vamos contar, então. Um: posso ser uma assassina de aluguel. – Ela vai tirando um dedo do volante de cada vez, conforme enumera. – Tudo isso pode ser parte de um plano mirabolante para matar a sua mãe. Só que, como acabei de demonstrar, se eu quisesse que algum de vocês morresse, já teriam morrido. Dois: isso é um sequestro. Quero a Louise viva, mas por que eu poria meu objetivo em risco causando um ferimento abdominal grave nela? Três: tudo o que eu disse é verdade. Aquela foto é real. A Louise não é apenas minha colega, mas minha amiga íntima, muito íntima. E não estou apenas pondo em risco a minha carreira *brilhante*, mas também estou arriscando a minha própria pele, porque tenho uma obrigação para com a sua mãe de garantir a segurança de vocês. E agora, quanto é um mais dois?

– Três – respondo, com a boca seca.

Ela balança a cabeça afirmativamente.

– Às vezes, a resposta óbvia é a resposta certa.

O celular da Rita apita e se remexe no painel, mandando ver nos trompetes de "Mambo No. 5". Ela aperta o botão verde, cortando o barato do Lou Bega.

– Rita falando. Estou no viva-voz.

– Entendido, Rita. Aqui é o Henry Black. Passe o andamento.

– Estou com a Louise e a Lebre. Estamos a seis minutos daí.

Há um breve e perplexo silêncio.

– *Você está trazendo a Lebre para o 57?*

– Positivo.

Cinquenta e sete?, penso. *O que é cinquenta e sete? Por que eu sou a Lebre?*

– *Rita...* – O homem do outro lado da linha parece horrorizado. – *Você não pode...*

– Não só posso como vou.

– *Rita...*

– É o filho da Louise, Henry. Se fosse a *sua* filha, você ia querer que eu a deixasse à mercê do inimigo?

Há um silêncio de espanto do outro lado da linha. Tenho a impressão de que a Rita passou dos limites. Ela desliga. Agora estamos no Embankment, e o trânsito está mais leve. Então sobe na Blackfriars Bridge utilizando, sejamos francos, uma força desnecessária.

– Quem era? – pergunto, por fim.

– Meu chefe – responde ela, tensa. – Pelo menos, enquanto eu continuar no emprego.

Nós não falamos mais nada pelo resto do caminho. Só consigo pensar no que está acontecendo na traseira daquela caixa de aço fechada que avança à nossa frente. Será que os falsos paramédicos da Rita conseguiram estabilizar a minha mãe? Ou será que estão até agora tentando salvar a vida dela com seringas e desfibriladores?

Não esteja morta, mãe. Apenas não esteja morta.

Uma hora, entramos em uma rua residencial de Hackney, na Grande Londres, com casas de tijolos geminadas em ambas as calçadas. As da esquerda, tapadas por andaimes. A ambulância estaciona e desliga a sirene. Paramos logo atrás. Não quero que a porta se abra: tenho a sensação de que, seja lá o que estiver acontecendo lá dentro, só vai virar realidade quando eu enxergar. Pelo jeito, a Rita lê meus pensamentos.

– Teriam ligado se não tivessem conseguido salvar a vida dela – garante. – A sua mãe ainda está viva.

Tento me agarrar a essa garantia, mas é escorregadia. Uma solidão terrível se assoma dentro de mim: a premonição de uma perda. A maçaneta da porta de trás da ambulância gira, e a minha pulsação acelera. *Cadê você, Bel? A gente precisa um do outro nessa hora. Temos que encarar essa juntos.* Agarro o ar com a mão direita, como se pudesse segurar a mão da minha irmã.

A porta da ambulância de Schrödinger se abre, e uma rampa é acionada. Empurram a minha mãe, que está em cima da maca, até a calçada. Amparada pelos seus cuidadores de jaleco verde, ela desaparece debaixo do andaime. No meio dos tubos de metal, vejo os tijolos desgastados e as janelas sujas, a tinta verde-ervilha descascada das esquadrias. Nos tijolos ao lado da porta mais próxima, dois números de latão manchados e parafusados, tortos de um jeito que me dá dor nos dentes: 57.

Quando nos aproximamos da porta, a Rita põe a mão no meu ombro, me obrigando a parar.

– Estou me indispondo com todo mundo por sua causa, entendeu?

– E como é que posso entender? – pergunto, curto e grosso. – Você não me explicou nada.

Ela dá uma bufada, mas percebo o esboçar de um sorriso em seus lábios.

– É. É melhor ir se acostumando. Campeão mundial de paranoia, então?

Faço que sim, de olhos arregalados.

– Que bom. Vê se não me decepciona.

RECURSÃO: 3 ANOS ATRÁS

– Professor?

O doutor Arthurson levantou a cabeça de repente, na direção da minha voz. Fixou seus olhos, que mais pareciam janelas ensaboadas, em mim e ficou me encarando.

– Peter? – O cara era quase cego, mas tinha uma senhora memória para vozes.

– Sim, professor. – O espaço entre as minhas escápulas estava coçando. O doutor A até podia não estar enxergando, mas pelo menos metade da turma estava fazendo um furo nas minhas costas, de tanto me olhar. Engoli ar. – Estou com dificuldade nesta parte do problema e gostaria que o senhor me desse uma dica.

– Ah, bem, claro.

O professor deu um tapinha na mesa diante dele, e deslizei a folha de papel em que eu estava escrevendo debaixo de seus dedos levantados. Durante a maior parte da aula, ele ficava digitando em um *laptop*, e a tela era projetada no quadro, ao mesmo tempo em que um programa de conversão de texto em voz falava no seu ouvido. Mas, para corrigir os exercícios, segurava a folha bem diante do nariz.

Apontei para uma linha qualquer e falei:

– É nesta parte aqui. – Em seguida, me aproximei do seu ouvido e sussurrei: – Tenho quase certeza de que está certo. Mas, da última vez que fui o primeiro a encontrar a solução, a gente teve aula de química em seguida, e alguém derramou "acidentalmente" algum agente vesicante na parte de trás das minhas calças. Adivinha qual é a nossa próxima aula: dobradinha de química! Então, por favor, entre na brincadeira. Finja que eu cometi algum erro muito básico e me dê alguma outra coisa para fazer, por favor? Eu poderia ficar só olhando pela janela, mas acho que a vista das saídas de ar do prédio do Ensino Médio não vai me inspirar a escrever poesia, sabe?

Pelo reflexo no mostrador do relógio de parede, dava para ver o Ben Rigby. Ele viu que eu o vi e fingiu bater uma punheta com a mão direita. O Kamal deu risada.

– *Ho, ho, ho!* – fez o doutor Arthurson, parecendo um Papai Noel de veludo cotelê. – Ai, ai. Você cometeu um erro crasso, não é mesmo?

O doutor que, segundo meus cálculos, tinha um peito de cento e trinta e sete centímetros, sacudiu os lustres com sua risada falsa. Em seguida, desativou o projetor, para que só eu pudesse enxergar a tela, e digitou:

Fui um ator e tanto na minha época de faculdade, sabia?!

– *Ahn-han* – respondi.

Interpretei Falstaff!!!

– Isso... faz sentido? – arrisquei.

Tente resolver o problema do alto da página 297. Vou guardar muito bem o seu segredo!!!

Tive a horrível sensação de que, se o professor tivesse um olho bom, teria piscado para mim.

– Ah, obrigado, professor. Vou tentar. Desculpe.

Atrás de mim, o Rigby falou "burrão", fingindo que estava tossindo. Umas duas pessoas deram risada, e eu sentei, me sentindo um espião que conseguiu, por muito pouco, depositar o material secreto no local combinado. O suor na minha nuca foi esfriando enquanto eu ia até a página 297.

– Encontre o máximo, sempre mantendo...

Uuuuh, cálculo.

Errei nas primeiras tentativas, mas me dei conta de que aquele problema exigiria multiplicadores de Lagrange. Tirei a tampa da caneta e já ia começar a resolver o exercício quando notei algo estranho.

O resto da turma estava fazendo um exercício da página 86, mas a ocupante da carteira logo à minha direita estava com o livro aberto bem mais para a frente. Foi a grande quantidade de páginas brancas presas debaixo da sua mão esquerda que chamou a minha atenção.

Fui para trás, dando um bocejo fingido, para ter uma visão melhor dela. Era a aluna nova – Imogen? Ingrid? Eu tinha certeza de que começava com "I". Ela tinha entrado na turma... em algum momento. Não estava lá desde o começo do ano, disso eu tinha certeza. Tinha um *piercing* no lábio, uma maçaroca rebelde de cabelo loiro e usava luvas sem dedo mesmo quando os aquecedores da sala estavam ligados um grau abaixo de "cratera de vulcão ativo". Olhei para o volume de papel debaixo da mão dela, depois para o meu livro, só para ter certeza.

Ela estava, sim. Estava na página 297 também.

O silêncio no recinto, de uma hora para a outra, ficou mais intenso. Senti um calor subir, me deixando vermelho. Tentei voltar para o Lagrange, mas não parava de olhar de fininho para a menina. Toda concentrada, escrevendo sem parar, tirando a franja dos olhos e a segurando com uma das mãos enluvadas.

Será que posso falar com ela depois da aula?, conjecturei. O que eu poderia dizer? "Olha, sabe aquela hora, quando fiquei parecendo burro? Eu estava fingindo! Quer me encontrar depois da aula para a gente trocar figurinhas sobre cálculo diferencial?"

Não era a pior tentativa de puxar papo de todos os tempos. Mas, definitivamente, não estava entre as cinco melhores. Eu ainda tinha meia hora para pensar em uma saída melhor.

Voltei para os cálculos, mas não conseguia me concentrar. Estava muito curioso, espumando de tanta curiosidade, feito sorvete em contato com sangue quente. Ela tinha parado de escrever, ficou com o lápis pairando em cima do exercício, conferindo. Estava franzindo a testa. Tinha posto o cabelo atrás da orelha direita, mas como era curto, se soltou de novo. Ela o colocou de volta, muitas e muitas vezes, como se aquilo fosse um tique.

Será que ela precisava de ajuda? Será que *conhecia* os multiplicadores de Lagrange? A menina parecia nervosa. Desesperada, até. E, de uma hora para outra, a coisa mais importante do meu mundo era saber se aquela garota sabia como resolver problemas de otimização condicionada. Era espiã como eu, profundamente infiltrada no âmago do território inimigo. Precisava de ajuda, eu tinha que ajudar. Mas como, sem revelar nossa identidade? Olhei para os outros alunos, encolhidos nas suas carteiras, calados e perigosos, como minas à deriva em águas turvas.

Olhei no sumário do meu livro e encontrei a página dos multiplicadores de Lagrange: 441. Fiquei girando a caneta na mão, em dúvida, depois bati na mesa com ela: quatro batidas, uma pausa, mais quatro batidas, mais uma pausa, depois uma última pancada isolada que, aos meus ouvidos nervosos, ecoaram pela sala feito um trovão.

Olhei para ela. Nada. Claro que nada – porque nem eu nem ela éramos espiões de verdade. Logo, nem eu nem ela participamos de um treinamento secreto em uma escola instalada em uma casa ampla no interior da Inglaterra, onde aprendemos a misteriosa arte de mandar mensagens secretas batendo com o lápis na mesa. Tipo assim, pensa direito, Pete. Ela precisaria ter poderes *telepáticos* para...

Ela estava olhando bem para mim.

Estava franzindo a testa do mesmo jeito. Não de um jeito *descontente*, agora que eu tinha visto melhor. Parecia interessada, tipo "isso não é tão simples quanto eu imaginava".

Sem tirar os olhos de mim, abriu o livro mais para o fim. A essa altura, eu estava segurando a respiração. Ela parou no que, da minha mesa, parecia a página 441 e a analisou por um segundo. Ficou com uma expressão de "ah, *dãr*", que em seguida foi substituída por uma expressão de intensa irritação. Então começou a escrever no bloco bem depressa, tipo depressa mesmo, eu não teria ficado surpreso se tivesse começado a sair fumaça do papel. Digitou três números na calculadora e levantou, para que eu conseguisse enxergar o visor: **322**.

Ela levantou as sobrancelhas e afastou as mãos de leve. "E aí?"

Comecei a calcular, me atrapalhei todo e quase empalei o dedão no meu próprio compasso. Não estava nem na metade do exercício. Fiz os cálculos o mais rápido que pude. Depois do que me pareceu uma centena de anos, ofegante, envergonhado e sentindo um alívio inenarrável, levantei minha calculadora: **322**.

A menina ergueu de leve o canto da boca. Senti meu rosto ferver. Sorri para ela. Eu tinha a sensação de que estávamos no mesmo comprimento de onda, e isso era fantástico. Fiquei me deleitando.

Ela bateu nas teclas da calculadora por alguns segundos e a levantou de novo: **579.005.009**.

Que *porra* era aquela?

E aí se recostou na cadeira, de braços cruzados. "Então, vai: resolve essa".

Fiquei ali sentado, esmiuçando meu cérebro: 579.005.009. O que era isso? Um número primo? Não era um número de Fibonacci. Não era – pensei, com uma breve pontada de tristeza – o número do celular dela. Comecei a suar. A menina ainda estava me olhando, ainda sorrindo, esperando a resposta. Tipo, fala sério, o quê? A raiz quadrada era algo na casa dos vinte e quatro mil. Seu logaritmo natural seria... vinte... e alguma coisa? Mas nada disso significava nada que...

Meus olhos pousaram no livro de novo. Fui para página 579: a última, dos agradecimentos. A quinta palavra era "obrigado"; a nona, "amigo".

Fiquei exultante. Voltei para os cálculos, digitei na calculadora e a levantei em seguida: 297.018.002.

Ela conferiu as páginas, encontrou as palavras – "sem problemas" – e sorriu. Como vê-la sorrir me dava uma sensação boa, mandei mais uma, só com uma palavra.

345.009. "Novo?"

104.006. "Correto."

181.007.005. "Está funcionando?"

Ela ficou com um sorriso meio tímido e acenou a cabeça na minha direção. 276.008.009. "Sinais positivos."

Abafei uma risada de puro encantamento. QG, aqui é o Agente Blankman – contato com a Agente Máquina de Calcular Loira estabelecido com sucesso.

Ficamos conversando assim, em silêncio e em segredo, até o fim da aula, e eu virado no sangue de sorvete espumoso o tempo todo. O breve intervalo até ela decifrar cada pedaço de frase me deixava com uma expectativa atroz. Foi a primeira vez na vida que esperar foi mais divertido do que assustador. Nem o outro acesso de tosse do Rigby – "imbecil sem amigos" – foi capaz de estragar o momento, porque isso não era mais verdade.

Ela revirou os olhos, olhou para o Rigby e digitou: **112.003.044.190**.

Fui conferir: a página 112 tinha algumas questões de prova simulada com aqueles problemas do tipo "imagine que você é tratador de animais/dono de um café/treinador de futebol"; 003, 044 e 190 formavam "salsicha de macaco". Olhei para o Rigby e dei um sorrisinho irônico. Eu sabia exatamente o que ela queria dizer.

Soou o sinal do fim da aula. Senti uma pontada aguda de decepção. Tinha perdido completamente a noção do tempo, e olha que eu *nunca* perco a noção do tempo. Me prostrei do lado da mesa dela, tentando fingir desinteresse.

Agora ou nunca. Lembrei da almofada presa com *silver tape* pressionando meu peito, dos meus pés se soltando dos tijolos. Meu cérebro entrou em pane total e falei a primeira coisa que me veio à cabeça.

– Quer me encontrar depois? Podemos trocar dicas de cálculo diferencial.

Droga, era para eu ter melhorado isso.

Ela olhou para mim de um jeito estranho, mas logo mudou de expressão. Seu rosto era lindo. Olhos castanho-claros, um belo narizinho. Parecia um pouco com a Ada Lovelace.

– Almoço? – respondeu ela. Teve um quê de contraproposta.

– Almoço seria fenomenal.

Fingir desinteresse, pelo jeito, não era o meu forte.

Ela deu um sorriso enorme. Pelo jeito, também não era o forte dela.

– Vinte e três, dezessete, onze, trinta e cinco, cinquenta e quatro.

– Quê?

– Olha lá – disse ela. – Página um.

Então tirou o cabelo dos olhos mais uma vez, pôs a mochila no ombro e saiu da sala.

E aí fui olhar: página um, palavras vinte e três, dezessete, onze, trinta e cinco e cinquenta e quatro. "Vê se não me decepciona."

AGORA

Por causa do frio, tenho a sensação de que tem gelo tomando conta dos meus vasos sanguíneos. Fico parado na soleira da porta, e a Rita toca a campainha. Através da cortina de renda da janela da saleta, vejo a luminosidade de uma TV e uma poltrona, posicionada de frente para o aparelho. Uma pessoa muito magra levanta com dificuldade da poltrona e some de vista. Um segundo depois, a porta se abre tanto quanto a correntinha de metal do trinco permite, e um rosto envelhecido aparece.

– Ah, olá, querida – diz a mulher, com a gratidão animada de velha senhora que não recebe visitas tanto quanto gostaria.

O sorriso da Rita é tenso.

– Bom dia, senhora Greave. Podemos entrar?

– Claro, querida.

A senhora tira a correntinha do trinco e se afasta, para conseguirmos passar. Cruzo a porta depois da Rita.

Olho em volta da entrada da casa, me sentindo enganado. Não sei o que eu esperava do famigerado 57, mas com certeza não era papel de parede listrado cor-de-rosa e creme, nem um retrato, em moldura dourada, de um *terrier* de colete xadrez.

– Fiquem à vontade, sim? – diz a senhora Greave. Em seguida, olha para mim, e um músculo do seu rosto se repuxa. – É ele?

– O que a senhora acha? – pergunta a Rita.

A senhora Greave faz um ruído sibilante e abafado, feito um gato entediado.

– O Henry acabou de me avisar que você ia trazer um hóspede, quando você já estava a caminho – responde ela. – Achei que estava em perigo: quase dei o sinal verde para os rapazes.

A Rita pisca os olhos e solta um suspiro.

– Bom, ainda bem que a senhora não deu.

– Não estava a fim de reformar a casa.

A Rita perde um pouco da compostura, o que me obriga a perguntar:

– Q-que rapazes?

– Atiradores de elite – responde a mulher mais velha, sem rodeios. – Posicionados no sótão da casa do outro lado da rua, com ordens para atirar em qualquer desconhecido que tente entrar aqui. Medida de segurança padrão para quando as coisas se complicam. Coisa que, como deve ter notado, aconteceu hoje.

Fico só olhando para ela.

– Vocês simplesmente atiram nas pessoas em plena luz do dia?

– E correr o risco de ser filmado pelo celular de algum jovem do bairro? Ah, *não*, querido. – A senhora Greave está com uma das mãos na porta, que continua aberta. – A gente convida a pessoa para entrar e *aí* os rapazes derrubam ela no capacho, quando está parada... ah... bem onde vocês estão agora.

A senhora Greave balança a cabeça de um jeito quase imperceptível na direção da janela que fica bem debaixo da calha da casa do outro lado da rua. Algo reluz sob a esquadria, e meu pescoço fica rígido, já prevendo o impacto. Aí a porta se fecha, e eu continuo parado ali, com o coração sobressaltado, mas ainda batendo.

Dois a zero contra ter o crânio esmigalhado por uma bala em alta velocidade, Petey. Mandou bem, continua assim.

A senhora Greave me dá um sorriso excessivamente simpático.

– Sintam-se em casa – diz ela, depois volta para a saleta e fecha a porta, abafando as vozes que brigam na TV.

A Rita avança com movimentos sutis e tira um grande molho de chaves de baixo do aparador da entrada. Pequenos fragmentos de sangue seco caem dos seus pés descalços e sujam o carpete. Para perto da escada, ao lado de um armário aberto, daqueles em que dá para entrar, mais ou menos do mesmo tamanho e formato da despensa onde fiquei escondido sete horas e uma vida atrás, quando o pior dos meus problemas era um desejo incontrolável de mastigar objetos de porcelana. Dou uma espiada: prateleiras cheias de mata-moscas, listas telefônicas meio rasgadas, porta-retratos virados para baixo, cartões de aniversário empoeirados. Um daqueles lugares em que o significado morre em paz.

Ela fecha a porta. Tem um buraco de fechadura bem embaixo da maçaneta. A Rita pega uma das chaves do molho, põe no buraco e gira em sentido horário. Dá um bom empurrão na porta, com o ombro. A madeira cede, para dentro, e o *batente* vai junto, mas só uns quarenta graus. Fico boquiaberto. No espaço onde, há poucos instantes, havia prateleiras cheias de tranqueiras, dá para ver os tijolos cobertos de teias de aranha do vão do terraço. A Rita olha para baixo, e eu acompanho seu olhar. O piso do armário também cedeu, e uma escada em caracol se ergue no meio da escuridão, vindo ao nosso encontro, parecendo uma cobra de ferro preto.

Observo o ângulo que a porta traça no recinto e a largura do vão na parede e solto um assovio baixinho.

– O armário desmonta e se esconde no vão quando a porta é empurrada. Como? É montado sobre trilhos ou algo assim?

A Rita não responde. Passo a mão na parte de dentro do batente. Não tem nada fora do comum que dê para ver: nenhuma instalação elétrica, nenhuma parte mais lisa na textura da madeira, onde a porta poderia teria sido escavada e preenchida de novo. Se eu pusesse a casa inteira abaixo com uma marreta, não acharia nada.

– Quem... *o quê* são vocês?

Estou tonto e com falta de ar.

– Estou com pressa – diz a Rita, apenas, com uma expressão compenetrada.

Descemos, e meus sapatos sociais nada confortáveis fazem barulho ao bater no metal. O mecanismo volta para o lugar, lá em cima, sem fazer barulho. Eu a sigo no escuro.

A escada termina em um túnel de tijolos com teto arqueado. Lâmpadas halógenas presas ao teto emitem uma luz de necrotério. A Rita segue por ele, com seus pés sujos, e eu corro atrás.

– Esse túnel leva a gente lá para fora de novo por baixo da rua, né? – pergunto. Ela me ignora. – Aquela casa, o número 57, é só o ponto de entrada. Nosso destino nem fica na mesma rua.

Nada de responder. O silêncio aqui embaixo dá uma sensação física de sufocamento. O túnel faz voltas e mais voltas. É um labirinto, percebo: é preciso conhecer o caminho. "Esquerda, direita, esquerda de novo." Tiro uma caneta do bolso e anoto o percurso que fazemos na faixa do meu curativo na mão. A cada cinco metros, uma lâmpada idêntica, todos os tijolos iguais. É muito fácil se perder. Eu me imagino sozinho ali, andando em círculos, até morrer de fome ou comer meu próprio corpo, observado pelas lentes sem compaixão das camerazinhas pretas instaladas no teto.

Labirinto, penso. Existe um teorema dos labirintos. Lembro do doutor A dando risada e dizendo: "Se aprender isso, nunca vai se perder dentro de um". Tento me agarrar, desesperado, aos fiapos de memória, mas estou exaurido demais, e eles me escapam.

Tem túneis secundários a cada dez metros, mais ou menos, alguns à direita, outros à esquerda. Correntes de ar fracas e geladas atingem meu rosto à medida que vou passando por eles. Seriam rotas de saída?

– *Jesus* – resmungo. – Portas aleatórias.

A Rita continua sem falar nada, mas diminui o passo.

– É isso, não é? – insisto. Sem resposta. Uma energia nervosa levanta os pelos da minha nuca, parece estática. Por favor, imploro, em pensamento. Fala alguma coisa. – Não dá para seguir um padrão. Não dá para deixar os outros verem vocês entrando na mesma casa um milhão de vezes. É por isso que tem entradas espalhadas pelo bairro todo.

Nem assim ela responde, mas um músculo debaixo da pele do rosto da Rita fica tenso. *Ela é igual a uma torneira enferrujada*, penso. A gente aperta e gira com toda a força, tem a impressão de que está cedendo um pouquinho, mas pode ser só nossa mão escorregando.

– Todas as entradas ficam na casa de número 57 de cada rua? – pergunto. – É por isso que deram esse nome?

Ela dá uma risada breve e sem emoção – "finalmente" –: a primeira revelação.

– E por que faríamos isso, caramba? Os números das casas também são aleatórios. Como você bem disse, tudo é uma questão de padrão. Só que sempre *haverá* um padrão, infelizmente. Nossa tarefa é torná-lo o mais complicado e confuso possível.

– Vocês geram estática para encobrir o sinal? – pergunto.

Mas a Rita volta a ficar em silêncio.

Esquerda, esquerda, esquerda de novo. A paranoia clara e metódica deste lugar me deixa sem ar. Mas, por mais apavorante que seja, sinto uma estranha espécie de identificação. Foi construído por pessoas muito sagazes, muito determinadas, que tinham muita certeza de que estavam sob ameaça *absoluta*.

Algumas possibilidades passam pela minha cabeça, e cada uma só serve para aumentar o calafrio.

Terroristas, cultos religiosos, crime organizado...

E chamam a minha mãe de "colega".

Viramos em um último corredor, e o túnel termina em uma grande porta de metal, que tem uma lente de câmera acoplada. A Rita se aproxima da lente e deixa o negócio tipo escanear o olho dela. A porta faz um *clunc* bem alto e vai se abrindo lentamente, para fora. É pesada, "feita para resistir a um apocalipse nuclear" de tão pesada. Em algum lugar do meu córtex motor, o lagarto pisa fundo no freio com sua pata escamosa: eu-simplesmente-paro.

Estou incapacitado de dar um passo além. Olho para a sequência azul-bic de Es e Ds rabiscada na minha mão enfaixada. Ande, incito minhas pernas, mas elas estão de greve. Elas sabem que ainda tenho como fugir, mas não vou ter mais se permitir que essa meia tonelada de aço se feche depois que eu passar por ela.

Pergunto, pela última vez:

– Que lugar é esse? Quem são vocês? – A Rita se vira de frente para mim. – Eu... não vou... ("não posso") dar mais nem um passo se você não me contar o que tem do outro lado dessa porta.

Tenho a impressão de que ela me mede com os olhos por um segundo. Em seguida, diz:

– Somos o 57.

– Vocês têm o mesmo nome de um endereço que nem é o seu endereço de verdade?

– Você tem o mesmo nome de um tio que nem é seu tio de verdade.

Tenho a sensação de ter levado um golpe de jiu-jítsu. Esse fiapo de informação, revelado de maneira tão casual, me parece um indício de infinitas bibliotecas, com volumes e mais volumes repletos de dados não só a respeito da minha mãe, uma neurocientista famosa, mas a *meu* respeito também.

– Como você...

– Sendo minimamente competente no que faço – interrompe ela, revirando os olhos na direção do teto de tijolos, como se rezasse para ter paciência. – Tá bom – resmunga. – Em 1994, como parte de seu compromisso de ter um "governo transparente" – a Rita retorce os lábios, como se essas palavras tivessem azedado na sua boca –, o então primeiro-ministro John Major admitiu oficialmente a existência de um Serviço Secreto de Inteligência, que você deve conhecer pelo nome de MI6.

– E daí?

– E daí que, no mesmo dia, o 57 recebeu a incumbência de ser o principal órgão a zelar pelos interesses da Grã-Bretanha, na clandestinidade. Agora somos o canivete escondido no bolso da nação.

– E daí... que a primeira coisa que esse "governo transparente" fez, depois de ter admitido oficialmente a existência de uma agência de espionagem, foi substituí-la por *outra, secreta*?

– Claro – retruca a Rita, impaciente. – Ou você tem um serviço secreto ou não tem. Mas, se tiver, é bom que seja secreto pra caralho.

Em algum ponto atrás de nós, tem água pingando. Fico só olhando para a Rita, tentando revirar aquela ideia na minha cabeça como se fosse um Cubo Mágico, até fazer algum sentido.

– A minha mãe é *espiã*?

– Não, a sua mãe é cientista, apenas trabalha para espiões.

É aí que uma ideia me ocorre, uma ideia aterradora, e só pode estar na hora das apresentações dos amadores nos centros de paranoia do meu córtex pré-frontal, porque não me ocorreu antes. Uma nova chuvarada de suor quente cai sobre os meus ombros.

– Como... como você pode me mostrar tudo isso e depois permitir que eu vá embora?

Eu tinha sido arrastado para algo secreto, e só as pessoas comprometidas a guardar esse segredo vão ficar sabendo que estive aqui. Olho para as paredes de tijolos curvadas e penso: "Cripta". Estou sendo *encriptado*.

– Nunca mais vou sair daqui, né?

Ela fica olhando para mim com um ar solene e, por um instante, penso *Merda, vou morrer*. Mas aí a Rita dá risada, uma risada espontânea e chocante, que não combina com essa tumba.

– Não seja tão babaca! É claro que você pode sair daqui. Você é um bom menino, filho da minha melhor amiga. Acho que salvei sua vida hoje. E, como se isso não bastasse – ela meio que sacode os ombros –, posso contar com estes dois fatos, que se relacionam: você é o menino que tem medo de tudo, e eu sou terrivelmente assustadora.

Tive vontade de argumentar. Mas, quando a pessoa acerta na mosca, acerta na mosca.

– Agora... – diz ela, apontando o dedão para aquela porta descomunal – ...atrás de mim estão a sua mãe, algumas respostas e uma xícara de chá que, se você me fizer esperar mais para tomar, eu te mato, de verdade. Atrás de *você*... – completa, inclinando a cabeça para o túnel – ...tem um homem com uma faca na mão. Decide.

Bom, posto dessa maneira... Dou um passo na direção dela, tão vacilante que quase perco o equilíbrio. A Rita passa o braço pela minha cintura, para me amparar. Respiro fundo e entro no 57.

Atrás da porta, tem um pequeno corredor de tijolos, depois outra porta, dupla e de vidro, por sua vez, e aí, um cubículo quadrado e mais tijolos à vista. A julgar pelas três portas de elevador do lado oposto, o lugar era só um saguão de elevador, mas agora está entulhado de mesas de escritório, computadores, caixas de papelão abertas cheias de coisas e gente atarefada: toda uma parafernália desengonçada de uma organização que teve um estirão de crescimento, mas ainda não se adaptou a ele. Homens e mulheres, vinte e cinco, não, vinte e seis, ficam se esbarrando nos espaços estreitos entre as mesas e digitam sem parar nas estações de trabalho improvisadas.

O ruído predominante do "canivete escondido no bolso da nação" é o bater de dedos nos teclados, mas também dá para ouvir trechos de conversa aqui e ali: alguém diz "ele", alguém diz "lobo" e "cifra" e "perdido" e "agressão". Números que não consigo entender. Tudo me parece aleatório, mas sei que não é.

É só estática para encobrir o sinal, penso.

Surpreendentemente, a aleatoriedade é uma coisa difícil de simular. Agora – agora mesmo – imagina tirar cara ou coroa cem vezes. Se você é como a maioria das pessoas, deve ter imaginado algo em torno de cinquenta vezes cara, e cinquenta coroa, e não deve ter pensado em uma sequência de mais do que três ou quatro de cada por vez. Mas, se tirar cara ou coroa de verdade, essas outras sequências *vão* aparecer, de modo quase previsível. A verdadeira aleatoriedade é indiferente às limitadas expectativas humanas que temos dela, e os acontecimentos de hoje não apresentam nenhum dos seus indícios reveladores.

Nada do que aconteceu – o sangue, o pânico, o caos aparente – é aleatório. Existe um padrão. Só preciso enxergá-lo escondido debaixo desse sangue todo, ouvi-lo debaixo da gritaria. E, quando conseguir fazer isso, não vou simplesmente me conformar: vou revelar o saco fétido de bosta de animal que é essa coisa toda.

Fala sério, Petey. Você só é bom em uma coisa, neste mundo abençoado por Gödel: padrões.

A Rita dá uma tossida. Uma ou outra cabeça aparece, por cima dos monitores, e as vozes se calam.

– Frankie – grita ela, do outro lado da sala –, já encontramos a menina?

A mulher a quem a Rita se dirige ainda não reparou na nossa presença. Deve ter uns trinta e muitos anos, seu cabelo é loiro oxigenado e está usando um moletom de capuz da Gap e uma calça *jeans* desfiada. Está debruçada em cima de um monitor e não tira olhos dele.

– Ainda não – responde. Franze a testa, irritada. – Tentamos contato algumas vezes. Pedi para os rapazes da equipe de apoio pensarem em uma mensagem que ela poderia responder, se estiver com o celular. Mas, se o que a gente queria era alguém capaz de decifrar códigos rapidinho, para ser sincera, deixamos escapar...

Ela interrompe a frase quando, finalmente, tira os olhos da tela. Faz uma cara de espanto, como se o cérebro tivesse acabado de entrar em sincronia com os ouvidos. Passa a mão no rabo de cavalo e olha para nós.

– ...o gêmeo errado – murmura. Então se aproxima da gente correndo e, na pressa, esbarra em uma das mesas, com as mãos para o alto. – Graças a Deus, Ca...

– Rita – interrompe a Rita. – Usa só os codinomes, Frankie, enquanto estivermos com o hóspede.

Em seguida, vai para o lado, para a Frankie poder me olhar direito. Ela abaixa as mãos, e levo um susto quando a reconheço: é a terceira pessoa da foto que a Rita me mostrou.

– E esse é a Lebre? – pergunta. Parece assustada.

– Não está reconhecendo?

– Você trouxe ele para *cá*?

– A mãe dele está lá em cima, levando um corte na barriga pela segunda vez em menos de uma hora. Para onde mais eu poderia levá-lo?

– Mas não estamos preparados para...

– *Olha só* para ele, Frankie – diz a Rita, com a maior paciência.

A Frankie espreme os olhos para mim, e o tom de dúvida da sua voz fica menos evidente.

– Parece mesmo que ele está encarando isso tudo com uma calma admirável.

A Rita assente.

– Acho que devemos isso a uma mistura de choque, cansaço e benzodiazepínicos.

– Benzodiazepínicos?

– De acordo com o dossiê dele, lorazepam. Temos mais uma hora. Duas, lá fora.

– Como assim, dossiê? Tem um *dossiê* sobre mim? – pergunto, desnorteado. Nenhuma das duas responde. O que está se tornando uma coisa recorrente. Espiões, vai entender... Mesmo assim, faço mais uma tentativa: – Que dossiê? Mais uma hora até o quê?

A Frankie vira para mim. Está sorrindo, mas tão pálida... Parece que levou um susto feio e está tentando não esboçar reação, como se tivesse aracnofobia e ganhado uma tarântula de estimação de presente de Natal da sogra.

– Até passar o efeito da sua medicação, e você poder tomar mais – responde ela. – Sabemos que, às vezes, você não lida bem com estresse.

Fico piscando os olhos, tão perplexo com a magnitude do que foi dito nas entrelinhas que quase deixo passar batido – mas não deixo – o fato de que essa, *definitivamente*, não foi uma resposta verdadeira para a minha pergunta.

– Sinto muito você ter que passar por isso – insiste a Frankie. – A Louise é muito querida por todos nós. Estamos fazendo tudo o que está ao nosso alcance para salvá-la.

– O-obrigado.

– Prazer, Frankie – diz, com um sorriso de compaixão e cumplicidade. – Está tudo bem... – Ela põe a mão no meu rosto, e tremo ao sentir seu toque na minha pele. – Você está fora de perigo agora, e a sua mãe também. A Anabel ainda está desaparecida, mas vamos trazê-la para cá, em segurança, o mais rápido possível. Só precisamos fazer algumas perguntas a respeito do que aconteceu.

– Frankie, você conseguiu as imagens do museu? – pergunta a Rita.

– O pouco que tinha, sim. Por quê?

– Podem reavivar a memória do Peter.

– Tá de brincadeira? Ele não está preparado, ainda está em estado de choque. Está com os lábios roxos.

– Vai doer menos, então – responde a Rita, com um tom firme. – Quanto antes, melhor. Nosso prazo está se esgotando.

A Frankie fica só encarando ela, com um olhar de desconfiança, e começa a sacudir a cabeça.

– Rit...

– *Eu quero assistir.* – Minha voz sai fraca, mas até eu fico surpreso com a firmeza do meu tom. As duas se viram para mim. – Por favor, se tiver alguma coisa que eu possa fazer para ajudar, quero fazer. Quero descobrir quem fez isso.

Faz-se um silêncio. A Frankie cerra os dentes, mas vira um monitor para a gente conseguir ver as imagens. Tem um vídeo em preto e branco passando, sem som. Levo um susto ao reconhecer o corredor cheio de vitrines onde encontrei a minha mãe. Está vazio. No canto inferior da tela, um reloginho digital marca as horas, os minutos, os segundos, os décimos e, por fim, os centésimos de segundo, que avançam a toda, tão rápido que quase não dá para ver.

O meu peito e a minha garganta congelam. Agora que estou cara a cara com as imagens, não sei bem se consigo assisti-las. A Frankie, que fica me olhando de canto, desconfiada, começa a explicar:

– Temos imagens até as 10:58, quando você... bom, olha você aí.

Uma pessoa entra em cena pela esquerda, correndo: magrela, pálida, abrindo e fechando os braços, mexendo os lábios, apesar de não ter ninguém com quem conversar. Aperto minha mão enfaixada até sentir uma pontada de dor.

O reloginho da câmera marca mais quatro segundos, e aí outra pessoa aparece no corredor.

– Mãe – sussurro.

Está com os sapatos de salto em uma mão e segurando o vestido com a outra. E está correndo, só que não sai de cena, como eu. Para de repente, bem no meio, com uma *expressão*... de pavor, de que reconheceu alguém, de aflição e de desespero. É um olhar de quem está cara a cara com seu pior medo e sabe que, finalmente, ele está ali para te pegar, e a pessoa não está preparada para isso nem nunca vai estar.

A minha mãe dá um passo vacilante para a frente e em seguida começa a ir para trás, meio tropeçando, com a boca bem aberta, grita por ajuda, depois um nome, *meu* nome. Ela se vira, começa a correr e, aí, a tela fica preta.

Viro de supetão para a Frankie, com os olhos cheios de lágrimas.

– Liga de novo!

– *Está* ligado – responde ela. – Tinha alguma coisa causando interferência no sinal: olha o tempo.

Olho de novo para a tela. O relógio ainda está perfeitamente visível e ainda marcando o tempo: dois segundos de escuridão, três. Levanto as mãos em direção à tela, como se pudesse arrancar aquela escuridão que esconde a minha mãe, envolvendo-a feito uma mortalha.

E aí acontece uma coisa esquisita. O reloginho para, durante duas batidas completas e descompassadas do meu coração, marcando **10:58:09:00** e, em seguida, como se fosse um maratonista trôpego tentando recuperar o equilíbrio, volta a avançar por cinco segundos e engasga de novo, só pelo tempo que levo para respirar fundo, sentir um calafrio e soltar o ar: **10:58:14:00**; três segundos depois, o reloginho para de novo: **10:58:17:00**, durante dois segundos inteiros. Aí volta a funcionar, e o tempo fica transcorrendo sem parar, se esparramando pela escuridão. Meus olhos doem de ficar olhando para aquele brilho negro – mas nem tanto – da tela.

– Continua olhando – diz a Rita.

Ainda com a tela preta, o relógio dá uma última engasgada: **10:59:02:00**. E então a imagem reaparece.

– *Mãe* – murmuro, apesar de ela ser quase irreconhecível, naquele enquadramento. É só o que sobrou dela, um monte de tecido ensanguentado, com os braços e as pernas enroscados, e eu estou do lado dela, de joelhos, com as mãos manchadas, que tateiam seu corpo desesperadamente. Olho para essas manchas nas minhas mãos agora e sinto o mesmo pânico afásico dando um nó na minha garganta.

– Congela a imagem – ordena a Rita.

A Frankie aperta o botão, e aquele eu em preto e branco para de se mexer.

– Não temos nenhuma imagem da agressão em si – explica a Frankie. – Mas você foi a primeira pessoa a aparecer no local depois do ocorrido. Viu alguma coisa que o agressor pode ter deixado cair? Qualquer coisa pode servir de pista. Olha para a tela, tenta se lembrar.

Sacudo a cabeça, sentindo lágrimas inúteis ardendo nos meus olhos.

– Qualquer coisa mesmo, qualquer coisa que possa nos ajudar a encontrar essa pessoa?

Não, a não ser...

– Peter?

– O reloginho – sussurro, com a voz rouca. – Quando a imagem some, ele para quatro vezes. A frequência...

– Já verificamos. É irregular – interrompe a Frankie. Enruga a testa e completa: – Não forma um padrão.

– Não é irregular – insisto. – Não completamente. As paradas sempre acontecem quando vira o segundo. Olha.

Com os dedos dormentes, tiro o *mouse* da mão da Frankie e arrasto o cursor em cima do vídeo até chegar ao ponto em que o reloginho parou pela primeira vez.

– A primeira parada foi *exatamente* às 10:58 e nove segundos; a segunda, *exatamente* às 10:58 e quatorze segundos. A terceira foi *exatamente* às 10:58 e dezessete segundos. – Avanço o vídeo, e acontece de novo: – E a última parada foi exatamente às 10:59 e dois segundos. Quais são as chances de isso acontecer por acaso? – Como as duas ficam olhando para mim, com cara de interrogação, respondo por elas: – *Exatamente* uma em um milhão. Não foi aleatório. Esses números significam alguma coisa: nove, quatorze, dezessete e dois.

Agora que falei em voz alta, o padrão me parece ínfimo e ridículo. Fico esperando a Frankie dizer que não é nada. Mas, para minha surpresa, ela fica com uma expressão pensativa.

– Vou comparar com as imagens da invasão ao laboratório – diz, se dirigindo à Rita.

– Que invasão ao laboratório?

A Frankie já virou a tela de novo e bate nas teclas enquanto responde:

– Hoje, às quatro da manhã, alguém arrombou o laboratório da sua mãe na Imperial College. As câmeras de lá também deram defeito, e alguém fez *upload* de um vírus que apagou todos os arquivos dos *drives*.

– Você acha que essas duas coisas estão relacionadas? – disparo.

A neblina dentro da minha cabeça está começando a se dissipar.

– Se não estiverem, é uma puta coincidência.

– E-e-então... isso é por causa do *trabalho* da minha mãe? – pergunto, com a voz tremendo.

A Rita ergue a sobrancelha e diz:

– Ela é cientista e pesquisa uma área estratégica. Por causa da comida dela é que não foi.

– Mas... mas então...

Lembro que a Frankie disse que tinham tentado entrar em contato com a Bel. Lembro do que a Rita disse quando atendeu o celular e informou a situação. "Estou com a Lebre." E sei que eu sou a Lebre. A primeira pergunta que ela fez, assim que passou pela porta, foi "Já encontramos a menina?". Só podia estar falando da Bel.

"Não estou apenas pondo em risco a minha carreira brilhante, mas também estou arriscando minha própria pele, porque tenho uma obrigação para com a sua mãe de garantir a segurança de vocês", disse a Rita.

Neste exato momento, é difícil formular a pergunta, talvez porque exija que eu abra mão da minha crença enraizada de que tudo, *naturalmente*, acontece por minha causa. Crença que, até agora, encobriu o fato de que tudo o que ouvi e vi hoje aconteceu, de um modo *nada usual* – e *muito suspeito* – por minha causa...

...por minha causa e por causa da minha irmã, que ainda está desaparecida.

– Se isso tudo aconteceu por causa do trabalho da minha mãe – pergunto, baixinho –, por que essa preocupação obsessiva com os filhos dela?

Por um instante, a Frankie me parece perplexa, mas logo se recompõe.

"Começa a contar." Olho para trás, para bem depois da Rita. Quinze passos de distância da porta. Uma porta com vinte e dois centímetros de espessura. Oitocentos e cinquenta passos de distância até sair na rua, passando por um mecanismo de trava que não tenho como operar. Olho para o relógio: noventa e três minutos desde que a vida que eu achava que tinha chegou ao fim. Não quero fazer minha próxima pergunta, mas não tenho como fugir dela:

– A pessoa que está por trás disso, seja lá quem for, não está só interessada na minha mãe, no trabalho dela, nos colegas dela: está interessada na Bel e em mim. Por quê?

– Porque ele é quem ele é.

"Ele", penso, lembrando a cara de espanto que o Seamus fez lá no museu. "Ele a levou? Como ele conseguiu entrar?"

– Vocês já sabem quem foi que fez isso.

– Temos nossas suspeitas. Mas a gente não queria contaminar as lembranças que você tinha do crime.

Fico calado. Não tem o menor sentido fazer a pergunta, a pergunta que paira no ar feito gás que vaza do cano.

A Frankie olha para a Rita, como se pedisse permissão, e a Rita dá um aceno com a cabeça. A Frankie solta um suspiro e diz:

– Foi o doutor Ernest Blankman.

Sinto um nó gelado na base do meu crânio. Como não percebi isso antes? A palavra "sequestro", em inglês, começa com "filho", "kid": "*kidnapping*". *Kid napping*. Fala sério, Pete. Você só é bom em uma coisa: padrões. Só consigo abrir os lábios na terceira tentativa, porque a minha língua se fundiu com o céu da boca.

"O meu pai?"

RECURSÃO: 3 ANOS ATRÁS

Ouvi uma risada, do tipo malvada, saindo do banheiro das meninas.

Normalmente, eu teria ficado o mais longe possível dela, dado as costas e voltado a andar pelo corredor. Naquele dia, tracei uma rota de colisão direta com o amontoado de corpos uniformizados que eram a fonte do ruído. Não sei dizer por quê. Talvez tenha sido só porque era um daqueles dias, dos dias de ouro, de coragem, aqueles – ai – dias tão raros em que tudo me parecia possível.

Meus tênis guinchavam no piso emborrachado. Continuei olhando para as garotas, segurando as tiras da mochila. Computei as conquistas do dia.

Falar com uma menina que acabei de conhecer: *feito*.

Marcar um almoço com uma menina que acabei de conhecer: *feito*.

Não sair correndo de medo e ir mesmo para a cantina encontrar a menina que acabei de conhecer: *incrivelmente, espantosamente, feito*.

Ficar esperando, esperando e esperar um pouco mais, com as costas grudadas na parede da cantina, aguentando as encaradas dos alunos na fila para pegar peixe frito com batata e uma esponja aerada de papelão, até o sino do final do almoço tocar e ela não aparecer: *feito, feito, feito pra caramba*.

Fui mais para a esquerda e passei pelo grupinho que dava risada. E, apesar de estarem cochichando, consegui ouvir o que diziam.

– Eu sei, né? Ela é completamente louca!

– Será que a gente devia contar para algum professor ou algo assim?

Uma delas parecia preocupada.

– Por favor, não, isso é muito engraçado.

– *Urgh*: o que *ele* tá olhando?

"Ele" era eu. Um leve inclinar da cabeça da garota e um leve aumento no seu tom de voz me denunciou, feito o indicador de um comissário da Inquisição. Mais risadas. Fiquei com um nó na garganta, e meu rosto fervendo, mas já tinha passado por elas e, dentro de mais sete ou oito segundos, não estariam ao alcance dos meus ouvidos. E então ouvi uma voz diferente, vindo da porta aberta do banheiro. Era conhecida: eu a tinha ouvido pela primeira vez naquela manhã, me convidando para almoçar. Só que a voz não estava falando.

Estava chorando.

Parei de supetão, com um pé diante do corpo, feito um soldadinho de chumbo cuja corda acabou.

Tentei dar meia-volta, mas não consegui. Uma vozinha maldosa dentro da minha cabeça sussurrou: "banheiro das meninas", depois "cuidado" e, por fim, "alvo".

Se fosse qualquer outro dia, eu teria saído correndo. O medo se assentou no meu coração, feito um coágulo. Já estava contando quantos passos me separavam da saída (vinte e dois) e calculando o tempo que levaria até conseguir abrir o meu escaninho e pegar meu estoque emergencial de biscoitos e enfiar tudo na boca, causando uma tempestade de dentes mastigadores e aveia voadora (duzentos e dez segundos: não sou muito chegado em exercícios). Mas, como eu disse, aquele não era um dia comum. Aquele era um dia *de coragem*.

Levantei os ombros e virei para trás. Reconheci três das meninas: Bianca Edwards, Stephanie Grover e Tamsin Chow, olhando para mim como se eu fosse uma espinha ambulante, gigante e inflamada, prestes a explodir. Atrás delas, estava a porta do banheiro das meninas e, atrás da porta...

Quarenta minutos, pensei. Lavando as mãos e chorando. Às vezes, ter coragem é a mesma coisa que saber qual é o seu pior medo.

Com os olhos fixos nos meus próprios pés, passei reto por elas. Soldadinho de chumbo: mecanismo simples, *esquerda direita esquerda*; o bater frenético do meu coração mais parecia uma engrenagem. Você consegue.

– Ei! – gritou a Bianca. – Aonde você pensa que...?

Ela não chegou a completar a frase. Eu tinha passado pelo batente. Estava dentro do banheiro das meninas.

Ai, Jesus.

À minha esquerda, uma fileira de cabines. À minha direita, uma fileira de pias e espelhos; e, entre mim e eles, um pequeno semicírculo de jaquetas pretas de poliéster femininas, de costas. Uma delas murmurou alguma coisa, e ouvi mais risadas. Outra estava com o celular na mão. Será que estava *filmando*? A chave no meu coração mecânico deu mais uma volta.

– *Ahn*... – Sério que essa sílaba tinha escapado pelos meu lábios? – Com licença.

Uma das meninas se virou ao ouvir minha tímida colocação, a menina do celular. Era a Tanya Berkeley, e sua franja preta e perfeita mais parecia um porta-retrato laqueado emoldurando o rosto.

– Ai, meu Deus. *Sai daqui!* – gritou, com a voz estridente.

De repente, me senti em estado de mania, a mil por hora e ainda acelerando, feito um carro sem freio na descida. Minha boca estava descontrolada, meus dentes batiam, abriam e fechavam, tipo um quebra-nozes, tagarelando sem parar, mas não conseguia encontrar as palavras. A Tanya olhava bem nos meus olhos. Fiquei observando a expressão mudar de revoltada para... *amedrontada*?

– SAI VOCÊ! – Consegui, enfim, encontrar as palavras.

E aí – inacreditavelmente –, o mar se abriu. Estavam *mesmo* saindo da frente. *Elas* estavam fugindo *de mim*. Quando as meninas se encolheram contra a parede para me deixar passar, vi meu próprio medo refletido nelas, multiplicado por cem. Ficaram com os olhos fixos no meu rosto, como se não conseguissem parar de olhar. Senti o calor nas bochechas e testa aumentar. Era inconfundível: estavam apavoradas.

Quando o grupinho se afastou, vi um cabelo loiro-palha, ombros encurvados por cima da pia. O som de passos se afastando depressa deu lugar ao farfalhar da água corrente e o arranhar sibilante de uma escovinha de unhas. Ela estava mexendo os braços muito rápido e com muita força. A água se espalhava dos dois lados do seu corpo; parte dela, vermelha.

– *Ahn*... com licença – repeti, me dando conta, de repente, de que não tinha um plano.

Não obtive resposta.

– Ingrid?

– Sai daqui. – Ela não se virou para mim.

– Tem certeza? Você não me parece muito... – busquei a palavra correta, mas, naquele momento, só consegui pensar em: – ...à vontade.

– Ah, puxa. – Parecia, pela voz, que ela estava cerrando os dentes. – O Arthurson tinha razão: você é mesmo um gênio.

Cheguei atrás dela. Pelo espelho, o rosto dela estava inchado de tanto chorar, e sua testa salpicada de pequenas gotas de água ensanguentada. As luvas sem dedos estavam jogadas perto das torneiras. De baixo da cachoeira espumante que saía da pia, as costas da mão da Ingrid estavam com a pele vermelha, em carne viva, e ela não parava de lixá-las com a escovinha.

– *Porra* – murmurou, entredentes. – Olha, desculpa ter dado o bolo em você, OK? Estou com um probleminha. Será que pode simplesmente me deixar em paz, caralho?

– Posso fazer alguma coisa? – Eu não fazia ideia de por onde começar. – Posso sair e...

– *Fora*. Você pode sair fora.

– Claro... – Ardendo de vergonha e humilhação, dei as costas para ir embora. Seja lá o que a Ingrid precisasse, eu não tinha. – Só... – balbuciei, apoiado de mau jeito em um dos calcanhares. "Ah, foda-se." – Vinte e três, dezessete, onze, trinta e cinco, cinquenta e quatro.

Ela não parou de se esfregar, mas trocou a escova de mão.

– Quê?

– "Vê se não me decepciona", você disse. – Eu estava com os punhos cerrados. Minhas bochechas ferviam. – E eu... eu meio que tenho a impressão de que te decepcionaria... se fosse embora.

Ela olhou para mim, virando a cabeça para trás. As mãos continuaram no piloto automático. Percebi que seu rosto se contorcia de dor toda vez que as cerdas arranhavam a pele em carne viva.

– A gente se conhece há menos de meia hora – disse ela.

– E?

– E que *importância* isso tem pra você?

– É... só...

"Só tem e pronto", eu estava prestes a dizer. Mas, de repente, tive plena consciência do quanto ela estava vulnerável, parada na frente daquela pia, com as costas da mão descarnadas. E, se eu queria ser amigo dela, tinha a obrigação de, no mínimo, ser sincero, por mais que isso me fizesse parecer um idiota.

– Você me chamou de amigo – falei. A água saindo da torneira me pareceu fazer um barulho muito alto durante os instantes de silêncio. – E eu sei que não sou, ainda não. Mas... gostaria de ser.

A Ingrid não disse nada, mas seus ombros relaxaram de leve, o que interpretei como um bom sinal. Em seguida, começaram a sacudir, porque ela começou a soluçar, o que interpretei como um mau sinal. Voltei a ficar do seu lado.

– O que foi? – perguntei, baixinho. – Do que você tem medo?

Ela me lançou um olhar espantado, com os olhos esbugalhados por causa das lágrimas.

– O que está passando pela sua cabeça? – insisti. – Neste exato momento?

Começa a falar, pensei.

Ela estava com a respiração rasa e ofegante.

– Neste exato momento? Estou pensando que ouvi quatro alunos espirrarem até eu chegar aqui. E duas pessoas não responderam à chamada. Tem um vírus no ar, grave ao ponto de as pessoas terem que faltar na aula, e se eu não lavar as mãos muito, muito bem, alguma parte vai passar batida. E, se alguma parte passar batida, posso ficar doente, e vai ser culpa minha. E, se ficar doente, não vou poder vir para a aula, e *preciso* vir para a aula. Eu não posso, *não posso mesmo*, ficar em casa durante o dia. Então, preciso, preciso mesmo, garantir que a parte de baixo da *porra das minhas unhas* esteja limpa.

A última palavra mal deu para ouvir, foi mais um urro abafado pelo ranho. As mãos dela estavam acelerando de novo. Por reflexo, tentei segurá-las, mas não tinha nenhum ponto que não estivesse sangrando em que eu pudesse encostar.

"Minha culpa", ela tinha dito. Alguma coisa dentro de mim apitou.

– Quatro vírgula cinco segundos – falei.

– Quê?

– Você lava uma mão completa a cada quatro segundos e meio.

– Quê?

– Quatro segundos e meio vezes duas mãos dá nove segundos. – Estou falando mais alto, acelerado. – Você está aqui dentro há quarenta minutos, o que dá dois mil e quatrocentos segundos: tempo suficiente para lavar completamente as mãos duzentas e sessenta e seis vezes. Suas mãos estão limpas.

Ela ficou com o rosto tenso de tanto sofrimento. Eu conhecia muito bem aquele olhar. A Ingrid estava observando as grades da jaula que se fechava à sua volta.

– Confia em mim – implorei. – Se não consegue confiar em si mesma, só agora, só neste momento, confia em mim.

Nada. Só o barulho da água e das mãos dela dentro da pia. E aí começaram a diminuir o ritmo, diminuíram mais, até que enfim a escovinha tilintou na porcelana, porque ela a havia soltado. Estiquei o braço, com o coração batendo loucamente dentro do peito, e fechei a torneira.

A Ingrid enfiou a mão no bolso, tirou dele um frasquinho de iodo e um quadradinho de algodão e passou nos arranhões das mãos. Movimentos sutis, precisos, bem ensaiados. Nem sequer se encolheu de dor, mas estava tremendo, tinha uma vibração de alta frequência percorrendo seu corpo: aquele era seu terremoto específico.

Então pegou as luvas, limpou o sangue da pia com uma toalha de papel e, sem dizer uma palavra, se virou e foi logo saindo do banheiro.

O sol estava tão claro que meus olhos doíam quando abri a porta da saída de incêndio. Eu conhecia todas as entradas e saídas daquele colégio, quais tinham alarme e quais não: eram meus túneis de lebre. O sino tinha tocado há sete minutos, mas eu precisava falar com a Bel e sabia onde ela deveria estar. Baixei a cabeça para me proteger do vento do outono e fui até o muro da escola.

– Onde é que você andava, hein? – indagou a Bel, quando cheguei ao nosso lugar secreto, debaixo dos carvalhos. – Fiquei morrendo de medo que tivesse acontecido alguma coisa com você.

Tinha um sulco na lama, cheio de folhas vermelho-amarronzadas esmagadas, porque a minha irmã tinha ficado andando de um lado para o outro sem parar. Os nós dos dedos da sua mão direita estavam inchados, e ela até tinha conseguido rachar um pedaço da casca da árvore mais próxima.

Este é o único medo que a Bel tem: de que algo aconteça comigo.

– Aconteceu mesmo – falei. Eu ainda estava sem ar por causa disso.

– O quê?

– Fiz amizade com uma menina.

Demorou mais uma semana para um aviãozinho de papel vir voando pela sala durante o primeiro período. Nele, havia escrito um número de página e uma sequência de remissões para palavras. Estava assinado:

23-17-11-35-54

1: *

Fui encontrá-la na escada dos fundos do vestiário, como ela tinha pedido. Era um dentre as centenas de lugares fora do alcance da vista, naquele colégio tão antigo. O dia estava frio e cinzento, mas a chuva era leve, como o borrifo das ondas do mar. A Ingrid estava de luvas, de novo, e olhava fixamente para fora do muro, para a cidade.

– Do meu pai – disse ela. Foram as primeiras palavras que saíram da sua boca. Nem um "oi" nem nada. Só continuou nossa conversa de onde tinha parado. – Tenho medo do meu pai.

– É – falei, sentando do lado dela. – Sei como é.

AGORA

– O que você sabe a respeito do seu pai, mais precisamente?

O respirador chia e apita, levando a mulher ligada a ele de respiração em respiração, de batida do coração em batida do coração, degraus em um abismo no qual não quero nem pensar. Meu olhar acompanha o tubo de plástico que vai até a máscara sobre o rosto da minha mãe. Seus cílios, encostados no rosto, ainda estão cheios de rímel, que ela passou de manhã; os tufos lambidos do seu cabelo se esparramam pelo travesseiro; fios e tubos brotam dela, levando ar, água e plasma para dentro do seu corpo, urina e dados para fora. É difícil ver onde a minha mãe termina e as máquinas começam. A cada respiração, o aparelho engasga, dando *reset*: uma fração de segundo em que parece que a máquina parou, como se o tempo como um todo tivesse parado. O reloginho das câmeras de segurança congela por duas batidas de coração completas:

10:58:09:00 – e então apita e chia de novo, levando minha mãe mais uma vez para aquela mesma animação paralisada. Nada está decidido, tudo ainda está em suspenso: uma jogada de pôquer esperando a virada da última carta, uma equação com uma variável livre.

– Peter? – Frankie me chama. O tom de voz sugere que está repetindo meu nome há algum tempo.

– Quê?

– Perguntei o que você sabe a respeito do seu pai, mais precisamente.

– O que eu sei? – Não tenho nenhuma lembrança, era novo demais quando ele foi embora. Tenho só impressões, trechos de sonhos e coisas imaginadas: um homem sem rosto de terno preto acinzentado, com dedos grossos e mãos gorduchas. – Quase nada.

– A Louise não te falou nada a respeito dele?

Mal estou ouvindo o que ela diz. A Frankie recebeu uma ligação, avisando que a minha mãe estava estável, mas inconsciente. E me falou que não sabem quando vai acordar. A fração de hesitação antes de ela dizer "quando" me deu a sensação de estar resvalando na beira de um precipício.

Subimos de elevador até aquela salinha, um escritório transformado em sala de cirurgia. Consigo ver as marcas da mesa arrastada dali no piso emborrachado. Desinfetaram minhas mãos com álcool gel e me enrolaram em um pano verde esterilizado, como se fosse uma espécie de cerimônia de sacrifício. Colocamos máscaras cirúrgica verdes e aí me trouxeram até aqui para eu encarar o resultado do meu trabalho.

"Você saiu correndo de lá como se tivesse visto um fantasma. Ela foi atrás de você."

Eu levei a minha mãe a esse estado. Eu sou o motivo. Eu sou a isca. Eu sou a lebre, a lebre que fugiu, e ela foi atrás; o menino que gritou... Jesus, Peter, segura a sua onda, cala logo essa boca, *cala a boca, cala...*

– Baixos – falo, em voz alta.

– Baixos? – repete a Rita, parada do meu lado, com as mãos cobertas por luvas de plástico cruzadas na frente do corpo.

A Frankie está do meu outro lado e, de repente, a Rita parece ser uma pessoa tão *neutra*, todo o seu tom cáustico se esvaiu. Seria fácil conversar com ela, tão fácil quanto conversar comigo mesmo.

– Era o que minha mãe costumava dizer a respeito do seu casamento: dizia que a maioria dos relacionamentos têm altos e baixos, mas o relacionamento dela com o meu pai só teve "baixos". Eles se encontraram, ficaram, ela engravidou, e depois romperam. Foi uma baixaria só.

Os olhos da Rita ficam enrugados por cima da máscara cirúrgica.

– Sim. Ela já me disse isso – fala.

– Você nunca achou estranho, Peter – pergunta a Frankie, na minha esquerda –, não ter nenhuma foto dele na sua casa?

A pressão de ter as duas quase encostando nos meus ombros me deixa com dificuldade de pensar.

– Não.

– Não? A sua mãe tinha uma foto do Franklin Roosevelt na cozinha, mas nenhuma do pai dos filhos dela, em nenhum lugar da casa?

Eu me encolho todo. Outro fiapo de informação, revelado casualmente. A imagem do sorriso culpado que a minha mãe dava toda vez que eu ou a Bel perguntávamos do nosso pai me vem à mente. Olhar nº 66, um olhar complicado: "Não quero falar sobre isso. Foi há muito tempo. Não foi nada de mais". Lembro do tremor nos seus dedos. Suas mãos revelavam a mentira.

– A minha mãe tinha medo dele. – Olho para minha mãe e fico com um nó na garganta. Jesus, ela está tão *parada*. – E agora sei o porquê.

Pelo canto do olho, vejo que as duas trocaram um olhar. A Rita declara:

– A gente também tem medo dele.

Olho para cima, de repente.

– O seu pai é um brutamontes, Peter, mas não é só isso. A Louise o conheceu em Cambridge, em meados dos anos 1990, logo depois que os dois concluíram o doutorado. Não sei se consigo acreditar, mas os colegas dizem que ele era ainda mais brilhante do que a sua mãe.

– O meu pai é... cientista?

Não sei por que fico surpreso: até parece que a minha mãe teria se contentado com um QI abaixo de 120.

– Neurobiólogo, como a Louise. – A Rita levanta as mãos e une as pontas dos dedos, maquiavélica. – Peter, a pesquisa que sua mãe tem feito nos últimos dezessete anos, uma pesquisa que tem... imensas implicações econômicas e estratégicas... é uma pesquisa que seus pais começaram *juntos*. Os dois discutiam acaloradamente a respeito do rumo que ela deveria tomar, e o relacionamento se desgastou por causa dessa pressão.

Então, no dia vinte e quatro de fevereiro de 1998, exatamente um mês depois que você e sua irmã nasceram, o seu pai desapareceu. – Suas mãos enluvadas imitam a nuvem de fumaça que um mágico faria. – Foi para o laboratório dele e não voltou mais para casa, simplesmente sumiu, nunca mais se teve notícia do seu pai, o cara sumiu do radar e do mapa. – A Rita olha para a Frankie e acena a cabeça discretamente. – Até ontem à noite.

– Ontem à noite?

A Frankie limpa a garganta e assume a narrativa.

– Bem... na verdade, até às três e cinquenta e três desta madrugada. Um vírus foi inserido remotamente no servidor da sua mãe, na Imperial College. Deletou tudo. Ligamos para a Louise, mas ela não podia fazer nada.

Meus pensamentos voltam para a despensa nesta madrugada, minha mãe arrancando cacos de porcelana das minhas gengivas, exaustivamente. O telefone em cima do balcão. Era *por isso* que ela estava acordada.

– E aí – continua a Frankie –, às dez e cinquenta e sete, no Museu de História Natural...

"Seda azul empapada de sangue. Uma faca reluzindo sob as luzes do museu."

– Vocês têm certeza? – pergunto, baixinho. – Têm certeza de que foi ele?

– Sem as imagens, não temos como ter certeza – admite a Frankie. – Mas, pelo que a gente sabe, ele era um filho da puta cruel. Não apenas violento, mas egomaníaco. E, apesar de toda a sua capacidade intelectual, mesquinho. Deletar a pesquisa da sua mãe e depois dar uma facada no estômago dela bem na hora do seu maior triunfo profissional? Se encaixa no perfil que fizemos dele. – A Frankie sacode a cabeça, revoltada, e murmura, quase para si mesma: – Tampouco temos uma foto dele. Quinhentas mil câmeras de vigilância nessa cidade, e parece que somos cegos.

"Meu pai. Ernest Blankman." Nenhum desses vocativos me soa bem. Só de pensar nele fico apavorado: sempre fiquei. Sempre fui capaz de dar nome aos meus medos: fiz da análise deles uma ciência. Todos, a não ser um. Todos, a não ser ele.

– O seu pai deve ter ficado sabendo que a sua mãe fez avanços significativos. – A Rita vai revelando os fatos do caso, como se fossem cartas de um baralho. – Avanços que passaram despercebidos por ele. Se, como suspeitamos, o seu pai passou a última década e meia fazendo a mesma pesquisa, isso o teria deixado enfurecido. Então, resolveu tirar a Louise de cena, deixar o caminho livre para ele concluir a pesquisa. É por isso que eu e a Frankie temos permissão de caçá-lo durante o horário de expediente.

– Horário de expediente?

Não entendi.

A Rita faz careta por trás da máscara e explica:

– Lealdade e gratidão são coisas maravilhosas, Peter, mas são motivos pessoais, não institucionais, e a nossa organização não tem o costume de se deixar levar por eles. Agora, uma cientista brilhante feito a Louise Blankman? – Sua voz tem um tom de espanto. – Alguém sem nenhum vínculo institucional, nenhum vínculo com o seu país, nada que o prenda... Não há nada que o impeça de vender essa pesquisa para quem pagar mais. O pessoal da diretoria se cagou todo, e com toda a razão.

– Que pesquisa? O que a minha mãe estava estudando?

A Rita não responde.

A Frankie dá de ombros, meio envergonhada.

– Desculpa, Peter, somos espiãs. É de se esperar que a gente guarde alguns segredos.

Não sei para que lado olhar. Então fico fitando aqueles destroços humanos: foi nisso que o meu pai transformou a minha mãe. A Rita e a Frankie estão como rosto de frente para mim, só com os olhos visíveis por trás da máscara, tão perto que consigo sentir o hálito delas através do tecido.

Jesus, pensar está tão difícil, mas tem *alguma coisa* que não...

– *Deletou* os dados dela – murmuro.

– Como?

Olho para a Rita.

– Você disse que a minha mãe estava quase concluindo a pesquisa dela. E que meu pai estava pesquisando a mesma coisa. Ela fez avanços significativos. Ele não. Então por que deletaria a pesquisa? Não ia preferir roubá-la?

As duas trocam um olhar. Um misto de admiração e humilhação, como se isso fosse algo que não esperavam que eu me desse conta.

– Você tem razão – admite a Frankie, com relutância. – O vírus apagou a pesquisa da Louise, mas o Ernest não teria feito isso sem antes ter acesso a ela.

– E como ele teria acesso?

– Bom, não temos *certeza*, mas...

– Sim?

O olhar delas é de pura compaixão.

– Anabel.

Eu me encolho todo, feito uma presa prestes a ser atacada. Tenho a sensação de que estão *me* acusando.

– Não achamos que tenha sido por mal – a Rita vai logo me garantindo. – Não foi culpa dela. Poderia muito bem ter sido você. Um desconhecido esbarra em você na rua um dia. Não consegue entender por que, mas sente uma afinidade por ele. Começa devagar. Mas, com o passar do tempo, vão se vendo cada vez mais. Você não conta para ninguém: normalmente, formam uma família muito unida, mas é bom ter algo que ninguém mais sabe. Uma noite, comendo uma *pizza*, talvez, ou comida chinesa ou alguma outra coisa gordurosa e divertida, que sua mãe não deixa vocês comerem, o cara revela a identidade. Conta o lado dele da história. E acontece que a sua mãe pode ter... exagerado alguns detalhes. Ele não precisa pedir para você não contar para sua família: você já sabe que eles vão pirar se souberem que estava se encontrando com o cara. Mas esse homem é tão *divertido*, tão mais tranquilo do que a sua mãe neurótica, e ouve os seus problemas também, de um jeito que os faz parecer menores, mais contornáveis. É impossível acreditar que o cara é o ogro que te pintaram. E você não acredita. Leva *meses* para ele perguntar sobre o trabalho da sua mãe, e meses mais até lhe pedir para trazer alguma coisa do laboratório dela. Uma coisa pequena, algum fiapo da pesquisa que, na verdade, é dele, que deixou para trás. E você não quer decepcioná-lo, e o cara consegue pedir isso justo num dia em que a sua mãe te deixou puto.

E, quando você para e pensa, percebe que está bravo com ela, porque está começando a amar esse homem, a amar de verdade, e isso poderia ter acontecido *anos* atrás, se a sua mãe tivesse dito a verdade sobre seu pai, para começo de conversa. E então faz o que o cara pediu. Rouba por ele, só pra se vingar da sua mãe.

Rita sacode os ombros e completa:

– É uma técnica bem conhecida. O seu pai poderia ter arrancado da Anabel tudo o que a sua mãe já pesquisou na vida em menos de um ano.

Ela fica em silêncio. As duas me observam, tensas, como se eu fosse vomitar ou dar um soco nelas ou fazer um buraco em forma de Pete na parede. E, em um instante terrível, me dou conta do porquê.

– É por isso que estão tão preocupadas com a Bel.

– Sim.

– Porque a minha irmã tem visto ele, falado com ele, sabe que aparência ele tem. Talvez até tenha estado na casa dele.

– Sim. – A voz dela é assustadoramente neutra.

– E ele tem estado, como foi que você falou? "Fora do radar."

Penso no corredor do museu, em como as imagens da câmera de segurança somem, logo antes de o agressor mostrar o rosto.

"Lealdade e gratidão podem até ser motivos pessoais, mas eliminar as pontas soltas é apenas questão de negócios."

Caralho, caralho, *caralho*. Mais uma vez, penso nas imagens apagadas do museu, no fato de o reloginho ter parado aos nove, quatorze, dezessete e dois segundos depois de completar os minutos: 09-14-17-02. Reviro esses números na minha cabeça sem parar. Quero ajudar. Ajudar a minha mãe. Ajudar a Bel: ser útil, droga, para *alguém*. Conto as letras do alfabeto, e dá INQB. Não faz o menor sentido. Tenho vontade de gritar de tanta frustração.

Estou com frio e dou um abraço em mim mesmo: minha mão enfaixada lateja de dor debaixo do braço. A Frankie põe a mão no meu ombro, para me consolar, e me parece muito natural virar o rosto de frente para ela.

– Temos que encontrar a Anabel antes que esse homem a encontre. Você é irmão dela: ninguém a conhece melhor. Tem algum lugar para onde ela pode ter ido? Temos agentes vigiando a sua casa, mas tem algum outro lugar? Um lugar para onde a sua irmã iria se estivesse com medo?

Essa bondade, esse carinho que a Frankie parece irradiar é a mesma sensação de tomar um banho quente depois de passar horas se debatendo com o vento uivante do inverno, e posso sentir que estou me derretendo. Meus olhos se enchem de lágrimas e, por um segundo, a cama de hospital da minha mãe se divide em duas: vejo a silhueta da Bel prostrada ao lado da minha mãe, respirando com dificuldade, com a mesma monotonia atroz. O meu pai, de terno acinzentado e sem rosto, paira entre as duas, com as mãos vívidas, machucadas e manchadas de sangue.

Vai se foder, penso. *Vou protegê-la de você*. E, para isso, só tenho que falar.

Tijolos vermelhos e folhas caindo vêm à minha mente. *Eu estava morrendo de medo*. Se a Bel foi para algum lugar, só pode ter ido para lá. Entreabro os lábios para contar isso para elas...

Mas...

Uma coisa que a Rita falou me incomoda, parece um espinho cravado na minha sensível massa encefálica.

"Você está começando a amar esse homem, a amar de verdade."

Só que eu jamais amaria. Não conseguiria amar, e a Bel também não. Seria uma traição inimaginável. Por mais puta que estivesse com a minha mãe, por mais que ele falasse, a Bel jamais ajudaria o nosso pai. Não lhe daria nada, a não ser um olho roxo, se tivesse a oportunidade.

A história daquelas duas não faz sentido.

Mas por que iriam mentir?

"Somos espiãs, Peter. É de se esperar que a gente guarde alguns segredos."

Ai, meu Deus, não sei, não *sei*. Talvez *estejam* falando a verdade. Mais uma vez, estou tateando no escuro.

As imagens falhadas do museu vêm de novo à minha mente. Que fazem uma parada aos nove, quatorze, dezessete e dois segundos exatamente depois do minuto. Em cima do segundo – o único microssegundo em mil onde os dígitos são 00, quatro vezes seguidas.

A aleatoriedade é uma coisa difícil de simular, mas aquele reloginho não estava nem tentando.

09-14-17-02.

A aleatoriedade é uma coisa difícil de simular.

09-14-17-02.

"Estática para encobrir o sinal."

Tem um padrão. Tem, tem, *tem*.

09-14... "Fala sério, Pete." Tenho que me segurar para não dizer isso em voz alta.

– Peter... – A Rita dá meio passo na minha direção. – Você está bem?

Tento sorrir para tranquilizá-la. Meu olhar oscila entre os dois pares de olhos emoldurados por poliéster verde. Seus rostos mascarados, de repente, me parecem frios. Uma de cada lado, camaradas, loucas para proteger a minha família do meu pai assassino quando, na verdade, isso aqui é, é... um interrogatório.

Elas estão me interrogando a respeito da Bel. Fizeram treze perguntas sobre a minha irmã desde que cheguei aqui.

"Sempre haverá padrões, Peter. Nossa tarefa é encobri-los."

A aleatoriedade é uma coisa difícil de simular.

– Peter? – pergunta a Frankie, mais uma vez. – Conta para a gente. Para onde a Bel iria se o pior acontecesse?

"Se o pior acontecesse." A Bel me disse isso, lá no museu. Lembro dela inclinando a cabeça para a câmera de segurança.

As câmeras. As interrupções. 09-14-17-02. Poderiam ser uma mensagem da *Bel*? Lembro de estar sentado no banco de trás do Volvo da minha mãe, trocando cifras de César com a Bella durante longas e enjoativas viagens de carro. Para decifrar uma cifra de César, a gente só precisa saber a palavra-chave, e sempre adivinhei, porque conheço a Bella muito bem. E se não for uma palavra? E se for um número? Que *número* a Bel usaria?

A Rita está me encarando com um olhar sugestivo. Ainda não falei nada. Tudo tem um número. Tudo está interligado. O respirador da minha mãe apita e dá *reset*. Ela foi agredida pelo meu pai. O meu pai desapareceu um mês depois de eu e a Bella...

Nossa data de nascimento: 24/01/98.

Desesperado, tento pensar. Meus dedos estão coçando, querendo uma caneta, mas não posso dar nenhum indício de que estou tentando *decifrar* alguma coisa. Tento visualizar o código na minha cabeça: 24, 1, 9 e 8 e, depois deles, todos os demais números entre 1 e 26, com o alfabeto bem em baixo.

24	1	9	8	2	3	4	5	6	7	10	11	12	13	14	15	16	17	18	19	20	21	22	23	25	26
A	B	C	D	E	F	G	H	I	J	K	L	M	N	O	P	Q	R	S	T	U	V	W	X	Y	Z

09 14 17 02

C O R E

CORRE!

Fico com a boca seca. "Se o pior acontecer." Na minha cabeça, enxergo a minha irmã na galeria da baleia, conversando e dando risada com a Rita. Será que a Bel estava sondando ela, tentando descobrir quem aquela mulher realmente era?

– Eu... eu... – Fico olhando de uma máscara verde para outra, depois para minha mãe e tomo uma decisão. – Não tem lugar nenhum – minto. – A Bella não tem medo de nada.

A Frankie fica me encarando por um segundo. Observa dentro dos meus olhos, como se pudesse encontrar o que está querendo impresso nas minhas retinas. Não acredita em mim. Começo a me virar, para obedecer à minha irmã, para sair correndo. Vejo os dedos da Frankie cobertos pelas luvas cirúrgicas se movimentando na minha direção e começo a me debater, a dar tapas e socos. A Frankie desvia dos meus golpes, com a facilidade de quem foi muito bem treinada. Põe a mão perto da minha boca e tento mordê-la.

A Rita diz:

– Não temos tempo para isso.

Uma coisa preta aperta a minha cabeça, tapando a luz. Eu me debato e cuspo e quase me engasgo com o gosto azedo. Tem mãos segurando meus pulsos. Meus tornozelos são levantados do chão.

– Não consigo entender. – Ouço a Frankie dizer, com a voz abafada pelo tecido: – Não consigo mesmo.

Sinto uma dor agonizante, de descarga elétrica, no lado do corpo. Me sacudo em espasmos, tenho uma convulsão. "Nããão cooooooooonsigo meeeeeee..."

O mundo à minha volta fica submerso no nada.

RECURSÃO: 2 ANOS E 9 MESES ATRÁS

A Ingrid está franzindo a testa. Quase consigo enxergar ela reorganizando as ideias dentro da sua cabeça, como se estivesse rearrumando uma mala, tentando abrir espaço para o que acabei de dizer. Esperei, ansioso, trocando o peso de um pé para o outro.

– Não consigo entender – disse ela. – Não consigo mesmo.

O que não era nem um pouco surpreendente. Eu estava me explicando mal, falando rápido demais porque estava nervoso, porque a única menina em quem eu já tinha pensado *daquele jeito* estava olhando para mim, deitada de lado, atravessada na cama, onde a maioria dos pensamentos *daquele jeito* que tive a seu respeito tinham sido pensados, com o seu cabelo loiro apoiado no meu edredom do *Noturno*. Queria ter tido tempo de trocar os lençóis; queria, pelo menos, ter esvaziado a lixeira, que estava lotada de lenços de papel, usados para *pensar daquele jeito*. Torci muito, muito mesmo, para que ela não quisesse jogar nada fora.

Quatro horas antes, eu tinha visto a Ingrid andar em direção ao portão da escola, com passos duros e relutantes, segurando a mochila como se fosse um paraquedas de emergência. Me pareceu a coisa mais natural do mundo perguntar: "Ei, quer ir lá em casa à noite, tipo... jantar e fazer alguma coisa?". Afinal de contas, já que a família da Ingrid não a entendia, talvez eu pudesse compartilhar a minha.

Só que, naquela noite, a minha família não estava muito no clima de entender os outros.

A Bel tinha levado uma suspensão de duas semanas por... alguma coisa envolvendo sapos. Eu não sabia de todos os detalhes porque, no instante em que a Ingrid entrou pela porta, a minha mãe *perdeu a cabeça* completamente, arrastou a Bel para a cozinha e ficou gritando mais alto que um apito a vapor, falando das "responsabilidades" da minha irmã. A Ingrid alinhou quatro ervilhas no quadrante superior do prato, um sinal de desconforto pré-combinado, mas ver seus dedos se remexendo, querendo pegar as luvas, foi o bastante para eu levantar da mesa. Abandonei meu frango à Kiev para sangrar sua manteiga ao alho até a morte em cima do prato e tirei a Agente Máquina de Calcular Loira do fogo cruzado.

Só que o único lugar da casa a salvo dos gritos era o meu quarto: no andar de cima, debaixo da calha. Chutei a ceroula que eu tinha usado no dia anterior para debaixo da cama, e ela fingiu que não percebeu. (A ceroula ficou enroscada nos meus dedos: precisei de três tentativas. A Ingrid fingiu muito bem.)

E aí passamos para a minha coleção de pôsteres dos X-Men ("Como assim? Não tem nenhum da Jean Grey?" "Essa coisa de telepatia sempre me deu aflição" "Ah... OK...") e para os meus pôsteres de Lendas da Matemática ("Como assim? Não tem nenhum do Newton?" "O Newton era um cuzão" "Fico muito feliz por você ter dito isso, Peter. Do contrário, não sei se a gente ia poder continuar sendo amigos!"). Depois disso – não tinha como evitar –, passamos para a pilha de cadernos azuis de capa dura no canto da escrivaninha. O fato de estarem perfeitamente arrumados mostrava que eram muito importantes, naquele quarto que, tirando isso, mais parecia o local onde uma bomba explodiu ("Um estudo sobre a entropia, Pete? Ou você é só relaxado mesmo?" "Só Deus sabe, Ingrid, só Deus sabe").

– Peter – disse, virando as páginas e prendendo uma mecha solta daquele cabelo loiro metamórfico atrás da orelha –, o que significa "ARIA"?

Fiquei olhando para ela, boquiaberto. Sua pergunta inocente tinha jogado a minha obsessão secreta de cinco anos para o alto, como se fosse uma moeda de dez centavos.

Cara: o jeito que ela te olha significa que a menina acha que você é louco.

Coroa: ela está dizendo que, talvez, até funcione.

É, palpitou a vozinha dentro de mim, como se as probabilidades fossem de cinquenta por cento.

Comecei a resmungar uma resposta evasiva e pouco específica, mas aí pensei: "Ela é sua amiga, Pete, sua amiga, e é praticamente uma ninja da matemática... talvez ela até consiga te ajudar".

Engoli em seco e resolvi ir com tudo.

– Você tem transtorno obsessivo compulsivo, né? – perguntei.

Ela sabia que eu sabia. Mas, durante aqueles três meses em que nos conhecíamos, nunca tinha dito isso abertamente. Olhou para mim, desconfiada, e confirmou com a cabeça.

– E te deram remédio para isso?

Os músculos do maxilar da Ingrid ficaram tensos. Por um segundo, tive medo de ter forçado a barra, mas aí ela falou:

– Ana. – Seus lábios se retorceram, pesarosos, quando ela disse isso.

Esse é o apelido do anafranil. Eu também tinha tomado Ana por um tempo.

– Eu ando com a Lôra. – Tirei um blíster de lorazepam do bolso.

– E como é que a Lôra é? – perguntou, mais tranquila.

É um escambo comum. Você me mostra a sua muleta bioquímica, e eu te mostro a minha.

– Parece que deram com um saco de pancadas na minha cabeça. Mas, quando preciso, é a melhor alternativa. E como é que a Ana é?

– Bagunça a cabeça. – Ela deu um sorriso amargo. – Mas, às vezes, dá uma acalmada. Aonde você quer chegar?

– Quero chegar ao ponto que pensamentos são uma coisa química. – Atirei o lorazepam na cama, do lado dela. – E química é física. Elétrons circulando por aí. E física, pelo menos a parte que realmente interessa, é matemática.

Continuei:

– Não faz nenhuma diferença *do que* a gente é feito: carbono e hidrogênio, prótons e elétrons. As bananas são feitas da mesma coisa, assim como os malditos poços de petróleo. O que faz diferença é *quanto* de cada coisa você tem. E *como* isso está organizado. O que faz diferença é o padrão, e os padrões são a alma da matemática.

Respirei fundo e segurei o ar por um segundo, rezando em pensamento – *Por favor, não me chama de louco* –, depois soltei:

– Existe uma equação que representa você, Ingrid, e uma equação que me representa. E eu vou descobrir qual é.

A Ingrid ficou me observando por muito, muito tempo.

Por favor.

– OK. Por onde nós começamos?

"Nós." Dei um sorriso tão grande que meu rosto doeu. Abri o primeiro caderno da pilha, virei a página e dei para ela.

– Por aqui.

Na segunda página, tinha algumas adições simples.

$$0+1=1$$

$$1+1=2$$

$$2+1=3$$

$$3+2=5$$

$$5+3=8\ldots$$

E, embaixo disso, a fórmula geral dessa série:

$$n = (n-1) + (n-2)$$

A Ingrid franziu a testa e falou:

– A sequência de Fibonacci?

– É, cada termo é a soma dos dois anteriores. É a fórmula recursiva mais simples que conheço.

– E daí?

– E daí que... – Estávamos chegando ao ponto, e meu coração parecia um daqueles despertadores antigos, apitando dentro do meu peito. – Pensa um pouco. O que você é, Ingrid?

– Uma... garota?

– Não.

– Como não? Sou sim, Pete. Mas, se está querendo que eu prove isso para você, nossa, está fazendo tudo errado.

– E-e-e-eu... – Que ótimo. Não estava apenas com um caso grave de afasia mas, ainda por cima, o jeito como a Ingrid rolou na cama, soprou a testa para tirar o cabelo dos olhos e deu um sorriso irônico fez meu sangue abandonar meu cérebro, em um dramático redirecionamento para baixo. Bufei. – Eu quis dizer... – falei bem devagar, para não gaguejar – ...o que torna você diferente de todas as outras pessoas?

Ela franziu a testa de novo, esticou os braços e apoiou o queixo nas mãos, unidas em um gesto maquiavélico.

– OK, vou entrar na brincadeira. – Pensou por alguns instantes e respondeu: – Minhas lembranças, acho eu. É a única coisa que tenho e que ninguém mais tem.

– Exatamente! – Resisti ao impulso de dar um soquinho no ar. – E o que são as suas lembranças? São experiências que te transformaram e, quando você lembra, elas te transformam de novo: a batida do coração da sua mãe, a primeira vez que comeu morango, a primeira vez que pisou em uma peça de Lego e caiu, soltando palavrão... – Fiquei tentando lembrar de mais exemplos.

– A primeira vez que você transou com alguém? – sugeriu a Ingrid.

Fiquei vermelho.

– Você falou isso só pra ver de que cor eu ia ficar, não foi?

– Ou talvez eu esteja cansada de esperar você encontrar um jeito matemático perfeito de me convidar pra sair.

Fiquei mais vermelho ainda.

– A questão é: suas lembranças determinam as suas *escolhas*, te empurrando para a próxima experiência, que se torna sua próxima lembrança. Uma sequência que expande a si mesma, sempre pela soma de si mesma ao seu passado, recorrente ao infinito, sempre igual à soma do que veio antes dela, igualzinho...

Só que a Ingrid não precisou que eu explicasse isso para ela. Já estava com os olhos fixos na fórmula, boquiaberta.

– E daí que, se a essência do que somos é a memória, e a essência da memória é a recursão, a recursão pode ser a *nossa* essência?

– A-R-I-A – desenhei as letras no ar, enquanto ia falando. – Algoritmos Recursivos Intuitivos e Autônomos. Canções que cantam e ouvem a si mesmas. Eu só preciso ouvir com a devida atenção para descobrir quais são as notas.

Tomei consciência da minha própria voz, desesperada, ecoando pelo quarto. Enfiei as mãos nos bolsos, me sentindo subitamente envergonhado.

– E aí vou saber – falei.

– Saber o quê?

– Do que tenho tanto medo.

A Ingrid ficou me observando por um bom tempo, arregalando os olhos castanhos.

Não, não diz isso, não...

– Pete, isso é impossível.

Senti todo o meu ser se encolher. *Não.*

– Tipo, é uma ideia encantadora. Mas, mesmo que você esteja certo, a complexidade dos cálculos, o número de variáveis é... é pouco realista.

– É científico.

– Está mais para ficção científica.

– E o que não está? – argumentei. – Vivemos em um mundo onde podemos arrastar trens de centenas de toneladas a centenas de quilômetros por hora controlando o movimento de elétrons que são *dez milhões de vezes* menores do que o que pode ser visto a olho nu. Podemos enviar pessoas para o espaço em um foguete propelido por uma explosão e calcular a trajetória da volta de maneira tão precisa que conseguimos trazer essas pessoas sem esmagá-las, asfixiá-las nem fritá-las. Podemos roubar lembranças de ratos dando a eles uma substância química *enquanto* estão tendo essas lembranças. Você acha que o ARIA é impossível, Ingrid? – Fiquei olhando bem nos olhos dela. – Com todas essas loucuras que acontecem no mundo, todos os dias, como pode ter certeza?

Eu me joguei na cama do lado dela, me sentindo, subitamente, muito cansado, e fechei os olhos.

Lembrei de todas as vezes que tinha abraçado meu próprio corpo em cima daquele edredom do *Noturno* e não conseguia parar de tremer; de todas as vezes que eu enchi a cara de comida e fiquei esperando, esperando, *esperando* para vomitar, com o estômago feito uma fruta passada, prestes a explodir; do gosto de plástico de todos os comprimidos de lorazepam que eu já tinha engolido e de como eles deixavam meu pensamento mais turvo, feito um fundo de rio lamacento; de todas as vezes que eu vi gente conversando, ouvi a risada das pessoas e me segurei, fiquei longe, com medo de ter uma crise perto delas, com medo do julgamento, do desprezo, até que o meu mundo foi se encolhendo sem parar e se resumiu praticamente a mim, à minha mãe e...

...à Bella...

...e, agora, à Ingrid.

– Uma *demonstração* matemática e irrefutável de quem somos. – Pelo jeito que a Ingrid falou, parecia que ela queria acreditar nisso até mais do que eu.

Por favor, pensei, *me dá essa chance. Por favor, acredita nisso comigo.*

Senti uma mão, enrolada em lã áspera, vindo aos poucos por cima da minha.

– Pete – disse ela, baixinho.

Não abri os olhos.

– Que foi?

– Se… se, por acaso, estava procurando um jeito matematicamente perfeito de me convidar pra sair, sabe, de verdade…

Respirei o mais leve que pude e segurei o ar, para ela não perceber.

– Acho que você acabou de encontrar.

AGORA

Vomito na escuridão.

Os músculos do meu estômago dão pinotes, e a bile queima a minha garganta. O vômito bate na barreira de tecido grudada no meu rosto e salpica em mim. Eu... onde... quê?

Não consigo ver nada. Não consigo respirar. Abro bem a boca, tentando engolir oxigênio, e acabo puxando o tecido e engolindo nacos de vômito azedo. Tenho vontade de gritar, mas não consigo.

Não consigo me mexer. Jesus, me ajuda. Não consigo *me mexer*. Algo cruel mastiga meus pulsos, e me debato. Aspiro gases enjoativos, adstringentes, que parecem cola, e sopro o pano o mais longe do meu rosto que consigo. Mas não tem ar suficiente. Não tem ar. *Não... tem... ar.*

Onde é que eu estou?

– Merda. – É uma voz feminina, dura e conhecida. E então lembro: "Rita", "57". Estou deitado de costas, balançando, no ritmo de passos. Acho que estou sendo carregado em uma espécie de maca.

– Ele está tendo uma convulsão, vai se asfixiar.

Dedos remexem no pano, levantam o troço de cima da minha boca.

O ar fresco gela meu queixo coberto de vômito, e eu o engulo avidamente – uma respiração frenética, duas – e então, finalmente, solto um grito.

"Por quê?", tenho vontade de perguntar. "Por quê?", mas os músculos do meu maxilar não estão mais funcionando, e números giram sem parar na minha cabeça:

091417020914170209141702091417020914170209141702091417020914170209141702

CORRECORRECORRECORRECORRECORRECORRECORRE

Uma porta se escancara perto da minha cabeça. Não estou mais balançando. Sinto algo de metal gelado pressionado contra a minha pele, e cortam a coisa que está prendendo as minhas mãos. Sou carregado pelos pulsos e pelos tornozelos. Mãos ásperas me empurram, expulsam o ar dos meus pulmões, apertando meu peito contra uma cama. Uma estrutura tão gelada que chega a arder.

– Ele tentou me morder. Prendam ele.

Ouço quatro *zips*. Meus pulsos estão presos de novo. Me ajuda. *Me ajuda.*

09-14-17-02.

Minhas pernas tentam se mexer, mas meus tornozelos também estão presos.

Ai meu Deus ai meu Deus ai meu Deus ai meu Deus. Respira, se concentra apenas em respirar; um respirador artificial bipa, inspira e expira, inspira e expira, a cada dois segundos e meio. *Mãe*.

A minha mãe está em poder deles.

Lembro do que a Rita me disse: "Às vezes, a resposta óbvia é a resposta certa". E, poucos minutos depois: "É nossa tarefa garantir que o padrão seja o mais complicado e confuso possível". Eu acreditei nela. Acreditei nela mesmo quando me *disse* claramente que estava mentindo.

A minha mãe está em poder deles. Mas está viva. Ela sobreviveu, Pete. Você também consegue.

A minha respiração se acalma, só o suficiente para eu conseguir ouvir as vozes.

– Traz a droga da máquina pra cá.

Por mais abalado que eu esteja, consigo distinguir o espanto no silêncio que se segue.

– Pode falar – completa a Rita, irritada –, se tiver uma ideia melhor.

Mais um segundo de hesitação. Então ouço solas de borracha guincharem no chão de concreto: é a Frankie saindo do quarto. A porta bate.

Nada. Silêncio, respiração ofegante e cegueira. Um momento em suspenso. A porta se escancara novamente. Levo um susto. Sapatos no piso de concreto, outros sapatos. Um rolar de rodinhas: estão trazendo algo pesado para dentro do quarto.

– Vou prepará-lo. – É a voz da Rita, dura e sem emoção, feito uma pedra.

O ar queima minha garganta, dolorida de tanto vomitar. Eu me sacudo e me debato a cada ruído.

Um raspar de metal no concreto. Um *téc téc* de tesoura, embaixo do meu queixo; meu peito fica exposto ao ar. Fico com a pele toda arrepiada. Uma coisa grudenta é pressionada, com força, no meu peito. Dedos, surpreendentemente quentes, entram por baixo do meu capuz e pressionam mais coisas adesivas contra as minhas têmporas. Tento resistir, mas não consigo.

Uma descarga de alta frequência sacode o meu esqueleto, e solto um grito, ao sentir o choque.

– Dose um – diz a Rita.

– Dose o qu…

CARALHOCARALHOCARALHOCARALHOCARALHO

Não consigo pensar. Tudo fica mais intenso. Ruído de fundo. Uma dor aguda, lancinante. Borrões pretos brotam diante dos meus olhos.

– Dose dois.

Uma dor que sacode, como se tivesse uma furadeira atravessando as minhas têmporas, espalhando fragmentos de crânio, uma espiral vermelha de massa cinzenta que se enrola em volta desse pedaço da minha cabeça. Consigo sentir que estou morrendo.

– Espera.

Meus lábios se desgrudam dos dentes, com uma sensação pavorosa, de cola, e começo a choramingar.

– Dose três.

Ouço um som de chicotada dentro da minha cabeça, e me sinto murchar. Os lacres de plástico afundam na pele dos meus pulsos. Consigo sentir hematomas surgindo ao longo da minha coluna, devo ter batido na cama, porque o colchonete é fino, mas não me lembro de ter feito isto. Devo ter apagado.

– OK, vamos fazer um teste. – A voz de Rita chega embaralhada aos meus ouvidos.

A minha cabeça vai para trás. Estou acabado, sinto a mesma exaustão que toma conta de mim depois de uma crise de pânico de magnitude máxima. É quase um alívio. Meu sistema endócrino pôs tudo para fora.

Réstias de luz entram sorrateiramente por baixo do capuz. Estão tirando o tecido da minha cabeça, enrolando para cima. Sinto pontas de dedos verificando minha pulsação. A luz me cega e, com os olhos lacrimejando, vejo uma mão se afastar da lateral do meu pescoço, uma mão com dedos brancos e palma negra.

Não, não é uma palma de mão negra, é uma mão de luvas.

As mãos estão cobertas por luvas sem dedo.

Ela está parada de pé, perto de mim. Seu rosto está tenso, o cabelo loiro preso atrás das orelhas. Me olha nos olhos. Sete longos segundos se passam.

– I-In... *Ingrid*? Não! NÃO! Não o-o-ousem ma-machu-c--c-c-cá-la ca-c-c-caralho...

As sílabas saem parecendo código Morse, mas logo paro de falar, porque *ela* não está amarrada a uma cama com lacres nos pulsos. A Ingrid não me parece uma prisioneira.

– P-p-por quê? O quê? O q-q-q-quê você está...? O que você está f-f-f-f...?

O que você está f-f-f...?

Ouço outra voz que repete minhas palavras, sem entonação nem emoção, feito um daqueles despertadores que falam. Vejo os lábios da Ingrid se movimentarem exatamente ao mesmo tempo que os meus, pulso por pulso, pausa por pausa.

Fico em silêncio. Minha garganta está cheia de vidro quebrado.

Como você está fazendo isso?

E, apesar de ter apenas pensado nessa pergunta, é a *Ingrid* que a verbaliza, naquela voz átona, sem emoção. Fico observando o *piercing* no seu lábio se mexer, enquanto ela pronuncia as palavras.

Olha para cima, além da minha cabeça, e é só aí que lembro que a Rita continua atrás de mim.

– Estou sintonizada – diz.

Sintonizada?, penso. *Sintonizada com o quê? Que merda é essa, Ingrid?*

– Meu nome não é Ingrid, Pete. É Ana. – Ela está olhando para mim, esmiuçando meu rosto, seu olhar vai e volta, como se estivesse lendo alguma coisa.

– Peter – pergunta a Rita, que continua atrás de mim – Cadê a sua irmã?

Mas não consigo tirar os olhos do rosto da Ingrid. Por que ela está fazendo isso? *Ingrid, não*, penso. *Por favor, somos amigos.*

– Somos amigos, *sim*, Pete – confirma ela. – Você é o meu melhor amigo, desculpa por ter sido obrigada a mentir. – Agora, sua voz está trêmula, sincera. – Vou explicar tudo, prometo, mas precisa nos contar onde é que a Bel está.

Merda. Ela está. Está mesmo. Está mesmo lendo meus pensamentos. *Como?* Ingrid? Me tira daqui, por favor. Me ajuda. Ajuda a minha mãe. Ela serviu frango à Kiev pra você. Ingrid. *Ingrid.* Jesus!

Ela olha para a Rita e sacode a cabeça.

– Você forçou demais. Ele está confuso. Não consegue se concentrar na pergunta pelo tempo necessário para encontrar a resposta.

A Rita se aproxima, fica me observando. Sinto seu bafo no meu pescoço. De pimenta.

– Quem sabe dou mais uma dose – cogita.

– Não! – Por um segundo, acho que a Ingrid está verbalizando meus pensamentos, só que ela chega mais perto da Rita, com a mão estendida, em sinal de protesto. – Não, não é necessário. Me deixa só... me deixa só conversar com ele.

Meu cérebro parece uma argila macia. Na minha visão borrada, o cabelo loiro da Ingrid parece uma auréola. Isso não pode estar acontecendo. É impossível.

– Com todas essas loucuras que acontecem todos os dias – os seus olhos castanhos, tão conhecidos, me parecem tranquilos –, como pode ter certeza disso? Anda, Pete, você é matemático. Um cientista. Isso é uma questão de método científico. Ajusta a sua teoria para se encaixar nas evidências. Eu estou aqui. Sou uma evidência. É só se ajustar.

Aperto os dentes. Então *como*, explica para mim. Como é que você está lendo os meus pensamentos?

– Você sabe quantos sons diferentes existem na língua inglesa?

Não sei.

– Quarenta e quatro. Sabe quantos músculos estão envolvidos nas expressões faciais? Quarenta e dois. Seu corpo é perfeitamente capaz de transmitir todos os pensamentos que passam pela sua cabeça sem que você precise dizer uma palavra, Pete, *principalmente* o seu, e eu estou... eu estou especialmente bem calibrada para recebê-los. Bom, para refleti-los, na verdade.

Refletir. Uma lembrança se avoluma no meio daquela mixórdia do meu cérebro exaurido. Da minha mãe, anos atrás, com as mãos por cima dos *waffles* de batata que fez, tentando explicar algo que andava pesquisando no trabalho.

– E-e-espelho – é tudo que consigo dizer, mas a Ingrid entende. É claro que entende.

– Isso mesmo, Pete. – Ela assente. – Neurônios espelhados. A mesma coisa que permite que você perceba quando sua irmã está tendo um dia ruim ou quando a sua mãe está com sede. Todo mundo tem. Só que eu tenho mais: duzentos por cento a mais. Sou um espelho. Você sente, eu sinto. Você pensa, eu penso.

De repente – que absurdo – só consigo pensar nos lenços de papel molhados, debaixo da minha escrivaninha, e em mim pensando nos lenços e em mim *pensando* nesses lenços agora. E aí lembro de um livro de matemática aberto na página dos agradecimentos e em como me senti orgulhoso, e em como eu me senti excepcionalmente *eufórico* por ter uma amiga que me *entendia*, que estava tão na mesma sintonia que eu que parecia... – e tenho vontade de dar risada, de gritar e de arranhar a minha cara toda – que parecia que ela era capaz de ler meus pensamentos.

"Não tem nenhum da Jean Grey."

"Essa coisa de telepatia sempre me deu aflição."

Meu rosto está fervendo, e lágrimas de humilhação escorrem por ele.

– É – diz a Ingrid, e sua voz está embargada, como se ela também estivesse com vontade de chorar. – Desculpa.

Viro o rosto, e as ventosas presas nas minhas têmporas repuxam minha pele queimada.

– T-t-tor... – começo a dizer.

– Isso aqui não é nenhuma tortura, Peter. – A Rita praticamente faz *tsc tsc*.

Mas *parece*, caralho.

A Ingrid parece estar tão abalada quanto eu.

– Sei que dói – fala. – E sinto muito. Sei que dói demais. Mas a gente *foi obrigado* a fazer isso. Você estava quase entrando em pânico, e não conseguimos nos comunicar com você quando está em pânico. Sua pulsação estava em duzentos e vinte, e você só piorava. Tivemos que te dar um choque para interromper esse processo, até chegar a um ponto em que eu conseguisse ler seus pensamentos. Dá pra entender? Sinto muito, mas era o único jeito. *Temos* que encontrar a Bel.

Cada uma de suas palavras grita sinceridade. Ou, talvez, eu tenha imaginado isso. Olho para ela, e meus olhos parecem pesados, e penso em uma única coisa.

"Por quê?"

A Ingrid engole em seco e só então responde. Fica olhando para a Rita e para mim, sem parar.

– Você sabe por quê.

E sei mesmo: um homem sem rosto de terno preto acinzentado, com mãos gorduchas, de dedos grossos; aquela expressão horrorizada que a minha mãe fez quando reconheceu alguém, nas imagens das câmeras de segurança.

Lobo.

Meu pai. Tenho medo do meu pai.

– Eu sei, Pete. Também tenho.

Olho para baixo. Meus pulsos estão vermelhos, em carne viva, de tanto que tentei me soltar dos lacres de plástico.

Observa, escuta, pensa. Olha só o que fizeram comigo.

"A gente foi obrigado."

Será que estavam dizendo a verdade? Será que eu ainda podia confiar na Ingrid? Uma esperança se acendeu no meu peito. Será que ela ainda poderia ser minha amiga?

Quando esses pensamentos passam pela minha cabeça, *juro* que vejo a Ingrid se encolher toda. Por uma mínima fração de segundo, sua máscara cai, e eu a vejo como a via no colégio, no reflexo do espelho do banheiro das meninas, amedrontada, fragilizada e com as mãos em carne viva.

Não. Ela não é minha amiga. Essa gente não é minha amiga. Sua máscara caiu quando usaram lacres de plástico, capuzes e ligaram aquela porra de bateria de carro na minha cabeça. Quando a Bella me mandou correr, não quis dizer para eu correr do meu pai: era para correr *deles*.

A Rita fica do lado da Ingrid.

– Peter, conta para a gente onde está a Anabel. Para onde ela iria se ficasse com medo?

Bella. Eles querem pegar a Bel. Vejo, na minha cabeça, tijolos vermelhos e folhas vermelhas. Ouço a voz da minha irmã: "Fiquei morrendo de medo que tivesse acontecido alguma coisa com você".

– Isso! – A Ingrid chega mais perto. – Isso! Pronto: onde é que fica esse lugar? Onde fica esse lugar em que você foi encontrar com ela?

Merda! Tento expulsar esses pensamentos loucamente. Penso em elefantes e bambolês e no gosto de vinagre com sal e em torrões de terra e... preciso de uma distração...

Começa a contar.

1; 1,414213; 1,732050; 2; 2,236...

Sinto um gosto azedo na boca. No mesmo instante em que começo a contar, percebo que não vou conseguir contar para sempre. Sinto a localização do nosso lugar secreto se debatendo contra os muros da minha mente, com a mesma força com que o pânico sempre se debateu.

2,449...

– Sintonizei algo por um segundo – diz a Ingrid para a Rita –, mas não consegui captar. Agora ele está fazendo raiz quadrada.

O silêncio da Rita indica que ela não entendeu.

– Dos números inteiros – completa a Ingrid –, com seis casas decimais.

– Não temos tempo para isso – resmunga a Rita. Aí fica atrás de mim de novo e fala mais alto, como se quisesse que um gravador captasse: – Vou dar outra dose nele.

– *Para*, Peter – implora a Ingrid. – Para com isso, você não pode continuar fazendo isso para sempre.

2,828427; 3...

– *Por favor*. – Ela está com os olhos cheios de lágrimas. – Se você não parar, vamos ter que te dar outro choque, depois mais um, até não oferecer mais resistência. Até não conseguir mais contar.

3,162277. Estou rosnando, até em pensamento. Não vou entregar a Bella para ela. 3,3166...

– Petey – sussurra a Ingrid.

Atrás de mim, a voz da Rita mais parece uma gaveta de necrotério sendo fechada:

– *Dose quatro.*

Tudo fica branco. Aperto os dentes com tanta força que posso ouvi-los rachando, sentir as lascas voando. Os números viram pó dentro da minha cabeça. Não consigo ver nem ouvir nada. Cuspo e balbucio e tento gritar, mas só consigo emitir um gemido fraco. Afundo os dedos no carrinho que está por baixo da cama, e uma lasca de madeira enrolada, da finura de um papel, se solta na minha mão. Por um único e abençoado segundo, minha mente fica vazia, mas logo borrões vermelhos brotam, feito sangue em um curativo. Tento expulsá-los, mas não consigo. Estou exausto. "Vermelho." Folhas vermelhas. Tijolos vermelhos. Procuro números para expulsar essa imagem, mas não consigo pensar em nenhum. O bosque atrás do canto superior direito do colégio. Do meu colégio. O lugar onde eu e a Bel nos encontramos quando tudo dá errado.

E, ao pensar nele, sei que a Ingrid está enxergando o lugar. Fico só ouvindo, esperando ela contar para a Rita.

Espero.

Espero um pouco mais.

Abro os olhos. A Ingrid está abraçando o próprio corpo, os nós de seus dedos estão brancos. Ela está tremendo. O rímel escorre, formando pequenos rios pretos pelo seu rosto. A Rita não parece se incomodar com o sofrimento dela.

"Você sente, eu sinto." Suas palavras se erguem feito uma coluna de fumaça no meu cérebro tostado. "Você é o meu melhor amigo." E se isso não fosse mentira?

Ela vai encolhendo as mãos, bem devagar, para dentro das luvas. Seu olhar percorre meu rosto. Parece alarmada. Pode ser que esteja fingindo, mas acho que não. Consigo senti-la, prostrada, em dúvida, olhando, culpada, primeiro para a Rita, que está atrás de mim, depois para mim de novo e, em seguida, para a Rita, mais uma vez. A Ingrid faz que vai falar, pensa melhor e engole em seco.

Aperto os dentes. Meu olhar se dirige para os olhos dela, que não consegue tirar os olhos de mim. *ARIA*, penso. Prova de quem somos. Penso em livros de matemática já muito gastos e códigos usando números de página. *Isso é magnitude dez na escala Claglada*, penso, *mas podemos encarar*. A Ingrid sacode a cabeça, discretamente, me implorando para parar, mas não paro. Penso em interrogações seguidas de exclamações, penso na sensação da sua mão encostando na minha e no calor do seu corpo deitado do lado do meu, por cima do meu edredom do *Noturno*. Penso em beijá-la. Penso em uma escovinha ensanguentada caindo na pia. Penso no quanto eu a amo.

Se não consegue confiar em si mesma, confie em mim, penso. Gotas de suor apareceram na testa da Ingrid. Escorrem pelo seu rosto, feito gotas d'água condensadas em um vidro gelado. A Rita não diz nada, mas consigo sentir sua presença atrás de mim, observando, esperando.

Ingrid, penso.

– Ana – sussurra ela, e seus lábios mal se mexem –, meu nome é Ana, Ana Black.

"Ingrid."

Ela olha para a Rita, abre a boca, pensa melhor. Percebo que ficou balançada.

– N-namo...– solto, no mesmo instante que os lábios da Ingrid começam a se mexer. Minha voz sai enrolada, faltam algumas consoantes, mas consigo pronunciar as palavras.

Ingrid olha para mim espantada.

– Quê? – pergunta a Rita.

– A Bel t-tá com o namora...

A Rita entra no meu campo de visão, atrás do ombro da Ingrid. Olha para a câmera no canto e depois para mim de novo.

– Não temos nenhum registro de um namorado. A Louise...

– Minha mãe não sabe – interrompo. – A Bel nunca contou a ela, pooque ele é bem mais velho. – Estou voltando a sentir os músculos do maxilar. Olho bem para a Ingrid. Que fica olhando para mim. – Ele tem vinte e três anos – digo. – E ela, só dezessete. Estão juntos há onze meses, três dias e cinco horas.

23-17-11-3-5...

– Onde é que ele mora? – pressiona a Rita.

Deixo minha cabeça se afundar na cama e a sacudo devagar, como se estivesse tentando dispersar o nevoeiro.

– Só lembro o número da casa – murmuro.

A Ingrid está olhando para mim, atônita, mas não tiro os olhos dela.

– Cinquenta e quatro.

A Rita fica parada, esperando pacientemente pela resposta da Ingrid, que engole em seco. Quando fala, é com a voz rouca, embargada, mas tranquila:

– Ele está dizendo a verdade.

A Rita se aproxima, abre uma das minhas pálpebras e fica olhando nos meus olhos, ponderando.

– Vamos verificar isso.

RECURSÃO:
2 ANOS E 9 MESES ATRÁS

– Estou falando a verdade – insistia o doutor Arthurson.

Fiquei olhando para as equações na tela até que meus olhos lacrimejassem e todos os X, ∫ e Σ se entortassem e formassem círculos concêntricos, feito ondas em um lago.

– Não estou vendo.

– Está certo.

– Não estou falando que não acredito no senhor, doutor A. Não estou lhe chamando de *mentiroso*, só estou falando que não entendo o porquê.

As sobrancelhas do doutor Arthurson se juntavam quando ele franzia a testa. Ele tinha sobrancelhas monumentais de verdade: grisalhas, peludas, pareciam lagartas. Naquele exato momento, essas sobrancelhas estavam unidas, formando uma única faixa cabeluda.

– Você me faz lembrar do maldito do Gödel – resmungou ele. – Mirrado, ansioso, um prodígio. Era chamado de "Senhor Por que" quando era criança e olha só o que aconteceu com ele. – Então remexeu as sobrancelhas de um jeito ameaçador.

– E o que foi que aconteceu com ele? – perguntei.

As sobrancelhas se ergueram, abismadas.

– Como assim? Você não sabe?

– Não sei quase nada sobre esse cara.

– Você nunca pesquisou sobre o Gödel? Onde é que foi parar a sua compulsão *nerd* de decorar o artigo da Wikipédia de todos os matemáticos famosos da história da humanidade?

As sobrancelhas continuavam sua escalada vertiginosa ao Monte Arthurson. Quando chegaram ao couro cabeludo, mais parecia que duas ovelhas perdidas tinham finalmente voltado ao rebanho.

– Ainda não cheguei nele – protestei. – São mais de dois mil e quinhentos anos de história da matemática, e só tenho quatorze anos de existência. Alguém tem que perder para dormir e comer.

– Bem, você deveria dar uma pesquisada no Gödel, é uma ótima história – resmungou o doutor A. – E, com "ótima", quero dizer horripilante. – Aí apontou para a tela que, diante dos seus olhos debilitados, não passava de um retângulo luminoso e borrado. – O "porquê" disso é mesmo tão importante para você?

– Sim.

O doutor A assentiu, mal-humorado, e olhou para o relógio na parede da sala. Dez para as seis. Ele tinha se oferecido para me explicar mais alguns teoremas avançados às quartas-feiras, depois da aula. A chuva batia nas janelas, caindo de um céu borrado de tinta preta. Estava escurecendo, mas eu não tinha me dado ao trabalho de acender as luzes. Puxei minha cadeira para perto da dele, e ficamos encolhidos em volta do brilho da tela do *laptop*, como se fosse uma fogueira no meio da floresta.

– Estou perdendo uma noite com o Dean por causa disso – resmungou o professor. – Ele ia cozinhar. E sempre faz três pratos *e* umas trufinhas de chocolate para comer com café, depois do jantar.

– Que chique – falei.

O doutor A deu um sorrisinho irônico.

– É começo de namoro: ele gosta de se exibir para mim.

– Daqui a seis meses só vai ter frango frito *delivery* e peido alto no sofá, hein?

– Eu não viraria a cara para um frango frito nesse exato momento.

A frase foi pontuada por um ruído que pensei ser de trovão, mas que, no fim, era o ronco do estômago cavernoso do doutor A. Estava na hora de ir embora.

– Chega – falei. – Vamos dar a noite por encerrada. Você e o *chef* ainda podem passar boa parte dela juntos.

– Tem certeza? – perguntou ele, tirando o fone do ouvido. – Podemos dar uma olhada nisso na próxima. Não se preocupe, vou ajudar você a entender.

– Você sabe que vai, é o melhor professor de matemática do país.

Ele olhou para mim, radiante, mas minha afirmação não se distanciava muito da verdade. Há menos de cem professores cegos na Grã-Bretanha. Cem, em um total de mais de seiscentos *mil*. Para ser o professor principal de matemática em uma escola chique como a minha, o doutor A só podia ser bom para caralho.

Levantei e guardei o *laptop* na mochila, segurei o braço do professor e o levei até a porta. Não que o doutor A precisasse de ajuda – dava aula naquela sala quase todos os dias –, mas eu gostava de fazer isso, e ele permitia.

– Então você terminou com o George, hein?

– Foi o contrário.

– Ah, que pena, doutor A. O que foi que aconteceu?

O clima ficou tenso, e na mesma hora senti que tinha pisado em uma mina no campo da conversa. Eu fazia isso de vez em quando, por falta de prática, tentando fazer amizade: forçava a barra, no meu desespero para as pessoas gostarem de mim, interrogava os outros em uma tentativa de demonstrar interesse, tocando em assuntos que preferiam deixar quieto.

Fomos juntos até a saída, e o único ruído que se ouvia era o da bengala do doutor A batendo no piso emborrachado.

Meu celular apitou, dentro do bolso.

Vou me atrasar. Problemas no trabalho. Os ratos estão dando cambalhotas. Depois te conto. Devo chegar umas 6:30. Bj

Soltei um suspiro.

– Minha mãe vai se atrasar. E a Bel ainda está suspensa e...

Deixei no ar, mas ele entendeu: eu não ia a lugar nenhum. Jamais discutia a vergonhosa dependência que eu tinha da minha irmã com o doutor A, e ele nunca me indagava a respeito. O cara era uma pessoa boa desse nível.

– Eu... – balbuciou. – Olha, entendo perfeitamente se você não quiser falar disso, mas como andam as coisas, sem ela?

– Tudo bem – menti.

– Pelo que você me contou – continuou ele –, imagino que as coisas devam estar meio tensas em casa neste momento, entre a Bel e a sua mãe, quer dizer.

Não respondi. Foi a vez dele de ficar envergonhado.

– Olha, Peter... – Ele pôs a mão no casaco e tirou um papel dobrado do bolso. – Quero que você fique com isso.

Desdobrei a página A4. Em letras garrafais, de pincel atômico preto, estava escrito:

GABRIEL STREET, 19, WIMBLEDON, MERTON.

– Caso... – murmurou. – Caso algum dia você precise de um lugar para ir. Sem ser escondido, é claro. Peça permissão para a sua mãe. Mas, se as coisas ficarem muito... bom... é para uma emergência.

– Eu... – Não consegui terminar a frase. Fui logo dobrando o papel e pondo no bolso. Pude sentir, naquele momento, que era uma promessa de refúgio, uma coisa delicada e preciosa. – Obrigado – finalmente consegui dizer.

– Deixo uma chave reserva embaixo do quarto tijolo da frente do canteiro. Se eu não estiver em casa, é só entrar.

– Obrigado – repeti. Não conseguia pensar em mais nada para dizer. – Obrigado.

Ficamos conversando no saguão, esperando o Dean vir buscá-lo. Um cara simpático e bonito, tipo "acabei de sair de um comercial de hidratante". Fiquei feliz quando vi que ele estava com a manga levemente suja de chocolate em pó.

– A sua mãe vai se atrasar de novo? – perguntou a Sal, a recepcionista, com um tom de compaixão.

– Ratos acrobatas – expliquei.

Ela acenou a cabeça, como se tivesse compreendido.

– Quer que eu ligue para a biblioteca e avise a Julie que você está indo para lá?

– Pode ser.

Com a proposta do doutor A dentro do bolso do meu moletom de capuz, quase saí correndo para a biblioteca e fiz um "toca aqui" com a Julie, a bibliotecária. A Julie é incrível. Acelerada, com seu cabelo castanho-avermelhado, tem um corpo que é quase do formato daqueles *timers* antigos para cozinhar ovo e apita na mesma frequência quando está de bom humor. O que, pelo jeito, sempre está.

– E aí, Petey? – perguntou. – O que vai ser esta noite? Meteorologia? Fenomenologia? Herpetologia? Acabei de receber um livro sobre a composição química dos venenos mais mortíferos do reino animal. Sei que gosta de ler sobre mortes trágicas nas quartas-feiras.

"Uma morte trágica."

"Você me faz lembrar do Gödel, e olha só o que aconteceu com ele."

– Que tal uma biografia? – respondi.

Eu me esparramei em um pufe vermelho-*ketchup* e entreabri o livro de capa dura que a Julie me entregou, com o promissor título *Indemonstrável: a insanidade e a inteligência de Kurt Gödel*. Tinha uma foto em preto e branco dele embaixo da sobrecapa: um bicho-pau em forma de homem, de gravata e paletó, os olhos castanho-escuros fixos à frente, por trás dos óculos fundo de garrafa.

Fiquei sentado ali por um bom tempo. Aquele olhar me paralisava, feito um farol de trator. Seus olhos eram fundos. Mas, mais do que isso, aquele olhar me dava a sensação de estar compartilhando um segredo terrível.

"Mirrado, ansioso, um prodígio", ouvi o doutor A falando. "Você me faz lembrar do Gödel."

– É – murmurei, baixinho. – Eu também acho.

Normalmente, quando leio sobre algum matemático, gosto de ir com calma. Me imagino sob o sol quente da Grécia Antiga ou em meio ao *smog* de Hamburgo durante a Revolução Industrial. Saboreio a dor dos seus primeiros percalços, dos velhos incomunicáveis que riram das suas teorias, me delicio com seu triunfo iminente e, quando chega o ponto alto das suas carreiras, leio e releio a passagem relevante, decorando, depois fecho os olhos e *vivo* o momento: aquele instante incandescente em que escrevem a última linha da demonstração e se dão conta de que *conseguiram*. Provaram que há múltiplos infinitos ou que o espaço e o tempo são a mesma coisa.

Hoje não.

Com um frio na barriga, de tanta ansiedade, fui folheando as páginas até chegar à única palavra que eu estava procurando: "morte".

> Gödel morreu em janeiro de 1978, aos setenta e um anos. A causa da sua morte não foi uma doença física, mas uma doença mental. Ele sofria de delírios paranoicos e estava convencido de que alguém tentava envenená-lo. Só confiava na comida preparada pela esposa, Adele. E, quando ela foi hospitalizada no final de 1977, o matemático se recusou a comer e morreu de fome.

– *Caralho* – murmurei discretamente.

> O médico que cuidou de Gödel em suas últimas semanas de vida mais tarde revelaria, em uma entrevista: "Tentamos convencê-lo a comer, mas ele se recusava. Falamos que ninguém estava tentando envenená-lo, mas ele não acreditava. Sempre respondia que não tinha como ter certeza".
>
> Quando Gödel morreu, pesava apenas trinta quilos.

Fechei o livro, sentindo o suor que resfriava o espaço entre meus ombros. "Só confiava na esposa..." A Adele era o axioma dele. E, quando o Gödel a perdeu, todas as suas demonstrações e seus teoremas, seu conhecimento, a vida que construiu baseada neles, ruíram, e ele desmoronou junto.

Mais uma coisa chamou a minha atenção naquela página. "Ele sofria de delírios paranoicos..."

"Você me faz lembrar do maldito do Gödel."

Foi isso que o doutor A disse.

Um arrepio foi subindo pela minha nuca até chegar ao couro cabeludo, como pegadas de patinhas de aranha. Olhei de novo para a foto do Gödel. Parecia perturbado, como se guardasse um segredo terrível. Mas o que poderia ser? O que era tão devastador que o obrigou a se recusar a comer até *morrer de fome?*

Tentei imaginar como ele deve ter se sentido: as pontadas de dor por causa da fome; a tontura; a mão pairando no ar, entre o prato e a boca; o maxilar cerrado, como o de quem tem tétano, se recusando a abrir. O que poderia tê-lo feito chegar a esse ponto?

Meio relutante, fui para o índice remissivo. A maioria das remissões eram para algo denominado "Teoremas da Incompletude: pp. 8, 36, 141-146, 210". Fui para a página 141. Com letras maiúsculas, em negrito, estava escrito:

ESTA AFIRMAÇÃO É FALSA.

– *Humpf*... – murmurei. – O paradoxo do mentiroso.

Não pode ser verdadeira sem ser falsa, e não pode ser falsa sem ser verdadeira. Tipo o clichê mais batido de toda a história da filosofia. Sempre me pareceu uma cilada linguística sem sentido. Além disso, "verdade" é um conceito nebuloso, na melhor das hipóteses.

Logo abaixo, vinha uma frase parecida:

ESTA AFIRMAÇÃO É INDEMONSTRÁVEL.

Meu estômago roncou de um jeito nauseante. Entendi aonde ele queria chegar, é claro. Aquela segunda frase era *mesmo* indemonstrável porque demonstrar sua veracidade demonstraria sua falsidade, ou seja: era uma passagem só de ida para a Terra dos Paradoxos.

É só um jogo de palavras, tentei me convencer. Só uma cilada sagaz, baseada na linguagem difusa que usamos para falar de café, de gatinhos e de guerras nucleares. Em matemática, não dá para usar um negócio tão impreciso assim sem se dar mal.

Só que o Gödel era matemático, e tive um terrível pressentimento de que sabia aonde aquilo ia dar. *Afinal de contas, se a gente consegue encontrar uma equação que afirma sua própria demonstrabilidade*, pensei, *entra em um beco sem saída*. Basicamente, acabou com a matemática. Lembrei o olhar perturbado do Gödel, e virei a página com os dedos trêmulos.

Merda.

As equações se esparramavam pelo papel. Eu tinha frequentado aquele colégio esse tempo todo, e aquele livro estava ali, parado na biblioteca, só esperando para esfacelar o meu universo.

Li cinco, seis, sete vezes, torcendo, contra todas as expectativas, para encontrar algum engano, algum erro que pudesse ter passado despercebido pelas centenas de leitores cujos dedões engordurados tinham manchado aquelas páginas antes de mim.

Não encontrei nenhum.

Cheguei à última linha do capítulo, e lá estava ele, o tiro de misericórdia.

$$F \vdash G_F \leftrightarrow \neg Prov_F([G_F])$$

O teorema indemonstrável.

A matemática não possuía completude. Não podia justificar a si mesma. E não havia nada fora dela que fosse mais fundamental ou preciso capaz de dar conta disso.

Merda.

Merda merda merda merda *merda*.

De repente, senti o bolo de comida aglutinada que eu tinha ingerido no almoço subir pelo meu peito. Me deu vontade de vomitar. Segurei o livro com tanta força que ouvi meus dedos estalarem.

Fiquei olhando para a página.

Um teorema indemonstrável. Uma pergunta irrespondível. Um problema que eu e milhares de pessoas como eu e um bilhão de bilhões de supercomputadores poderiam tentar solucionar até o Sol se extinguir sem jamais chegar nem perto da solução.

E, se existe um, perguntou uma vozinha maldosa dentro do meu cérebro, como você pode ter certeza de que não há outros?

Afundei no pufe.

O ARIA tinha morrido.

O projeto como um todo dependia de dois pressupostos básicos. Um: minhas crises de pânico eram, fundamentalmente, um problema matemático; e dois: um pressuposto tão básico que eu nem sabia que tinha pressuposto (e não é *justamente* por causa desses que a gente caga tudo?): qualquer problema matemático pode ser *solucionado* com matemática.

O Gödel tinha feito um buraco tão grande no segundo pressuposto que daria para um porta-aviões passar por ele. Qualquer equação pode ser uma cilada disfarçada e horrorosa, inescapável, capaz de sugar toda a sua vida.

Todas as minhas esperanças enraizadas, os planos que eu tinha feito com a Ingrid, ecoaram, abafados, pelos corredores da minha mente.

Se a gente conseguir solucionar essa equação... Pode até levar anos, mas finalmente vou saber, vou saber se algum dia isso vai ter fim.

O livro caiu dos meus dedos fracos e não ouvi nada quando ele bateu no chão.

Mas talvez o ARIA não seja assim, protestou uma voz dentro da minha cabeça. Talvez ainda tenha solução. Talvez ainda possa ser demonstrado. Mas a voz era fraca. Meu sonho estava ruindo e, por mais que eu tentasse ampará-lo com as mãos, não conseguia catar todos os cacos. Me imaginei debruçado sobre a escrivaninha, carcomido pela idade e pela dúvida, calculando por anos e anos, sem jamais saber se estava chegando perto da solução.

Olhei para o chão. O livro tinha caído aberto, e os olhos famintos do Gödel me encaravam.

...não tem como ter certeza.

ESTA AFIRMAÇÃO É FALSA.

Uma falsidade que demoliu *qualquer* certeza.

Saí voando da biblioteca, e o rosto e a voz da Julie, que me chamou, foram ficando borrados pelas lágrimas. Saí correndo a esmo pelos corredores, só por correr. A chuva batia com força nas janelas, centenas de gotas por segundo, gotas demais para eu conseguir contar.

O relógio do saguão consumia os segundos: seis e quarenta e sete, e nenhum sinal da minha mãe. Tirei o celular do bolso e liguei para a Bel, mas ela não atendeu. Tentei ligar para a Ingrid, mas não tive coragem de apertar o botão. Lembrei do seu olhar quando lhe expliquei o ARIA, da *esperança* que se acendeu neles, e não consegui, simplesmente *não podia* matá-la.

Me atirei contra os escaninhos e fui descendo até o chão, com lágrimas ardentes escorrendo pelo meu rosto. Me senti completamente sozinho.

Só que eu não estava sozinho.

Levei um bom tempo para perceber o som dos passos.

– Que merda... – disse o Ben Rigby, com o cabelo pingando. Tirou a sacola do futebol do ombro e deu um passo à frente da sua turminha de amigos – ...o que você ainda está fazendo aqui?

AGORA

– Um... um...

"Teste um."

A lembrança da eletricidade atravessando minhas têmporas estraçalha minha concentração. Meus olhos estão lacrimejando, as pálpebras estão pesadas. *Dormir*. Preciso dormir. Tentáculos de exaustão se enroscam nos meus braços e nas minhas pernas, me arrastando para a escuridão.

Ponho a mão por dentro da camisa rasgada. Meus dedos encontram a casca áspera de uma queimadura, ainda grudenta por causa da cola do eletrodo. Seguro uma pontinha de pele e puxo. A dor dispersa o nevoeiro, e inalo o ar pelos meus dentes cerrados. Pisco os olhos, para me livrar das lágrimas, e volto a olhar fixamente para a porta.

– Um... d-d-d... um.

Solto um suspiro. Tenho a sensação de que estou olhando

para esta porta há uma eternidade. E que a conheço muito bem. É feita de metal, coberta por uma camada de tinta azul descascada. E por sombras retorcidas, projetadas pelas teias de aranha que cobrem a única lâmpada, sem lustre, do recinto. Pelo jeito, não tem tranca, mas infelizmente tampouco tem maçaneta deste lado. Mas *tem*, contudo, uma série de pequenos rebites bem bonitinhos nas bordas. Estou morrendo de fome, exausto, confuso e apavorado, mas tudo ficaria um pouco melhor se pelo menos eu conseguisse contar esses rebites.

– Um, um... um... *merda*.

Não está dando certo. Além disso, não consigo parar de babar, e a minha mão direita está, neste exato momento, encaixada entre a minha bunda e a lata de tinta onde estou sentado, porque tremia tanto que estava atrapalhando meus pensamentos (tem latas de tinta cor de casca de ovo fornecidas pelo governo por todos os lados; acho que aqui, no QG dos espiões, não tem nenhuma cela de verdade e me trancaram no armário dos produtos de limpeza).

O pior é que não consigo passar do "um". Não consigo nem me recompor mais do que *isso*, antes que o pânico venha e ponha tudo abaixo.

A voz da Ingrid ecoa na minha cabeça. "Vamos te dar choques até você não conseguir mais contar." Mas continuo tentando porque, se conseguir contar os rebites, posso estimar o tamanho da porta. Se conseguir estimar o tamanho da porta, posso ter uma noção do volume do armário. Se conseguir ter noção do volume, posso me convencer de que há mais ar dentro deste espaço exíguo e sufocante do que existe dentro de um caixão mediano produzido em massa e, se conseguir fazer isso, então *talvez* consiga controlar a vontade de vomitar, um por um, os gritos histéricos que, neste exato momento, estão presos atrás dos meus dentes, e fazer alguma coisa de útil.

Tipo bolar um plano.

Arranco mais uma pelezinha da queimadura, me encolho de dor, limpo a mão, tirando algo que torço para não ser pus de uma infecção incipiente, babo um pouco mais e fico olhando para a porta.

– Um – digo, com convicção.

Além das latas de tinta, minha cela tem um atributo que a maioria dos caixões não tem: uma saída de ar na parede, bem acima de mim, tapada por uma grade de metal. O Agente Blankman (que foi picado por uma arma secreta radioativa quando era criança) poderia ter subido ali, arrancado a grade com seus... dentes ou algo assim e apostado na chance – de uma em dez mil – que aquela saída o levaria à liberdade e não à fornalha de uma caldeira de aquecimento central.

E, provavelmente, teria dado certo: esse tipo de merda acontece em histórias de espiões.

Só que o Agente Blankman já era. Só sobrou eu, e o único jeito de eu sair daqui é se alguém me ajudar. Só preciso estar preparado para quando este alguém aparecer.

Fico olhando para a porta. A porta fica olhando para mim.

– Um... um...

Pelo jeito, tenho muito tempo livre, e resolvo redigir uma homenagem póstuma.

O Agente P. W. Blankman passou anos disfarçado de covarde chorão, com eficiência surpreendente. Mas, na verdade, era o oficial mais corajoso do seu pelotão. Encontrou seu derradeiro destino hoje, em uma sala de interrogatório imunda, onde morreu se esvaindo em sangue, estirado no chão. A essência do que ele fingiu ser com tanta maestria não será empalada pela lâmina do traiçoeiro agente duplo que o matou.

A tranca faz barulho. As dobradiças rangem. A porta se abre, e vejo a silhueta dela, com seu cabelo loiro, que mais parece um monte de cinzas e sombras. Respiro fundo.

– Agente Máquina de Calcular Loira. – E, por um segundo, o fantasma do Agente Blankman move meus lábios. – Que surpresa agradável.

Ela precisa de apenas dois passos curtos (oi, "dois", você resolveu aparecer!) para atravessar o cubículo e chegar ao meu lado. Suas mãos, que não consigo ver, fecham a porta. A Ingrid segura meu queixo com uma das mãos. Suas luvas estão úmidas, como se estivesse com as mãos molhadas quando as colocou. O cheiro pungente de iodo invade as minhas narinas.

Seus olhos castanhos, tão conhecidos, perscrutam meu rosto.

– Você não ficou surpreso em me ver, Peter.

– Não? Bom, acho que você saberia se eu ficasse.

– Idade – seu tom é objetivo, com um quê de acusação –, número da casa. Não é lá grandes coisas em termos de descrição. Mas, mais cedo ou mais tarde... – deixa a frase no ar. Pelo jeito, está brava demais para completá-la, então completo por ela:

– Mais cedo ou mais tarde, as pessoas para quem você trabalha vão perceber que não existe nenhum cara que se encaixe nessa descrição que tenha sequer chegado perto de comer a minha irmã, e aí vão descobrir.

– Sim.

– Que você mentiu, pra eles, por mim.

– Então, o que foi isso? Uma porra de uma cilada? – sussurra ela, irritada, com olhos arregalados.

Está tão perto de mim que quase consigo contar seus minúsculos vasos capilares.

Não desvio o olhar dela.

Você mentiu para eles, por mim. Tem feito o contrário desde que me conheceu, Ana, e essa indignação não vai lhe levar aonde você quer chegar. Fique à vontade para ler essa porra desse meu pensamento.

– É a minha família, Peter. – Ela está quase implorando. – Ele é meu *pai*.

Por um instante, não ligo os pontos. E aí... "Do meu pai. Tenho medo do meu pai." Umas das primeiras coisas que ela disse para mim.

Ana, ela disse que se chamava Ana Black, e em algum momento anterior deste dia interminável, a Rita falou no celular com o chefe, dentro do carro, um homem chamado Henry Black, e disse: "Se fosse a sua filha, você ia querer que eu a deixasse à mercê do inimigo?".

– Você é filha do chefe?

Um leve aceno de cabeça.

– Então por que encobriu a minha mentira? Você sabia o que eu estava escondendo. Por que não contou para eles?

A Ingrid olha feio para mim, furiosa, mas não encontra o que está procurando, porque agora está olhando para a tinta, para as teias de aranha, para qualquer outra coisa que não seja o meu rosto. Dobra as mãos, segura a borda das luvas e, quando finalmente fala, não me dá uma resposta.

– Eles já estão ficando desconfiados. Os parâmetros de pesquisa são muito vagos para não dar em nada, mas nenhum dos resultados parece ser promissor.

Ela sacode um caderno de capa dura na minha frente.

– A LeClare me mandou vir aqui para ver se você resolve colaborar se a gente te der comida.

Então inclina a cabeça para trás, sinalizando um sanduíche de presunto e queijo comprado pronto e uma garrafa d'água, em cima de uma bandeja, perto da porta. Devem ter empurrado esse troço para dentro quando ela entrou. Meu estômago ronca loucamente – faz muito tempo que tomei café da manhã e, aliás, vomitei tudo –, e me atiro em cima da bandeja.

– Que LeClare? – resmungo, com a boca cheia de pão com gosto de plástico.

– Carolyn LeClare, a diretora adjunta. Ela deve ter usado um codinome quando falou com você. – A Ingrid sacode a mão, em um gesto vago. – Sandra, Pamela, Jessica...

– *Rita*? – Cuspo uma chuva de migalhas, incrédulo. – A Rita é a porra da *diretora adjunta*?

– Ela é a mão direita do papai – confirma a Ingrid, tensa. – E, pela olhada que me deu quando me pediu para eu interrogar você a respeito desse tal namorado "misterioso", acho que não acredita em uma palavra dessa história.

– Então por que não lê os pensamentos dela? – pergunto. Não acredito que acabei de dizer isso tão sem emoção, mas estou tão abalado pelas surpresas que aconteceram ao longo do dia que não fico mais chocado com nada. – É isso que você faz, né?

– Não consigo ler qualquer pensamento, Peter. – A Ingrid me lança um olhar irritado. – Só consigo ler os *seus*.

Por instantes, o único som audível é o de um cano pingando.

– Sou um espelho, mas um espelho embaçado. Sinto os desejos, as paixões, as emoções das pessoas. Mas tenho que conhecer o sujeito *incrivelmente* bem para conseguir traduzir esses sentimentos em pensamentos. Você...

Ela pensa duas vezes, fica com a frase na ponta da língua, literalmente; está apertando os dentes com tanta força que me espanta o fato de não sair sangue. E aí completa:

– Você não sabe a sorte que tem. De ter alguém que te conhece tão bem.

– Eu achava que conhecia você muito bem.

O rosto da Ingrid está coberto por uma teia de aranha de sombra, mas consigo ver as lágrimas brilhando no canto dos seus olhos.

– Bem que eu queria...

Nos cômodos do andar de cima, ouço dedos batendo no teclado, e computadores de uma potência que não consigo nem imaginar estão maquinando, tagarelando e desperdiçando o pouco tempo que temos. Tenho que dar um jeito de sair dessa tumba feita de prateleiras de compensado. Tenho que encontrar a Bel. Tenho que fazer isso *agora*...

E, mesmo assim...

Existem quarenta e dois músculos envolvidos nas expressões faciais humanas, e todos os quarenta e dois da Ingrid estão me dizendo para ir com *calma*.

Meu coração vai parar na boca e fica batendo acelerado.

– Então me conta – falo.

– Contar o quê?

– Tudo: o que aconteceu com você, como veio parar aqui.

Ela fica só olhando para mim.

– Quer que eu saiba quem você realmente é? – insisto. – Então me fala dessa pessoa. Começa pelo começo.

A Ingrid me lança um olhar de desconfiança, mas eu já vi essa expressão: é um misto de esperança. Foi assim que me olhou quando expliquei o ARIA.

– Não sei o começo – disse ela, bem devagar, com relutância, mas pelo menos está falando. – O começo foi antes de eu nascer. Mas, pelo que pude descobrir, mandaram um *e-mail* corporativo coletivo falando "Precisam-se de voluntários que estejam esperando filhos". O argumento de venda? Uma oportunidade de aumentar dramaticamente a inteligência emocional da criança, ao ponto de criar um canal empático com condições plenas de funcionamento.

Ela faz uma reverência irônica.

– Deixe-me adivinhar. Essa era uma oportunidade que o chefe de uma agência de inteligência não poderia deixar passar batida?

– Correlação *versus* causalidade, Peter – recrimina. – Estou decepcionada. Você acha que sou do jeito que sou porque meu pai é o chefe? Meu pai é o chefe por *minha* causa. Isso aqui é um antro de espiões. Tudo é baseado em jogo duplo. Essa agência *existe* para encontrar pontos fracos que podem ser usados para convencer e intimidar as pessoas. E é tudo muito incerto, muito cheio de dúvidas e inseguranças: "Será que sabem que a gente sabe que eles sabem?", todas essas merdas horrorosas e aflitivas. E aí aparece a *Aninha*, capaz de enxergar uma mentira a quilômetros de distância, capaz de sentir o desejo mais forte, mais profundo, mais sombrio do alvo, simplesmente por estar no mesmo recinto... – Ingrid deixa a frase no ar, olha para um ponto além de mim. Acho que nem está mais *me* enxergando, só vê suas próprias lembranças, reorganizando sua mente no processo de recursão. – Sou o principal trunfo dessa organização e, desde o dia em que aprendi a falar, o meu pai foi me *domando*.

Ingrid começa a morder a bochecha, na mesma velocidade implacável com que lava as mãos, e quase abre um buraco nela.

– Não dá nem para explicar como era.

– Tenta.

Ela fica toda dura, pisa firme no chão, como se estivesse se preparando para levar um soco.

– Passei dois dias – dispara – observando terroristas em Seul e fiquei tão obcecada com a unificação da Coreia que estava disposta a jogar uma bomba em uma escola de Educação Infantil. Aí me mandaram para a Venezuela e, durante uma semana, fiquei louca de desejo por um michê de Caracas. Ah, e eu tinha *12 anos*... – Ela me olha de cima a baixo, e fico todo arrepiado. – E aí apagaram esse cara também, e o amor simplesmente desapareceu, como se nunca tivesse existido. Mas foi substituído, depois que passei um longo fim de semana na Polônia, focada em outro alvo, por um sentimento insano e ardente de ódio contra os judeus, porque, pelo jeito, quando a gente trabalha com canal empático para uma agência de espionagem, querem que a gente sinta empatia por umas pessoas que não são muito *legais*.

Ingrid continua falando em voz baixa, para o guarda que está do outro lado de fora da porta não ouvir. Parecem declarações de uma assassina.

– Eu me sentia jogada de um lado para o outro, feito bola de pingue-pongue. As necessidades, a raiva e o ódio dessas pessoas tomavam conta de mim, me atiravam em um milhão de direções. Implorei para o meu pai me dar uma folga, para eu poder passar um tempo sozinha, e ele finalmente cedeu, mas era tarde demais. Quando voltei para o meu quarto e fechei a porta, senti... nada. O espelho estava vazio. Tentei me esforçar, ter alguma noção de quem eu era, do que eu queria quando era simplesmente *eu*, mas parecia que estava tateando às cegas no meio da neblina.

Seu hálito bate de leve nas minhas pálpebras, e consigo sentir o seu medo.

– E aí, mandaram eu me aproximar de você. Por *três anos*, fui obrigada a me aproximar de você. E você era tão brilhante... mais brilhante do que qualquer pessoa que eu já tinha visto na vida. Era como um farol na neblina. Eu chegava em casa à noite, e o seu pânico, o amor que você sente pela sua família, a sua paixão pelos números, ainda estavam lá, dentro de mim, e, tudo bem, muito disso era medo, mas pelo menos era *alguma coisa*, e parecia que... – Ela não termina a frase e dá de ombros. – E aí, quando vi você estirado na cama daquele jeito, bem na minha frente, eu simplesmente... eu não consegui. Não consegui destruir você como eles queriam. Eu estaria destruindo a mim mesma.

– Aí você mentiu.

– Aí eu menti.

– 23-17-11-35-54.

A Ingrid encostou o queixo no peito, ficou olhando para o chão e deu uma risada baixinha, com as lágrimas escorrendo pelo rosto.

– De qualquer jeito, tudo aquilo foi meio no improviso, porra – disse, fungando. – Eu deveria ter tido *dias* para me preparar, para amaciar você, mas o pessoal da diretoria está tão surtado neste momento... nunca vi coisa igual. Quer dizer, não conhecia a sua mãe antes de ser obrigada a me aproximar de você, mas já tinha ouvido falar dela. É um peixe grande da agência. E é de se esperar uma chuva de merda quando um dos nossos vira alvo, mas mesmo assim... ter menos de *uma hora* para te obrigar a falar... E você entrando em pânico, e eu também entrando em pânico e... caralho! O que é que eu faço?

"O *papai* me *domou*."

Penso, rápido, enquanto Ingrid ainda está olhando para o chão. Não a faça se sentir encurralada. Se ela se sentir encurralada, não vai se arriscar, vai recorrer ao que já conhece: à família. É isso que eu faria.

Você precisa fazer a Ingrid pensar que a escolha é dela.

– Na minha opinião – falo, com cautela –, você tem três opções. Um – levanto o dedo indicador –, você procura a Rita, a LeClare, seja lá qual for o nome dela, agora mesmo, e diz que se enganou. Que me interpretou errado. Que enganei você. Conta o que ela precisa saber. Esse é o jeito de cair nas graças dessa gente de novo.

Por favor, não queira cair nas graças dessa gente de novo.

Ela fica parada ali, com a cabeça baixa, sem dizer nada.

– Dois. – Mais um dedo. – Conta a verdade. Ficou meio balançada, mas agora está cem por cento do lado deles.

Só que não está, está?

Nenhuma resposta.

– Três. – Levanto o terceiro dedo. – Nós dois fugimos, neste exato momento.

Nenhuma resposta...

...e aí:

– Como?

Mal dá para ouvir, mas sou inundado pelo alívio.

– Quê?

– Como vamos fugir? O Jack está parado logo atrás da porta.

– Bom, então você sai daqui agora, leva o cara junto, despista ele, volta e... tem algum banheiro neste andar?

– Logo no fim do corredor.

– Ótimo. Me encontra no banheiro. Bate cinco vezes na primeira cabine.

Ela fica me olhando como se eu fosse um imbecil.

– Mas como *você* vai fazer para sair daqui?

Rasgo a lateral da embalagem de papelão do sanduíche, dobro no meio, dobro de novo, dobro mais uma vez. A cada dobra, a pressão contra os meus dedos se eleva ao quadrado. É um origami exponencial.

Levanto e bato na porta. Empurro a bandeja vazia com o pé. A maçaneta gira, e vou para o lado, bem dócil, para a Ingrid conseguir passar.

– Confia em mim – sussurrei, quando ela passou. – Tive a melhor professora.

Onze minutos depois, a Ingrid me arrasta pelos corredores desertos do porão, a toda velocidade. Passamos por um refeitório desativado ("Servimos o prato de peão dos espiões!"), voltamos para o labirinto e, depois de algumas voltas, entramos em um antigo elevador de carga. O elevador range e guincha tanto enquanto sobe, parece gritar *PRISIONEIRO EM FUGA! PEGUE O SEU PRISIONEIRO EM FUGA AQUI!* Mas Ingrid não me parece preocupada.

– Tem uma coisa que você não me contou – digo. Ela está de costas para mim. Fico observando seu corpo balançar com o movimento do elevador. – Por quê? *Por que* fizeram você se aproximar de mim durante três anos?

Ela fica surpresa com a minha pergunta.

– Pete, a sua mãe é o gênio de maior importância estratégica que apareceu depois do Turing. Pensa só.

Por um instante, fico perplexo, mas aí me lembro da voz da Rita.

"Uma cientista brilhante como a Louise Blankman... trabalhando para quem pagar mais."

– Precaução. – Assim que pronuncio essa palavra, fica óbvio. – Você não estava me vigiando: estava vigiando a minha mãe, para garantir que ela continuasse trabalhando para vocês. Mas...

Fico em silêncio.

Mas por que se aproximar de mim em vez de ir direto para cima dela? Porque, Pete, a sua mãe é uma agente sagaz, profundamente infiltrada no mundo da espionagem. Perceberia esse tipo de coisa na hora. Eu, por outro lado, faria qualquer coisa para ter um amigo, qualquer amigo. Eu era o alvo fácil, o vetor de entrada para a Ingrid.

O elevador para, fazendo barulho. Se abre no que parece ser a garagem da casa de uma família jovem. Tem um triciclo de plástico apodrecido, embalsamado em teias de aranha no canto. Uma faixa amarronzada no concreto chama a minha atenção. É avermelhada demais para ser de ferrugem. Sobressaltado, me dou conta de que deve ter sido por ali que entraram com a minha mãe. A Ingrid levanta a porta, e o sol cor de mel da tarde de outono invade o ambiente. O ar gelado me atinge em cheio, e respiro fundo. Só faz quatro horas desde a última vez que o senti. Tenho a sensação de que foram anos.

A luz fica recortada, desenhada pelos canos do andaime em frente à saída. Ingrid espia.

– Esse negócio vai nos dar cobertura – murmura.

Chego atrás dela e olho para o terraço do outro lado da rua, parece tão inocente. Imagino os atiradores de elite atrás das janelas do sótão.

– Esse andaime não chama muito a atenção, não?

– É, mas se a fachada falsa do QG da agência secreta vier abaixo por causa do processo de subsidência, também vai chamar. Ainda bem que as fundações foram malfeitas e que o solo argiloso de Londres está cedendo.

– Ainda bem mesmo.

Ingrid para uma única vez, na esquina, perto de uma caixa de correio toda pichada. Vira para trás, com a franja nos olhos. Reconheço aquela postura: é a mesma, meio encolhida, que ela adota quando está perto da pia, lavando as mãos, primeiro uma, depois a outra, até a água ficar vermelha.

Penso em todas as missões que ela já cumpriu, em todos os tapinhas nas costas que levou do pai orgulhoso.

A repetição constrói o significado. Se a gente repetir demais, esse significado se transforma em uma jaula, e você pode bater nas barras, pode xingar, mas nunca tirá-las do lugar.

"É a minha família."

Estou pedindo para a Ingrid abrir mão dela. E sei como deve estar se sentindo.

Dentro da minha cabeça, ouço a respiração mecânica e regular do aparelho ligado à minha mãe. Sinto a queimadura do eletrodo no meu peito, e a ansiedade nauseante de ter que largar ela aqui, com essa gente. Uma gente que a minha mãe considerava seus colegas, seus amigos, pessoas preparadas para caçar e torturar seus filhos. Ela não tinha como saber o que fariam comigo.

Ingrid tira o celular do bolso e o atira em um vão de bueiro.

– Podem rastrear essa coisa.

– Vamos – chamo, puxando o braço dela.

– Para onde?

– Bom, já que todos os atiradores que o serviço secreto de inteligência da Grã-Bretanha pode acionar estão por aí à caça da minha irmã, acho que deveríamos avisá-la. Por quê? Você prefere tomar sorvete?

09-14-17-02, penso. Deixa comigo, mana.

Começamos a correr.

RECURSÃO: 2 ANOS E 9 MESES ATRÁS

Comecei a correr.

Até aquele momento, eu estava só andando, rápido e duro, engolindo aquele gosto azedo na boca, como se fosse pasta de dente direto do tubo, tentando fingir que não estava com medo, mas aí acelerei, batendo os pés com força no chão emborrachado. Vindo de trás de mim, o ritmo dos passos deles parecia acompanhar o meu feito um eco, uma sombra auditiva, no meu encalço.

Voei do prédio da matemática para a ala antiga, passando por corredores com painéis de madeira e retratos dos ex-professores. Eu conhecia cada centímetro daquele colégio, incluindo os alçapões de manutenção desativados e a antiga escada de serviço.

Acho que só posso culpar a mim mesmo por ter ido parar naquele lugar.

A porta apareceu na minha frente. Quando a chutei, a corrente – que eu sabia que era praticamente só ferrugem – se partiu. A chuva bateu no meu rosto e nos meus ombros, grudando meu cabelo no couro cabeludo, quando saí no meio da noite. Debaixo dos meus pés, o piso emborrachado deu lugar a lajotas escorregadias, e a queda era grande. Derrapei e espichei os braços para tentar me segurar, e me agarrei em uma chaminé de tijolos vermelhos. Árvores desfolhadas, queimadas e enegrecidas, se erguiam em direção ao céu, sacudido pela tempestade, e eu estava na altura das copas. Mal conseguia ver onde o telhado terminava e a queda começava.

Atrás de mim, os passos pareciam trôpegos. Por um abençoado instante, pensei que não viriam atrás de mim, mas aí as lajotas começaram a tilintar. O Ben Rigby estava em cima do telhado comigo. Não me virei, mas sabia que era ele.

– Do que você tem tanto medo, Blankman? – gritou ele, mais alto do que o uivo do vento.

Eu não sabia. Não sabia e talvez jamais soubesse. A foto em preto e branco do Gödel, com aqueles olhos fundos e famintos me encarando por trás dos óculos grossos, foi se transformando na foto que a minha mãe tem do Roosevelt, me dando um sorrisinho irônico em cima da geladeira.

"A única coisa que devemos temer é o medo em si."

Eu conseguia sentir o pânico fechando a minha garganta, eterno e nauseante. Estava com medo de estar com medo de estar com medo de estar com medo de estar com medo de estar com medo de estar com medo de estar com medo...

Maldita cobra assustadora, mordendo o próprio rabo.

– O q-q-q... – comecei a falar, mas nem consegui terminar.

– Quê? – berrou o Rigby, sem ar e, pelo visto, sem paciência.

– O que é que você *quer*? – choraminguei.

Ele ficou pensando por um bom tempo, então falou:

– Quero que você pule.

Foi só aí que olhei para trás, e nossos olhares se cruzaram. E vi alguma coisa mudar na sua expressão, ou talvez ele já estivesse com aquela cara, e eu só tenha percebido naquele momento. O Rigby estava com tanto medo quanto eu. Talvez fosse medo de cair, naquele granito molhado e traiçoeiro. Mas, acho que, mais do que tudo, estava com medo dos amigos, de ser humilhado, de desperdiçar aquela oportunidade na frente deles: eu, lá em cima, sozinho com ele, sem nenhum funcionário, pai ou mãe para impedi-lo. Às vezes, os adolescentes precisam ter alguém para odiar. O Rigby tinha me escolhido.

– *Pula!* – falou, mais alto desta vez.

Sacudi a cabeça, mas sem muita convicção. Olhei para a fúria crescente da tempestade. Soltei o corpo um pouco para a frente, e meus pés escorregaram, chegando mais perto da beirada, e continuei agarrado à chaminé.

– Pula! – berrou ele.

Eu me assustei e soltei um pouco os dedos, escorreguei e consegui me segurar de novo. O Rigby sorriu para mim, seus dentes mais pareciam um pesadelo naquela meia-luz da chuva.

Bel. Imaginei que ela aparecia correndo, saída de trás de uma gárgula, batia a cara dele no granito até as lajes virarem pó e obrigava o cara a cheirar. Imaginei a minha irmã segurando a minha mão e me levando de volta lá para dentro do colégio.

Mas a Bel não estava ali.

– Vou te propor um trato, Peter – disse o Rigby, se encostando tranquilamente no batente da porta, ignorando o ataque da chuva. – Se você pular, se, uma vez na sua vida, você mostrar que tem culhões, nunca mais vai ouvir falar de mim. Senão, vou te atazanar pelo resto dos seus dias. Isso nunca vai ter fim.

Meus pés escorregaram um pouco mais em direção à beirada, até as pontas dos meus sapatos ficarem para fora do telhado. "Se, uma vez na sua vida, você mostrar que tem culhões." Lutar contra aquilo era tão difícil... E desistir, de repente, me pareceu tão fácil.

"Isso nunca vai ter fim." Nunca mesmo. Fiquei me imaginando na faculdade, no trabalho, em casa, mastigando os nós dos dedos, contando e chorando, medindo o potencial de cada objeto cortante. Com medo com medo *com medo* para sempre.

Talvez melhore, tentei me convencer. Mas *talvez* não chegava nem perto. O ARIA tinha morrido. O Gödel é que tinha matado. E, sem ele, eu não tinha como ter certeza.

– PULA! – gritou o Rigby, e eu quase pulei, sentindo um arrepio percorrer minha espinha.

Ele deu risada. Eu estava tremendo, a chuva gelada descia pela minha gola feito uma corrente elétrica.

Olhei para a tempestade.

– Pula – ordenou o Rigby, sem nenhuma emoção, com um tom mortífero.

Meus dentes batiam tanto que eu mal consegui sussurrar essas palavras:

– Bel, cadê você?

E lá estava ela, do meu lado, segurando a minha mão gelada com a sua mão quente.

"Tudo bem", sussurrou ela. "Você confia em mim?"

– Você é o meu axioma – respondi.

"Então olha para baixo."

Olhei e poderia até ter dado risada. O muro onde a gente ensaiava os nossos pulos estava a uma distância vertiginosa, fazendo divisa entre a lama revirada do campinho e o concreto inflexível do *playground*.

"Faz as contas", sussurrou a Bel. "Qual seria a velocidade da sua queda?"

– Eu aceleraria 9,8 metros por segundo quadrado – falei. – Parece que a queda é de uns vinte e cinco metros.

"E qual seria a força do impacto?

– Uns trinta e quatro mil newtons, mais ou menos.

"Dá para sobreviver?"

– É arriscado. Se eu cair de pé, talvez. Se cair de cabeça, sem chance. Depende de como eu cair.

"Ah." A Bel sorriu. Um sorriso secreto que só eu conseguia enxergar. Aquele sorriso sugestivo de alguém que tem PhD em Queda. "O que você quer fazer, Petey?"

Eu não sabia. Estava em perfeita sintonia com o clima. Um sistema tão instável e caótico que cada gota de chuva que caía em mim me fazia mudar de opinião. Eu fiquei oscilando: sim/não, liga/desliga, falso/verdadeiro, cara/coroa.

Eu me sentia embriagado, violento, imprevisível, *aleatório*.

Tirei uma moeda do meu bolso ensopado. Que brilhou na palma da minha mão exangue.

– Se der cara, eu pulo – sussurrei.

"OK." A Bel apertou minha mão, para me encorajar. Apertei a mão dela, mas meus dedos se enroscaram no vazio. Eu estava sozinho de novo.

Joguei a moeda. Peguei. Virei. Olhei.

Se a Bel estivesse mesmo ali, talvez eu tivesse conseguido me segurar, mas ela não estava.

E, sem ela, sou incompleto.

"Leva um quarto de segundo..."

Pulei.

Me atirei para a frente, além da beirada. Fiquei caindo, girando, dando cambalhotas com os joelhos entre as orelhas. Cara ou coroa, cara ou coroa, *cara ou coroa*.

Cara.

O chão se aproximou. Cara, pensei. *Cara*. Tentei desesperadamente pôr as pernas para trás e ficar de cabeça para baixo, só para garantir.

"Cara cara cara..."

Um galho de árvore apareceu por um segundo, borrado, no canto do meu campo de visão. Senti uma dor absurda na testa. Por um instante, vi um dia claro e aí...

AGORA

– Nada. – Ingrid olha em volta, mal-humorada. – Não tem nada. Não tem ninguém aqui.

Viro o corpo devagar, absorvendo a fachada de terracota caindo aos pedaços do colégio, com seus canos pretos e parapeitos caiados, o muro de tijolos de três metros de altura que delimita todo o terreno: a aula de Destemor 1 que a Bel me deu. Atrás de mim, tem uma cortina de árvores, com galhos cor de fogo por causa do outono, nos protegendo dos olhares curiosos. Exatamente igual à última vez que estive ali.

Para me certificar, passo o dedão na cicatriz feia, em cima do buraco que tenho na testa, e espremo os olhos, na direção da copa das árvores, como se, ao fazer isso, fosse conseguir identificar o galho que a causou. Tanto da minha vida – da minha e da Bel – transcorreu dentro dessa bolha silenciosa atrás do colégio, que fico maravilhado com o fato de alguém descrevê-la como "nada". Mas acho que tudo depende do que está procurando. Para mim, esse lugar é importante. Para Ingrid, é só ruído, ausência de sinal.

Vou me arrastando pelas folhas vermelhas caídas, que chegam nos meus calcanhares. Elas farfalham ao se partir no chão com as minhas pisadas, feito estática.

– Você tem certeza de que é esse o lugar? – pergunta ela.

– Você sabe que eu tenho.

– Então... não sei, Pete. Talvez você não conheça a sua irmã tão bem quanto pensa.

Por um lado, torço para ser verdade, para que a Bel tenha seguido o seu próprio conselho – 09-14-17-02 – e tenha corrido corrido corrido e esteja em algum lugar quente e seguro, bem longe daqui. Gosto desse meu lado, e queria que fosse o único, mas não é, porque meu outro lado, mais profundo, mais *real*, fica sussurrando "meu axioma meu axioma meu axioma" sem parar, toda vez que respiro, em pânico, e meu mundo sai do eixo só de pensar que ela pode ter morrido.

– Peter. – Ingrid me parece preocupada, e acompanho seu olhar até lá em cima. A luz está se esvaindo do céu rapidamente. – Se a sua irmã não está aqui, acho que a gente também não deveria estar.

Aceno a cabeça, sem dizer nada, mas em vez de dar meia-volta e sair dali atravessando as árvores, vou me aproximando do prédio do colégio, chutando as folhas, como se tivesse dez anos de idade. Será que a gente não pode esperar? Tenho vontade de perguntar. Só faz doze minutos que estamos aqui.

Mas a Bel teve mais de sete horas para chegar aqui, se tivesse mesmo vindo para cá.

Se a gente for embora, não sei mais o que fazer para encontrá-la.

Meu dedão do pé direito chuta uma coisa dura. Uma coisa que pula e sai rolando e para quando encosta no muro. Fico petrificado.

– Peter? – pergunta Ingrid, atrás de mim. – Que foi?

Uma maçã. Uma maçã verde, reluzente, que contrasta com o vermelho do chão. Fica alojada no meio das folhas podres, na base do muro. Uma marca côncava do mais puro branco se destaca, uma marca de dentes afiados que deram uma mordida.

– Peter? – Ingrid pergunta de novo.

Continuo petrificado, o suor goteja no meu pescoço. "Para. Vai. Vermelho. Verde..."

"Branco." Por um terrível instante, meu cérebro fica vazio e aí, graças a Gauss, começo a pensar.

Enzimas não brincam em serviço. As substâncias químicas presentes no sumo da maçã oxidam a polpa exposta ao ar *rapidamente*. Se os dentes da Bel tivessem afundado naquela maçã há mais de quinze minutos, a polpa não estaria branca, estaria marrom-caramelo.

Quinze minutos. Estamos aqui há doze. E não vimos ninguém sair.

– Peter?

"Talvez você não conheça a sua irmã tão bem quanto pensa." Pode até ser, mas meu coração está batendo mais rápido de alívio e de medo, porque posso apostar, caramba, que *conheço*.

E, sendo assim...

Um abismo se abre no meu estômago quando essa ideia me vem à cabeça. Foi absurdamente fácil fugir, não foi? Para um campeão do mundo da paranoia, Pete, você está *realmente* deixando a desejar.

Viro para Ingrid, mas olho além dela. Para o grupo de árvores que protegem o descampado. Lá, no fundo das sombras, algo brilha.

Solto o ar para me recompor.

– Não é nada – digo.

Mantenha a calma, Pete, não fale muito alto, não chame muita atenção. Só diga isso claramente, para conseguirem escutar. Aos meus ouvidos, minha voz sai trêmula, meu medo transparece nela.

– A Bel não está aqui. – Enfio as mãos nos bolsos e começo a caminhar em direção às árvores. – Vamos embora.

– NÃO SE MEXA! NÃO SE MEXA, PORRA!

Eu estava esperando por eles. Mas, mesmo assim, meu coração se encolhe até virar um pontinho minúsculo quando vêm correndo na minha direção: quatro pessoas de jaqueta escura e calça *jeans*, apontando armas pretas para a minha cabeça.

– VIRA E FICA DE JOELHOS! MÃOS NA CABEÇA! VIRA AGORA!

Sou um moleque magricelo e estou desarmado, mas gritam comigo como se eu estivesse fazendo malabarismo com granadas. Minha coluna trava com a violência expressa naquelas vozes. Eu me viro e vou ficando de joelhos, entrelaçando os dedos na parte de trás da cabeça. Apesar da noite fria, meu cabelo está empapado de suor.

A maçã está parada, alegremente, na altura dos meus olhos, encostada no muro. Torço para que o vento fique mais forte e sopre as folhas caídas por cima dela, mas a fruta fica ali, com aquele verde berrante, se exibindo para todo mundo ver.

Uma coisa dura aperta minha nuca.

– Peter Blankman. – É uma voz masculina, com sotaque irlandês. Sua familiaridade me confunde por um instante, mas logo lembro: é o Seamus, lá do museu. – Se você sequer pensar em se virar de frente para mim, vou arrancar a sua cabeça dos ombros, e os pedaços vão parar lá na Irlanda, entendeu?

– Sim – murmuro.

– Se você tentar fugir: Irlanda. Se mentir: Irlanda. Na verdade, qualquer tentativa de fazer alguma coisa que eu não goste vai resultar em uma viagem com todas as despesas pagas para a costa da Irlanda do Norte, e você não vai gostar nem um pouco, entendeu?

Pelo canto do olho, vejo Ingrid. Será que ela sabia? Em meio piscar de olhos, tento ler sua expressão, do mesmo jeito que ela lê a minha. Está branca como um cadáver; seu olhar vai de mim para a maçã, e sinto dificuldade para respirar. Mas seus lábios continuam fechados.

– ENTENDEU? – berra o Seamus.

– S-s-sim.

– Ótimo. Agora, para que todo mundo possa voltar logo para casa, fala: cadê a porra da sua irmã?

Começo a tremer. Uma mancha molhada e quente se espalha na lateral da minha calça, grudando o tecido na minha coxa. Meu maxilar treme. Que bom, vai ficar mais difícil de perceberem a mentira.

– E-e-eu não sei. Ela deve ter fugido.

– Jack! – grita Seamus para outro cara. – Você acha que ele está falando a verdade? Achei que a gente tinha certeza de que a menina não ia deixar o irmão para trás. O que diz o perfil psicológico?

– O perfil psicológico dela diz que a única coisa que a conhece melhor do que o perfil psicológico dela é *ele*.

Essa voz também é conhecida. Minha memória me fornece uma clarão verde-paramédico. "Você agiu certo." O museu de novo. Deve ser a mesma equipe. Faz sentido: é um serviço secreto, não podem empregar tanta gente assim. Cada pessoa nova que deixam passar pela porta aumenta um pouco as chances de tudo ir pelos ares. Meu coração está batendo loucamente, e tento lembrar, desesperado, de todos os detalhes. Detalhes são uma forma de controle.

Seamus cospe no chão, e uma bola espumosa de saliva bate nas folhas à minha direita.

– Dá uma olhada no bosque.

Vindo de trás de mim, ouço ruído de galhos partindo e folhas farfalhando, porque estão no meio das árvores. Momentos depois, dois dos agentes – um homem careca de jaqueta de couro e uma mulher de cabelo curto – passam correndo por mim, em direção ao muro. O homem pisa na maçã com a bota pesada, e ela afunda na lama, mas o cara nem olha. Tento não fazer barulho quando respiro.

Nenhum dos dois olha para mim, ainda bem, porque suspeito que, neste exato momento, meu rosto nervoso, contorcido pelo choro, seria bastante inútil se eu tivesse que fazer cara de paisagem. O homem passa pelo portão de metal verde e some de vista. Quando reaparece, mal consigo ver a sua silhueta, pulando de janela em jancla do prédio vazio do colégio, feito um fantasma.

– Nenhum sinal, Seamus – fala, quando volta, exatos seis minuto depois (sei exatamente quanto tempo transcorreu porque contar é tudo o que impede minha cabeça de explodir sem a intervenção do Senhor Agente de Viagens Muito Louco, que está logo atrás de mim).

– Merda – diz Seamus, soltando um suspiro em seguida. – Tudo bem, prende a Lebre. Vamos ter que sondar o Henry quando a gente voltar para saber o que o cara quer fazer com ele.

Prendem meus braços nas minhas costas e, com um *zip*, o lacre de plástico machuca o meu pulso, que já estava em carne viva. Olho devagar para a direita e vejo a Ingrid, que também está de joelhos em cima das folhas podres. Olho para a maçã. Olho para ela. Minhas próprias palavras voltam, traiçoeiras, a povoar meus pensamentos.

"Opção dois: diga a verdade. Você ficou balançada, mas agora está cem por cento do lado deles."

Os lábios dela estão tremendo, como se estivesse passando uma corrente elétrica pelo seu corpo, mas seus olhos estão sem expressão, ela sabe o que eu sei, e tenho plena consciência do quanto isso pode ser tentador neste exato momento: contar para eles, cair de novo nas graças da família.

Ela continua de bico calado.

A pressão no meu crânio diminui. Ouço folhas sendo esmagadas atrás de mim. É o Seamus, dando um, dois, três passos para trás. O *clique* de um celular sendo desbloqueado. Os outros três agentes estão perto da Ingrid, meio a esmo. Um deles enfia a arma no casaco e tira um maço de cigarros. Sem a arma, vira uma pessoa comum, de uma hora para a outra. Duvido que eu fosse capaz de reconhecer a sua cara branca e comum e o seu cabelo castanho na rua, se o visse de novo. Deve ser por esse anonimato que ele é pago. Risca um fósforo e acende um cigarro.

Anda, penso, desesperado. Porque, mesmo estando meio enterrada nas folhas podres e enlameadas, aquela maçã continua me encarando. Anda logo, tira a gente daqui. Você pode passar para pegar seu vale-câncer de pulmão no caminho.

Ele joga o fósforo no chão e fico observando o palito cair perto dos seus pés. Jogar um fósforo em brasa nas folhas secas. Jesus. OK, não sei pelo que esse cara é pago, mas pela inteligência que não é.

Fico olhando para o fósforo caído, que não dá início a um incêndio florestal, graças a Deus, mas continuo olhando para ele mesmo assim.

Continuo olhando porque bem ali, onde o fósforo caiu, bem na frente das botas arranhadas do agente, a *estática* das folhas de repente dá lugar ao *sinal* de um cabelo ruivo cacheado.

– Rita, é o Seamus – murmura ele no celular, atrás de mim. – Palpite furado, nem sinal do Lobo Avermelhado.

"Lobo."

Um tornado de folhas se ergue. Tudo acontece tão rápido que esqueço de respirar. Ela brota do chão, rompendo o monte de folhas, feito um golfinho saindo da água, dando um salto parafuso. A mulher de cabelo curto é a primeira a reagir. Mas, pelo jeito, esqueceu que está armada antes de conseguir atirar. Em vez de apertar o gatilho, aperta o pescoço, para estancar o líquido vermelho vivo que, de uma hora para a outra, começa a jorrar dele. Alguma coisa reluz, dentro de um punho branco cerrado, uma coisa que desliza suavemente, traçando a mesma espiral de Arquimedes perfeita até cortar o pescoço do careca que está tentando, desesperadamente, encontrar um ângulo para atirar sem acertar a companheira que está prestes a morrer.

O fumante – que, afinal de contas, acho que não vai morrer de câncer – nem chega a pôr a mão dentro do casaco. Seu corpo cai, ao lado dos demais. Três mortos em menos de três segundos. Três mortos com precisão geométrica. *Três mortos*, penso, com um nó na garganta, de choque e de medo, sentindo o seu gosto azedo, mas eles estavam em *quatro*.

E aí comecei a balançar o corpo, tentando ficar de pé, mas minhas mãos amarradas prejudicam meu equilíbrio, e o celular do Seamus acaba de cair no chão. Ele está apontando o revólver para a Bel, sem olhar para mim, com o rosto todo espichado, em uma expressão de choque e raiva incoerente. Vou me arrastando no chão, percorrendo a distância que me separa dele. Agora estou a quatro passos de distância. Três.

Me atiro em cima dele. E, na fração de segundo que o ar leva para se mexer, percebo o quanto ele é parrudo, o quanto é forte. Sinto uma porta de alçapão se abrir no meu estômago. Só peso cinquenta e sete quilos. Meu cérebro calcula massa vezes velocidade na hora em que ele começa a correr na minha direção, e sei que não vai ser suficiente. O cara vai atirar em mim, depois na minha irmã. O rosto do nosso futuro assassino preenche meu campo de visão.

Colido com o braço que está segurando o revólver, que mal se mexe. Um cotovelo dobrado expulsa o ar dos meus pulmões, e caio duro em cima das folhas. Seamus olha para mim, surpreso.

E o seu rosto...

"Se você sequer pensar em se virar de frente para mim, vou arrancar a sua cabeça dos ombros..."

Ele cruza o olhar comigo e fica em dúvida. Sua expressão se altera, uma raiva sangrenta se dissipa, até se tornar uma pavor branco e abjeto, e parece que estou me olhando no espelho, parece que estou olhando para o meu próprio rosto: o rosto de um homem que sabe que vai morrer.

Por que você não queria olhar no meu rosto, Seamus? Acho que agora nunca vou saber.

Fico olhando para o olho negro da sua arma, espero pelo estampido, pelo impacto, pela bala. Espero pela dor e que pare de doer de repente. Espero, espero mais e continuo esperando.

BANGUE.

Fico surdo, o ar grita nos meus ouvidos, se movimentando a uma velocidade insuportável. O rosto do Seamus, diante de mim, vai para trás de supetão, e o vermelho começa a entrar em erupção atrás dele.

BANGUE.

Uma segunda explosão por trás da têmpora direita. Sentindo o meu corpo pesado feito chumbo, me viro devagar, e meus olhos tentam traçar a trajetória invisível daquelas balas até seu ponto de partida.

Ela está com o cabelo preso atrás da cabeça, os braços rígidos, segurando a arma, e aí vem correndo na minha direção.

– Bel... – começo a falar, mas a minha irmã passa reto por mim.

Ela aponta o revólver para aquele corpo humano embolado em cima das folhas e dispara mais duas vezes, no peito. Fico só observando, em silêncio, a Bel se agachar do lado do Seamus, pôr a arma no chão e pegar a dele. Com um *clique*, solta o clipe de balas do cabo. Nove balas reluzem. Ela põe de volta. Seus movimentos são sutis. Rápidos. Eficientes. Fica de pé e, por um instante, é só a Bel, a minha irmã, que não vejo há sete horas, uma eternidade, que pensei que jamais veria de novo. Jogo o corpo para a frente e encosto nela. Algo gelado, de metal, desliza pelo meu pulso, e minhas mãos se soltam. Dou um abraço nela e mal percebo o quanto meus braços estão tremendo. A Bel me puxa para perto, sussurra no meu ouvido com um tom de voz tranquilizante, ao contrário de suas palavras:

– Petey, *Petey*, não temos tempo para isso.

É só aí que me dou conta do quanto suas roupas estão escorregadias, mais parecem um pesadelo, e sua pele também está. Dou um passo para trás. Ela está coberta de sangue.

Lobo Avermelhado.

– Vem logo!

A Bel tenta me arrastar, mas me solto. Ingrid vem cambaleando na nossa direção, com as mãos ainda presas nas costas. Vou ajudá-la, e a Bel não se opõe. Seguro a Ingrid pelo braço, e corremos para o bosque. Assim que chegamos nas árvores, a minha irmã pede para a gente parar. Me olha nos olhos. O meu torpor horrorizado diminui um pouco: como sempre, não consigo deixar de me sentir mais calmo quando olho para ela.

– Você está bem.

Meu maxilar finalmente destrava. Olho para trás. Os agentes ainda estão estirados no chão, teimando em ser reais. Teimando em estar mortos.

– C-c-como... o-o-onde... – finalmente consigo falar. – Como você aprendeu a *fazer* isso?

– Do mesmo jeito que *você* aprendeu cálculo diferencial – responde. – Do mesmo jeito que as pessoas aprendem qualquer coisa. Estudei e, quando dominei a teoria, pratiquei. – Um leve encolher de ombros. – É o que eu sempre quis fazer.

Ela levanta uma faca de cabo prateado e a atira para mim. Começo a serrar as algemas da Ingrid. É só quando o plástico cede que olho bem para o que estou segurando. Não é uma faca de combate nem de cozinha. É uma faca de mesa, cara, com um serrilhadinho chique. O logo preto gravado na lâmina está manchado de sangue, mas dá para ver perfeitamente: MHN. Museu de História Natural.

– Bel...

Falo de um jeito que obriga a minha irmã a olhar para mim. Olhos castanhos, uma ferida vermelha em forma de olho que as minhas mãos desesperadas não conseguiram estancar. Aquela faca parece tão comum na minha mãozinha quente.

– Foi você? *Você* esfaqueou a mamãe?

Ela balança a cabeça, como se admitisse ter deixado a louça suja em cima da pia.

– Claro que fui eu – responde. – Fui eu que corri. Por quê? Quem você achou que tinha sido?

– Eles... – Fico piscando feito um imbecil para a Ingrid, me esforçando para pensar. – Eles disseram que foi o papai.

– O *papai*? O que ele tem a ver com isso?

Nada, me dou conta. E de repente fica óbvio: meu pai nunca esteve aqui. É o monstro debaixo da cama. O pesadelo que sempre fez parte das ameaças da minha mãe. E o 57 sabia disso. É claro que sabia. Usaram isso para tentar me deixar apavorado e entregá-la.

Lembro do museu, de todas as referências explícitas a *ele* que queriam que eu ouvisse, e então, do jeito como Rita me manipulou sutilmente ao lado da cama da minha mãe:

"Um filho da puta cruel... egomaníaco... mesquinho. Se encaixa no perfil."

É, no meu também, e eles sabiam disso. Estavam me manipulando desde o princípio.

Meu pai nunca nem chegou perto dessa coisa toda. Era de *você*, Bel, era de você que eles tinham medo. Você é o Lobo.

Dou um passo para trás, como se, assim, fosse conseguir vê-la melhor. O meu axioma. Eu achava que a conhecia, construí todo o meu entendimento de mundo em volta dela, e agora sentia tudo desmoronar.

Igualzinho ao Gödel, "e olha só o que aconteceu com ele".

– Petey.

Bel tenta me abraçar. Vou para trás, para escapar da sua mão. E posso ver pelo seu rosto o quanto ficou magoada. Está com uma expressão confusa, de quem foi apunhalada pelas costas. E, mesmo agora, em meio a tudo isso, não consigo suportar ser a causa dessa dor.

– Mas você me *conhece* – implora. – Você me conhece desde *sempre*. Estava lá desde o início.

Ela não completa a frase. Não precisa.

"Você sempre soube que eu era uma assassina."

Tenho a sensação de estar engasgando porque engoli uma pedra pontiaguda.

– Mas... a mamãe? M-mas *por quê*?

A Bel fica sem expressão.

– Ela me fez ficar furiosa.

Mais adiante, depois do bosque, há um ronco de motores.

– Merda – resmunga a minha irmã. – Não achei que iam nos encontrar tão rápido.

Então ela segura o meu pulso e nos arrasta para uma parte mais densa do bosque, onde podemos nos esconder. Ingrid vem cambaleando, meio grogue, atrás de nós. Bel encosta o dedo nos lábios dela. Ficamos abaixados na escuridão bolorenta das árvores, tentando ouvir algo que não seja a nossa própria respiração, que faz barulho demais. Os motores roncam mais alto e então param. Ouvimos um bater de portas, instruções gritadas ao longe.

Bel destrava o gatilho, parece estar cogitando deixar a arma comigo, e aí, graças a Deus, muda de ideia. Em vez disso, quase sem mexer o braço, tira o revólver de perto de mim e, ah merda ah merda ah merda ah merda *ah merda*, aponta para a testa de Ingrid.

Ela *sabe*. É aí que me dou conta. Não sei como, mas a minha irmã sabe quem a Ingrid é.

– Bel... – baixo a minha voz até virar quase um sussurro. – Sim, ela trabalhava com aquela gente, mas me tirou de lá. Ela viu a maçã. Poderia ter te entregado, mas não fez isso. Está do nosso lado.

Parece que Bel mal está me ouvindo. Seus olhos estão fixos na Ingrid, com a mesma concentração pavorosa de quando matou o Seamus. Os tendões do seu braço estão tão esticados que mais parecem cordas de um violoncelo, um simples tremor poderia acionar o gatilho.

Ingrid me lança um olhar de súplica e diz:

– O seu irmão está falando a verdade. Posso ajudar. Quero ajudar. Posso te contar como eles vão fazer para te caçar.

A arma não se move, mas o dedo do gatilho também não. O ruído das folhas e das botas quebrando galhos fica cada vez mais próximo.

– Tem duas equipes na rua na frente do colégio – continua Ingrid, sussurrando, com um tom tenso, mas controlado. – Mas só uma delas, de quatro agentes, vai atravessar o bosque.

– Quatro pessoas? – pergunto. A Bel olha feio para mim. – Quatro pessoas não dá, nem de longe, para cobrir toda a extensão do bosque – sussurro. – Vão deixar um pedaço livre. É por isso que estão fazendo tanto barulho? Para a gente correr para o outro lado?

Ingrid acena a cabeça, *muito* de leve.

– Mas por que deixar um caminho livre? Por que não mandar mais uma equipe?

– Eles mandaram – diz a Bel, apenas, e inclina o queixo para trás, na direção dos quatro cadáveres que reluzem, ensanguentados, no descampado.

Os gritos estão tão perto neste exato momento que consigo saber de onde vêm. Bem de trás da cabeça da Ingrid. Um galho se parte mais para a direita, e não sei se é um galho partindo ou uma arma sendo engatilhada. Bel aponta o revólver na direção do ruído, bufa e, finalmente, abaixa aquela droga. O ar que eu nem sabia que estava segurando sai de mim às pressas.

– Você entendeu a minha mensagem, Pete – diz a minha irmã, com um tom tão casual.

Ela tentou matar nossa mãe, mas está com a mesma cara e a mesma voz de sempre.

– A cifra de César com o reloginho da câmera? Nossa data de nascimento de palavra-chave? É, mas foi por pouco. O código era bem obscuro.

– Foi o melhor que pude fazer. Quando me dei conta de que aquele lugar estava cheio de agentes, só dava tempo de acessar as câmeras. Mesmo assim, foi um bom conselho, maninho, e está na hora de segui-lo. *Não* discute. – Quando abro a boca, ela me interrompe: – Sou a sua irmã mais velha. Eu sei das coisas.

– Meu Deus, Bel, você só é *oito* minutos mais velha.

Minha resposta é automática. Estou abalado demais para pensar em outra coisa.

– A gente apostou corrida até a saída, e eu ganhei. – Ela acompanha com os olhos o movimento de alguma coisa atrás das árvores. – Não deixa isso acontecer de novo agora.

– Bel...

Mas aí ela pula, feito um coelho, para fora do esconderijo. Através daquela maçaroca de galhos, vejo a minha irmã correndo no meio das árvores, sem se importar com o barulho que faz ao esmagar as folhas e bater na vegetação.

– Que porra ela está fazendo? – indaga Ingrid. – Por que está indo para o prédio? O buraco no bloqueio está do outro lado!

Sinto um aperto no coração, de medo que algo aconteça com a minha irmã.

– Está deixando um rastro, para que não encontrem a gente – respondo.

Dezessete segundos depois, ouço passos de botas e, entre as folhas, vejo vultos vestidos de preto correndo a mil, passando reto pelo nosso esconderijo com as armas apontadas, a respiração ofegante. *Lobo Avermelhado*, penso, e guardo aquela última imagem da minha irmã na cabeça, aquela assombração coberta de sangue. Aquela gente pode até tentar caçá-la, mas a minha irmã não tem nada de presa.

– Vamos – sussurro, saindo por trás das árvores. – Antes que eles voltem.

– Para onde? – pergunta ela.

Mal estou ouvindo. Bel, você é minha irmã: eu te amo e te conheço bem e você tentou matar a nossa mãe. Alguma coisa te levou a fazer isso. Preciso retraçar seus passos, ir aonde você foi, ver o que você viu. Preciso saber *por quê*.

– Vamos atrás de respostas – respondo.

Três pessoas mortas em um piscar de olhos. Uma espiral de Arquimedes perfeita.

"Eu estudei... eu pratiquei."

Arrasto Ingrid, que não resiste, atrás de mim. Eu e a Bel brincávamos de esconde-esconde nesse bosque, e conheço todos os esconderijos nele. É quase noite. Logo vamos ficar invisíveis.

"Você entendeu a minha mensagem, Pete. Foi um bom conselho... está na hora de você segui-lo."

Na minha cabeça, vejo a estática brilhando no crepúsculo, como se fosse aquelas bandeiras de sinalização, soletrando a mensagem.

Corre.

Corre, Lebre.

Corre.

INVERSÃO

IP URZP, QRM VJMIARG
R PINRM LTIF R J PRT GIBJM GREJ.

RECURSÃO:
2 ANOS E 6 MESES ATRÁS

O fogo ardia, branco e espectral, em contraste com a noite.

Mesmo estando no alto do morro, do outro lado da estação, dava para sentir o calor no rosto. Ficamos boquiabertos, nos acotovelando com a multidão dos arredores. Uma mulher de robe cor de lavanda e galochas de borracha equilibrava um bebê na cintura, mas o choro dele só enfatizava o silêncio das outras pessoas.

Lá embaixo, os bombeiros corriam por todos os lados, projetando sombras esticadas e distorcidas que pareciam bichos-pau se debatendo na grama, mas não podiam fazer nada. O incêndio era alimentado por metano: as chamas tinham começado com uma temperatura de meros duzentos graus Celsius, mas agora estavam se alastrando e tinham alcançado uma temperatura de mais de quatrocentos graus, capaz de derreter metal. O Corpo de Bombeiros de Kent precisaria de uma quantidade de pó químico seco equivalente ao deserto do Saara para apagá-las, e não tinha. A única estratégia possível era deixar a estação de transmissão queimar até o fim.

No dia seguinte, quando todo aquele complexo feito de aço e concreto tivesse virado um monte de escombros enegrecidos, tostado pela chuva de primavera, começaria o inquérito. O relatório concluiria que, apesar de os grandes danos dificultarem uma conclusão definitiva, as evidências levavam a crer que um vazamento na principal bomba de condensado da estação – o mesmo tipo de bomba que causara incêndios nas estações de Augsberg, na Pensilvânia, e em Berry Hill, na Austrália, dois anos antes. Todas as três instalações eram propriedade do mesmo dono, um prestador de serviços, também responsável pela manutenção, e ninguém ficou muito surpreso. Pelo menos, desta vez, ao contrário do que acontecera em Berry Hill – eu tinha visto fotos de depois do desastre, e aqueles rostos descarnados e gritando ficaram aparecendo nos meus sonhos por semanas –, ninguém se feriu. O incêndio começou às duas e meia da manhã, e a estação estava funcionando de forma completamente automatizada. A busca frenética pelos dois guardas de plantão terminou em um bar, logo no fim da rua, em Durmsley, já fechado, mas ainda com algumas pessoas lá dentro. Os dois tinham ficado lá bebendo durante a pior parte dos tremores e *por pouco* não presenciaram a explosão.

Desta vez, deram sorte.

A Bella se virou para mim, e as chamas estavam refletidas nas suas lágrimas.

– Desculpa, Pete – disse.

– Tudo bem, Bel – respondi.

Eu me encolhi e abracei meu próprio corpo, apesar do calor que vinha do incêndio, e desejei que tivesse algum jeito de tirar o cheiro de gasolina das minhas roupas. Pus a mão na testa. Quando tirei, meus dedos estavam vermelhos de sangue, porque eu tinha coçado e arrancado a casca da ferida pouco tempo antes. Fiquei com medo de deixar traços de DNA, mas era para isso que o incêndio servia. E, de qualquer modo, já era tarde demais.

– Sempre vai ficar tudo bem.

AGORA

– Foi o maior susto que passei na vida. E, quando eu vi, estava... dentro de um armário.

– Quê? – sussurra Ingrid.

– Nada – também sussurro.

Estamos sussurrando, em parte, porque precisamos ser discretos. Mas, na verdade, é mais por falta de espaço. A boca de um está tão próxima dos ouvidos do outro que qualquer coisa mais alta do que um sussurro provavelmente estouraria nossos tímpanos.

Não é apenas nosso rosto que está assim, tão perto. Certas partes do corpo da Ingrid estão roçando nas minhas partes de um jeito que me faz ter plena consciência do propósito evolutivo, em termos de biologia, de tais partes. O que, acho, até poderia ser excitante, se a gente estivesse preso dentro desse armário da caldeira por motivos recreativos. Aliás, é meu quarto armário nas últimas vinte e quatro horas. Você *sabe* que eu gosto de contar.) Só que não estamos aqui por motivos recreativos: estamos escondidos por motivos do tipo para-salvar-a-porra-da--nossa-vida, e tenho medo que o fluxo de sangue para minhas partes *íntimas* não perceba a diferença. Até por que, faz exatas dezenove horas e quarenta e três minutos que a gente tirou aquela roupa rasgada e ensanguentada, e a Ingrid olhou pra mim e sorriu e...

Um alarmante redirecionamento na circulação do sangue, indo lá para baixo, me avisa: *Não... pensa... nisso.*

Em vez disso, pensa em como vocês chegaram até aqui, pensa no que tem que fazer. Afinal de contas, esse plano tem muitas engrenagens em movimento, muitos rodízios e rodas dentadas, rodas dentadas bem grandes e afiadas, nas quais vocês podem ficar presos e acabar estraçalhados. Então, se concentra, Pete.

Se concentra.

Ontem à noite. A gente já tinha quase ultrapassado as árvores, e puxei Ingrid para trás. Ela perdeu o equilíbrio e caiu deitada em cima das folhas.

– Droga, Pete. Por que você fez isso?

– Espera um minuto – falei, ofegante. Espiei no meio dos troncos das árvores e consegui ver a rua. Estava deserta, sob o brilho alaranjado das lâmpadas dos postes. As casas geminadas, do outro lado, eram tão silenciosas e perfeitinhas que pareciam casas de boneca. – Deixaram um buraco no bloqueio.

– Eu sei. É pra lá que vamos.

– Mas será que não estão *esperando* que a gente faça isso? Tipo, se pegarem a Bel e não estivermos com ela, será que não vão concluir que fugimos por esse caminho?

As palavras que ouvi da Frankie, durante esse dia interminável, brotaram na superfície da minha mente, feito minas subaquáticas. "Quinhentas mil câmeras de segurança nessa cidade..." A gente era obrigado a presumir que o 57 tinha acesso a todas. Imaginei o campo de visão deles se ampliando, cobrindo Londres inteira, feito uma rede invisível, pronta para nos apanhar. Não tinha como não passarmos por alguma dessas câmeras. Dois adolescentes ensanguentados e exaustos, cambaleando pelas ruas do sul de Londres, sem ter para onde ir, sem ter onde se esconder: o 57 nos localizaria em um piscar de olhos.

– Você tem alguma ideia melhor? – perguntou a Ingrid. – Não podemos ficar aqui.

Olhei para trás, para o tão conhecido prédio do colégio, se assomando no meio da noite, e pensei quase ter ouvido meu antigo eu rindo loucamente dessa ideia, mas o colégio era o mais parecido com um território amigo naquele momento.

– Quer saber? Talvez a gente possa ficar, sim.

Foi uma retirada tensa. Chegar ao fim do bosque levou menos de três minutos. Voltar pelo mesmo caminho levou quase quarenta e cinco, porque a gente ficou desconfiando de cada pedra solta e de cada galhinho seco.

Parecia que a noite estava cambaleando eternamente no limiar do crepúsculo, mas aí caiu de repente, por completo. O bosque se transformou em um ninho denso de sombras que se sobrepunham. Ficamos prestando atenção nos menores ruídos, na movimentação dos animais, nos piados inquisidores dos pássaros. Dois estouros de enfartar, que poderiam ser de tiros, ecoaram ao longe, depois mais dois, depois mais um, mais adiante, e um rumor vago de gritos, e em seguida o tiroteio continuou. Busquei consolo na lembrança do sorriso da Bel, em sua autoconfiança cruel. Ela devia estar bem. Tinha que estar. Olhei no relógio: eram oito e vinte da noite.

– Vem – falei, quando os ruídos cessaram. – Vamos entrar, antes que eles voltem.

O prédio tinha alarmes, mas os agentes do 57 tinham invadido o local para procurar a Bel e deviam ter desativado tudo. Tinha câmeras, mas eu desviava delas havia anos. Tomamos o cuidado de fechar todas as portas que abrimos e ficamos de ouvido atento a qualquer ruído de passos, caso os agentes resolvessem fazer mais uma revista no prédio. Mas os minutos foram passando, e ninguém apareceu. Com sorte, deviam ter seguido nosso rastro até o fim do bosque e concluído que a gente tinha fugido por ali.

A primeira parada foi no depósito da lojinha do colégio. A gente estava com a pele e as roupas cobertas por uma lâmina fedorenta de sangue e de suor causado pelo medo, em um estilo cuja melhor descrição seria "empregado de abatedouro pós-apocalíptico". No dia seguinte, não passaríamos despercebidos nas ruas. Levamos os uniformes, cachecóis e casacos roubados para o vestiário dos meninos.

Sem dizer uma palavra, Ingrid começou a tirar a roupa. Levei um segundo e meio (a camiseta ensanguentada caindo no chão) para me dar conta do que estava acontecendo, e mais três quartos de segundo (um sutiã aberto, pendurado perigosamente nos seus ombros, as costas arqueadas como as de um nadador prestes a mergulhar) para entender a indireta. Fiquei muito vermelho, titubeei, balbuciei três sílabas incompreensíveis e aí virei de costas, vendo de relance a sua expressão irritada enquanto eu lutava para não perder o equilíbrio e não morrer empalado na minha própria ereção.

Eu estava com um tesão ridículo, injustificável. Meu instinto sexual tinha ido de zero a cem, ou seja: dado que sou um garoto de dezessete anos, estava a mil. Já tinha lido a respeito de picos de libido na iminência de uma grande descarga de adrenalina, mas nunca tinha passado por isso. É estranho mesmo: a química do seu cérebro começa a berrar comandos contraditórios, que nem aqueles instrutores de recrutas que aparecem nos filmes.

Recruta Blankman! ATENÇÃO! Corre! Se esconde! Corre de novo! Ótimo! Agora que você não está mais em perigo físico iminente, concebe o máximo de descendentes que puder nos próximos sessenta segundos, no caso de a ameaça voltar! AO MEU COMANDO, SEU VERME MISERÁVEL!

Fiquei de costas para os chuveiros, ouvindo a água correr, com o rosto pegando fogo, sentindo que tinha desperdiçado a maior oportunidade da minha vida – que, provavelmente, acabaria antes do tempo. Então por que me segurei? Se a Ingrid tivesse me perguntado, eu teria tentado racionalizar, teria dito que o nosso relacionamento já era tão complicado quanto a Hipótese de Riemann e não precisava ser mais. Mas ela não precisou perguntar nada. Sabia a verdade, ridícula de tão previsível: eu estava com medo.

Limpos e vestidos, fomos nos esgueirando pelos corredores externos cobertos de heras do pátio. Estavam desertos, o que era tão pouco usual que tive a sensação de estar dentro de uma caverna. A próxima parada foi na cozinha, para jantar (o pânico gritou no meu estômago ao ver aquelas peças enormes de presunto embaladas em plástico e o monte de salada de repolho que tinha dentro da geladeira, mas a necessidade de ser discreto me segurou, e só peguei um pouquinho de cada). Depois fomos para o laboratório de informática, onde passamos a mão em um *laptop* quadradão, cujo endereço de IP não poderia ser associado a nenhum de nós dois.

A adrenalina que tinha circulado pelo nosso corpo durante a maior parte do dia se esvaiu, estávamos tremendo e exaustos, mas ainda tínhamos trabalho a fazer. Finalmente, quando terminamos todas as tarefas, deitamos na sala dos funcionários, em cima das almofadas que tiramos dos sofás, e ficamos contando piadas a respeito do retrato da diretora pendurado na parede. Por um instante, parecia que o tempo tinha parado. Não existia nem passado nem futuro, só a bolha do presente, e eu realmente consegui acreditar que só estava ali com a minha melhor amiga, escondido no colégio depois da aula, por pura diversão. Mas aí a Ingrid se espichou e virou de lado, e só se ouvia o *tique-taque* do relógio em cima da lareira. Fiquei acordado, contando os segundos que a minha irmã assassina e procurada estava sendo obrigada a sobreviver lá fora, no meio da escuridão.

Depois de oitocentos e dezesseis, desisti de tentar dormir e fui até a janela. A noite estava calma e iluminada pela lua, a brisa traçava parábolas na grama. Mesmo depois do banho, eu ainda conseguia sentir a faca ensanguentada escorregando na palma da minha mão. O sangue fresco pertencia aos agentes que a Bel tinha matado diante dos meus olhos, mas, por baixo dele, talvez já seco nas reentrâncias das letras gravadas na lâmina, o sangue era da minha mãe. *Mãe.* O sangue latejava nas minhas têmporas, e a cada pulso, eu ouvia o *bipe* do respirador artificial.

"Bel. Você a esfaqueou. Você tentou matar a mamãe."

E a Bel sacudindo os ombros e falando "Ela me fez ficar furiosa".

Você e o resto do mundo, mana, porque agora nada mais faz sentido.

E se eu nunca mais vir a Bel na vida?

E se a minha mãe *morrer*?

Foi aí que me senti sozinho. Sozinho de verdade. Parecia que eu tinha caído em um poço e ficado com a garganta esfolada de tanto gritar, pedindo ajuda que nunca viria. Quando virei de novo para nossa cama improvisada, Ingrid estava de olhos abertos, me observando. Não precisou dizer nada. Ela era minha melhor amiga. Sabia o que eu estava pensando, me conhecia melhor do que ninguém, mas nem por isso podia melhorar a minha situação.

Por favor, por favor, não esteja morta, mãe.

Não transforme a Bel em sua assassina.

Não esteja morta.

Às cinco da manhã, acordei com a mão da Ingrid na minha boca.

– O pessoal da limpeza acabou de chegar – sussurrou ela no meu ouvido.

Dava para ouvir o ronco fraco do aspirador no fim do corredor. Levantamos rápido, sem fazer barulho. Colocamos as almofadas de volta no lugar e entramos de fininho no armário da caldeira onde, pelas últimas onze horas, ficamos suando e esperando. Rezei para todos os deuses que consegui lembrar, pedindo que o sistema de aquecimento central do colégio não precisasse de manutenção logo hoje, o tempo todo ouvindo os gritos, as risadas e os xingamentos do período de aulas, tocando à nossa volta, como se fosse uma peça de teatro radiofônica.

Olho para o relógio, por cima do ombro da Ingrid.

– Preparada? – murmuro. – Vamos ter que cronometrar nossos passos *com precisão.*

– Sim, eu... espera, Pete, escuta.

Fico petrificado, achando que ela tinha ouvido passos. Ou, pior ainda: o ranger das dobradiças do armário. Mas aí consigo distinguir que som era aquele: era o bater das gotas de chuva nas janelas do corredor, do lado de fora. Não consigo ver o rosto da Ingrid, mas tenho certeza de que está dando um sorriso igual ao meu no instante em que levantamos o capuz dos casacos.

– Finalmente – sussurra – um pouco de sorte.

Um instante depois, o sino que anuncia o fim das aulas toca, apitando feito um alarme de incêndio.

– Já – cochicho.

A Ingrid tateia atrás de mim, procurando a maçaneta, e corremos até o corredor, chegando cerca de um quinto de segundo antes que ele fique repleto de vultos uniformizados tagarelando e dando risada. Nos separamos, como combinado, e ficamos de olho onde o outro está discretamente, sem nos olhar diretamente, deixando aquela onda de pressão formada pelos alunos querendo ir para casa nos arrastar pelos degraus até chegar lá fora, debaixo da chuva. Encolho os ombros e baixo a cabeça para me proteger da tromba d'água e dou um sorriso quando vejo que todo mundo ao meu redor faz a mesma coisa.

Uma câmera de segurança espia do alto do portão principal, mas só vai enxergar uma maré de alunos indistinguíveis vestidos de cinza azulado, a mesma coisa que enxerga todos os dias às quatro e meia da tarde, a mesma coisa que todas as câmeras de trânsito e de segurança de todas as ruas das próximas cinco quadras vai enxergar.

Estática para encobrir o sinal.

O leve aperto que sinto no peito diminui; isso pode mesmo dar certo.

Nos encontramos a cerca de um quilômetro e meio do portão da escola. A chuva redobrou, caindo em vagas geladas que encharcam tudo, mas eu e a Ingrid ignoramos os ônibus que passam, espalham água pela calçada e seguem roncando pela rua. Levamos cinquenta e cinco minutos de caminhada com meias empapadas até Streatham, não muito longe dali.

– Só para você saber – falo, soprando as gotas acumuladas nos meus lábios e me posicionando diante da porta do número

162 da Rye Hill Park, como se fosse meu oponente em uma luta de boxe –, se der tudo muito errado, se tiver um alarme que a gente não consiga desativar ou um cachorro que a gente não consiga acalmar ou se o pai da Anita Vadi for uma espécie de cientista maluco psicótico que eletrificou o capacho para fritar invasores com sessenta mil volts, a culpa é sua.

Ela fica olhando feio para mim por um bom tempo.

– Minha? – diz, apenas. – Isso foi ideia *sua*.

– É, mas eu estava contando que *você*, sendo a espiã profissional desta dupla, tivesse alguma ideia melhor.

– O que é que eu posso te dizer, Pete? – Ela dá de ombros. – Às vezes, uma ideia pode ser a melhor que temos no momento e, *ainda assim*, ser uma enorme de uma cagada de elefante.

A ideia, que obviamente era uma cagada, tinha nascido ontem à noite, entre jantarmos e apagarmos as luzes, quando, tentando abrir portas aleatoriamente, descobri que a do administrativo estava destrancada. Entrei lá, arrastando a Ingrid.

– E aquela sua habilidade *loka* pra decifrar *leet* que você tanto fala? – perguntei, ligando o computador, que entrou na tela de senha. – É só conversa ou acha que consegue entrar aqui?

– É uma hora meio inapropriada para consertar a sua nota de física, né? – retrucou ela, erguendo a sobrancelha.

– Minha nota de física é altíssima, como você bem sabe.

Ela olhou por cima do meu ombro e falou:

– Tenta Wuffles2012.

Fiz careta, mas digitei. A caixa de *login* se transformou em um *timer* em forma de ovo.

– Caramba, a sua habilidade para decifrar *leet* é *loka* mesmo.

A Ingrid levantou a mão direita. Tinha um *post-it* amarelo grudado no seu indicador, com a senha escrita em letras bem pequenas.

– Tá aqui a *lokura* – diz, irritada. – E o *leet*.

Fiquei vermelho. Cliquei em algumas das pastas da área de trabalho até encontrar a lista de alunos. Fui passando pelos nomes, lendo as anotações ao lado de cada um.

Senti um aperto de leve no coração quando passei pelo "R". Memória muscular do medo, mesmo sabendo que não teria nenhum *Rigby* ali. Ter me obrigado a pular do telhado do prédio dos veteranos foi um dos últimos atos do Ben no Denborough College, antes de ele se mudar com a família para Edimburgo. Dizem as más línguas que a mãe do cara está trancafiada em um hospício por lá. Lembrei do arrepio que percorreu o meu corpo quando fiquei sabendo: de alívio, mas também de pena. Se a *minha* mãe estivesse trancafiada em um hospício, pensei, eu talvez também fosse um desgraçado de um babaca.

– Esta aqui – falei, finalmente. – Anita Vadi. Você conhece?

– É uma menina alta, está um ano abaixo da gente. Manda bem no jiu-jítsu, e tenho hematomas para provar. Por quê?

– Os pais obrigaram ela e a irmã a perder aula esta semana inteira, para ir a um casamento da família. Vamos precisar de um lugar para ficar, um lugar onde seus ex-colegas não vão pensar em nos procurar. Quais são as chances, na sua opinião, de a casa da família Vadi estar vazia?

– Peter, isso é um crime. Estou impressionada.

Fiquei radiante. Por mais que a Ingrid, desde que eu a conheço, sempre tenha sido maluca, a sua aprovação ainda era importante para mim. Fiquei surpreso ao me dar conta do quanto.

Dou graças aos deuses que governam os padrões estocásticos do clima pela chuva. Só tem três pessoas passando na rua, e nenhuma das três resolve encarar o dilúvio por muito tempo, ao ponto de reparar naqueles dois adolescentes parados embaixo da entrada coberta daquela bela casa de tijolinhos vermelhos.

– Eu fico de guarda – diz Ingrid. – Você bate no painel inferior direito da porta.

– Não deveria ser o contrário? – argumento.

– Por quê?

– Você poderia forçar a fechadura ou algo assim.

– Isso é coisa de ladrão. Sou espiã.

– Então as suas habilidades são mais do tipo "obrigar os outros a fazer coisas incriminadoras contrariando o seu bom senso"?

– Na mosca.

Quando ponho a mão por dentro da porta, tentando alcançar a trava, nenhum alarme dispara e nenhum cachorro aparece, só um gato de guarda ruivo que se aproxima da entrada e vira de barriga para cima, ferozmente pedindo carinho.

– Todo gato é uma vadia – comenta a Ingrid, em tom de reprovação.

Ela sempre gostou mais de cachorro.

A pilha de correspondência perto da porta é um bom sinal. Mas, mesmo assim, a Ingrid insiste em dar uma olhada no andar de cima, para confirmar que não tem ninguém em casa. Quando desce, já estou acomodado na mesa da cozinha. Só que a primeira coisa que fiz foi soltar o cinto, passar pelo puxador da porta da geladeira e fechar. A Ingrid levanta a sobrancelha quando vê.

– É só um lembrete para mim mesmo – explico –, uns dois segundos a mais para eu pensar. Não quero deixar nenhum sinal de que estivemos aqui, e o rastro de destruição do Furacão Pete ao passar pela quiche especial da vovó com certeza nos incriminaria.

Ingrid balança a cabeça. Todos temos nossos tiques; ela sabe disso melhor do que ninguém. Suas mãos estão sem luvas, e as cicatrizes de tanto esfregá-las ainda estão rosadas. Pensei ter ouvido a torneira aberta. Ela puxa uma cadeira e liga nosso *laptop* contrabandeado.

– O que você está fazendo? – pergunto.

– Está mais para o que *você* está fazendo. – Ela vira o computador para mim.

– Banco de Dados Nacional da Polícia? Que porra é essa, Ingrid?

– Precisamos puxar nosso boletim de ocorrência.

Minha única reação é um olhar perdido. Ela solta um suspiro e completa:

– Meu ex-patrão tem muita influência, mas pouco pessoal. E, se a gente realmente tiver *conseguido* despistá-los, os caras devem ter pedido uma mãozinha da polícia para nos localizar.

Ela inclina a cabeça para o *laptop* e continua explicando:

– O BDNP fica armazenado em servidores UNIX, e a infraestrutura é tão velha que até dá vergonha. Acho até que você consegue entrar por aquela *backdoor* que caiu na Dark Web em agosto. Eu não ficaria surpresa se tivessem esquecido de fechar.

Lanço um olhar desconfiado para ela e começo a digitar.

– Seria muito mais rápido se você fizesse isso – resmungo. – Você manda muito melhor do que eu.

– Mas aí como é que você vai aprender, jovem *padawan*?

A Ingrid fica olhando por cima do meu ombro e dá um sorriso quando a janela de *login* dá lugar a um ícone de *download*. Então senta, vira o *laptop* de frente para ela, bate em algumas teclas, e o seu sorriso vai de orelha a orelha.

– Parabéns, Pete. Não apenas a Polícia Metropolitana, mas todas as delegacias do país têm ordens para prender você assim que o avistar. – Ela desce na tela. – Ah, e eu também. Mas acho que ninguém vai me reconhecer ao ver isso, é uma foto *horrorosa*. Pareço uma contadora de meia-idade depois de um orgasmo decepcionante.

– Deixa eu ver.

– Sem chance.

Então me empurra, de brincadeira, para cima da cadeira e continua digitando.

– Caramba – resmunga. – Alertaram até a Interpol. Você conseguiu sumir do mapa mesmo, uma fuga de primeira linha, Pete. Acham até que saiu do país. – O alívio no tom de voz da Ingrid é óbvio, mas não consigo sentir a mesma coisa, ainda não.

– E a Bella? – pergunto.

Mais batidas no teclado. O sorriso da Ingrid desaparece.

– Não tem nada sobre ela.

Empurro a cadeira para trás, me sentindo, subitamente, decepcionado e apavorado. Sem nem perceber, puxo o cinto que prende a porta da geladeira, sentindo um vácuo gritando no meu estômago. Preciso alimentar o monstro.

Antes que eu consiga abrir o cinto, uma mão cheia de cicatrizes, quente, segura a minha e me puxa gentilmente para longe.

– Isso não quer dizer que ela está em poder deles – diz a Ingrid, baixinho. Consigo sentir sua respiração na minha orelha. – Não quer dizer que a capturaram. Só quer dizer que não falaram nada para a polícia.

– Por quê? – exijo saber, olhando fixamente para o chão de lajotas pretas e brancas. De repente, fico teimoso e infantil. Por que não falariam nada?

A voz da Ingrid fica embargada quando ela responde, e sei que está pensando nos corpos caídos no meio das folhas:

– E quem *você* mandaria para capturá-la?

Vou soltando do cinto devagar, deixo a Ingrid me levar até a mesa e pouso os olhos no *laptop*.

– Estamos no banco de dados da polícia neste exato momento? – pergunto.

– Estamos.

– Conseguimos puxar arquivos de casos antigos?

– No alto, à esquerda – responde ela, apontando para um ícone.

Clico nele. Um formulário de pesquisa se abre, e começo a preenchê-lo.

Espiando por trás de mim, a Ingrid pergunta:

– O que está procurando?

Uma sensação gelada vai se espalhando devagar pela pele das minhas costas quando respondo. Às vezes, ouvir em voz alta as merdas absurdas que estou pensando é o que basta para me convencer de que nada é verdade.

Mas não desta vez.

– Assassinatos não resolvidos de abril do ano retrasado até hoje.

Ingrid fica olhando para mim, atentamente.

– Assassinatos *não resolvidos*? Por quê?

Na minha cabeça, vejo um tornado de folhas de outono, uma espiral de Arquimedes perfeita, três corpos caindo, três vidas ceifadas com precisão geométrica.

– Ela disse que andou praticando.

Minha garganta está seca.

Ingrid não pergunta mais nada. Aperto o voltar, e o formulário desaparece, dando lugar a uma série de resultados de pesquisa.

Ingrid olha de relance para a tela e solta um assovio baixinho.

– Você está procurando por alguma coisa específica? Um lugar, uma... técnica?

Sacudo a cabeça.

– Precisamos ver tudo, em todos os lugares. Tiroteios, esfaqueamentos, estrangulamentos, a coisa toda.

Tento manter um tom de voz neutro, usar palavras objetivas, por mais que tenha a sensação de estar levando um choque elétrico na boca ao pronunciar cada uma. Mas eufemismos só piorariam a situação. Tenho que ser científico, preciso. Só assim vou conseguir continuar olhando. Refletida na tela, a expressão da Ingrid é do mais puro pavor.

– Investigar um crime é procurar um padrão – explico. – É criptografia. É matemática. Cada cadáver é mais um dado. Bel sabe disso e teria feito tudo o que estivesse ao seu alcance para impedir que esses dados se conectassem. Tentaria fazer parecer aleatório...

– ...mas a aleatoriedade é uma coisa difícil de simular – a Ingrid termina a frase por mim. Está muito pálida.

– Estou contando com isso.

Bem devagar, Ingrid empurra o *laptop* para o lado e senta na mesa, bem na minha frente.

– Pete – fala, baixinho. – Como é que você *sabe* de tudo isso?

– Passei nove meses no mesmo útero que ela – respondo, tentando parecer irreverente.

Mas Ingrid está olhando para mim. Sei que está lendo a verdade estampada na minha cara e não tento escondê-la. Sinto as lembranças brotando das profundezas da minha mente, feito zumbis.

Sei que a Bella funciona assim porque fui eu que ensinei.

RECURSÃO: 2 ANOS E 6 MESES ATRÁS

– Quem é esse cara ? – perguntei.

A voz da Bel estava rouca de tanto chorar. A maquiagem toda escorrida, o cabelo grudado na testa de tanto suor. Respondeu, com a voz fraca:

– Não sei.

Estava uma noite tão bonita... O verão tinha chegado mais cedo, e o calor forte do dia tinha amainado, se transformado em uma temperatura agradável. As árvores projetavam sombras compridas e azuladas na grama, que mal dava para ver, naqueles últimos instantes de luz do dia. Eu tinha, finalmente, largado das muletas. Ainda mancava, mas estava melhorando. Eu me sentia livre.

Agora, posso até parecer insensível. Mas, apesar de o alerta de confusão da Bel ter apitado na minha cabeça, tive uma sensação de alegria quando ela me levou pela mão e andei de pés descalços na grama.

A alegria só diminuiu um pouco quando passamos pelo vão da cerca e entramos nos trilhos do metrô. Nunca, nem em um milhão de anos, eu teria atravessado aqueles trilhos sozinho. Só de pensar que um trem poderia surgir do nada, no meio da escuridão – com aqueles faróis cegantes, a mil, com uma força capaz de me estraçalhar –, eu teria me transformado em um bloco de gelo. Mas eu não estava sozinho: estava com a minha irmã. E, quando estava com ela, era invencível. Fomos andando entre os dormentes, subimos o morrinho de quatro, passamos por baixo da corrente meio solta, coberta de heras, e nos arrastamos, de barriga no chão, até chegar ao beco que ficava entre os trilhos e a construção. Contei nove folhas de jornal perdidas, seis latinhas de bebida enferrujadas e um tapete enrolado que tinha sido largado ali havia tanto tempo que já criara bolor. Até ali, tudo nos conformes.

Só que tinha uma *coisa* nova. Pendurados, duros, saindo pela ponta do tapete, tinha uns cadarços de tênis, depois uma pele branca esticada no meio de ossos e músculos, uma perna de calça *jeans* barata levantada até altura do tornozelo e um pé humano.

Não lembro de ter me assustado quando vi o pé, só tive a sensação de que era algo inevitável. Quase uma espécie de alívio: "Até que enfim, aconteceu". O pior já tinha passado. Segurei o tornozelo, tentando sentir a pulsação. Não senti nada.

– Conta tudo – falei.

– Eu... eu... – a Bel começou a gaguejar, como se seus lábios estivessem dormentes. – Eu estava voltando do *show*.

Acho que ele estava no mesmo vagão do metrô que eu, mas não tenho certeza. Deve ter me seguido quando desci da estação...

Eu a interrompi:

– Foi só você que desceu ou tinha mais gente?

Ela franziu a testa e respondeu:

– Tinha mais gente.

– Quantas pessoas?

– C-cinco ou seis.

– Eram cinco ou eram seis?

– Não sei.

– Pensa direito.

– Cinco.

– Tá, continua.

Ela pensou por alguns instantes, depois retomou a história:

– Eles foram pela rua, eu passei por baixo da passarela e vim para cá. Estava de fone de ouvido. Só percebi que o cara estava atrás de mim quando ele agarrou meu pulso. Tentei me soltar, mas ele me segurou. Disse que queria meu celular, minha bolsa. Disse que eu era bonita e deveria estar sorrindo. Tipo, olha, ele estava me assaltando, mas estava fazendo o favor de me dar *atenção*, sabe?

A minha irmã ficou em silêncio por um segundo.

– Ele tinha uma faca.

Uma faca. Senti uma faísca de esperança. O meu lado que ainda tentava ligar aqueles pontos de um jeito que a nossa vida permanecesse intacta se agarrava àquela palavra.

– Foi legítima defesa – falei. – A gente pode ir na delegacia, pode dizer que...

Mas a Bel já estava sacudindo a cabeça.

– Não, Petey – falou baixinho, torcendo para que eu entendesse. Mostrou as mãos. Estavam intactas. Sem ferimentos de defesa. Seu rosto, iluminado pelo poste da rua, estava completamente limpo.

– Você temeu pela sua vida – protestei.

Ela olhou para o chão, e seu tom de voz ficou mais sério:

– Eu não estava com medo. Estava com raiva. Só conseguia pensar na mão dele apertando o meu pulso com força, e que o cara estava se achando pra caralho, se sentia... no direito, sabe? Ele simplesmente *tinha certeza* de que eu ia me submeter àquilo. E, quando me dei por conta, estava pensando no papai, no olhar que a mamãe faz quando fala dele, com a cara toda inchada e cansada e...

A minha irmã deixou a frase no ar, mas eu sabia o que ela queria dizer.

– Ferida – completei.

A Bel assentiu.

– E fiquei me perguntando se o papai já tinha segurado o pulso da mamãe daquele jeito. E aí bati nele. Bati nele bem rápido e com força e continuei batendo.

Minha irmã não estava mais olhando para mim. Estava olhando para trás, para a corrente, na direção da nossa casa.

– E aí o cara tentou usar a faca, e eu tirei a faca dele.

Sua voz tremeu nesse momento, e seu tom era de medo. Um medo correspondente se avolumou no meu peito. E um monte de emoções confusas surgiram junto com ele: choque – eu nunca tinha visto a Bel com medo – e uma pitadinha de raiva ardente do homem que tinha reduzido minha irmã àquilo.

– Desculpa – sussurrou ela.

Em um piscar de olhos, tive uma visão do nosso futuro: espaços vazios, com "V" maiúsculo, em casa e no colégio, onde ela deveria estar; longas viagens para chegar a um prédio cinza quadradão, todo de concreto, cheio de arame farpado, no meio do nada; a Bel detrás de uma placa de acrílico riscado, de rosto inchado e falando enrolado, dizendo que está "bem", e eu sabendo que ela está mentindo porque a minha irmã não vai me dizer a verdade se achar que isso vai me fazer mal.

– Tá tudo bem – falei. O que mais eu poderia dizer? – Vai ficar tudo bem.

Ela olhou para mim, com os olhos arregalados e muito brancos, naquela escuridão.

– Como? – perguntou, e eu precisava dar uma resposta.

Depois, quando já era tarde demais, fiquei me perguntando se *deveria* ter me sentido em dúvida ou culpado em relação àquele cadáver que enrijecia lentamente, dentro do seu sarcófago de tapete. Mas, na hora, eu simplesmente... não me senti. Só senti uma clareza aguda, um senso de urgência, no vento frio da noite. A minha irmã mais velha precisava *de mim*. Depois de passar quinze anos segurando a minha onda, ela precisava de mim. Eu não podia decepcioná-la.

A Bel abraçou o próprio corpo. Estava tremendo, e tive certeza de que, se a luz fosse melhor, eu veria que os lábios dela estavam roxos. Sabia exatamente como estava se sentindo. Ela era o meu inverso, o meu oposto, mas de um jeito que a tornava igual a mim: uma imagem espelhada. Se ela estava com medo, eu também estava, só que a diferença é que *eu estava acostumado com aquilo*. A minha irmã até podia ter PhD em Queda, mas quem se sentia à vontade no chão era eu.

Tentei pensar. Passei as mãos no cabelo, no rosto, e elas saíram ensanguentadas. Merda, eu tinha arrancado a casca da minha ferida na testa.

Um trem passou a toda velocidade; foi ensurdecedor por alguns instantes, e a claridade vazou pelas heras. O vácuo causado pela passagem dos vagões sacudiu nossas roupas. Quando a ideia veio, foi tão natural... Senti uma dor na testa, mas isso só me trouxe a sensação de estar com as ideias ainda mais claras. Sem sequer pensar, construí um muro de números para me distanciar das minhas emoções, como tinha feito tantas outras vezes.

Começa a contar.

Cinco passageiros saíram do trem junto com a Bel, e qualquer um deles poderia ter sido a última pessoa a ver aquele homem com vida. Havia três câmeras de segurança entre a estação e o lugar onde estávamos. Mas – e isso era crucial – nenhuma depois da passarela, que era o último cruzamento, onde o cara poderia ter mudado de direção. Tinha seis janelas no prédio com vista para aquele ponto onde estávamos, mas todas estavam bem longe, e eu duvidava que as pessoas atrás delas pudessem enxergar alguma coisa no escuro. Pouquíssima gente passava por aquele beco cheio de lixo. A maioria, só para cortar caminho, indo ou voltando da estação. Olhei para o relógio: 22:26. Faltavam noventa e quatro minutos até o último metrô passar, e cerca de sete horas depois disso até o dia amanhecer.

A Bel ficou me olhando, enquanto eu andava de um lado para o outro pelo beco, catando jornais e papelão para pôr em cima do tapete. Pus tijolos em cima dos papéis para não voarem.

– Vem – falei, quando tinha tapado o negócio o melhor que dava.

Peguei a mão dela; estava gelada. *Ajuda a Bel a se livrar dessa*, pensei. Você tem que ajudar a sua irmã a se livrar dessa. Você *tem* que ajudar.

– Va-vamos simplesmente largar ele aqui? – perguntou ela, em dúvida.

– Só vamos poder tirar ele daqui depois que o último metrô passar. O risco de alguém aparecer é muito grande. – Olhei para o relógio de novo. – Isso nos dá... oitenta e nove minutos para procurar.

– Procurar o quê? – perguntou a Bel.

Parecia perdida, e eu queria ter tempo para parar e explicar tudo para ela, só que a gente já estava embaixo da cerca, e eu mancava, apressado, por causa da perna machucada. A dor e o esforço que isso exigia me deixavam com dificuldade de falar. Naquele momento, era eu quem estava levando *a Bel* pela mão, voltando pela grama, à luz do luar, até em casa.

Só existe um jeito de garantir que ninguém te encontre, que é garantir que ninguém te procure. Se aquele homem, seja lá quem fosse, fosse dado como desaparecido, iriam procurar por ele. Se aparecesse *morto*, iriam procurar o assassino dele. A gente não podia permitir que isso acontecesse.

Precisávamos de um incêndio, de um incêndio grande pra caralho. Precisávamos de um incêndio em um lugar em que isso fosse provável de acontecer e tínhamos menos de uma hora para encontrar esse lugar.

Acionei todos os *proxies* e VPNs que eu conhecia para encobrir meu IP. Sempre tive um vago interesse por coisas de *hacker*, mas só tinha começado a me dedicar seriamente quando conheci a Ingrid (eu sei, eu sei, "o estereótipo do adolescente que reencontra o fascínio por um interesse em comum com a menina bonita"). Com todas as proteções devidamente acionadas, comecei a pesquisar. Minha camiseta estava empapada de suor, meus dedos escorregavam das teclas, e a minha mão direita deixava minúsculas manchas de sangue, que vinha da minha testa.

Comecei pesquisando a que temperatura os dentes de um ser humano, que são a parte mais dura, mais mineralizada do corpo, entram em combustão. O que me deu o resultado de mil e cem graus Celsius. Em seguida, pesquisei combustíveis que chegassem a essa temperatura quando queimados. Seja lá qual for a santa padroeira do incêndio criminoso e do desvirtuamento da Justiça, devia estar olhando por nós, porque o metano estava no topo da lista: gás de cozinha comum. Uma ideia se formou, era o início de um plano desesperado: um acidente industrial. Mas será que a gente conseguiria fazer isso sem machucar ninguém?

Uma nova busca resultou em uma empresa – Methinor PLC – cujas instalações tinham a fama de pegar fogo (e ainda existe um número alarmante dessas instalações funcionando alegremente), e uma terceira busca trouxe como resultado as instalações da Methinor mais próximas da gente: uma estação de transmissão e teste nos arredores de Durmsley, no condado de Kent. De acordo com o Google Maps, ficava a apenas duas horas de carro – dei um soquinho no ar de verdade quando li isto:

Completamente... *automatizada*... porra!

Olhei para o relógio no canto da tela: 22:59. Faltava uma hora. A Bel ficou virando de um lado para o outro da cama, revirando os olhos para os pôsteres, um por um, para cada gênio da matemática, depois para cada mutante e depois tudo de novo. Fiquei de cabeça baixa e continuei pesquisando.

Depois de mais algumas buscas, cheguei à Alterax Soluções de Segurança, uma empresa terceirizada da Grã-Bretanha que listava a Methinor entre seus clientes. Mais uns dois cliques e cheguei ao trabalho que alguém tinha feito para a disciplina de *marketing* do MBA, com um apêndice que continha as estratégias de vendas usadas para convencer a Methinor, incluindo um *slide* explicando como a proposta de posicionamento das câmeras de segurança poderia reduzir os custos com pessoal. Melhor ainda: como parte do acordo que a Methinor fez com o governo australiano depois da mais recente tragédia, a empresa deixou as plantas das instalações disponíveis em um banco de dados de um *site* fechado, voltado para o segmento, para que engenheiros de outras empresas pudessem apontar falhas de segurança.

Por alguns preciosos segundos, fiquei sentado olhando fixamente para os passos do plano que eu tinha construído, sem conseguir acreditar na nossa sorte. Era óbvio que aquela bomba-relógio tinha que ser bem mais protegida. Mas aí me dei conta de que não tinha *motivo* nenhum para ser. Ficava no meio do nada, não gerava nada estratégico nem tinha nada de valor. Não havia nenhum motivo óbvio para sabotá-la e, logo, nenhum motivo para gastar dinheiro tentando garantir a sua segurança.

Pisquei os olhos. De repente, com uma clareza que nunca tive, enxerguei a rede de pequenas suposições, meios-termos e adaptações que serve de alicerce para a nossa sociedade. São invenções necessárias, que garantem o funcionamento de todo o resto, igual à raiz quadrada de menos um – o suposto número imaginário que os matemáticos apelidaram de "*i*". Um número impossível, que possibilita que as pontes continuem de pé e os aviões voem.

Todos esses pequenos meios-termos e conchavos são os ossos de um esqueleto; a sociedade se espicha por cima deles, feito uma pele. Eu e a Bel estávamos de fora dessa pele naquele exato momento: corpos estranhos e hostis, tateando em busca de fraquezas. Tive a sensação de conhecer aquela linha de pensamento e logo me dei conta: era como revisar uma demonstração, esmiuçando a lógica empregada à procura daquele único salto fatal, sem respaldo.

No instante em que a Bel pôs a mão no meu ombro e murmurou "Tá na hora", eu já tinha tudo o que precisava.

Levantei da cadeira e levei um susto ao perceber que estava sem equilíbrio. Minhas mãos tremiam, e o teclado estava salpicado de gotas de suor.

– Você pegou o papel-filme? – perguntei.

– Sim.

O cadáver estava exatamente do mesmo jeito. Tiramos os papéis de cima. Um besouro foi subindo por uma faixa de pele exangue à mostra, na altura do tornozelo. Dei um tapa nele para afugentá-lo. Ao tocar a carne humana, tive a mesma sensação de encostar em uma peça de carne animal refrigerada. A noite já estava mais silenciosa, e trabalhamos rápido e sem fazer barulho. As luvas de lavar louça guinchavam quando encostávamos no papel-filme para enrolar o tapete, várias e várias vezes, até ficar parecendo um baseado enorme. Quando estávamos quase terminando de fechar a parte que cobria a cabeça, fiz sinal para a Bel parar. Senti uma vontade repentina de desenrolar o tapete, de olhar para o rosto daquele homem, mas não fiz isso. Em parte, porque não queria ver o que a minha irmã tinha feito com ele – imaginei um corte enorme na garganta, soltando uma baba preta, por onde o sangue tinha se esvaído, fazendo par com a boca –, mas não era só isso. Se alguém aparecesse e me mostrasse uma foto dele, eu não queria ser capaz de reconhecê-lo. Não queria que um simples estremecimento de um músculo do meu rosto nos denunciasse.

– Pronto? – perguntei, quando terminamos de enrolar.

Bel fez que sim. Arrisquei iluminar a tela do celular para procurar se tinha algum rasgo, mas o plástico estava intacto.

– Traz o carro para cá – falei.

A nossa mãe estava viajando, ia ficar fora até segunda-feira, em uma conferência. E, se a gente fosse bem cuidadoso, não deixaria nenhum rastro de cabelos ou fibras no banco de trás do Volvo dela, que denunciasse os filhos por assassinato.

O corpo estava bem preso e mais fácil de carregar por causa do tapete. Mas, mesmo assim, eu quase deixei aquela coisa cair duas vezes. Era difícil segurar a minha ponta, mancando daquele jeito. (O cadáver já tinha virado uma *coisa* na minha cabeça, não era mais uma *pessoa*. Nunca foi uma pessoa. Eu não teria conseguido fechar o porta-malas se fosse uma *pessoa*.)

A Bel sentou atrás do volante. A minha mãe acreditava que saber dirigir era uma Habilidade de Vida Importante®, e que competia a ela "e não à porcaria do governo" saber quando seus filhos estavam preparados para aprender. Ela deixava a gente treinar desde que completamos quinze anos.

Passamos toda a viagem rumo ao sul em silêncio, com as luzes da cidade sendo substituídas pela quase completa escuridão das vias de acesso ao interior. Eu não parava de pensar: é assim que acontece. É assim que a gente se torna um daqueles rostos que aparecem no noticiário: cara acabada, olhos tristonhos, por causa da luz dura da câmera da polícia. Não dá para garantir que a gente não é "esse tipo de pessoa". Ninguém *é* esse tipo de pessoa. Um instante, um desconhecido violento e bêbado que aparece na sua frente, um minuto de falta de autocontrole, é só isso que precisa.

Olhei para o rosto franzido da Bel, iluminado pela claridade fraca dos faróis. Lembrei da minha luta diária para me controlar e de que a perdia com frequência. Quanto tempo a minha irmã tinha levado para matar aquele homem? Cinco segundos? Dez? Contei de cabeça:

Um jacaré, dois jacarés, três jacarés, quatro jacarés, cinco jacarés, seis jacarés, sete jacarés, oito jacarés, nove jacarés, dez jacarés.

É isso. É isso que leva para foder com sua vida para sempre.

Paramos bem longe da estação de transmissão. Bel desceu do carro para dar uma olhada, segurando os *prints* das plantas, com os meus palpites de onde as câmeras poderiam estar posicionadas escritos à mão. Até eu fiquei impressionado com o quanto seus movimentos eram silenciosos. Atrás dela, a escuridão se acercava. Fiquei esperando o brilho azulado das luzes da polícia interrompê-la. Estava tão tenso, na expectativa de ouvir a sirene, que, se eles tivessem vindo *mesmo*, acho que teria dado um pulo de susto tão grande que a minha coluna teria se partido.

Pensei no cadáver dentro do porta-malas, imaginei ele se remexendo, tentando se livrar do tapete e do papel-filme, empurrando todo aquele negócio como se fosse um inseto dentro de uma grande crisálida, engasgando, sufocando. Tentei engolir em seco o nó que se formou na minha garganta, mas foi difícil. Será que a gente tinha se enganado? Será que ele ainda estava vivo? Não. Eu tinha sentido seu tornozelo gelado, sem pulsação, e tinha sentido a rigidez do seu corpo quando o carregamos. Não é por acaso que chamam de "peso morto".

Quem era aquele cara? Será que tinha família? Filhos? Eu me cerquei de perguntas, protegido pelo silêncio e pela escuridão. Foi aí que me dei conta de que jamais teria como encontrar as respostas. Qualquer tentativa que eu fizesse de pesquisar a seu respeito ia gerar um rastro entre nós dois, que poderia levar até mim e, de mim, até a Bel. Mesmo assim, não pude evitar de imaginar o filho dele, uma filhinha, talvez, se revirando debaixo do edredom, sem conseguir dormir, porque não sabia onde o pai estava.

Bel ressurgiu no meio da escuridão.

– Você disse que tinha dois guardas? – sussurrou.

– Acho que sim.

– Os dois estão na guarita, lá do outro lado. Pelo vapor nas janelas, acho que estão tomando um chazinho.

Soltei o ar com força, uma vez só.

– Então vamos nessa.

Depois de entrar na estação de transmissão, demorei sete minutos para encontrar a bomba de condensado. Durante cada um deles, fiquei completamente apavorado, com o coração batendo descompassado, de medo que as plantas estivessem erradas.

– Não – falei. O casulo enorme enrolado em plástico fazia barulho em contato com o chão, enquanto a minha irmã o arrastava. – Não põe tão perto. Deixa ele protegido atrás daquele cano.

– Por quê?

– Por causa da explosão – respondi. – Da onda de choque.

Pensei em Hiroshima: sessenta e quatro quilos, 1,38 por cento, dezoito atmosferas, três quilômetros e meio, sessenta e seis mil mortos. Tem matemática para tudo.

– A gente precisa que esse troço queime. A última coisa que queremos é ver pedaços de corpo identificáveis espalhados por todo o sul do condado de Kent.

E ouvi o tom de objetividade com que eu disse isso e fiquei enjoado e olhei para a Bel e obriguei a náusea a descer garganta abaixo.

Se livra dessa. Ajuda *a sua irmã* a se livrar dessa.

Meus dedos ficaram pairando em cima da válvula de liberação, mas só precisei olhar uma única vez a cara da Bel para ter completa convicção. Girei a válvula e ouvi o som do gás escapando. Saímos correndo, perseguidos pelo barulho da gasolina que escorria da lata aberta que a minha irmã foi arrastando. Passamos pela porta e subimos o morro. A Bel correndo, eu cambaleando, mancando, com os pulmões ardendo, sacudindo os braços e a cabeça, para tentar ir mais rápido. Lá do alto, eu conseguia ver a guarita, do outro lado da estação. Um facho de lanterna rasgou a escuridão. Estavam quase perto demais, mas ainda a uma distância segura.

– Já – sussurrei.

Uma chama minúscula em forma de flecha se acendeu nas pontas dos dedos da Bel. O brilho iluminou seu rosto, hipnotizado pelo fogo.

– *Vai logo!*

Ela continuou parada. O facho da lanterna se aproximou e, de repente, fiquei imaginando, em um ritmo estonteante, se não tinha errado o cálculo do raio da explosão. Me veio a imagem de um guarda, atarracado, remelento, tendo o rosto e o cérebro despedaçados por estilhaços. O facho da lanterna avançou e, acima dele, um cigarro reluziu.

– BEL! – berrei.

A chama caiu, se transformou em um rastro luminoso que se alastrava diante de nós, e apertei as mãos contra os ouvidos, para me proteger do barulho da explosão.

AGORA

– Pet, Tep, Pit. *Peter*!

Duas sílabas. Um nome. *Meu* nome. O som é a primeira coisa que volta. Em seguida, a luz. Está tudo desfocado. Um borrão cor de creme amarelado paira diante dos meus olhos, produzindo ruídos de preocupação. Pisco, e meus cílios parecem patinhas de mosca pisando no meu rosto, e água... *lágrimas* escorrem dos meus olhos.

O borrão se transforma na Ingrid, que está com o rosto contorcido e ainda mais branco do que o normal.

Ela viu tudo.

Engulo as lágrimas azedas. Espremo os olhos para enxergar a réstia de luz que vem da janela da cozinha. Parou de chover. Quanto tempo fiquei sentado ali, debruçado sobre a mesa, entalhando minhas coxas com os dedos? Um longo fio de baba liga minha boca seca até um ponto úmido na minha virilha. Tento cuspir, mas não consigo movê-lo. Tento ficar de pé, mas meus músculos parecem feitos de borracha e não me obedecem...

Devo ter tido uma crise, uma avalanche de lembranças que se apoderaram de mim sem que eu percebesse que estavam vindo à tona. Não tive tempo de contar, não tive tempo de falar, não tive tempo de resistir. Sinto as batidas frenéticas do meu coração começando a se acalmar. Os lábios da Ingrid estão se movendo, e levo o tempo de três batidas do meu coração exausto para entender o que ela está falando.

– *Jesus, Pete.*

E tenho certeza. Ela viu tudo.

– M-mas... – Preciso tentar entender mais umas duas vezes até que cai a ficha. – Você já *sabia*. Não tinha como não saber...

– Pete... – A Ingrid está com os olhos arregalados. – Eu não fazia ideia.

– Mas... – passo a mão na frente do rosto, imitando um palhaço se maquiando – ...com o seu *negócio*. Você já deve ter lido os sinais na minha cara antes da crise de hoje.

– Isso foi há mais de dois anos – responde a Ingrid. – Eu só te conhecia fazia alguns meses. Já te falei, eu tinha que conhecer você *muito bem* para conseguir ler todos os sinais. Quer dizer, eu conseguia sentir que tinha alguma coisa errada, mas você não falava nada, e eu precisava estreitar nossos laços. Não queria forçar a barra logo de cara.

– Mas... – pelo jeito, meu cérebro tinha travado nessa palavra – ...mas *depois* disso...

– Peter – seus olhos castanhos pareciam perturbados –, sinceramente, acho que você não pensou mais nisso depois.

Eu me encolho na cadeira, feito um boxeador derrotado. Será que isso é mesmo verdade? Tenho que me segurar na cadeira para conseguir ficar de pé.

Então é assim que a gente se sente quando reprime uma lembrança.

Não tem estardalhaço, não fica uma lacuna ostensiva no seu passado, só uma total falta de atenção. *ARIA*, penso. Jesus, que coisa: uma criatura com uma memória autoexpansível. E não apenas autoexpansível, mas auto*sseletiva*. Capaz de pegar um bisturi e extirpar qualquer pedaço de si mesma que julgue vergonhoso demais, perigoso demais.

Tenho a sensação de que se abriu um ralo no meu estômago.

Do que mais posso ter esquecido? O que mais posso ter *feito*?

– Você precisa dar uma descansada?

Sacudo a cabeça.

– Acho que você devia...

– *Não*. – Mordo o lábio e sinto um gosto metálico. – Preciso pôr as mãos na massa. Preciso, para consertar... – Nem sequer concluo o pensamento, de tão inconveniente que é.

Ingrid não parece convencida, mas vira o *laptop* de frente para mim mesmo assim.

– Então tá. Já baixou todos os dados. Faz o que você tem que fazer.

Começo passando os olhos pelos arquivos, páginas e mais páginas de rostos desconhecidos e fatos sobre eles: "espancado", "esfaqueado", "estrangulado". Essas palavras formam um versinho sangrento na minha cabeça, se entrelaçam com os versinhos que aprendi quando era criança. "Espancado, esfaqueado, estrangulado, divorciado, decapitado, sobrevivido!"

Além dessas três, que estão no topo da parada de sucessos do universo das causas de morte, tem outras maneiras mais exóticas de bater as botas. Um homem de meia-idade foi encontrado, de pijama, trancado dentro de um baú de chá do século XVIII que tinha um buraco em um dos lados, com a pele cor de cereja, de tanto ingerir monóxido de carbono. Tinha fotos, um *close* das farpas debaixo das suas unhas. O legista presumiu que o agressor (ainda não identificado) fez um buraco no baú, posicionou o escapamento do carro nele (*Jesus*) e girou a chave do carro, enquanto a vítima arranhava e se debatia no seu caixão improvisado. Depois, apareceu o corpo de uma moça, faltando as mãos, a cabeça e os pés, decepados bem nas juntas, e cada pedaço foi embalado individualmente em papel-filme e enfiado no *freezer* industrial de um açougue no distrito de Hammersmith, junto com os pernis de porco e as costelas de boi. A panturrilha direita e o antebraço esquerdo dela ainda não tinham sido localizados. O investigador se resignou a concluir que deviam ter sido vendidos para alguém e, muito provavelmente, servidos em um dos restaurantes finos que eram clientes do açougue. E aí apareceu outro...

Se concentra, Pete. Eu mesmo me repreendo. Não se perde nos detalhes. Foca no que realmente importa.

– Não imaginei que a pesquisa traria tantos resultados – falo.

– Assassinatos declarados oficialmente como não resolvidos são relativamente raros – responde a Ingrid, folheando um romance erótico de Jilly Cooper que encontrou na estante da saleta. – Mas também puxei os acidentes, os suicídios e as mortes sem explicação. Imaginei que, se a sua irmã é tão boa assim, como você disse, pode ter camuflado os feitos dela.

– Que ideia mais reconfortante...

Abro uma planilha em branco e começo a preencher.

Cada linha contém uma morte, embalada com capricho pelas margens das células. Nas colunas, coloco todas as características que aparecem nos relatórios às quais consigo atribuir um número: idade da vítima, peso, altura, renda, horas transcorridas entre a morte e o corpo ser encontrado, minutos que levaram para morrer, número de suspeitos plausíveis, integrantes do núcleo familiar...

Estou codificando, traduzindo essas histórias, sintetizadas de maneira tão seca pela burocracia, em uma linguagem que consigo entender. Em certo sentido, estou *encriptando*. Afinal de contas, toda tradução é uma encriptação. Não existe isso de texto puro e simples: existem apenas códigos que a gente entende e códigos que a gente não entende.

Faço isso até ter a sensação de que meus olhos são bolinhas de gude rolando nas órbitas e o crepúsculo esconder o mundo que existe além das janelas. Em algum momento, Ingrid bate no meu ombro e assume as rédeas. Leva o *laptop* para o porão, onde os vizinhos não vão conseguir enxergar o brilho da tela. Vou para o andar de cima, mas não tenho coragem de deitar em nenhuma das camas. Tenho a sensação de que me tornaria um ladrão: um demônio dos contos de fada, roubando noites de sono dos inocentes, só por ter deitado na cama deles.

Então, deito, todo encolhido, no sofá da saleta, mergulhado na escuridão. Fico sobressaltado toda vez que a luz dos faróis dos carros passa pelas cortinas de voal, achando que, desta vez, alguém vai parar, e vou ouvir passos andando pelo cascalho e um barulho de chave na fechadura. Ou, pior ainda: uma bota chutando a porta.

Para deixar de pensar nisso, observo as prateleiras da estante naquela semiescuridão e reconheço as capas de uns tantos romances de fantasia do Terry Pratchett que tenho em casa. De cima da lareira, capturada em uma foto, uma família indiana sorri para mim: um marido, uma esposa e duas filhas. Reconheço a mais velha: é a Anita, um rosto que vi de relance nos corredores do colégio, nos dias em que todos os alunos se reúnem para receber um comunicado, no mural de avisos de cortiça, em recados da equipe de jiu-jítsu. Nunca pensei que ela fosse do tipo que lê Pratchett. Nunca pensei que ela fosse uma pessoa específica, para falar a verdade.

Um tornozelo, penso, pálido como a morte, um cadáver enrijecido sob meus dedos, enrolado em uma mortalha de tapete embolorado, selada com plástico esterilizado. Ele também era uma pessoa específica.

Fecho os olhos e vejo todos os rostos que apareceram nos relatórios. A expressão deles tem aquele ar vazio de necrotério. *Todos* eram de uma pessoa específica.

"Eu pratiquei."

Meu Deus, Bel, o que você andou fazendo?

Ainda está escuro quando a Ingrid me acorda. Vou me arrastando até o porão, limpando as remelas dos olhos. Tenho a sensação de que as roupas grudaram no meu corpo, e que meus dentes não cabem dentro da boca; minhas gengivas machucadas têm gosto de pus. O porão é todo de concreto, a única exceção são seis garrafas de vinho empoeiradas, no canto. O *laptop* está no chão, bem no meio. Sento de pernas cruzadas na frente dele e recomeço a trabalhar.

Ingrid avançou muito enquanto eu estava dormindo. Fez análises de regressão, encontrou coeficientes, tentando buscar padrões: qualquer indício nos dados em que a gente possa se basear. Continuo de onde ela parou, tabulando a hora da morte em relação à cor do cabelo, os minutos que a vítima levou para chegar ao hospital com sua identidade sexual. Não demora muito para a coisa toda ficar parecendo um meme do BuzzFeed: "Estes dezessete gráficos sobre a morte violenta de pessoas inocentes vão mudar sua vida!". Ou, quem sabe: "Ele a atacou com um cutelo. Você nem imagina o que aconteceu depois!".

Bom, pensando bem, você deve imaginar.

Trabalho. Não encontro nada. Continuo trabalhando. Continuo não encontrando nada.

– A aleatoriedade é uma coisa difícil de simular – fico sussurrando para mim mesmo, como se fosse um mantra.

As horas passam, e a Ingrid vem me render. Tenho um sono agitado e troco de lugar com ela de novo. Perco a noção do tempo. O meu mundo se resume a um eterno crepúsculo, a ficar com os olhos doendo, de tanto encarar o brilho da tela. Na segunda noite, quando estou me arrastando para subir a escada do porão, a lâmpada acima da minha cabeça começa a piscar: *liga/desliga/liga/desliga/luz/escuro/luz/escuro*, projetando e dissolvendo a minha sombra nos degraus de concreto. Ouço um suspiro abafado; é a Ingrid, que aperta o interruptor sem parar, com lágrimas de frustração escorrendo pelo rosto.

– Oi – digo, baixinho. – Que foi?

– Eu só... podem... alguém pode ver. Uma luzinha. Bem pequena, vazando por alguma janela...

– Tá, é só deixar apagada.

– Eu sei, eu só... – *Escuro/luz/escuro/luz/escuro.* – Eu...

Meu Deus, Ingrid, olha só a confusão em que eu te enfiei.

– Você sente falta deles? – pergunto. – Do pessoal do 57?

– Já nasci fazendo parte da agência, Pete. Não tive escolha.

– Eu sei, mas nem por isso eles deixaram de ser seus amigos, sua família.

Ela sacode a cabeça.

– Você não entende. Estou falando que *eu* nunca tive escolha, mas a maioria deles teve.

– E daí?

– A gente é espião, Peter. – Ingrid dá um sorriso com os lábios brancos, de tão apertados. – A gente mente, engana e seduz pessoas para convencê-las a mentir e a enganar, doze horas por dia, cinquenta e duas semanas por ano, em troca de um salário de funcionário público *ridiculamente* injusto. Se eu sinto falta deles? A pergunta que você deveria ter feito é: quem olha para um emprego desses e pensa "É, é a minha cara"?

Dou uma risadinha abafada, e ela também. A luz pisca um pouco mais devagar: *luz/escuro/luz*, depois para de piscar... *Escuro.* Ingrid solta o ar na penumbra.

– Você está bem? – pergunto.

– Estou, não foi nada.

– Você está mentindo pra mim neste exato momento?

– Estou, sim, tipo, muito.

– Você não precisa fazer isso.

– Eu sei.

Naquela claridade amarelada que vem do poste da rua, consigo ver seu maxilar tenso.

– Sinto que estou encolhendo – diz, enfim. – Cada vez que aperto o interruptor, lavo as mãos ou sei lá o quê, sinto que mais um pouquinho de mim desaparece. – Ela dá mais uma risadinha abafada e sacode a cabeça. – Ignora o que eu disse. Só estou cansada.

– Então vai dormir de novo. Eu fico aqui, faço um turno duplo.

– Pete...

– Tudo bem. Eu quero ficar. Acho que estou dando sorte, sério.

O que é mentira. Não estou dando sorte coisa nenhuma. Estaria com mais sorte se estivesse pelado, coberto de sal, no meio do deserto do Atacama, em pleno sol do meio-dia, sem água e com uma bússola defeituosa. Mas a luz está apagada, e a Ingrid não consegue ver isso, né?

– Tem certeza?

– Tenho. A Bel é minha irmã gêmea. Deixa eu passar mais um tempinho com ela.

Talvez seja só o cansaço – tive um total de quatro horas e treze minutos de sono nas últimas duas noites (a resposta para a pergunta "Mas quem é que está contando?" é *sempre* "Eu"), e a tela diante dos meus olhos está cheia de borrões, mais parece um quadro do Van Gogh. Mas, de quando em quando, tenho um estalo.

Nunca fui um *savant*. Nunca fui um desses filhos da puta sortudos que conseguem conversar com os números, alguém que *sente* que três é setecentos e vinte e nove, que enxerga todos os números primos do mesmo jeito que enxerga a cor azul. Eu tive que me esforçar *muito* para ser matemático. Não tenho talento nato. Suei a camisa porque as respostas claras e inflexíveis que eu obtinha eram a única coisa que aliviava o medo que esmaga o meu coração.

Mas agora, ao analisar esses números, sinto... *alguma coisa*. Não é exatamente um padrão; está mais para uma forma geométrica, na *ausência* de padrão. Tipo aquelas imagens que se formam dentro das pálpebras quando a gente fica olhando direto para o sol por muito tempo.

A empolgação se acende na minha garganta, feito uma chama piloto.

Finalmente, os números estão conversando comigo.

Só que não, me dou conta, não é bem assim. Não são os números. É a *Bel*. Tenho a sensação de que quase consigo enxergar o Lobo Avermelhado que escolheram para apelidá-la, com seu pelo ensanguentado, escondido atrás dos dígitos pretos da tela, como se fossem árvores desfolhadas em um campo nevado. Tem algo da Bel nessas equações, algo conhecido, que – apesar de eu estar lendo a respeito de decapitações e enforcamentos – me reconforta, não consigo evitar essa sensação. Os números são apenas uma linguagem, mas é a minha irmã que está falando, e me sinto tranquilizado pela cadência da sua voz.

Mas... ainda não consigo entender direito o que ela está querendo dizer. O padrão é obscuro demais. Penso no ARIA – em todas aquelas horas que passei tentando descobrir o meu próprio padrão. E, durante esse tempo todo, a Bel estava dando duro, que nem eu, entrando em rios, cemitérios e becos, debaixo de chuva, para encobrir o dela.

A minha irmã é o meu inverso, o meu oposto, a minha contrapartida. Sem ela, sou incompleto.

Sinto tanto a sua falta, Bel.

– A aleatoriedade é uma coisa difícil de simular – sussurro, mais uma vez, rolando a tela para cima, à caça daquele sinal de algo conhecido, daquele brilho. Sigo o lobo, me embrenhando cada vez mais na floresta.

– Como é que estão as coisas? – pergunta Ingrid, não sei quanto tempo depois. Ela é uma silhueta no alto da escada, o cabelo parece uma névoa de dentes de leão, emoldurada pelo batente da porta, delineada pela luz do poste da rua que passa pela janela.

– Acho que encontrei uma coisa.

Ela desce a escada correndo. Aponto para um gráfico perdido na tela. Os pontos parecem tão aleatórios quanto restos mortais de moscas em um para-brisa.

– O que é isso?

– Cadáveres, homens, filtrados pela data em que foram encontrados. Sem nenhum indício de crime. Mas, basicamente, não têm indício de *nada*. Em todos os casos, o legista concluiu que o corpo estava em um estágio tão avançado de decomposição que era impossível apontar a causa da morte.

– E daí?

– E daí que o motivo para terem demorado tanto para encontrar os cadáveres foi o fato de ninguém estar *procurando* por eles. Nenhum desses homens foi dado como desaparecido. Todos moravam sozinhos e estavam desempregados ou eram autônomos. Não houve nenhuma busca, nenhuma tentativa de localizá-los. Os corpos em decomposição foram encontrados por acaso, por pessoas comuns.

– OK. – A Ingrid me parece perplexa. Faz sinal para aquele monte de pontinhos na tela. – Mas não tem nenhum padrão aí. Só ruído.

– É, mas o ruído é a chave, certo? – Consigo perceber a empolgação transparecendo na minha voz e tento disfarçá-la. – Tipo a *chave* para desvendar essa coisa toda.

Ingrid me olha, com cara de quem acha que sou completamente insano, mas eu aponto para a tela.

– Tem ruído aqui, um elemento aleatório. O tempo que levou para algum desconhecido qualquer simplesmente *dar de cara* com o cadáver dentro do rio, na floresta, na quitinete, no parque ou seja lá qual for o local em que foram encontrados.

Você evoluiu muito, Bel, da menina que não conseguia decifrar códigos numéricos simples, se estiver usando ruído estatístico para encobrir múltiplos homicídios. Pensando bem, acho que eu não deveria ficar tão orgulhoso de você.

– Se a gente filtrar esse ruído – explico – usando o tempo estimado transcorrido desde a morte que consta nos relatórios dos legistas para descobrir a *data* em que essas pessoas morreram e descontar a margem de erro...

Clico em outro botão. Os dados se organizam em uma linha reta perfeita, com intervalos de tempo regulares.

– Uau! – solta Ingrid.

– Um assassinato a cada nove semanas, com a pontualidade de um relógio. A não ser *aqui* e *aqui*. – Mostro as lacunas na linha. – Onde, suponho, o corpo ainda não foi encontrado.

– Tudo bem. – A Ingrid se encosta na parede e vai descendo, fazendo "aaaah". – Então tem *alguém* apagando caras solitários. O que te faz pensar que é a sua irmã?

– É só um palpite – respondo. Não posso falar "Esses assassinatos são a cara da minha irmã", posso? – Você consegue ver se tem mais informações sobre cada uma dessas vítimas naquele banco de dados da polícia?

Ela leva exatos sete minutos para encontrar o ponto em comum.

– Todos foram presos por agressão. Pelo jeito ... – ela franze a testa – ...pelo jeito, em todos os casos, havia provas suficientes para serem acusados, mas esses caras nunca foram levados a julgamento. *Hmmmm.* As vítimas não prestaram queixa. Todas se recusaram a testemunhar.

– E quem eram as vítimas? – pergunto, apesar de ter certeza da resposta.

Vejo os olhos exaustos da minha mãe. Ouço o tremor na sua voz , dizendo "não foi nada".

– As esposas. Nenhuma prestou queixa. Mas, pelo jeito, todas acabaram se separando do marido.

Os últimos resquícios de dúvida se dissipam da minha mente, feito neblina no vento forte.

– Foi ela. Foi a Bel.

Escorrego pela parede ao lado da Ingrid, sentindo falta de ar. São treze mortos.

Mana, isso coloca você entre os cinco assassinos em série mais prolíficos da *história* da Inglaterra.

– Não consigo acreditar – diz Ingrid. – Tipo, eu estou tentando, mas... Não consegui acreditar nem lá no colégio, mesmo eu tendo visto com meus próprios olhos. O Jack, o Andy, o Seamus... Esses caras eram profissionais, e a sua irmã foi simplesmente... tão *rápida*. – Ela sacode a cabeça e repete: – Não consigo acreditar.

– Eu consigo. Sem problemas.

Ingrid olha para mim, abismada.

– *Por quê?*

– Porque aqueles caras eram *meros* profissionais. Para eles, aquilo era só trabalho. Mas, para a Bel... Você tem noção da quantidade de *tempo* livre que a gente passava sozinho quando era pequeno, já que meu pai tinha sumido, e a minha mãe ficava o dia inteiro no laboratório? Sete horas de aula, mais sete de sono, ainda sobram dez horas por dia, todos os dias, para ela se dedicar a *isso*. – Aperto a ponte do nariz, para espantar uma tontura súbita. – Dizem que é preciso dez mil horas de estudo para dominar uma técnica. Se a Bel se interessou por matar pessoas mais ou menos na mesma época em que me interessei por matemática, teria dominado o assunto aos *dez anos de idade*. Agora, domina quatro vezes mais.

É tudo uma questão de números, Ingrid. Não preciso te dizer isso.

Ficamos em silêncio por um bom tempo.

– Pete – diz a Ingrid, enfim.

– Que foi?

– Passar de caçar homens que agridem a esposa a esfaquear a própria mãe é um grande salto.

– É.

– Por que você acha que ela fez isso?

– Não tenho ideia – respondo. – Mas acho que sei onde procurar a resposta.

No fim da lista de mortos, escrevo mais um nome: Louise Blankman. Quarenta e cinco anos. Penso nela deitada, no hospital improvisado no quartel-general do 57. Será que ela ainda está lá, se equilibrando entre a vida e a morte, feito uma moeda de pé? Aperto a tecla voltar, e mais uma cruzinha preta aparece no gráfico. De repente, todas essas marcações me parecem lápides, um cemitério inteiro coberto de neve, visto de longe. Preciso tirar os olhos da tela por alguns instantes.

Por favor, por favor, mãe. Não esteja morta.

– Você está bem, Pete? – pergunta a Ingrid.

– Estou. – Solto um suspiro e olho de novo para a tela. Abro meu punho cerrado – minhas unhas deixaram três meias-luas minúsculas na palma da minha mão – e, abrindo o polegar e o indicador, mostro o período transcorrido entre o último assassinato que a Bel cometeu e o dia em que ela esfaqueou a nossa mãe. – Seja lá qual for a mudança no comportamento da Bel, aconteceu *aqui* – falei. – Ao longo destas dezoito semanas. O padrão indica que ela atacou mais uma pessoa durante esse período. A polícia ainda não encontrou o corpo…

– Então nós temos que encontrar. – A Ingrid está enxergando bem mais longe do que eu. Pega o *laptop*, e seus dedos voam pelas teclas. – Vou puxar todos os boletins de ocorrência de prisão por violência doméstica em que as queixas foram retiradas dos últimos cinco anos.

– O que estamos procurando? – pergunto.

– Qualquer coisa que saltar aos olhos.

Tem um número esmagador de ocorrências. Lembro de quando a Bel me contou que duas mulheres são mortas por semana pelo companheiro na Grã-Bretanha. Quando fiquei sabendo dessa estatística, não acreditei. Mas, ao ler páginas e mais páginas disso...

– É verdade – diz a Ingrid. – E é a pior coisa do mundo.

Fico só olhando para ela.

– Quer dizer que você...?

– Eu, pessoalmente, não – desconversa. – Mas cerca de vinte e cinco por cento das mulheres apanha do marido ou do namorado em algum momento da vida, e passei dezessete anos absorvendo as emoções das pessoas. Então, faça as contas, Pete. Você sempre faz. Tipo, as pessoas fazem um monte de merda com as outras, entendo isso, mas, ainda assim ... – Ela solta um suspiro e fecha os olhos. – Sentir o seu nariz e as suas costelas sendo quebradas, seus olhos ficando fechados de tão inchados por ter levado um soco de um homem que deveria te amar mais do que qualquer pessoa no mundo, depois ter que dormir na mesma cama porque ele é pai dos seus filhos e as crianças ainda o idolatram... Cada cômodo se transforma em um campo minado quando ele está em casa. Cada xícara de café suja, cada palavra dita sem pensar, vira um botão que pode fazê-lo *disparar*. Violência *doméstica* – fala, com desprezo. – Essa palavra faz isso parecer tão trivial, porra, mas é a sua *casa*. A sua *vida*, a sua *família*. Deveria ser o lugar onde a gente se sente segura. Para onde mais dá para ir, se isso se transforma em um perigo?

Engulo em seco, me sentindo enjoado e culpado. Estou espionando essas mulheres, espiando pelo buraco da fechadura os detalhes mais íntimos, segredos que eu jamais deveria ter visto. Levanto os olhos, e a Ingrid está me observando. Está na cara que reconheceu o que estou sentindo. "Bem-vindo ao meu mundo." Acho que é assim que ela deve se sentir, o tempo todo.

Apesar da minha relutância, continuo lendo, mas nada salta aos meus olhos. Vou mais rápido, querendo que aquilo termine logo. Os nomes vão passando por mim, um por um: James Smith, Robert Okowonga, Daniel Martinez, Jack Anderson, Dominic Rigby...

Espera aí.

Dominic Rigby.

É o nome do pai do Ben. Eu o encontrei uma vez, quando o colégio obrigou ele a minha mãe a comparecerem a uma cerimônia de cachimbo da paz supervisionada, sem sentido e a contragosto, entre o Ben, eu e a Bel, na sala da senhora Fenchurch. A trégua durou exatamente até a gente passar pela porta e voltar para o corredor do colégio.

Abro o boletim de ocorrência. No dia 18 de novembro do ano retrasado, policiais compareceram à residência da família Rigby, no distrito de Camberwell, às 10:45 da noite, atendendo ao chamado de um vizinho que ouviu gritos e pancadas vindo do primeiro andar da casa. Ao chegar, a polícia encontrou Rachel Rigby com hematomas no rosto e nos braços e – *Jesus* – uma das clavículas quebradas. Tem fotos no boletim, tento não olhar para elas, mas não consigo evitar ver uma de relance: um *close* de um pulso com hematomas pretos, arroxeados e amarelados em volta, parecendo uma algema.

O boletim relatava que o Dominic Rigby admitiu ter dominado e empurrado a esposa, mas alegou ter tentado segurá-la porque ela estava tendo "uma espécie de ataque". Ele também alegou que a Rachel tinha histórico de instabilidade mental, e que estavam tentando contornar isso "em família". A senhora Rigby não colaborou quando foi interrogada naquela noite. Mas, no dia seguinte, corroborou a versão do marido, disse que era um assunto pessoal e não quis prestar queixa.

– Ingrid – falei. Estava com um nó na garganta, de pavor e de expectativa. – Descobre tudo o que puder a respeito de Dominic Jacob Rigby.

– É pra já – respondeu ela, sem fazer mais perguntas. Não precisava: tinha visto cada um dos meus pensamentos. Pegou o *laptop* de volta. Minutos depois, soltou um assovio.

– Que foi?

– Bom, sei por que tem uma lacuna na singela coleção de cadáveres da sua irmã.

– Por quê?

– Porque o Dominic Rigby ainda está vivo. Mais ou menos.

Não digo nada. Encolho os dedos do pé dentro do sapato e fico esperando ela me contar o resto.

– O cara foi largado na frente da Real Enfermaria de Edimburgo, com um fêmur quebrado, o crânio afundado, um ombro deslocado, uma das maçãs do rosto e uma das órbitas fraturadas, uma concussão séria e quatro costelas quebradas, sendo que uma perfurou o pulmão. Com queimaduras no peito e nas costas. – Ela fica completamente branca. – Parece que a sua irmã também o esfaqueou. O homem ainda está vivo, recobra a consciência e logo fica inconsciente de novo. Isso é... Pete, isso é *brutal*, porra. Nenhuma das vítimas anteriores da Bella sofreu esse nível de tortura. Os casos nem foram registrados como homicídios. Tipo, a sua irmã mandou ver nesse cara, até parece que não estava nem aí se alguém descobrisse.

– Quando?

Me fala o número, Ingrid, só preciso disso para matar a charada.

– Ontem completou nove semanas.

– Vamos nessa.

RECURSÃO: 2 ANOS E 6 MESES ATRÁS

Como eu estava de fone, não ouvi as dez primeiras vezes que a Bel bateu na porta.

– Como é que foi o *show*? – perguntei, quando o rosto dela surgiu de trás da porta.

– Intenso – respondeu ela, com o cabelo grudado no rosto, toda suada. – Ainda estou com falta de ar.

– Pelo jeito… – Inclinei a cabeça na direção da sua mão, agarrada na porta. Quatro hematomas roxos nos nós dos dedos. – Alguém andou fazendo graça na frente do palco, não é mesmo?

A minha irmã deu risada. Dei um sorriso e senti pena do cara por alguns instantes.

– Bom, sei lá, mana – falei. – Você sabe como são esses fãs do Death Plague Rabbit Grenade quando o assunto é dar um *mosh*.

Ela me mostrou a língua e entrou em casa.

– Errou por pouco.

– OK. Qual é o nome da banda, então?

– Neutron Funeral.

– Droga. Cheguei tão perto...

– Mas Death Plague Rabbit Grenade até que não é ruim – admitiu ela. – Se algum dia eu tiver uma banda, acho que posso usar esse nome.

– Bom, mal posso esperar para escrever, com propriedade, em alguma comunidade obscura do Reddit, que as músicas do início da sua carreira eram melhores.

Minha irmã se atirou no canto da minha cama, sacudindo a cabeça, fingindo desespero.

– Errou de novo, Pete. Isso é coisa de *hipster*, não de metaleiro.

– *Maldição*. Dois a zero. Então você não vai deixar crescer uma barba enorme e ficar se lamentando no microfone, por causa dos seus genitais inflamados?

– *Piercing* no queixo, acho eu, em vez da barba. E o nome da banda não pode ter artigo definido de jeito nenhum. Mas não descartaria o lance dos genitais. Falar de pau dá dinheiro.

– Paus ardidos?

– Dá mais dinheiro ainda.

– Sua vendida! Mas tem razão, não vai ficar bem de barba.

– Você só diz isso porque a sua barba não cresce.

– Justo – admiti, dando risada, e ela deu risada também, e foi aí que eu percebi.

Aquela tensão, feito um fio de cortar bolo, na sua garganta esticada.

– Obrigada por ter me deixado ir no *show*, Pete. Sério, agradeço de coração. A mamãe ia surtar se ficasse sabendo...

Ela não completou a frase, nem precisava. "Se ficasse sabendo que deixei você sozinho em casa." Senti meu dedão se aproximando da minha testa e o segurei. A Bel percebeu meu movimento mesmo assim. Inclinou minha cabeça e examinou o machucado em cima do meu olho.

– Está cicatrizando bem. – Percebi o tom de culpa na sua voz.

Encostei na ferida: ainda parecia delicada, como se qualquer raspão mais forte pudesse arrancá-la.

Minha mãe tinha sido convocada para uma conferência de última hora. Ouvi, por acaso, as orientações que ela passou para a Bel: "Fique de olho em qualquer sinal de depressão ou de estresse".

Sendo que esses sinais incluíam comer demais, comer de menos, dormir demais, dormir de menos e sintomas gerais de ansiedade – basicamente, a minha mãe tinha pedido para a Bel ficar de olho em uma palha específica do palheiro. Um fato que a minha irmã entendeu perfeitamente, ao ponto de mandar tudo isso às favas por uma noite e ficar derrapando em uma pista de dança suja de cerveja ao som de uma banda que eu nunca tinha ouvido falar.

O que era a única coisa estranha daquela situação toda.

– Sério, Bel. Sei que a gente fica zoando e tal, mas nunca ouvi falar da Neutron Funeral. Você não está me sonegando informações no quesito solo de guitarra, né? Sabe que eu adoro solos que imitam o som de prédios desmoronando.

Ela ficou muito vermelha.

– Eu também nunca tinha ouvido falar dessa banda, até ontem – confessou. – Fui no *show* para encontrar uma pessoa.

– Uma "pessoa", tipo um "cara"?

Ela ficou ainda mais vermelha, mas não sorriu.

– É, bom... – resmungou. – Como eu já disse, valeu mesmo.

– Sem problemas. – Dei de ombros. – Você não precisa ficar de olho em mim o tempo todo, sabia? Como Frankenstein disse para a sua criatura, um de nós dois precisa viver.

– Com certeza, é só que...

Ela ficou de pé, começou a andar de um lado para outro e quase deu uma cabeçada no Richard Feynman. Estava tão agitada que eu já estava ficando nervoso. Quando a gente tem tanta intimidade assim com alguém, parece que leva um choque elétrico a cada tique dessa pessoa.

– É só que o quê?

A minha irmã ficou em dúvida por alguns instantes e aí disparou:

– Ela acha que a culpa é minha.

– Ela quem?

– A mamãe.

– Culpa de quê? – Por um instante, não entendi, mas em seguida perguntei: – Do que acontece comigo? *Disso?* – Apontei para a minha testa. – Que ridículo.

Senti uma picadinha de ansiedade. A minha irmã vinha salvando a minha pele desde que me conheço por gente. Meu maior medo – mais do que de escorpião, do Ben Rigby e de me afogar em mar aberto – é que ela fique de saco cheio disso.

– Não, Pete. – Ela deu um abraço no próprio corpo. – Não é, não. Eu deveria estar com você naquele momento.

– Eu falei pra ela que foi um acidente.

– Pelo jeito, a mamãe não se convenceu.

– De qualquer jeito, você estava suspensa, lembra? – falei mais alto, alarmado. – Se tivesse dado as caras no colégio, teria sido expulsa para sempre. E de que isso serviria?

– É, mas... eu prometi pra ela e prometi pra *você* que isso não ia mais acontecer. Que eu ia me controlar, mas fiz merda.

Ela mordeu a cutícula e puxou a pele com os dentes até sair sangue. A Bel, normalmente, era tão tranquila... Nunca tinha visto a minha irmã daquele jeito. E aquilo estava me dando aflição.

– Você quer me contar como foi? – arrisquei.

Não que a Bel fosse ficar com vergonha por ter sido suspensa, mas talvez precisasse desabafar.

– Claro. – Ela assentiu. – Claro – repetiu. – OK. – Então baixou a cabeça e sentou, com as mãos entre as pernas. – Foi na aula de biologia. A gente estava no laboratório.

– Com o Ferris? – perguntei, para provocar.

Eu não fazia a menor ideia de onde a minha irmã ia chegar com aquilo, mas pelo menos ela estava falando.

– É.

– Eca.

A Bel tinha aula de biologia com o doutor Ferris, e eu tinha me livrado dessa encrenca porque me afiliei à turma das infinidades superiores. O cara tinha uma barba que, juro, lavava com o óleo que sobrava depois que a cantina fritava as batatinhas, e ficava coçando as costas. Mas, mais importante do que tudo isso, era o fato de ele ser, sem atenuantes nem restrições, um completo cuzão.

– A gente ia ter aquela aula dos sapos.

Soltei um gemido e me atirei na cama de um jeito dramático. O que, pelo menos, fez a Bel sorrir. Mas seu sorriso desapareceu assim que surgiu, como se fosse um breve raio de sol em um dia de tempestade. Como nosso colégio era particular, tinha liberdade para se desviar da Base Curricular Nacional. O doutor Ferris, essa criatura adorável, se aproveitava dessa brecha para obrigar seus alunos a dissecar sapos vivos.

– Sinceramente, vocês têm muita sorte de ele conseguir encaixar essa valiosa lição entre as aulas de sangria e de análise de crânios para apontar as falhas de caráter de seus falecidos donos.

– É, eu sei – respondeu a Bel. – Em todo caso, a gente estava no laboratório de ciências, e o lugar fedia a amônia. Eu estava meio zonza e quase vomitei na pia. Aí o Ferris trouxe os sapos. Um para cada um, nada de duplas. Olhei para o meu e fiquei chocada, de tão pequeno que era, ali, espichado, de costas. A barriga tinha um tom branco amarelado, meio de sebo de vela. Tinha levado uma injeção de alguma coisa paralisante. E, olhando de perto, dava para ver a barriguinha dele subindo e descendo, no ritmo da respiração. O Ferris disse para a gente tomar cuidado, para não perfurar nenhum órgão vital. "Não queremos que eles morram antes que tenhamos estudado tudo." Ele teve a capacidade de *falar* isso. Todo mundo estava entretido, abrindo os sapos, cortando a pele, puxando para cima, para deixar as costelas à mostra, secando o sangue. Só que eu... eu simplesmente... travei.

Ela parou de falar e secou uma gota de suor da testa.

– Eu estava com o bisturi na mão, mas não conseguia. Não era nem porque achava aquilo nojento, nem nada, era só muito... triste. Foi aí que eu levantei a mão. O Ferris achou que eu estava tendo dificuldades. – Uma breve gargalhada. – Acho que acertou, mas me ignorou. Então, saí de trás da minha bancada e fui andando na direção dele, bem devagar, ainda com a mão levantada, segurando o bisturi na outra. Lembro que o burburinho que sempre rola na aula parou, e eu não sabia em que momento tinha parado. "Que foi, senhorita Blankman?", ele disse, finalmente, e meio que enfatizou o "senhorita", e juro por Deus que o cara revirou os olhos. "Professor", falei. Tipo, fui educada *pra caralho*. "Eles não sentem nada, né, professor?" O cara gritou comigo. Disse que os sapos estavam anestesiados, claro que não sentiam nada. Aí perguntei como ele podia ter certeza. Tipo, a gente lê casos de pessoas que passaram por uma cirurgia e não conseguiam se mexer nem falar e, quando acordaram, disseram que sentiram tudo.

– Consciência sob efeito de anestesia – interrompi. A pessoa fica paralisada, mas consciente, enquanto passa pela faca. É meu oitavo maior medo em uma escala grande pra caramba. – Acontece em 0,13 por cento dos casos.

– Certo – disse a Bel. – Só que ninguém pergunta para os pobres dos sapos depois da cirurgia se estavam sentindo a faca penetrar neles. Não existe "depois" para eles. Então, quando perguntei para o Ferris "Como o senhor pode *ter certeza* de que não estão sentindo nada?", por mais que eu odeie aquele imbecil seboso, não estava tentando constranger o cara. Eu realmente queria que *ele* me desse uma resposta, porque tinha duas dúzias de sapos naquele laboratório com a pele do peito aberta, e eu não queria que os bichos estivessem sentindo dor. Ele ficou só me olhando, por muito tempo, e senti as minhas orelhas e a minha nuca esquentando. E o cara só disse, e lembro das palavras exatas, ele disse: "Pode sair, *menininha*, se isso te incomoda. Fica no corretor e deixa a gente continuar nossa verdadeira experiência científica". E aí, eu... meio que surtei. Podia ter saído do laboratório. Sei que podia. Sei que *deveria* ter saído. Se tivesse feito isso, talvez não tivesse levado a suspensão, e você não teria sido obrigado a... – Ela soltou um suspiro e sacudiu a cabeça. – Esses dominós todos, sabe? Mas eu não queria sair. Tinha certeza, simplesmente *tinha certeza*, de que o cara não teria falado daquele jeito com nenhum dos *meninos* da sala. De que adiantaria sair? De qualquer jeito, duas dúzias de sapos seriam dissecados, lentamente. E se estivessem sentindo cada movimento da faca cortando o corpo deles? Como eu ainda estava com o bisturi na mão, fiz a única coisa que me veio à cabeça.

A minha irmã estava com o maxilar tenso, e não consegui distinguir se estava dando um sorriso ou fazendo uma careta.

– Cortei a garganta deles.

Depois dessa, senti necessidade de esclarecer:

– Dos... sapos?

Ela se encolheu.

– De todos eles. Foi um caos, tinha sangue por tudo, o chão ficou escorregadio, a Jessica Henley e o Tim Russov ficaram gritando, não consegui deixar de pensar que os dois não me pareciam estar com medinho quando *eles* é que estavam com o bisturi na mão. O Ferris veio atrás de mim, mas consegui me enfiar no meio dos outros alunos, mando muito bem nisso. E aí fiz questão de acabar com o sofrimento daquelas duas dúzias de sapos. Com cortes rápidos e precisos. É o jeito menos doloroso de bater as botas, só perde para a asfixia por nitrogênio.

Não perguntei como a minha irmã sabia disso.

– Meu coração estava batendo mais rápido do que uma metralhadora – continuou ela. – Eu me senti corajosa, livre e feliz, e aí tudo acabou. O Ferris estava me arrastando para a sala da Fenchurch. Só me dei conta de que ainda estava com o bisturi na mão na metade do caminho. E, como isso não ia pegar nada bem, me livrei dele quando passei pela lixeira. Foi fácil, o troço escorregou da minha mão, de tanto sangue de sapo, e não fez nenhum barulho ao deslizar pelo saco. Três horas depois, levei uma suspensão de duas semanas.

A Bel respirou fundo, tremendo. Olhei para o Faraday, que me encarava, injuriado, do alto do seu pôster, como se dissesse: "Na minha época, a gente não via nenhum problema em eletrocutar uns sapos".

Levei alguns segundos para me dar conta de que a Bel não tinha me contado tudo. Ela estava me encarando, sem falar nada, esfregando as mãos uma na outra, estalando os dedos machucados. Tinha mais alguma coisa. Uma coisa que ela estava *desesperada* para me contar, mas não conseguia. A história dos sapos tinha sido um aquecimento, mas ela tinha parado antes de passar pela linha de chegada. Estava torcendo para eu adivinhar.

Bel, pensei, desesperado, mesmo que eu fosse um supercomputador capaz de fazer um trilhão de suposições por segundo, ainda ficaria aqui até o sol se extinguir tentando decifrar à força o código da sua mente.

Código. Se ela não tinha coragem de me dizer em voz alta, talvez conseguisse escrever. Se não era capaz de contar em texto puro e simples, talvez fosse capaz de contar em código.

Peguei um pedaço de papel na mesinha de cabeceira e escrevi uma cifra de César rápida. Como qualquer segredo compartilhado, era um abraço, um gesto de encorajamento, uma mão estendida, um jeito de dizer "estou aqui". Usei "te amo, Bel" – TEAMOBL – de palavra-chave e codifiquei minha mensagem:

"Você pode me contar. Seja lá o que for."

A minha irmã ficou olhando para o bilhete por um bom tempo e só então escreveu a resposta. Quando me entregou, estava com lágrimas nos olhos. Foi para a janela.

Abri o bilhete. Levei doze segundos para decifrá-lo. Já tinha adivinhado o que estava escrito na quarta letra.

I	T	S	O	...
M	A	T	E	

"Matei uma pessoa."

AGORA

Cara, como eu odeio hospital.

Não me entenda mal, fico muito feliz por eles existirem. Os homens e as mulheres que trabalham nesses lugares consertam ossos, dosam e injetam drogas que salvam vidas e realizam cirurgias de emergência em órgãos vitais, ganhando um salário que está longe de ser digno e mal dormem. Isso é uma coisa *heroica*.

Por outro lado, os homens e as mulheres que trabalham nesses lugares consertam ossos, dosam e injetam drogas que salvam vidas e realizam cirurgias de emergência em órgãos vitais, ganhando um salário que está longe de ser digno e mal dormem: COMO ISSO PODE NÃO SER APAVORANTE?

Além disso, os hospitais são, por natureza, um papel mata-moscas para pessoas doentes. Sempre fico pensando na possibilidade de que a gente pode – por meio do pior *upgrade* de todos os tempos – aparecer lá com a clavícula quebrada e sair com uma febre hemorrágica de Marburg. Tipo: "Parabéns! Você é nosso cliente cinco milhões! Agora sangre pelos olhos até morrer".

Viajamos a noite toda. Ainda bem que a família Vadi deixou o carro na garagem, e as chaves, dentro de uma tigela, em cima do aparador (eu espero, espero mesmo, que a gente consiga devolvê-lo). As informações sobre os ferimentos do Dominic Rigby que constam do boletim de ocorrência deixam subentendido, com muita ênfase, que cada minuto que a gente demorar é mais um minuto que ele pode aproveitar para morrer no hospital.

Quando as portas automáticas se fecharam, rangendo atrás de nós, a luz cegante e o odor – antisséptico, tecido empapado de urina e de um desespero educadamente contido – me avisam, antes mesmo de eu avistar alguma placa, que estamos no pronto-socorro. Hoje, contamos dezessete baixas empoleiradas nas cadeiras de plástico. E muitas delas têm o ar característico das três da manhã de sábado, incluindo um careca fracote com a cabeça coberta de sangue seco, tipo glacê por cima de um *donut*, e tem, pelo jeito, fragmentos de uma garrafa de cerveja ainda incrustados no couro cabeludo, formando constelações reluzentes. Só que não estou preocupado com os feridos que conseguem andar: ferimentos na cabeça não têm fama de contagiosos. São os outros, os que estão apertando o estômago, os que estão com os olhos vidrados e com um brilho sebento na testa que me põem medo. Do nada, lembro que o recorde mundial de vômito a distância é de 8,62 metros e tento manter uma bolha invisível com esse raio ao redor de mim. Vou me dirigindo à recepção, me encolhendo todo quando alguém ultrapassa essa minha barreira de quarentena improvisada.

– UTI, por favor – informo.

A mulher grisalha de jaleco azul e expressão séria atrás do balcão me dá uma olhada.

– Acho que você não precisa ir para lá – fala, com um sotaque de Glasgow tão carregado que mais parecia um ronco de trator. – Pega logo uma senha que a gente te atende assim que der.

– Não, não estou machucado – explico. – Vim visitar uma pessoa.

Ela fica me encarando.

– São três da manhã. Por acaso vai ficar olhando essa pessoa dormir? Quem veio visitar, afinal?

– Dominic Rigby.

O tom cáustico desaparece da voz:

– Ai, Jesus, vem comigo.

Ela nos guia pelos corredores assépticos e aponta para uma mulher miúda, de origem asiática, também de jaleco azul.

– Ele veio ver o Rigby – explica.

– Você é o filho dele? O Ben?

O sotaque da outra enfermeira, se é que isso é possível, é ainda mais carregado que o da colega.

Engulo em seco.

– Sim.

A transformação é imediata. Aquela mulher trabalha na UTI. Passa o dia cuidando de ferimentos a bala e drenando o fluido dos pulmões de crianças com fibrose cística que estão se asfixiando. Ela deve ser durona, é isso que estou querendo dizer, mas ao ouvir minha mentira, empalidece.

– *Cara*... – resmunga. – Graças a Deus. A gente estava tentando entrar em contato com você há semanas, mas o hospital onde a sua mãe está internada dizia que ela estava debilitada demais para falar conosco, e o pessoal do colégio interno em que, de acordo com a polícia, você está matriculado nunca ouviu falar de você. Deve ter sido alguma confusão administrativa. Mas, de todo jeito, a gente não tinha a menor ideia de onde você estava.

Ela para de falar, como se estivesse esperando que eu dissesse alguma coisa, mas, como não me perguntou nada, fico quieto. Tenho a sensação de estar de pés descalços, e que essa conversa é um quarto escuro cheio de tachinhas no chão.

– Ele só recebeu uma visita – continua a enfermeira –, antes de começar a recobrar a consciência. Uma moça negra e alta, Sandra... Brooks, acho eu?

Me obrigo a dar um terço de sorriso, é só o que consigo.

– Ah, ela é amiga da família.

A enfermeira assente.

– Acabei de fazer a ronda, e acho que o seu pai está acordado. Vai ficar muito feliz de ver você. Anda falando seu nome enquanto dorme.

Ela desinfeta as mãos com álcool gel, faz sinal para a gente fazer a mesma coisa e passa conosco por uma porta dupla.

– Sandra? – sussurra Ingrid quando se aproxima de mim.

– Aposto que era a LeClare – digo. – Como é que ela *pode* gostar dessa maldita música do Barry Manilow?

– E quem é capaz de sondar o depravado mistério do gosto por música *pop* das pessoas de meia-idade? Ela sempre usa esse codinome.

– De todo modo, ela esteve aqui antes da gente, então descobriu o mesmo padrão. Precisamos tomar muito, *muito* cuidado daqui para a frente.

– Nem me fala.

A enfermeira nos leva por um corredor mal iluminado, com quartos delimitados por divisórias de escritório. Passamos por filas e mais filas de camas de metal, cheias de pessoas morrendo discretamente. Eu sei, eu sei, *todos* nós estamos morrendo. Os homens da Inglaterra têm uma expectativa média de vida de setenta e nove anos. Ou seja: a cada minuto que passa, nos aproximamos lentamente da morte, tipo um quarenta e dois avos de milionésimo. Tem um reloginho instalado em cada célula do cérebro e dos vasos sanguíneos fazendo contagem regressiva. Mas, ainda assim, me dou conta, ao olhar ao meu redor, do fato de que os reloginhos de certas pessoas fazem a contagem *bem mais rápido*.

O cheiro pungente de desinfetante de piso cutuca uma lembrança no meu cérebro.

Estou deitado de costas. Os dedos da Bel contornam a cratera mole, cheia de sangue e de osso, da minha testa e depois acompanham o tubo do soro que está no meu braço. Sinto o calor da sua fúria atravessando os anos, feito uma supernova de uma estrela distante.

Paramos na última cabine à esquerda. A enfermeira faz sinal para a gente esperar, entra e logo sai.

– Ele está acordado, mas não sei por quanto tempo. – Sua expressão é de compaixão, mas o seu tom de voz é absolutamente objetivo. Acho que as enfermeiras, mais do que ninguém, devem racionar muito a quantidade de vezes que dizem "caralho!". – Ele está muito, muito fraco. Falei que você está aqui. Seja rápido e fale baixo, OK?

Eu e a Ingrid concordamos, e a enfermeira abre espaço para a gente passar.

O cubículo é mal iluminado, apenas pelo abajur de cabeceira, e só as bordas dos ferimentos são visíveis, brilhando, molhadas, antes de sangrar para valer no meio das sombras e dos curativos, com aquele cheiro doce e leitoso de queimadura em carne viva misturado com pomada. Mas é a forma do seu corpo que mais me choca... Não consigo parar de olhar para aquela pessoa esparramada, distendida, cheia de inchaços e toda enfaixada. Quando nos vê, afunda cabeça no travesseiro, desesperada para fugir, mas não consegue obrigar seu corpo estropiado a obedecer.

Seus olhos estão arregalados, bem visíveis na claridade do abajur. O cara parece estar apavorado.

Mas não *surpreso*.

– Ingrid? – digo, baixinho. – Por acaso ele ficou surpreso com o fato de o Ben não estar aqui?

– Não.

Ela parece confusa, mas eu não estou. A ausência do Ben no leito de morte do pai começa a fazer sentido de um jeito novo e terrível. O Dominic Rigby sabia que o filho jamais passaria por aquela porta.

"O pessoal do colégio interno em que, de acordo com a polícia, você está matriculado nunca ouviu falar de você."

– Merda – murmuro. – O Ben morreu.

Deitado na cama, o Dominic Rigby olha para mim como se eu é que tivesse feito aquelas queimaduras em seu peito. Levo um segundo para reconhecer o ruído abafado que sai da sua mandíbula inchada, à guisa de fala. Chego mais perto para ouvir.

– Vai se foder – sussurra, fazendo um ruído de cascavel. Consigo perceber o esforço absurdo que ele faz para pronunciar cada sílaba. – Você e toda a porra da sua família.

Olho nos olhos dele, apesar de aquela ala do hospital estar na mais completa escuridão. Em silêncio, começo a contar. Viu só, Pete? Já conseguiu se segurar por três segundos. Você dá conta, sem problemas.

– Você sabe quem eu sou. – Ele não responde, mas tudo bem, não foi uma pergunta. – Quem fez isso com o senhor?

– Você sabe.

– Senhor Rigby, me conta o que foi que aconteceu.

Ele vira um olho para mim, mas não responde. Consigo sentir o medo exalando dele e não é difícil, nem um pouco, adivinhar do que o cara tem medo.

– Eu não sou ela, senhor Rigby – falo, tentando ser o mais educado possível. – Mas ela é minha irmã. Olha para mim. Veja a semelhança entre nós dois e pergunte a si mesmo: será que seria difícil eu convencer a minha irmã de dar uma passadinha por aqui?

O cara respira fundo e solta o ar devagar, fazendo um som sibilante. Começa a falar, a contragosto:

– Ela apareceu na minha casa. Eu estava trabalhando. Abri a porta. Era só... só... uma menina. – A perplexidade ainda transparecia na voz. – Ela bateu em mim com alguma coisa, e eu apaguei.

– Continua – digo.

Ele não está mais olhando para mim, e lembro o jeito como a Rita e a Frankie me interrogaram, uma de cada lado, como se eu fosse um colega. Sento na cadeira das visitas, perto da cama, mas fora do seu campo de visão.

– O senhor acordou onde? No porão?

Ele olha para mim, com um ar ameaçador, mas não me corrige.

– Pete, como é que você sabe disso? – pergunta Ingrid, meio constrangida.

– À prova de som – respondo apenas, com a garganta seca. Mantenho os olhos fixos no Rigby. – Como foi?

– Frio. Eu estava com frio, pelado.

– Estava no chão?

– Pendurado. Com os pulsos amarrados acima da cabeça, ardendo. Meus dedos dos pés mal encostavam no chão. A dor que eu sentia nas pernas e nas costas era uma agonia. Ela ficou andando de um lado para o outro, me rondando, por... me pareceu que foram horas. A dor foi ficando cada vez pior. Chegou a um ponto... achei que fosse desmaiar. Implorei para ela me soltar, deixar eu ir embora. Ficava perguntando por quê. Ela não respondia.

– Ela falou alguma coisa durante esse tempo todo?

– Só na última vez que eu perguntei por quê.

– O que foi que ela respondeu?

– Duas palavras: "pela Rachel", e aí ela... – A voz dele simplesmente sumiu.

– Senhor Rigby? – insisti.

– Ela...

Vejo que seus lábios se contorceram: o fio de aço por trás deles brilha, mas não sai nenhum som. O cara fica com o rosto roxo, de tanto esforço. Depois de, literalmente, um minuto, ele volta a ofegar. Olho para a sua expressão de puro medo e desamparo. Sem falar nada, o Rigby afasta o lençol e levanta a parte de baixo da camisola do hospital. Um corte enrugado, cheio de pontos em zigue-zague, aparece na sua barriga, parecendo um trovão negro rasgando uma nuvem de tempestade.

– A gordura era branca – murmura. – Vi logo antes de o sangue esguichar.

O medo está estampado em cada traço do seu corpo, no jeito como ele está todo contorcido na cama, com os dentes cerrados, se recusando a falar.

Levanto da cadeira, puxo o lençol até a altura do seu queixo e me inclino, para ficar bem do lado da sua cabeça. Olho nos seus olhos arregalados. Consigo sentir o pavor dele ao mesmo tempo em que sinto o pavor crescer dentro de mim. É como olhar no espelho, medo alimenta medo, feito uma infecção.

Cada parte do meu corpo está gelada neste exato momento, petrificada, sem conseguir acreditar. A Bel fez isso? A faixa que cobre seu rosto está afundada de um jeito que dá a entender que o cara não tem mais o nariz. Uma vozinha grita, estridente, dentro da minha cabeça: *A Bel fez isso?*. Os cortes que atravessam o peito e a barriga dele, os tendões dos calcanhares, para que o cara não conseguisse fugir. *A Bel fez isso a Bel fez isso a Bel fez isso.*

Será que, um dia, cheguei a conhecê-la?

O ódio estampado no olhar do Dominic Rigby é absoluto: uma fina camada de gelo que recobre um lago de medo sem fundo. Conto quinze vasos capilares na parte branca do seu olho.

– Senhor Rigby, quando a minha irmã falou "pela Rachel", o senhor entendeu o que ela quis dizer?

O homem fechou os olhos, exausto. Ela faz que sim.

– Eu falei que ela não entendia, que eu amava a Rachel, sempre amei. Só queria protegê-la.

Pisco os olhos e, por um segundo, enxergo o boletim de ocorrência, as fotos de um rosto cheio de hematomas, mas tão conhecido. O Ben era mesmo parecido com a mãe.

– Protegê-la do que, senhor Rigby? Conta tudo, desde o começo.

Durante onze segundos, ele não mexeu um músculo sequer.

– Protegê-la do quê? – repito.

– Da vaca da sua mãe – dispara ele, rosnando.

A veemência da sua afirmação me espanta, e sinto o meu verniz de calma começar a descascar.

– Tudo começou há dois anos, em abril. O Ben... – De novo, a voz dele chega àquele limite. Só que, desta vez, consegue ultrapassar – ...tinha saído. Foi assistir a uma banda de *rock* qualquer. Neutron Funeral.

Fico petrificado.

– O senhor tem certeza de que o nome da banda era esse?

– Você também teria se o seu filho tivesse saído para assistir a um *show* e nunca mais voltasse para casa.

Fico completamente imóvel. Na minha cabeça, vejo um tornozelo, branco que nem osso, saindo de um tapete enrolado. Todas aquelas desculpas que inventei para não olhar dentro do tapete. Será que eu já tinha adivinhado? Será que eu sabia?

– Chamamos a polícia. Disseram que iam investigar, mas nunca mais nos ligaram. A gente ficou ligando sem parar, passaram dias, semanas. Fizemos cartazes e distribuímos por toda a Londres, mas, no dia seguinte, tinham arrancado todos, até os que a gente colocou perto de casa. Todos os *links* para o *site* que a gente fez estavam corrompidos. A gente achou que estava enlouquecendo.

Um olho vermelho de repente se fixa em mim.

– Você faz ideia de como é? Duvidar dos seus olhos, dos seus sentidos, de tudo o que sabe da coisa mais importante da sua vida?

Sim, senhor Rigby, eu sei.

– A gente continuou ligando para a polícia. E continuou indo até a delegacia, mas ninguém queria nos receber. Lá pelas tantas, falei que, se não me dessem um retorno dentro de três dias, eu ia procurar a imprensa. Eu dei um prazo de três dias para eles. – O cara parecia se sentir tão atraiçoado. – Ainda achava que estavam do nosso lado. No segundo dia, a sua mãe apareceu na minha casa. O meu chefe, Warren Jordan, estava com ela. O cara suava, não parava de secar as mãos no casaco. Eles não sentaram. Nem olharam para o chá que servimos. Meu chefe não disse nada. Foi ela que falou tudo.

O cara fica em silêncio por tanto tempo que sinto necessidade de insistir.

– Senhor Rigby? O que foi que a minha mãe falou?

Seu tom de voz fica sem emoção, porque o cara repete as palavras decoradas, lembra cada uma delas.

– "Seu filho está morto. O corpo jamais será encontrado. Qualquer tentativa de investigar a morte dele será em vão. Se falar com a imprensa, vão lhe ignorar, e o senhor será punido. O senhor não vai mais conseguir trabalho. Seu pedido de ajuda ao seguro social será indeferido. O senhor vai perder essa casa. Vocês não vão poder morar com os parentes nem pedir comida. Se fizerem isso, vai acontecer a mesma coisa com eles. Vocês vão se tornar um perigo para tudo e todo mundo que fizer parte da sua vida. Façam o que é melhor para a sua família: vivam o luto em segredo e sigam em frente. Peçam demissão, saiam desta cidade. Receberão dinheiro. Vocês dois têm mais de trinta anos por viver. Não os desperdicem.". A sua mãe nem olhou para a gente. Só leu tudo isso, que estava escrito em outro caderno preto.

Sinto um arrepio, mas consigo *ouvir* minha mãe falando isso, criando uma barreira interna para conseguir ser tão fria, tão objetiva. Mesmo assim, alguma coisa naquele discurso me pinica, feito uma rebarba. Não o interrompo. Sua voz está começando a falhar. Fios de baba cobrem seus lábios. Fico com medo de que, se ele parar de falar, não vai começar de novo.

– A Rachel começou a gritar na cara dela, mas aquela mulher nem bateu as pestanas, só virou as costas e foi embora. E o meu chefe foi atrás, feito uma porra de um cachorrinho. Naquela noite, a Rachel chorou até pegar no sono. Não parava de repetir: "Ela não pode fazer uma coisa dessas com a gente e não pagar por isso". Segurou o meu braço e me fez repetir com ela, e eu repeti. Mesmo depois que pegou no sono, continuou repetindo: "ela não pode ela não pode". E aí fui para o quintal e enterrei o canivete do Ben debaixo da pereira grande, porque tinha certeza de que ela podia, sim.

– Então o senhor resolveu aceitar a proposta da minha mãe, suponho. E, já que a sua esposa não conseguiu aceitar, o senhor bateu nela, para que calasse a boca.

O Dominic Rigby se contorcia na cama. Por um instante, consegui enxergá-lo, pendurado pelos pulsos, pendendo de uma viga do porão.

– Você não faz ideia de como foi – protestou. – Descobri *e-mails* que a minha esposa tinha mandado para jornalistas. Tentei conversar com ela. Juro que fiz de tudo, mas a Rachel simplesmente não queria ouvir, estava histérica, descontrolada. Eu só estava tentando... eu só estava tentando fazê-la entender.

"Aos socos?", tive vontade de dizer, mas, como bom interrogador, fiquei de bico calado.

– E aí o Warren apareceu na minha sala, no trabalho – continuou. – Estava tão pálido. Disse que tinha recebido um recado para mim: se eu não desse um jeito de calar a boca da Rachel, iam matá-la. Passei a semana sem dormir, tentando encontrar um jeito de contar, já sabendo que ela não ia me dar ouvidos. Eu vomitava tudo o que comia. Aí encontrei um contato no celular dela que eu não conhecia. Era de um jornalistazinho do *Guardian*. Liguei para o Warren e concordei em interná-la.

Senti uma pontada no estômago.

– Então a sua esposa não está doente de verdade?

Dominic Rigby abriu a boca de um jeito que poderia ser um grito ou uma risada, mas não fez nenhum som para eu conseguir distinguir.

– Ela queria lutar – murmura. A baba brilha no seu maxilar, no ponto em que o fio de aço o impede de fechar a boca. – Ela queria lutar, mas eu não podia permitir. Não podia. Aquela gente ia matar a Rachel. Como fizeram com o meu menino.

O Rigby começa a sussurrar.

– Eu estava em casa. Quando vieram buscá-la. Menti para ela. Falei que tudo ia ficar bem.

Seus olhos se fecham. Ele fica tão imóvel que, por um instante, fico com medo de a gente ter matado o cara, mas aí percebo o sobe e desce constante do seu peito.

– Vamos, Pete – diz Ingrid. – É melhor a gente ir embora.

É só aí que percebo que ela está evitando olhar para o rosto do homem. Acho que não quer estabelecer uma conexão empática com o cara, e não posso condená-la. Mas não conseguimos descobrir o que precisávamos. Não exatamente.

– Senhor Rigby – falo, com todo o tato –, o senhor disse que a minha mãe leu aquele discurso, escrito em "outro caderno preto". O que o senhor quis dizer com "outro"?

– A sua irmã também tinha um. Ficava lendo coisas escritas nele enquanto me rodeava. Como se estivesse usando aquilo para criar coragem.

Parece que alguém expulsou todo o ar dos meus pulmões. Viro para Ingrid e digo:

– Vamos.

Quando chegamos na porta, ela sussurra no meu ouvido:

– Tem alguma coisa errada. Mesmo que quisesse pressionar o cara, o 57 jamais teria mandado a sua mãe. Ela é pesquisadora. Não tem nenhuma experiência de campo.

– Não mandaram. A minha mãe foi por conta própria.

Ingrid me lança um olhar surpreso, mas é tudo tão óbvio que ela não deveria precisar interpretar a minha expressão facial.

A minha mãe não encobriu a morte do Ben para o 57, encobriu *deles*, ou seja: devia saber que a Bel estava por trás do desaparecimento do Ben. Será que a gente não tinha sido tão cuidadoso quanto pensava? Ou será que ela simplesmente tinha visto um dos cartazes com a foto do Rigby e somado dois mais dois? Mas que tipo de mãe acha que dois mais dois é igual a "minha filha cometeu um assassinato"?

A enfermeira da UTI está parada do outro lado da porta, ticando coisas em uma prancheta.

– Como é que ele está? – pergunta.

– Bem. Está dormindo.

Tento sorrir, mas, pelo jeito, esqueci como se faz para coordenar os músculos necessários, e minha expressão murcha feito um balão sem ar.

A enfermeira balança a cabeça, demonstrando compaixão. Seu rosto é meio que um pequeno poço de bondade.

– ...que bom que ele viu você.

À medida que vamos nos afastando, passando pelas filas de camas, a Ingrid fica do meu lado e, como sempre, diz o que estou pensando:

– Que jeito terrível de passar suas últimas horas de vida, neste lugar, sem ninguém.

– Sim – concordo.

Ela assente, pensativa, e completa:

– Exatamente como eu gostaria que fosse, no caso dele.

RECURSÃO:
2 ANOS E 8 MESES ATRÁS

Você até poderia dizer que eu deveria ter percebido os sinais de alerta, mas só tive *certeza* de que tinha feito merda quando o teto pegou fogo.

Eu tinha deixado a janela aberta para a fumaça sair, mas o dia tinha passado na mais perfeita calma: as nuvens estavam paradas, pareciam grandes navios ancorados no céu, só sendo um *bruxo* para prever a mudança no vento que soprou a cortina para dentro da lata de lixeira de metal, uma lixeira onde os resquícios dos dois primeiros cadernos do ARIA queimavam alegremente.

As chamas subiram pelo tecido como se ele fosse um pavio e se refestelaram na tinta do teto que – ah, que felicidade! – também era inflamável, formou bolhas, cuspiu faíscas e foi enegrecendo alegremente.

Naquele momento, um pouco atrasado, entrei em pânico e tentei controlar o estrago. Eu sei, eu sei, pânico retardatário não tem nada a ver comigo, mas é difícil se cagar de medo no momento adequado quando se está tão ridiculamente bêbado quanto eu.

Quer saber o que mais é difícil de fazer quando a gente está bêbado? Correr. Principalmente se estiver com a perna engessada.

Caí de cara *com tudo*, esfolando o rosto no carpete.

– Caralho – xinguei, apertando a brasa minúscula de uma queimadura por atrito que crepitava no meu nariz por uns bons quatro segundos, até sentir o calor nas minhas costas e lembrar que as chamas do incêndio que ardiam a apenas um metro e meio da minha cabeça – e que a abrasão causada por possíveis queimaduras *futuras* – deviam ser fonte de uma maior preocupação de minha parte.

Fiquei me sacudindo, mas não conseguia levantar.

A porta se escancarou, e uma dupla de monstrinhos peludos apareceu no tapete, na altura dos meus olhos. Pensei que só na imaginação pavorosa de algum executivo de fábrica de pantufas dava para chamar aquele troço de "coelho". Tomei consciência, por breves instantes, do crepitar das chamas, logo abafado pelo rugido do extintor de incêndio. A espuma retardante caía do teto, parecendo uma neve cinza, roçando no meu nariz esfolado.

Os coelhos do capeta passaram por mim fazendo *plosh plosh* no carpete, recém-encharcado. Rolei no chão e vi minha mãe sentada na minha cama. Estava mandando o Olhar nº 101:

"Meus ratos de laboratório não me fazem aguentar esse tipo de merda".

Tentei levantar.

– Não levanta – disse a minha mãe.

Parei de tentar.

Ela me olhou, com um ar solene, por cima dos óculos de leitura. As rugas em volta dos seus olhos se contraíram, formando pequenas teias de desconfiança, e aí o Olhar nº 101 deu lugar a uma expressão que eu jamais tinha visto. E que nunca, *nunca mais*, quero ver de novo.

– Peter William Blankman – ela mal sussurrou. – Por acaso você está *bêbado*?

Espera, você já viu isso antes. Disfarça. Este é *definitivamente* um daqueles momentos em que a gente não diz a verdade. Não, Peter. Só responde "não".

– Sim.

Droga.

– O que foi que você bebeu? – Ela pronunciou cada palavra perfeitamente, com um tom gélido.

– Dry martini – respondi. – Com casca de limão. Só que sem o vermute e... não tinha limão em casa.

– Gim puro, então.

– É o drinque do Agente Blankman. Ele é espião – fui logo completando. – Espiões são pessoas refinadas.

– E quantos coquetéis *sofisticados* desses o Agente Blankman ingeriu?

No quesito poder mortífero, a voz da minha mãe naquele momento ficava entre antraz e cadeira elétrica.

– Só um tantinho assim. – Mas era difícil manter o polegar e o indicador afastados a uma distância segura, porque os dois borravam diante de mim.

Pensando bem, acho que exagerei no gim. Em minha defesa, posso dizer que foi minha primeira experiência com o álcool. Você deve ter pensado que dois dedinhos de destilado seriam a companhia perfeita para um jovem com tendência a se assustar com a própria sombra, mas eu não tinha costume de beber por duas excelentes razões. Um: a julgar pela minha... relação *fervorosa* com a comida, se eu começasse a apelar para a bebida para enfrentar as crises de pânico, estaria reduzido a um farrapo humano que baba lá pela metade da manhã, em todos os dias da semana que começam por consoante. E, mais do que isso, dois...

– O seu pai bebia – disse a minha mãe.

A ironia tinha sumido da sua voz. Agora, o tom era de um cansaço incomensurável, o que era ainda pior. Um dia, perguntei por que a minha mãe ainda usava o sobrenome do meu pai, por que eu e a Bel tínhamos sido registrados com ele. Ela grunhiu e respondeu: "Eu herdei do cara, o cara herdou do pai dele. O sobrenome é tão dele quanto meu. Além do mais, a única alternativa era usar o sobrenome do *meu* pai, e ele também era um canalha".

A minha mãe olhou para mim, suspirou e disse:

– Álcool, piromania, você não é assim, Pete. O que está acontecendo?

Olhei de relance para a lixeira queimada.

– Era para ser uma espécie de... funeral *viking*.

– Um funeral *viking* – repetiu a minha mãe. – Um funeral de espião *viking*.

– Duplamente refinado.

– Já que isso foi um funeral, posso saber quem era o convidado de honra?

– Eu – garanti. – Só que não estou morto.

– Isso... – a minha mãe ficou me encarando – ...a gente ainda vai ver.

Ela ficou remexendo na lixeira com todo o cuidado. Mas, como só encontrou cinzas e papelão queimado lá dentro, se virou para os outros cadernos do ARIA, já enfileirados, esperando para ser imolados, no canto da escrivaninha. Engoli em seco, e minha garganta estava dolorida por causa da bebida e da fumaça. Tive vontade de levantar, de tirar a minha mãe de perto dos cadernos, mas a minha perna, os resquícios do álcool e uma consciência cada vez maior da escala verdadeiramente mítica da encrenca em que eu tinha me metido me mantiveram grudado no carpete.

A minha mãe ficou lendo, sem falar nada, por mais de quinze minutos. Só se ouvia o farfalhar das páginas sendo viradas. Observei seus olhos escaneando o desenho esquemático abortado da minha personalidade e me senti muito pequeno, com muito frio.

– Desde quando você faz isso? – perguntou ela, por fim.

– Não lembro de um momento em que não estivesse fazendo – respondi, sendo sincero.

– Então pensou que você, um menino de colégio, de quinze anos, seria capaz de mapear matematicamente a evolução da sua consciência, uma questão que desafiou os maiores gênios do mundo, durante o seu tempo livre, só com papel e *caneta*?

– Bom, em minha defesa, eu teria perguntado para algum computador – retruquei. – Se tivesse conseguido formular a questão em uma linguagem que um computador fosse capaz de entender.

Ela fechou o caderno e o pôs no colo, tirou os óculos e olhou bem séria para mim.

– Por quê?

Fiquei olhando para a minha mãe. "Por quê?" Por que ela achava? Tinha acabado de me ver esparramado na página, escrito com a minha própria letra. Não era óbvio?

– Porque não consigo suportar o fato de não saber.

– Não saber o quê?

– Se vai ser sempre… *assim*… – falei, desanimado. – Assim... – Apontei para o gesso da perna e para o corte vermelho na minha testa. – E assim. Eu queria saber se algum dia vou ser capaz de entrar em um recinto cheio de pessoas desconhecidas sem ter a sensação de que meu peito está sendo esmagado ou de sentar no cinema sem ficar com medo do escuro. Eu só… – Afastei as mãos, em um gesto de desesperança. – Eu só queria parar de ter medo. Pensei que, se conseguisse me descrever por meio de uma equação, poderia dar mais um passo em direção ao meu conserto.

– E hoje você tocou fogo em tudo isso. – O tom de voz da minha mãe era mais neutro do que água destilada vinda da Suíça. – Por quê?

Lembrei do rosto perturbado do Gödel, olhando para mim da página do livro.

– Porque é um sonho inalcançável. Não tem nem como saber se *existe* uma resposta, quem dirá descobri-la. Essa história toda foi um erro.

Fez-se um longo silêncio, interrompido apenas pelo gotejar do teto, que já não pegava mais fogo.

– Sim – disse a minha mãe, baixinho. – Foi mesmo. Vem comigo.

Sem largar o caderno, segurou meu pulso com a outra mão, me pôs de pé e me arrastou escada abaixo.

– Ai, ai, ai! – protestei. – Vai mais devagar, olha a minha perna!

Mas a irritação se transformou em perplexidade quando passamos pela porta que havia embaixo da escada. O *pam pam pam* que o meu gesso fazia se transformou em uma pancada seca nos degraus de madeira bruta que levavam ao porão.

Não pode ser. Ela não pode estar me levando para ...

Ela estava.

Diante dos nossos olhos, escura e desgastada, protegida por um mecanismo de senha, estava a porta da sala de estudos da minha mãe.

Ela vivia nos ameaçando, dizendo que ia extrair nosso cérebro pelas narinas usando um gancho de mumificação egípcio se a gente matasse aula. Ou que ia cobrir a gente de mel e dar de comer para as chinchilas famintas, se eu e minha irmã largássemos frigideiras encardidas na cozinha. Mas o castigo por entrar sem ser convidado na sua sala de estudos era bem mais simples e muito mais severo.

– Se vocês tentarem entrar aqui... – falou, parada diante da mesmíssima porta, um dia depois do nosso aniversário de sete anos. – Acabou. Vocês vão embora desta casa. E nunca, nunca mais, vão voltar. Entenderam?

A gente entendeu. Ela nunca precisou repetir.

A advertência foi tão sinistra que, naquele momento, meus músculos travaram quando ela tentou me fazer passar pela porta.

– Tudo bem, Peter – disse, me estendendo a mão. – Pode entrar, olha.

Depois de todas as criações da imaginação fértil do meu eu de sete anos, fiquei bem decepcionado com aquele cômodo de quatro por cinco metros. Nenhuma experiência com mutantes, nenhum cadáver reanimado, não tinha nem uma maçaroca de tubos de vidro borbulhando, cheios de substâncias químicas venenosas. Só tinha uma mesa, uma luminária, um *laptop* e fileiras e mais fileiras de prateleiras brancas. A mesa era velha, uma das pernas era tão carcomida que acho que dava para quebrar só com um empurrão bem dado. As prateleiras estavam lotadas de cadernos pretos, todos idênticos.

– O que é isso? – perguntei.

– Erros.

Minha mãe pegou um caderno, abriu no meio e me mostrou: era um desenho de um polvo, rico em detalhes, saindo de baixo de umas rochas submarinas. Estava cercado pela letra minúscula e apertada da minha mãe.

– Este aqui é o polvo-de-anéis-azuis. Erros ao copiar seu código genético, de geração em geração, não apenas lhe renderam o único veneno de polvo capaz de matar um ser humano, mas também a habilidade de se camuflar perfeitamente no seu ambiente. Este aqui... – outra prateleira, outro caderno, um desenho do fóssil de um inseto – ...é o *Rhyniognatha hirsti*. Foram os erros que fizeram dele a primeira criatura da face da terra capaz de voar. Este aqui...

– Então... – interrompi. Fui rude, mas é que tive a sensação de que aquela conversa ia se alongar eternamente, disparar feito um trem, e eu não ia conseguir suportar a inevitável frase feita que ouviria ao chegar ao fim da linha. – O polvo ganha o poder de mudar de cor, o inseto ganha asas. Eu ganho um controle duvidoso do esfíncter quando estou perto de aranhas e ruídos altos. Não vou mentir para você, mãe. Fica difícil não me sentir meio passado para trás.

Ela nem sequer piscou.

– Quanto é cento e oitenta e sete ao quadrado? – perguntou.

Revirei os olhos.

– Quanto?

– Trinta e quatro mil, novecentos e sessenta e nove – respondi. – Mas...

– A capacidade de se camuflar e de voar são maneiras de se adaptar a um ambiente hostil, Peter. Isso também. – Aí ela bateu no meu peito com o meu caderno, o caderno do ARIA. – Tem um trabalho incrível aí dentro. Estou *absurdamente* orgulhosa de você. Acha que conseguiria ter feito isso se não fosse exatamente quem você é, do jeito que é?

Não respondi.

– Quer saber qual foi o maior erro da minha vida? – perguntou.

– Qual foi?

– Vocês dois.

Fiquei olhando para ela, boquiaberto.

– Eu tinha vinte e quatro anos, só pensava na minha carreira, era solteira e me alimentava de feijão enlatado, de despeito e de ambição. E só recebia uma bolsa de mestrado. Você acha que, se Deus tivesse me pedido para escolher alguma coisa do cardápio, eu teria escolhido ter gêmeos?

Ela sorriu, e só consegui ficar olhando.

– Você acha que o fato de eu não ter planejado ser mãe significa que eu *me arrependo* de ter tido vocês? Acha que amo menos vocês porque não estavam nos meus planos? A gente precisa amar nossos erros, Peter, eles são tudo o que a gente tem. – Então pôs a mão, com carinho, no meu rosto. – Não pense que precisa queimar seus erros e nunca, jamais, pense que você precisa de conserto.

– Então, o que quer dizer? Que eu sou perfeito do jeito que sou?

O trem está chegando na estação central das frases feitas. Por favor, tenha cuidado com o vão entre o trem e o mundo real ao desembarcar.

– Perfeito? – A minha mãe deu risada. – Em termos evolucionistas, a perfeição nada mais é do que a arte de absorver o maior número de cagadas possível ao longo da vida. A perfeição é um processo, Peter, não um estado. Ninguém é perfeito. Você é *extraordinário*, isso sim. Exatamente como eu gostaria que fosse.

A minha mãe me deu um abraço, e fiquei grudado nela.

– Parece que o medo me persegue – sussurrei. – Consigo sentir, por trás dos meus pensamentos, o tempo todo, só esperando para me atacar. Eu só... eu não quero mais sentir medo.

– Eu sei, querido – disse ela. E aí me abraçou bem apertado, parecia que nunca mais ia me soltar. – Eu sei. Eu estou do seu lado.

Ela repetiu isso várias vezes, murmurando, com os lábios encostados no meu cabelo. Precisou repetir onze vezes para eu parar de soluçar.

– Eu estou do seu lado.

AGORA

Aposto que a comida não é lá grandes coisas, mas vou te contar: se você é fã de plástico, os hospitais psiquiátricos de Edimburgo são o lugar *perfeito* para você.

A 8,25 metros de mim, do outro lado de um troço que só o otimismo característico da Caledônia poderia chamar de "solário", um homem e uma mulher estão sentados lado a lado, com facas de plástico e garfos de plástico, enfiando comida com cara de plástico na boca, tirada de uma bandeja de plástico inquebrável, sentados em um sofá coberto de vinil, o que, se não me engano, é um tipo de plástico. Tem três gerânios de plástico amarelo em um vaso de plástico, em cima de uma mesa de plástico, logo abaixo de uma janela com esquadria de plástico. A janela em si, lamentavelmente, não é de plástico, mas o vidro *é* protegido por cabos de aço, para que os residentes não consigam estilhaçá-lo e usar um dos cacos para cortar a própria garganta ou de algum outro paciente. No entanto, puseram um carpete marrom casca de ferida, então acho que estar preparado nunca é demais.

– Você tem ideia... – sussurra Ingrid, chegando mais perto de mim – do tamanho da sua burrice?

Ela tinha feito a mesma pergunta na noite anterior, no estacionamento, encolhida para se proteger do vento uivante, com o *laptop* aberto em cima do capô de um carro, para pegar o Wi-Fi do hospital; uma cirurgiã digital, enfiada até os cotovelos nos intestinos do banco de dados do Serviço Social de Saúde.

– Tenho a dimensão exata da minha burrice – respondi, naquele momento, mas ela insistiu mesmo assim.

– A LeClare já fez uma visitinha para o Rigby, lembra? Está de olho nele. Quando ficar sabendo que o filho morto do cara apareceu lá... – nesse ponto, sacudiu a cabeça, revoltada – ...não vai concluir que foi uma *assombração*. Se ela já não sabe que estamos em Edimburgo, até amanhã vai ficar sabendo. A gente tem que ir embora, Petey. Já.

– Pode ir, então. Eu vou ficar.

– *Por quê?*

Não respondo. Mas, na minha cabeça, a Bel está segurando a minha mão, e estou deitado em uma cama de hospital.

"Quem fez isso com você, Petey?"

A expressão da Ingrid, delineada pela luz do *laptop*, era de desânimo. Mas ela entendeu, e não foi embora.

– Obrigado – falei, sendo sincero. – Agora me passa o computador.

Ela me entregou o *laptop* e fiz uma solicitação, datada de setenta e duas horas antes, que é o período mínimo de aviso prévio que o braço psiquiátrico da nossa maravilhosa burocracia médica exige para fazer qualquer coisa.

– Pete… – A Ingrid bufou, mas seu tom de voz era de conciliação. – Como sabe tudo isso sobre hospitais psiquiátricos?

Eu não precisava responder, ela podia ler estampado na minha cara. Porque sou especialista em duas coisas, Ingrid: em números e em ter medo. E os números relacionados a hospitais psiquiátricos são especialmente amedrontadores.

Pelo menos trinta mil pessoas por ano são levadas compulsoriamente por causa da Lei de Saúde Mental. Aí vêm a ambulância, o hospital e a chave que tranca a porta. Depois disso, o Estado assume o controle: decide quando a pessoa vai comer, quando vai dormir, quando vai tomar banho. E, se a pessoa não obedecer, entram em cena as contenções de borracha, a joelhada nas costas, o haloperidol pingando nas veias do braço amarrado, revoltando o estômago e mergulhando seu mundo em uma apatia difusa.

Trinta mil. No cômputo geral, até que não é muito. Menos de dois milésimos da população do país. Mas vão se somando. Ao longo da minha vida, serão mais de dois milhões. Quer saber se acho que existem dois milhões de pessoas na Grã-Bretanha que representam um risco maior para si mesmas do que eu?

Girando, de cabeça para baixo. O vento uivando. Os tijolos vermelhos ficando borrados. Cara ou coroa, cara ou coroa…

Eu não acho.

Faz, pelo menos, meia década que aceitei o fato de que meus passos na vida vão, um dia, me levar a um hospício. Assim sendo, tomei minhas precauções. Invoquei os poderes descomunais do meu nerdismo obsessivo e canalizei para a Lei de Saúde Mental de 1983. Decorei tudo o que é permitido pela lei e tudo o que é proibido. Cada truque, cada brecha, cada gota de óleo burocrático que possa, um dia, azeitar a minha passagem pelas rodas dentadas da máquina psiquiátrica está guardada a sete chaves dentro do meu cérebro, esperando o dia em que vou ouvir a ambulância na frente da minha casa.

Só que nunca, nunca mesmo, pensei que *iria atrás* dela de pura e espontânea vontade.

Sentado em uma mesa de fórmica lascada, tem um homem grisalho chorando. Começou murmurando baixinho, mas agora chora de soluçar, sem ter consciência, feito um bebê, e tão inconsolável quanto. Não que isso venha ao caso, porque não tem ninguém tentando consolá-lo. Ninguém nem olha para ele. Eu me encolho todo quando o cara dá um grito especialmente estridente e afundo as unhas na palma das mãos. Sinto aquela pressão já bem conhecida se avolumando no peito, e o recinto começa a se transformar em um túnel. Na minha cabeça, já ouço o *clique* das portas sendo trancadas, os trincos girados. Estou começando a suar. O som sibilante do vapor que vaza de um aquecedor faz as vezes da vozinha que existe dentro da minha cabeça:

Cai fora cai fora cai fora...

Se concentra, Pete. Foco. *Respira.* Não entra em pânico. Você não tem tempo para entrar em pânico.

Uma porta se abre no meu campo de visão periférica. Fico de pé e tento sorrir, apesar de ser a coisa mais cruel que já fiz na vida.

Quando me viro, meu estômago gira feito uma máquina de lavar roupa. Lá está ela, trazendo uma mala tão pequena que dá dó.

Está diferente da foto que a Ingrid conseguiu desencavar. Tem o cabelo quase todo branco, apesar de só ter ficado internada por dezoito meses. Parece nervosa, frágil como um passarinho, e seu pescoço enrugado lembra o de um peru, na parte em que a pele ficou repuxada. Seus dedos, com manchas amarelas de nicotina, tiram bolinhas do suéter sem parar.

Mesmo assim, eu seria capaz de reconhecer a Rachel Rigby na hora. O rosto do seu filho, tão parecido com ela, está gravado em ácido no meu cérebro.

Eu mal consigo abrir a boca e dizer:

– Mãe.

Agora é com ela. A mulher fica me olhando por um segundo, e então vejo, encobrindo seu rosto, feito uma sombra na frente de um facho de lanterna: esperança.

Jesus Cristo, ela ainda tinha *esperança*.

Passou dezoito meses enterrada neste hospital, setenta e oito semanas, quinhentos e quarenta e seis dias e noites arrastados, implorando, protestando, sem parar: "Meu filho foi assassinado, por favor, acredita em mim, eu não deveria estar aqui, me ajuda, *por favor*, me ajuda". Silenciada e ignorada e, até onde eu sei, amarrada na cama e sedada. Disseram para aquela mulher que estava perturbada, disseram que o seu filho estava bem, que logo viria visitá-la.

"Você está transtornada, não está bem. Descanse, se acalme, só mais um pouquinho, vai ver só."

Hoje, no quingentésimo quadragésimo sétimo dia, aparecem e dizem que o filho, que ela tanto insistiu ser um corpo decomposto, está esperando no solário, veio levá-la para casa.

Você não seria um ser humano – seria? – se, nos minutos que levasse para ir da sua cela até lá, não começasse a duvidar de si mesmo. Se não começasse a pensar que os médicos, que têm aquelas letrinhas impressionantes, de títulos acadêmicos depois dos seus nomes, tinham razão: que tudo isso não passou de um pesadelo e que, quando abrir a porta, o seu filho vai estar lá para acordá-lo e levá-lo de volta para a sua antiga vida.

Em vez disso, você dá de cara – te olhando com os mesmos olhos da mulher que te enfiou aqui, suplicando para entrar na brincadeira – comigo.

Que merda, dona. Sinto muito, *muito* mesmo.

Vejo microdetalhes em câmera lenta: os músculos do seu maxilar, seus lábios rachados se entreabrindo. Ela vai gritar, tenho certeza. Vai berrar "mentiroso", "impostor", e acabar com toda a farsa. Minhas pernas se tensionam, prontas para correr. Mas sei que, no instante em que aquela mulher gritar, enfermeiras corpulentas vão sair correndo por aquela porta, derrubar eu e a Ingrid no chão e injetar benzodiazepínicos nas nossas veias até a cavalaria do 57 chegar.

Ingrid está olhando para mim, boquiaberta. Acabo de foder com tudo.

– Ben – diz Rachel Rigby.

Pisco os olhos. Ela se aproxima de mim, dando quatro passos no carpete, e aceita meu abraço desconhecido. Passa os braços em volta do meu corpo e aperta com força; eles são magros, mas me prendem como se fossem de aço. Então se afasta e olha bem para o meu rosto. Em seguida, fecha os olhos e se apoia no meu ombro. É uma atriz e tanto, tenho que reconhecer. Não há nenhum indício da mentira nem na sua voz nem na sua expressão. Só eu, encostado no seu corpinho de pardal, consigo sentir o tremor que a perpassa.

– Traz os formulários – falo, virando para trás, para o diretor que, depois de tê-la acompanhado, ainda está parado perto da porta.

– Isso é... um tanto irregular, senhor Rigby. – O homem vem vindo na nossa direção. – Precisamos receber um aviso prévio de setenta e duas horas para liberar a alta de um paciente.

– Vocês receberam o aviso. Verifique seus registros.

– A alta do paciente precisa ter sido solicitada pelo seu parente *mais próximo*, que, de acordo com os nossos registros, é o seu pai, Dominic.

– Meu pai está em coma, na Enfermaria Real, ali no fim da rua. – A Rachel Rigby fica tensa, mas não me solta. – Pode ligar. Eu é que sou o responsável por ela agora, e vou tirá-la daqui, um direito assegurado pela Seção Três da Lei de Saúde Mental.

O cara titubeia. Parece constrangido, e eu entro imediatamente em alerta.

É aí que me dou conta: ele sabe. Alguém lhe disse que aquela paciente é especial. Alguém lhe disse para não dar alta para aquela mulher. Não disseram por que, mas o cara sabe que pode perder o emprego.

E, de repente, tenho certeza: o homem não vai deixar a gente sair. Não tem desculpa para mantê-la internada. Nem precisa. Aos seus olhos, não passo de uma criança. Consigo sentir nosso plano se desenrolando à minha volta, feito um rolo de papel higiênico na boca de um filhote de cachorro.

Desesperado, tento encontrar um jeito de convencê-lo. E é aí que me lembro de um nome que vi na tela ontem à noite, quando estava espiando o que Ingrid estava fazendo no computador.

– *Sir* John Ferguson. Por acaso o senhor sabe quem ele é?

O cara pisca para mim.

– Claro, é o superintendente geral dos hospitais.

– E também amigo íntimo da família. O senhor pode trazer os formulários ou não trazer, como quiser. Mas, dentro de dez minutos, vamos sair por essa porta. Se tentar impedir, ele será a primeira pessoa para quem vou ligar. Seus motivos para ignorar a lei terão que ser muito convincentes, se o senhor quiser evitar uma auditoria completa e constrangedora. Daquelas que denunciam as falhas horrorosas nos procedimentos que caem tão bem na primeira página dos tabloides, sabe?

Sentado na mesa, o cara grisalho continua chorando.

Nos degraus da escadaria, do lado de fora do hospital, a Ingrid sussurra:

– O superintendente geral dos hospitais? Amigo da família?

– Você conhece o dito popular, Ingrid: o pânico cego é a origem de todas as invenções.

– Ninguém diz isso, literalmente.

– É porque não me conhecem.

A Rachel Rigby não fala nada até a gente se afastar bastante do hospital. Assim que as muralhas estilo georgiano saem do nosso campo de visão, traça uma linha reta até o mercadinho mais próximo.

– Dinheiro – diz, apenas.

Tiro duas notas de dez do bolso e dou para ela. Que pensa por alguns instantes, se recompõe e entra no lugar. Volta com um pacote de maços de Marlboro Light e uns quatro pacotinhos de Maltesers. Senta em um pilar de segurança da calçada, ignorando os carros que passam buzinando, abre metodicamente todos os pacotinhos, vira as bolinhas de chocolate na boca uma por uma, até esvaziar a embalagem, e começa a mastigar.

Até que, enfim, amassa o último pacotinho vermelho na palma da mão, olha para o trânsito, solta um suspiro e acende um cigarro.

– Você é parecido com ela – fala, sem olhar para trás.

Não preciso perguntar de que "ela" a Rachel está falando.

– Ela é minha mãe.

A mulher dá um sorriso. Na claridade da rua, seus olhos espremidos parecem chumbo líquido.

– Então é um negócio de família, hein? Foder com a vida dos outros? Devo concluir que a sua... intervenção é devida ao fato de a sua mãe ter pensado melhor e resolvido tirar o salto de quinhentos quilos daquele sapato de grife dela da minha garganta?

Engulo em seco e respondo:

– Não.

A Rachel me olha, através da fumaça.

– Não?

– Estamos aqui por nossa conta e risco. E você também. Se quiser permanecer em liberdade, vai ter que fugir. Vai ser difícil, mas não é impossível.

Olho para a Ingrid, encostada em um poste, de braços cruzados, com cara de "Então vamos ter essa conversa aqui, no meio da rua? Bom, foda-se tudo o que eu aprendi na escola de espionagem".

– Tenho certa experiência com a organização para a qual Louise Blankman trabalha – diz, contrariada. – Posso lhe dizer que tipo de pista vão procurar e como fazer para não deixá-las.

– O momento é propício – completo. – A empresa para a qual a minha mãe trabalha está muito ocupada neste exato momento.

– Com o quê?

Eu e a Ingrid nos entreolhamos. "Com a menina que cortou a garganta do seu filho e me obrigou a passar papel-filme no corpo dele, que estava enrolado em um tapete embolorado, e forjar uma explosão para se livrar dele" é o que, definitivamente, *não* falamos.

– Aquilo que você falou lá no hospital... – pergunta Rachel Rigby – ...sobre o Dom. É verdade?

– Basicamente. – É um comentário meio incisivo, mas imagino que a Rachel deva estar cansada de ser tratada como se fosse frágil até não poder mais.

– Ele vai sobreviver?

– Não sei. Os médicos não estão muito otimistas.

Ela solta uma longa baforada, e seus lábios estão tremendo.

– Que bom – fala. – Não sei se eu suportaria viver aqui fora sabendo que ele também está vivo.

Carros passam cantando pneu na rotatória, e suas buzinas interrompem o silêncio, se dirigindo para o alto do morro, onde o Castelo de Edimburgo se ergue, sombrio e escarpado.

Ingrid se afasta do poste.

– Precisamos seguir com o plano, Pete.

– Senhora Rigby... – começo a dizer.

– Rachel. – A correção não é um gesto amigável.

– Rachel, aqui está meio barulhento, e tem muita coisa que você precisa ouvir. Podemos ir para algum lugar mais silencioso?

Sem dizer uma palavra, a Rachel fica de pé e começa andar, arrastando a mala. As rodinhas ronronam pela calçada. Vamos atrás dela em silêncio, até chegar a um campo lamacento cercado por troncos de árvores desfolhadas. Ficamos caminhando com ela, eu de um lado, a Ingrid do outro – sete voltas, oito –, enquanto conto o pouco que sei a respeito do trabalho da minha mãe, e a Ingrid revela, baixinho, os detalhes cruciais e tediosos que vão formar a espinha dorsal da vida daquela mulher daqui para a frente: as contas bancárias que precisa acessar nas próximas duas horas, os bancos de dados obscuros da internet onde pode esconder o dinheiro em segurança até conseguir abrir novas contas com outra identidade, o que pode fazer sem despertar suspeitas nas primeiras doze, vinte e quatro, quarenta e oito horas; o endereço de um cara de Glasgow que pode arrumar um passaporte falso e os países que têm um sistema de vigilância falho, onde pode se estabelecer a longo prazo. Ao ouvi-la, sinto um arrepio que não tem nada a ver com o vento do outono: Ingrid poderia estar descrevendo o meu futuro. A minha vida.

Quando terminamos a nona volta, já falamos tudo. Ingrid hesita por alguns instantes, então encosta no ombro da Rachel e diz:

– Boa sorte.

A Rachel não fez um ruído sequer durante esse tempo todo. Fica olhando fixamente para o chão e declara:

– Não vou fugir. – Acende mais um cigarro, o último do maço. Olha para mim. – A sua mãe me disse que ainda tenho trinta anos de vida e que não deveria desperdiçá-los. Bom, isso não está nos meus planos. Vou dedicar cada minuto que me resta para encontrar uma oportunidade. E aí, quando encontrar, vou matar essa mulher. – Ela fala de um jeito claro e objetivo, como se estivesse fazendo a previsão do tempo para aquela tarde. – Vou matar a sua mãe. Acho que devia te avisar disso.

A certeza daquela mulher é como um pisão gelado no meu coração, mas o que posso dizer? Aceno a cabeça, uma vez só. Ela dá as costas e vai embora.

É só quando voltamos para a Royal Mile, em meio ao burburinho da rua e o lamento das gaitas de fole, que me dou conta de que a Ingrid está tremendo.

– Que foi? – pergunto, nervoso.

Ingrid está esfregando as mãos e puxando as luvas. Seus dedos se contorcem, e ela começa a afundar as unhas nas palmas das mãos. Está de olhos abertos, mas não vê nada. Sou obrigado a puxá-la para trás, porque ela quase foi parar no meio da rua bem na hora em que um táxi passou a toda. Reconheço os sintomas: ela está tendo uma crise – de magnitude seis na escala Claglada, no mínimo.

Penso por um segundo, mas não tem o que fazer.

Arrasto-a até um beco entre duas construções medievais que quase se encostam e passo pela porta aberta de um bar.

Bendita seja a bandeira escocesa pela cultura do álcool no país. Porque, apesar de ser pouco mais de onze da manhã, tem seis fregueses no balcão para distrair a garçonete, e entro correndo com a Ingrid no banheiro feminino. Os frasquinhos de sabonete líquido e iodo que ela sempre tem no bolso do casaco caem na pia. A torneira começa a rugir, e ela põe as mãos debaixo d'água. Seus movimentos são precisos, frenéticos. Mas, tirando isso, parece que está se acalmando. Esse é o lance das muletas: às vezes a gente precisa delas para continuar de pé.

– Ingrid... – digo, baixinho. – Que foi?

– A Rachel... – sussurra, através de uma fina camada de saliva que une seus lábios. Seus olhos estão enevoados, ainda fixos nas mãos, sem enxergar. – Ela é ... Ela é tão *sozinha*. Isso tomou conta de mim. Tentei evitar, mas... – Dá um suspiro profundo e completa: – Ela não tem *ninguém*. Dá pra entender? O filho dela morreu, o marido vai morrer em breve e, por acaso, ela odeia o cara, e não dá pra condenar.

– Você acha que eu devia ter contado para ela? – pergunto.

– Contado o quê?

– O que o cara disse para a gente. O motivo de ele ter feito aquilo. Que o Dominic a ama. Que estava tentando protegê-la.

A Ingrid se vira devagar, e seu olhar me deixa arrepiado.

– Não faz isso, Pete.

– Isso o quê?

– Inventar desculpas para o comportamento dele. Todo canalha que faz isso tem um motivo que nunca, nunca mesmo, se justifica. O Dominic Rigby tinha o mesmíssimo motivo de todos os caras que já meteram a mão na mulher. Eu … – A Ingrid solta um suspiro de frustração e se corrige. Tem um quê de passarinho no jeito que mantém a cabeça erguida. – *Ela* tomou uma decisão que o Dominic não gostou, e o cara tentou arrancar essa decisão dela aos socos. E, quando viu que isso não ia funcionar, porque a Rachel é forte, chamou a porra do governo para acabar com o assunto.

– O pessoal do seu antigo emprego teria matado essa mulher, você sabe disso.

– E ela teria *morrido* – diz, sem emoção. Tem sangue na pia agora. – Mas essa escolha era dela, não dele.

A porta se entreabre, e dou uma olhada em volta. Uma mulher de jaqueta de motoqueiro entra, olha para nós e sai. Atrás de mim, Ingrid diz, baixinho:

– Pete, quantas vezes já lavei as mãos?

– Dezessete.

– Tem certeza?

– Se não consegue confiar em si mesma…

Ela dá uma bufada. Mas, segundos depois, a torneira se fecha. Ingrid se debruça sobre a pia e fica só respirando, fundo e bem devagar.

– Agora – fala, por fim, passando iodo nas costas das mãos e rasgando a embalagem de um curativo com os dentes. – Dá para a gente ir embora dessa cidade maldita antes que o pessoal da minha agência apareça? Não estou nem um pouco a fim de passar um feriado prolongado na base militar de Diego Garcia.

– Claro...

– Obrigada.

Ela começa a recolher suas coisas.

– ...mas você não vai gostar da nossa próxima parada.

Ingrid para o que está fazendo e lança mais um olhar nervoso para a pia.

– Que parada? – Ela lê minha expressão e fica muito pálida. – Não – diz, com convicção.

– A gente tem que passar lá.

– É o primeiro lugar que o 57 vai procurar!

– Eu sei.

– Pete, trabalhei pra essa gente por mais de uma década. Confia em mim. Quando estão à nossa caça, a gente foge e se esconde. E *não* aparece bem na cara deles desse jeito. Isso só pode terminar mal.

– Mesmo assim...

– *Pete...* – Ela está implorando.

– Precisamos descobrir por que a Bella se voltou contra a minha mãe – insisto. – A minha mãe estava encobrindo um assassinato que *ela* cometeu. Tem que haver um motivo para a Bel ter atacado a mamãe.

A Ingrid continua protestando:

– Pete...

Eu a interrompo:

– Você *viu* o que ela fez com aquele cara. Sim, ele até podia merecer, mas a minha irmã estava *enfurecida*. Foi um ataque pessoal. Por favor, Ingrid. Não precisa vir comigo, mas *eu* preciso saber. Preciso continuar seguindo os passos da Bel.

– Mas a gente seguiu os passos da sua irmã, e eles nos trouxeram até *aqui*. As pegadas acabaram.

– Não acabaram, não. Ainda tem o caderno. O Rigby falou que a Bel tinha um caderno preto.

Dentro da minha cabeça, vejo a minha mãe: de robe, na cozinha destruída de casa; de vestido de festa azul-escuro, louca para receber o prêmio; correndo atrás de mim, para levar uma facada da filha. E, em todas essas imagens, está segurando um caderno fininho e preto, de capa dura.

– A Bel anda lendo as anotações da minha mãe. Tem alguma coisa na pesquisa que serviu de gatilho para a minha irmã, *tem que* ter.

– Pete...

– Para e pensa. – Eu estou implorando agora, pois só pode ser isso. – Quais foram as duas únicas pessoas que sobreviveram aos ataques da Bel? O Dominic Rigby e a minha mãe. Nas duas vezes, ela estava *furiosa*. Não foi meticulosa como de costume. O Rigby disse que a Bel estava lendo as anotações da pesquisa da minha mãe. E aí, lá no Museu...

– A sua mãe estava prestes a receber um prêmio por causa dessa pesquisa – completa a Ingrid, parecendo perturbada.

– Foi a pesquisa da minha mãe. Alguma coisa naquelas anotações fez a minha irmã se virar contra ela. Alguma coisa grave ao ponto de Bel não suportar a ideia de que ela tivesse um momento de glória por causa disso.

– Você não tem como ter *certeza*. – O argumento da Ingrid tem um tom de último recurso. – A sua irmã é louca. E se ela não precisar de motivo nenhum? Você já perguntou "por quê" para a Bel uma vez, lembra? Ela respondeu que a sua mãe tinha deixado ela furiosa. E se for só isso? Afinal de contas... – ela dá de ombros, irritada – ...nada fez a sua irmã "se virar" contra a primeira vítima. Nada a obrigou a ir atrás do Ben Rigby e passar a faca nele.

Sinto a minha garganta se fechar. Vejo a Bel sentada na minha cama do hospital. Está segurando a minha mão, tentando desviar da agulha enfiada na minha pele. Sua voz é suave, mas seu olhar é duro.

"Quem fez isso com você, Pete?"

– Teve uma coisa, sim – falo.

A Ingrid olha para mim, confusa.

– O quê?

– Eu.

RECURSÃO:
2 ANOS E 9 MESES ATRÁS

A primeira coisa que percebi quando acordei foi algo duro e afiado, alojado na pele das costas da minha mão. A segunda foi a indescritível sede que eu sentia. Abri os olhos, e o mundo ficou borrado por um instante, depois foi ganhando nitidez, até formar a imagem de uma parede bege, com sete soldadinhos de corda, de farda vermelha, pintados. Minha língua estava grudada com velcro no céu da boca, e resmunguei, pedindo água. Tinha a sensação de que o meu cérebro era uma pedra dentro da cabeça.

Senti um gosto de medo na boca. Não conhecia aqueles soldadinhos, não conhecia aquela parede. Não conhecia aquela cama mecânica e dura onde estava deitado nem aquela camisola verde cor de enxaguante bucal que cobria o meu corpo. Tinha a sensação de que a minha perna era *enorme*. Sentei, tentei movimentá-la e gritei.

Parecia que o osso estava sendo arrancado dos tendões. Caí de novo na cama, ofegando e soluçando. Hospital. Eu estava no hospital. O que tinha *acontecido* comigo? A porta daquele quartinho se abriu, e uma figura conhecida entrou, de fininho, olhando para trás e dizendo: "É claro que esterilizei as mãos, seu cretino. Minha caspa entende mais de microbiologia do que você".

Que bela maneira de cativar as pessoas que controlam os meus remédios para a dor, mãe.

– Peter – ela ficou de pé, perto da minha cama –, como você está se sentindo?

– A minha perna...

– Você quebrou. Caiu de um telhado.

– A minha cabeça...

– Quebrou também e deveria dar graças a Deus.

– Graç... ?

Fiquei observando minha mãe contrariar cerca de sessenta protocolos médicos e enfiar uma seringa no soro do filho. Na mesma hora, meus pensamentos ficaram mais lentos. Comecei a sentir que a minha cabeça mais parecia um globo de neve, uma tempestade de ideias aleatórias à deriva em uma suspensão líquida. Olhei para a minha mão: estava inchada e esfolada, e a outra ponta do tubo de plástico saía dela. Ah. Morfina. Que bom. Sendo o feliz proprietário da personalidade com mais tendência ao vício do mundo, era a minha cara entrar no hospital com um fêmur quebrado e ir embora com dependência em opiáceos.

– Você bateu a cabeça – disse a minha mãe –, mas não no concreto, graças a Deus. Tinha fragmentos de casca de árvore no seu couro cabeludo. Supomos que bateu a cabeça em um galho durante a queda, e seu corpo virou. Se isso não tivesse acontecido, você teria sofrido toda a força do impacto no pescoço. Vai ficar com uma bela de uma cicatriz.

Ela passou os dedos de leve na faixa enrolada na minha testa. Pude sentir o sangue empapando o curativo; ferimentos na cabeça sangram pra caralho.

– Mas você é incrivelmente sortudo, Peter.

– É. – Meu estômago se revirou, decepcionado, quando me lembrei do concreto molhado vindo na minha direção. – Que sorte a minha.

– O que você estava fazendo em cima daquele telhado, pra começo de conversa?

Ela mordia a cutícula do dedão. Eu nunca tinha visto minha mãe fazer isso.

– Reconhecimento de terreno – menti, no modo automático. – Não sabia aonde aquela porta ia dar. O granito estava molhado, e eu escorreguei.

– Sério?

– É. Sério, mãe. Sabe como eu sou com altura. Não está achando que subi lá de propósito, está?

O rosto dela ficou um pouco menos cinzento.

– Bom, então acho que só nos resta dar graças a Deus por não ter sido...

– Mãe? – A voz da Bel interrompeu o que ela estava dizendo. Levei um susto. A minha irmã devia estar sentada ali, quietinha, no canto do quarto, aquele tempo todo. A Bel me viu acordar, me ouviu gritar, e não falou nada. – Posso conversar em particular com o Pete?

A minha mãe ficou em dúvida, deu de ombros, sorriu e saiu do quarto. Foi só depois que a porta bateu que a Bel chegou perto da cama. Ficou sentada perto dos meus pés, com o rosto escondido por uma cortina de cachos ruivos, e não olhou nos meus olhos quando falou:

– Como foi que você caiu do telhado, Pete?

Pude notar que fiquei paralisado.

– Você estava aqui. Você ouviu...

– Ouvi o que você vai dizer para os outros. – Ela ficou olhando fixamente para as próprias mãos. – O que vai dizer para mim?

Engoli em seco e tomei uma decisão.

– Eu pulei.

Fiquei esperando a Bel soltar um palavrão, gritar, me abraçar ou me bater, mas só assentiu e perguntou:

– Por quê?

– Entrei em pânico.

– Por quê?

– Porque eu descobri que existem problemas insolúveis na matemática.

A afirmação ficou pairando no ar durante seis segundos, e aí Bel começou a rir, descontrolada.

– Bel!

– Desculpa, Pete, mas isso é simplesmente... tão *a sua cara*, porra. É o único menino do mundo que quase morreu de *matemática*.

Eu não tinha direito de ficar surpreso, mas estava meio decepcionado.

– Você não entende.

– Jura?

– Tá, olha. Existem dezessete...

– Ai, Jesus. Não, Pete. Por favor, chega de números.

– Existem *dezessete*... – insisti, e ela deve ter visto as lágrimas nos meus olhos, porque calou a boca – ...dezessete partículas elementares. Que formam tudo o que existe no universo, dos buracos negros aos neurônios. Se a gente parar para pensar, *tudo* é feito com os mesmos tijolos. A diferença está em quantos, nos padrões em que são organizados. A diferença está, como sempre, nos números.

Retorci o lençol, machucando deliberadamente minhas mãos esfoladas enquanto falava:

– A diferença entre quatrocentos e noventa e cinco e seiscentos e vinte nanômetros no comprimento de onda da luz é a diferença entre o azul e o vermelho. A diferença entre cinquenta e quatro e cinquenta e seis quilos de urânio é a diferença entre um peso de papel muito radioativo e uma explosão nuclear. Você acha que eu teria sido o primeiro menino a morrer de matemática, Bel? Todo mundo que *já* morreu, morreu de matemática.

Ela ficou só olhando para mim. Nunca tinha me sentido tão distante da minha irmã. Parecia que a gente não falava mais a mesma língua, mas eu não tinha escolha, a não ser continuar tagarelando sozinho, tentando fazer a Bel me entender:

– "Do que você tem tanto medo, Pete?" Durante a minha vida inteira, as pessoas me perguntaram isso. Então fui procurar uma resposta. Fui procurar o número que representa a diferença entre um cérebro normal, saudável e corajoso, e o meu.

Minha irmã balançou a cabeça afirmativamente. Isso, pelo menos, fazia sentido para ela.

– Eu acreditava que não havia nenhuma pergunta que a matemática não fosse capaz de responder, desde que eu entendesse a pergunta direito. – Soltei o ar com força. – Só que eu estava *enganado*. A matemática é incompleta. Existem perguntas, perguntas *a respeito de números*, até, que ela não é capaz de responder. Equações que não é capaz de determinar se são verdadeiras ou falsas. Então, me fodi. O Gödel provou isso nos anos 1930, e eu só levei esse tempo todo para descobrir.

Bel estava fechando os dedos da mão esquerda devagar, em cima da palma da mão direita. Foi aí que olhou para cima e perguntou, baixinho:

– Como?

– Como o quê?

– Como foi que ele provou?

– Você quer mesmo saber?

Fiquei surpreso.

– Você está me perguntando se eu quero entender como um *nerd* alemão que morreu há cinquenta anos conseguiu fazer o meu irmão mais novo, que morre de medo de altura, pular de um prédio de vinte e dois metros? – Seu tom era completamente sério. – Pode-se dizer que estou curiosa.

– Oito minutos mais velha – resmunguei. – E ele era austríaco.

– Que seja. Conta tudo. – Seu olhar era de atenção. – Me ajuda a entender.

– OK – respondi. Respirei fundo. Doeu. – OK, vou tentar. A primeira coisa que você precisa entender – falei –, é que, para saber se alguma coisa na matemática é verdadeira, você precisa provar. E não com o tipo de provas que se obtém olhando no microscópio. É preciso ter *certeza*, não apenas evidências.

– Mas como é que dá pra provar alguma coisa sem evidências?

– Usando a lógica – respondo. – Fazendo uma demonstração. Existem crenças que servem de base para tudo, que simplesmente *aceitamos* sem exigir que sejam demonstradas porque... *dói* duvidar delas. Coisas tipo um é igual a um. – Dei um sorriso para a minha irmã e me senti bem com isso. – Em matemática, a gente chama de "axioma".

Ela sorriu para mim. Tinha gostado daquilo.

– Para demonstrar um teorema, você tem que encontrar a cadeia lógica, acima de qualquer suspeita, que demonstre que o teorema é derivado desses axiomas – continuei. – Sabe essa cadeia lógica? É *isso* que é a sua prova. Durante dois mil anos de ignorância abençoada por Deus, pensamos que toda equação tinha uma. Os verdadeiros teoremas tinham provas que os confirmavam, e os falsos tinham provas que demonstravam a sua falsidade. Acreditávamos em *completude*. Qualquer pergunta possível de ser formulada com matemática podia ser respondida por ela. Mas havia uma falha. Absoluta. E, por ser absoluta, só precisou de um exemplo em contrário, uma equação que a matemática não podia solucionar, para estraçalhar a crença. O Gödel – no dia anterior, eu tinha ouvido falar vagamente dele; naquele dia, o seu nome deixava um gosto de alvejante na minha boca – tinha um candidato em mente.

Tateei até encontrar a caneta presa na prancheta que registrava a evolução do meu quadro. Com ela, no lençol azul-claro da minha cama de hospital, escrevi:

Esta afirmação é falsa.

Aí risquei a última palavra e completei:

Esta afirmação é ~~falsa~~ indemonstrável.

– *Isso*... – disparei, cuspindo, me jogando nos travesseiros em seguida – ...não dá para demonstrar, porque demonstrar que a afirmação é verdadeira é demonstrar que ela é falsa. Então, deve *ser* verdadeira, apesar de a gente jamais conseguir demonstrar. É irresolvível, fica para sempre em suspenso, igual a uma moeda que só cai de pé. Se o Gödel encontrasse uma equação que dissesse *isso*, então a própria matemática seria fundamentalmente limitada.

– E ele conseguiu? – O olhar da Bel continuava atento.

Fiz que sim.

– Ele fez isso em três etapas. Etapa um: Encriptação. Criou um código que transformava equações (os teoremas e as demonstrações que os demonstravam) em números, transformando a *demonstração*, a relação entre os teoremas e as suas demonstrações, em uma relação *aritmética* entre números.

Etapa dois: Inversão. Definiu o *oposto* dessa relação. A relação de "não poder ser demonstrado". Criou uma equação hipotética que, quando codificada, estabelecia essa relação com *todos* os números: uma equação impossível de demonstrar. Etapa três: Recursão. *Iteração*. Ele definiu a equação indemonstrável como a equação que afirmava que essa equação indemonstrável não podia ser demonstrada. Ela é autorreferente. Morde o próprio rabo. Tão simples, tão elegante.

No lençol, embaixo de **Esta afirmação é ~~falsa~~ indemonstrável**, escrevi:

$$F \vdash G_F \leftrightarrow \neg \mathrm{Prov}_F([G_F])$$

– É essa – falei. – A equação indemonstrável. *Isso* é um desastre completo do caralho, porque, se *pode existir* uma equação indemonstrável, *qualquer* equação também pode ser indemonstrável. Qualquer cálculo que a gente tentar fazer pode nos travar pelo resto da vida. A matemática não é capaz de justificar a si mesma. Nem sempre funciona, e não existe nada fora dela que diga quando funciona.

Parei de falar, engolindo ar. Dizer isso em voz alta me deixou enjoado.

Três etapas, pensei. Encriptação, inversão, iteração. E, sem mais nem menos, você destruiu o mundo.

Bel não falou uma palavra sequer durante todo aquele tempo. Mas, finalmente, sentiu necessidade de esclarecer:

– E foi *por isso* que você pulou do prédio?

– Sim.

Fez-se mais um longo silêncio, durante o qual eu só ouvia minha própria respiração dificultosa.

– Seu *cuzão*!

Eu só percebi que tinha flores no quarto quando um vaso passou voando por cima da minha cabeça e se espatifou na parede. Choveu terra e pedaços de barro na minha nuca.

– Seu *ânus* gigante, chorão e purulento!

Dei risada. Não pude evitar. O estremecimento causou pontadas de dor que desceram pelas clavículas. Mas àquela altura, Bel estava de pé, bem do meu lado, e parei de rir. Ela não estava brincando; seus olhos estavam vermelhos, cheios de lágrimas.

– Você tentou ir embora – falou. – Você tentou nos abandonar.

Ao ouvir a palavra "abandonar", tive a sensação de que alguém tinha pulado no meu peito.

– E-e-eu... – gaguejei, passando a mão no que estava escrito no lençol, borrando a tinta, desesperado para dizer alguma coisa, qualquer coisa, que apagasse aquela expressão atraiçoada do rosto da minha irmã. – Eu estava tão cansado, cansado de sentir medo, cansado de fugir. Eu...

Sua postura mudou abruptamente. Ela ficou bem parada e me olhou nos olhos.

– Fugir de quem, Pete?

Engoli em seco.

– Não, não é isso.

– Fugir de *quem*?

– Bel, eu...

– Você estava sozinho naquele telhado?

– Não, mas...

– Quem era? Quem estava lá com você?

Fiquei olhando para a minha irmã, sentindo que o calor do nosso laço, de ser *compreendido*, se extinguia, como um incêndio que vai sendo controlado.

– Quem? – insistiu ela.

E foi aí que eu entendi. Ela queria um responsável, alguém para pôr a culpa, alguém que pudesse odiar por mim. Sangue e ossos, era isso que ela entendia. Não símbolos escritos em um lençol de hospital.

– Quem fez isso com você, Pete?

E, naquele instante, foi tão fácil entregar uma pessoa para ela, por mais que eu soubesse que a pessoa em si era irrelevante. Se não fosse o Ben Rigby, teria sido outra, o Gödel tinha demonstrado isso. Mas era tão fácil dar as mãos para a minha irmã e estabelecer uma aliança contra o antigo inimigo, pegar toda a minha frustração, o meu medo e a minha solidão, e amassar até virar uma bala e disparar contra ele.

– Ben Rigby – falei. E logo completei, baixinho: – Queria que ele morresse.

AGORA

A Winchester Rise está vazia. Da esquina da rua, consigo ver a minha casa; a tinta brilhante da porta da frente aparece por cima do arbusto de azevinho. Ficamos agachados, com as costas contra uma mureta de jardim e observamos, através da fumaça da nossa própria respiração, que vira um vapor branco sob a luz da lua.

Vinte e quatro janelas, penso. Tem vinte e quatro janelas entre o ponto em que estamos e a porta da minha casa. Eu me encolho, para me esconder dos observadores imaginários atrás de cada vidraça. O vento fica mais forte e, por um instante, penso ter ouvido estática de rádio no balançar dos galhos frágeis. Aí o vento passa, e a rua fica em silêncio novamente, imóvel como uma armadilha antes de ser acionada.

– Aquele ali.

Ingrid aponta para um carro compacto detonado, bem na

frente da minha casa, do outro lado da rua, cuja pintura branca e suja parece amarelada sob a luz dos postes.

– Como é que você sabe? – sussurro. – Pela antena de rádio? Pela suspensão artificialmente baixa que não combina com a aparência geral de porcaria?

– Não.

– Como, então?

Ingrid olha para mim e pergunta:

– Peter, quanto tempo faz que você mora nesta rua?

– Quatorze anos, desde que a gente tinha três.

– E quantas vezes já subiu e desceu por essa rua?

– Milhares.

– E, alguma dessas vezes que percorreu o comprimento e a largura dessa calçada, indo ou vindo, você viu esse carro?

Faz-se um longo silêncio.

– Ah – digo, cabisbaixo. – Ser espião é só uma questão de bom senso, né?

Ela olha ainda mais feio para mim.

– Não. É um senso muito específico, muito bem treinado.

Passo os olhos nos outros carros, tentando lembrar quais deles já vi.

– Só aquele ali? – pergunto, esperançoso.

– Só aquele ali – confirma Ingrid.

– Então... o lance deu certo.

"O lance" foi um tiro no escuro que demos ontem à tarde. Usando um celular e um cartão de crédito que roubamos da mochila de um tocador de gaita de fole na Royal Mile, reservei duas passagens de avião, de Edimburgo para Marrakesh, voando naquela noite, em nome de Suzanne Meyer e Benjamin Rigby.

– Você tem razão – falei. – A essa altura, o 57 já deve saber que estou usando o nome do Ben. E, depois que a Bel... – Fiquei sem palavras lembrando das gotas de sangue que pingavam dos cachos da minha irmã, feito tinta de cabelo. – Depois dos esforços dela lá no colégio, sabemos que estão com gente de menos. Se a gente der sorte, vão morder a isca e tirar alguns caras da vigilância da minha casa e mandar para o portão de embarque, para enfiar sacos pretos na nossa cabeça.

Pensei bem e fiz mais uma reserva, para outro codinome: *Beth Bradley*.

– Pra quem é a terceira passagem? – perguntou Ingrid, espiando a tela por cima do meu ombro.

– Para a Bel – respondi. Estou apostando em você, mana. – Se os caras ainda não a capturaram, podem achar que está conosco. E aí, vão ser *obrigados* a mandar seus melhores agentes.

– *Merda* – o palavrão da Ingrid me traz de volta ao presente. Ela está olhando atentamente para o carro.

– Que foi?

– O carro só tem um ocupante.

– E isso não é uma coisa boa?

– Não mesmo. Sempre usamos duplas para fazer vigilância. Sem exceções. Deve ter mais alguém. E, se não está dentro do carro, deve estar dentro da casa.

– Será que a gente consegue derrubar os dois, se agir em separado?

Ingrid fica com uma expressão incrédula.

– Desculpa – sussurra, irritada. – Ando dormindo meio mal recentemente. Devo ter pegado no sono por alguns anos enquanto *você fazia treinamento ninja*.

Fico em silêncio, magoado.

– Não precisa ser grossa.

– Eles têm um rádio que se comunica direto com a central. Se a gente tentar bater em um, o outro vai gritar pedindo reforços assim que a gente fizer cócegas no parceiro dele. – Ingrid solta o ar ruidosamente, frustrada, e fecha os olhos, balançando a cabeça para lá e para cá, enquanto pensa nas situações possíveis. A julgar pela sua palidez, nenhuma parece muito boa. – A gente precisa ir embora – diz, finalmente. – Isso é um suicídio em dezessete sentidos. Podemos ir pra qualquer lugar: Tóquio, Mumbai, Mombaça. Ainda estamos vinte e quatro horas na frente deles. Um dia inteiro de vantagem, que posso fazer durar uma vida, mas não se formos em frente com isso. – E então abre os olhos que, naquela escuridão, parecem muito brancos. – Por favor, Pete. Se a gente fizer isso, vai pôr tudo a perder.

Deixo a súplica pairando no ar, e viro para o carro.

– Se eu der um jeito *nele* – pergunto –, você consegue derrubar o que está dentro de casa simultaneamente?

– *Pete*?

– Consegue? Apenas responde.

Ela dá de ombros, desanimada.

– Depende de quem eles mandaram. Fiz dois meses de escola de socos, como qualquer outro agente de campo, mas as minhas notas... – Ela passa a mão na garganta como se estivesse acariciando um machucado do qual acabou de lembrar. Eram medianas.

Peso minhas opções. Poderia dar as costas agora: Tóquio, Mumbai, Mombaça, buzinas de carro, fumaça de escapamento, o anonimato garantido pelas pessoas que pululam em uma cidade nova. Nome novo, língua nova, vida nova, arrumar um emprego, ter filhos, sempre tendo meu sono perturbado pelo passado que tentei esquecer, pulando de susto ao ouvir qualquer passo na escada, e o pior de tudo: sem nunca saber.

Sem nunca saber o porquê.

"Chamavam o Gödel de 'Senhor Por que', e olha só o que aconteceu com ele."

Às vezes, ter coragem é saber qual é o seu maior medo.

– Anda – digo.

– Mas, Pete... – ela parece estar completamente confusa. – Como é que você vai... *Pete*!

Mas já fiquei de pé, comecei a andar, virei a esquina. Seguro uma vontade ridícula de assobiar. Só estou fazendo o que sempre faço: andando pela minha rua como sempre ando, passando pelo pé de bétula desfolhado como sempre passo, pulando as rachaduras da calçada – posso cair!

Nem cheguei perto, e o carro branco já parece ter o dobro do tamanho. Logo vai me engolir, engolir o mundo inteiro. As janelas com as luzes apagadas olham feio para mim, e posso sentir a rua inteira me observando, me pressionando, soltando seu peso em cima de mim. "Para, Pete!" A minha casa pode ser um território hostil neste exato momento, mas ainda a conheço muito bem. Quando passo na entrada do número 16, pego o tijolo solto da mureta do portão, e me agacho, sem diminuir o passo. *Jesus*, como está frio. Fico jogando o tijolo para cima, como se fosse uma bola, com se eu tivesse saído para brincar na rua, como todas aquelas crianças que observei da minha janela, mas das quais nunca tive coragem de me aproximar.

O carro agora ficou enorme. O medo se avoluma no meu coração e *aperta*. Só faltam vinte passos, vinte oportunidades para mudar de ideia. Ouço o ruído dos meus passos na calçada congelada, esmagando essas oportunidades.

Dezenove, dezoito, dezessete...

O pânico belisca minha garganta, forçando o ar a sair em baforadas pequenas, como as de um motor a vapor. A pergunta da Ingrid ecoa na minha cabeça: "Pete, como é que você vai...?".

Penso no Seamus, me olhando no olho, o pavor no seu rosto no instante logo antes da bala disparada pela Bel explodir sua cabeça. Penso no Dominic Rigby: ele foi torturado pela Bel, mas aquele olhar que lançou para mim da cama do hospital, aquele olhar de medo abjeto... Parecia que tinha sido *eu* que tinha feito aquilo com ele, era a *minha* cara que ele estava desesperado para partir.

Quatorze, treze.

Minha irmã feriu aquelas pessoas, a Bel matou aquelas pessoas, mas elas tinham *medo* de mim. Não sei como, mas tinham. O medo brotava de mim.

Desci o meio-fio e tive a sensação de estar descendo de uma plataforma, na frente de um trem em movimento.

Dez, nove, oito, sete. Estou na parte de trás do carro. A essa altura, o cara já deve ter me visto pelos retrovisores. Talvez esteja falando com atiradores posicionados nas janelas, talvez as miras estejam apontadas para a minha nuca. "Isso é um suicídio em dezessete sentidos."

Cada nervo que existe dentro de mim está gritando "lobo lobo lobo"...

Três... dois...

– Mas o lobo é minha irmã – sussurro ao me aproximar da porta do motorista. – E o medo é meu amigo.

Um.

Atiro o tijolo.

O vidro se dissolve em uma chuva reluzente, estraçalhando o silêncio. Vejo um par de olhos surpresos e enfio os braços no vão, rasgando as mangas nos dentes de vidro ainda presos no contorno. Meus olhar se fixa, por puro pavor, mas só consigo ver a silhueta de um homem remexendo no casaco, tentando pegar alguma coisa embaixo da axila. *Ele está armado.* Minhas mãos, que tateiam no escuro, encostam naquele cabelo empapado de suor. Escorregam, e seguro as orelhas dele, virando a cabeça do cara de frente para mim.

Mãos fortes agarram meus pulsos. Um gosto azedo ferve na minha garganta. Merda! *O cara vai me tirar de cima dele, vai atirar em mim. Bangue, bangue, Petey. Você morreu. VOCÊ MORREU!* Está puxando meus pulsos para baixo com tanta força que tenho a sensação de que vão quebrar. Imagino os ossos se partindo, rompendo artérias, meu braço ficando roxo, quase preto, por causa do sangramento interno. O cara frequentou a escola de socos, eu sou um covarde magrelo, não tenho forças para enfrentá-lo...

Mas não precisa ter força, Pete, só precisa enfraquecê-lo.

Eu me obrigo a abrir os olhos, me obrigo a olhar na cara dele.

O meu coração bate algumas vezes. A pressão nos meus braços diminui.

O cara está olhando para mim através do vidro espatifado, com o rosto sem cor. Tenta puxar meus braços para baixo, mas está mais fraco que um bebê, e fica fácil enfrentá-lo. Está tremendo, abrindo e fechando a boca sem emitir som; seus protestos são natimortos.

E pronto: consigo sentir nele.

O pânico. O *meu* pânico.

Sinto pelo tato, seu couro cabeludo tremendo na palma da minha mão; pelo olfato, o cheiro do suor azedo que empapa seu cabelo; pela audição, sua respiração trêmula. Não tenho ideia de quanto tempo passa, poderiam ser horas, poderiam ser microssegundos.

Sinto uma pontada de compaixão. Sei exatamente onde ele está, já fiquei preso nesse poço de mina tantas vezes que perdi a conta. Bato na parte de trás da cabeça dele com o tijolo. O cara cai para a frente, com os olhos vidrados.

– Pete.

Olho para trás, e a Ingrid está parada na porta de casa, que está aberta, de olhos arregalados.

– O que foi que você fez com ele?

– Não sei – respondo. Mas eu sei, *sim*. Passei meu pânico para ele: infectei o cara. E vou me dando conta disso pouco a pouco... *como sempre*.

Me sinto enjoado e culpado, mas também um tantinho zonzo por causa do *poder* do medo, e uma parte ainda mais profunda de mim está olhando para os meus braços ensanguentados e imaginando como posso me sair melhor da próxima vez.

"É só praticar", sussurra a voz da Bel.

Cala a boca.

Ingrid vai logo se aproximando e abre a porta do carro. Tateia debaixo do homem caído, procurando o celular e a arma, e checa sua pulsação.

– Hmm – reflete. – *Pode ser* que ele acorde enquanto ainda estivermos aqui. Tem uma corda de reboque no porta-malas. Pega e amarra o cara, tá?

Enquanto obedeço, ela entra em casa e volta com um punhado de tecido escuro que enfia na boca complacente do espião. Prendo isso com a corda. Ele se remexe, meio grogue. Ingrid para, se prepara para dar uma cotovelada no homem, mas aí pensa melhor e verifica se ele está respirando pelo nariz.

– Ingrid? – sinto que preciso perguntar.

– Sim?

– Por acaso você enfiou as minhas *meias* na boca dele?

– Foi a primeira coisa que encontrei – respondeu, na defensiva.

– Mas... suo *muito* nos pés.

Ela dá de ombros e vai voltando para dentro de casa.

– Desculpa – sussurro para o espião inconsciente. – Pelas meias. – O sangue vermelho-escuro brilha no cabelo e no pescoço dele. – E... por tudo. – Aí dou as costas e vou correndo atrás da Ingrid.

Ela está parada no pé da escada, de costas para mim. Sombras compridas, projetadas pela luz do poste, se espicham no chão de tacos, na sua direção. Minha mão vai automaticamente para o interruptor, e acendo a luz. Todas as portas do saguão estão abertas, a não ser a da sala. Tem impressões digitais escuras na maçaneta.

– Tinha mais um agente? – pergunto.

– Sim.

– Na sala?

– Sim.

– Você... – Dou um passo na direção da porta.

– Pete! – Ela ainda está de costas para mim, sua voz mais tensa do que uma corda de harpa. – Não. Por favor. Ele... eu tive que... – Ingrid respira fundo e se recompõe. – Não quero que o veja. Não quero que pense em mim desse jeito.

Meus dedos escorregam da maçaneta. Em vez de abrir a porta, vou para a esquerda, entro na lavanderia e tateio embaixo da máquina de lavar até meus dedos alcançarem a velha caixa de ferramentas que sei que está ali. Ingrid fica parada do meu lado, mais calada do que uma traça.

– Porão – falo.

Vamos descendo os degraus de madeira bruta que levam à porta da sala de estudos da minha mãe, protegida pelo mecanismo com senha.

– Você sabe a senha? – sussurra a Ingrid.

– Não.

– Sabe, pelo menos, de quantos dígitos é?

– Seis, acho.

– Jesus, Pete! – dispara ela. – Tem tipo um milhão de combinações. Meus ex-patrões vão mandar uma equipe tática pra cá assim que se derem conta de que os dois encarregados da vigilância que acabamos de apagar não deram notícias. Então, me corrija se eu estiver enganada, mas acho que não temos tempo de abrir essa porta na força bruta.

– É aí que você se engana.

Tateio a chave de ferramentas, em busca de uma chave de fenda e de uma marreta. Enfio a chave de fenda entre a porta e a parte de cima do batente, uns quinze centímetros para baixo, aí bato com a marreta o mais forte que consigo. O impacto sacode as minhas mãos, e quase deixo aquela porcaria cair, mas continuo batendo, sem parar.

No quarto impacto, a madeira racha. No quinto, a dobradiça se solta da porta. Mais meia dúzia de golpes dão conta da segunda dobradiça. Tenho a sensação de que meus antebraços passaram uma hora segurando uma máquina de lavar no ciclo rápido. Mas, com mais uns golpes, consigo abrir um vão entre a porta e o batente, largo o suficiente para a gente conseguir passar.

– *Jesus*. – Ingrid está me olhando de olhos arregalados.

– Tipo, tem a força bruta e a *força* bruta.

É uma piada bem ruim, um trocadilho com a técnica de força bruta dos *hackers*, que vão tentando combinação por combinação até conseguir descobrir a senha. Mas Ingrid dá risada assim mesmo, e isso me contagia. Nossas gargalhadas ecoam pelo porão estreito de concreto, espantando meu medo. Mas a alegria não dura muito e, quando as risadas acabam, não há nenhum ruído para substituí-las.

"Se um dia tentarem entrar aqui, já era. Vocês vão embora desta casa. E nunca, nunca mais, vão voltar."

Mesmo agora, passado tanto tempo, essa proibição tem um grande peso. Vou avançando bem devagar, dando passos pela metade.

Por que, mãe? O que você não queria que eu visse?

Entramos, um por vez, nos espremendo pelo vão.

A sala de estudos é exatamente do jeito que eu lembrava. A mesa bamba, com a perna carcomida, sem nada em cima a não ser a luminária e o *laptop*; as prateleiras brancas, com os cadernos pretos bem apertados, vinte por prateleira, perfeitamente enfileirados, parecendo morcegos dentro de uma caverna. Ingrid olha para eles, desanimada.

– A gente nunca vai ter tempo de olhar todos – diz.

– Não precisamos.

Sinto o fantasma das mãos da minha mãe nos meus ombros, me puxando em direção à mesa, bem quando eu estava prestes a olhar... *onde?*

Atrás da porta.

Viro para o lugar por onde entramos. Tem mais cadernos pretos espremidos perto da porta. Lobos do cérebro externo da minha mãe. Ingrid pega um. Eu abro outro: encontro um desenho detalhado de um axônio; anotações feitas a mão, sobre neurotransmissores; palavras riscadas e reiterações; uma hipótese escrita na margem com caneta de outra cor, mas naquela letra miúda e apertada. Ponho o caderno do lugar e tiro outro. Tem uma foto de uma espécie de lesma do mar colada na capa e, nas páginas seguintes, uma tomografia do seu cérebro. Minha mãe circulou várias partes do córtex. Vejo as palavras "Local ou generalizada?" e "Reação de presa" rabiscadas ao lado de uma delas, e um arrepio inesperado percorre o meu corpo.

Ponho este caderno no lugar e pego mais um. Ingrid já está no quinto. Olho para ela, que sacode a cabeça. Uma sensação de sufocamento está se assentando no meu peito, e não sei se é de decepção ou de alívio. Olho para o meu relógio, já estamos aqui em baixo há quatro minutos e quinze segundos. Quanto tempo ainda falta para os reforços do 57 descerem aqueles degraus correndo?

– Não muito – responde a Ingrid, lendo os meus pensamentos. – Se a gente quiser fugir, precisa fazer isso agora, enquanto ainda dá tempo de irmos para bem longe desta casa antes que eles cheguem.

"Mas, se fizer isso, Pete, não vai descobrir qual foi o meu gatilho, né?"

Cala a boca, Bel. Preciso pensar.

Enfio o caderno de volta no lugar e me afasto, para olhar as prateleiras de novo. Tem alguma coisa *estranha* nelas. Algo que chamou a atenção do meu cérebro obcecado por simetria, mas não consigo saber o quê. Tipo, quando a gente entra em uma casa velha e leva um tempo para se dar conta que a madeira e o gesso envergaram e não sobrou nenhum ângulo reto no lugar.

– Pete? – repete a Ingrid, com um tom de urgência ainda mais claro. – A gente precisa mesmo...

– Espera.

Fico olhando para aqueles volumes perfeitamente retos, todos bem apertados em suas prateleiras, de cima a baixo, vinte em cada...

Ah.

É *isso*.

Os cadernos estão bem apertados, não passa nem uma carta de baralho entre eles. E tem vinte em cada prateleira, menos na de baixo. Essa prateleira está tão abarrotada quanto as outras, mas só tem dezessete lombadas viradas para a frente.

Praticamente me atiro no chão e arranco os cadernos da prateleira.

E ali, sim, *ali*... Ficou encaixado em uma curva da parte de cima, por isso é difícil de ver, mas o painel esquerdo da estante é bem mais grosso que o direito. Levo uma fração de segundo com o estilete que tirei da caixa de ferramentas para encontrar a reentrância e tirar o lado falso.

Tem três cadernos rentes à parede de tijolos. Tiro-os dali com cuidado, quase com carinho, como um sacerdote faria com um texto sagrado ou um virologista com uma cultura mortífera, e levo até a mesa. Suas páginas estão amareladas, e as beiradas são mais grossas. Seja lá o que estiver contido nelas, foi depositado ali há muito tempo.

Pego um, e a Ingrid pega outro. Meus dedos pairam, apenas por uma fração de segundo, sobre a capa do meu. E Ingrid diz:

– Pete...

O tremor na sua voz me obriga a parar de repente. Viro para ela. Está segurando o caderno. Tem duas palavras escritas na segunda capa.

Lobo Avermelhado.

Seguro a respiração, meio com medo de que, se eu soltar o ar em cima do papel, todas as minhas respostas vão virar pó.

Ingrid vira o caderno de frente para ela e, com cuidado, como se estivesse tirando o curativo de uma ferida, vira a página. Fica olhando, mas não fala nada.

– Ingrid? – Sinto um nó na garganta. – O que está escrito?

– Eu não... – Ela sacode a cabeça. – Começa pelo meio, não entendi nada. Parece que está faltando uma parte.

Faltando uma parte, penso. Tipo, outro caderno, anterior? Será que foi isso que a Bel leu?

– Lê para mim.

Ela lambe os lábios, pensa por alguns segundos, e então obedece.

– "Como já relatado (ver entrada de 31/1/95), os dados preliminares sugerem que a reação de raiva pode ser composta por meio de um *loop* sináptico..."

"*Loop*." Um arrepio toma conta de mim.

– "O aumento dos níveis de adrenalina *pode* produzir melhorias na velocidade e na força (as evidências são inconclusivas), mas a principal vantagem é o comprometimento com a violência a longo prazo."

Em pensamento, ouço a voz da Bel, sua respiração ofegante no momento em que ela ficou parada do lado do crânio estraçalhado do Seamus, com aquela empolgação tranquila e focada de alguém que estava cumprindo a sua missão neste mundo.

"Eu pratiquei. É o que eu sempre quis fazer."

Ingrid vira a página, reluta em continuar.

– Pete, você está...?

– *Continua... lendo* – praticamente rosno.

Ela fica mais pálida e obedece.

– "Tem aplicações significativas no setor de defesa, obviamente. O pessoal da inteligência militar está me cercando feito um cardume de piranhas. Eu poderia, finalmente, comprar aquela máquina de lavar roupa nova!"

Por um segundo, me sinto completamente perdido, mergulhado na escuridão, a quilômetros da luz. A minha mãe fez a Bel.

A minha mãe *fez* a Bel.

A voz da Bel sussurra dentro da minha cabeça, a resposta que ela me deu quando perguntei "por quê".

"Ela me fez ficar furiosa." Posso levar as coisas bem ao pé da letra quando fico com medo, mas, pelo jeito, não levei ao pé da letra o suficiente.

"Por que você não me contou, Bel?" Mas já sei a resposta.

"Você não teria acreditado em mim, Pete."

Teria, sim. Ela é o meu axioma.

Mas será que *ela* teria acreditado que eu teria acreditado?

Loops e mais *loops*. Até cinco dias atrás, antes de Ingrid me dar a sua própria notícia bombástica, eu teria achado que essa era uma ideia insana. Agora não. Agora – mais alto do que a voz dela, que continua a ler o caderno – o conselho que Ingrid me deu dias atrás ecoa:

"Anda, Pete. Você é matemático. Isso é uma questão de método científico. Ajusta a sua teoria para se encaixar nas evidências. Eu estou aqui. Sou uma evidência. É só se ajustar."

A Bel foi *projetada* para ser assim.

Um arrepio gelado, de choque, me atravessa, mas é pontuado por alguma outra coisa. Uma coisa quente, reconfortante até.

Alívio.

Não é culpa dela. Depois de ter passado os últimos dias em uma incerteza hedionda e apavorante, essa conclusão me dá a sensação de que estou pisando em terra firme de novo. A Bel foi projetada para ser assim, não é culpa dela. A química do seu cérebro foi tão manipulada para sentir raiva que ela não consegue se controlar.

Me sinto entorpecido, distante. Bem na minha frente, Ingrid continua lendo, mas mal consigo ouvi-la:

– "...o estopim mais poderoso para o tipo de fúria que estamos procurando é o *medo*, mas exigir que um supersoldado fique petrificado o tempo todo é meio que uma falha de *design*. O medo teria que ser introduzido *de fora*, transmitido por uma contrapartida que poderia ser removida antes da missão..."

Jesus. Sinto uma pena esmagadora da minha irmã. Bel. Tipo, meu Deus. Não consigo nem imaginar como isso deve ser, descobrir que a sua própria mãe projetou você, deliberadamente, com um transtorno neuroló...

– Ah.

A Ingrid parou de ler. Está murcha, com uma cara de quem ficou magoada por mim, como se tivesse ajudado a fazer uma piada cruel às minhas custas e estivesse esperando cair a minha ficha. Baixa o olhar do meu rosto e pousa no segundo caderno. Aquele que ainda estou segurando.

Leva um segundo, mas meu cérebro entra em sintonia com meus ouvidos.

"...contrapartida..."

Bem devagar, vou levantando o outro caderno e abro a capa. Tem duas palavras escritas com capricho na primeira página.

Alva Lebre.

Com o passar dos anos, me tornei um erudito em medo, mas o que estou sentindo agora é muito diferente daquele tão conhecido arranhar frenético das garras da ansiedade no meu coração. Agora sinto *pavor*: gelado e pesado e tão derradeiro quanto uma tampa de caixão.

Meus dedos estão adormecidos, desengonçados. Tremem como se estivessem gelados. Tento virar a página, mas quanto mais eu tento, mais eles tremem. Me corto no papel, mas continuo tentando. Meus músculos estão conspirando contra mim. Parece que estou no muro que a Bel queria que eu pulasse. Não consigo me mexer, *não consigo* me obrigar a olhar.

Ingrid tira o caderno da minha mão com cuidado. Olho nos seus olhos, com ar de súplica.

– Tudo bem, Pete – diz ela. – Estou do seu lado.

Me encosto na parede e fecho os olhos. Sei que a Ingrid está falando o mais baixo possível quando começa a ler.

– "Para que o sujeito estimule as tendências violentas de LA com a máxima eficiência, AL deve ser capaz de tanto aguentar quanto de *transmitir* um quantia significativa de medo. Talvez eu possa adaptar os mecanismos empáticos que já existem no corpo humano. Sabemos que o suor excretado em situações de estresse contém feromônios que estimulam uma reação de medo em mamíferos da mesma espécie, e que as expressões faciais de ansiedade geram ansiedade naqueles que as presenciam. Se os feromônios de AL puderem ser *refinados* para servir de 'estopim' e os sujeitos a sua volta terem uma reação mais intensa para as suas *expressões*..."

Expressões faciais, penso.

O espião dentro do carro, o Seamus, o Dominic Rigby, até a Tanya Berkeley, dentro do banheiro das meninas, três anos atrás. Lembro do pavor estampado no seu rosto quando me olharam nos olhos, apesar de ser eu quem estava mais do que assustado e lutando para me controlar.

Me olhar na cara. Entrar em pânico quando *eu* entro em pânico.

Me lembro da voz do Seamus, quando ajoelhei na lama, nos fundos do colégio. "Se você sequer pensar em se virar de frente para mim, vou arrancar a sua cabeça dos ombros, e os pedaços vão parar lá na Irlanda, entendeu?" Era por isso que você não queria que eu virasse, Seamus? Porque, se me olhasse nos olhos, o meu medo se tornaria o seu medo?

A expressão dele era um reflexo tão perfeito da minha no instante antes de a bala disparada pela minha irmã explodir o seu crânio... Diante de mim, aqui e agora, Ingrid está com o rosto contorcido de pena. Desesperada, querendo parar de ler. Ela é uma boa amiga: não para.

– "Obviamente, a relação entre LA e AL deve ser manipulada com cuidado. Seria muito fácil a fúria de LA afugentar AL. Por outro lado, se puderem ser próximos (e, quanto mais próximos, melhor: amizade é muito contingente; é melhor que sejam da mesma família), AL poderia se sentir atraído pela assertividade de LA, vendo-a como uma protetora, criando uma dependência, um incentivo para AL continuar próximo de LA e cumprir seu papel."

Meu "papel". Sou uma engrenagem no mecanismo da minha irmã.

– "Quanto à geração do medo em si, uma vez que eu consiga isolar o circuito cerebral que produz o medo, deve ser tão fácil quanto criar um *loop*. AL vai achar seu próprio medo apavorante, entrar em *loop* novamente e ir se refinando, como em uma centrífuga. Isso é apenas um começo (um sujeito capaz de disseminar um pânico irracional em determinada população tem suas próprias aplicações militares, potencialmente imensas). Nota: sondar mais no escritório. Enquanto isso, essa operação exigirá uma observação continuada em diferentes contextos. Estamos todos tateando no escuro por aqui."

– Para. – Levanto a mão, e Ingrid interrompe a leitura.

"Quanto à geração do medo..."

"...o medo em si..."

Dou risada, baixinho de início, depois cada vez mais alto e estridente, e o ruído cria um *loop*: rio porque estou rindo, a porra da cobra histérica mordendo o próprio rabo. Penso em todas as pessoas que já conheci, em todos os amigos que poderia ter feito, na cara deles ao olharem para mim, desconfiados, evasivos, como se estivessem loucos para sair correndo.

De medo.

"O que ela está pesquisando?", perguntei para a Rita.

Seus olhos me encaram por cima da máscara cirúrgica.

"É segredo."

Bom, agora eu sei.

As palavras da minha mãe, pronunciadas dentro daquele mesmo recinto, parecem exalar das paredes.

"Exatamente como eu gostaria que fosse."

Solto um grito do nada e passo o braço por cima da mesa. A lâmpada da luminária se espatifa no chão. O computador quica e sai rolando. Minhas pernas ficam bambas, e vou escorregando pela parede. Assustada, Ingrid solta o caderno, e o jeito como as páginas farfalham me faz lembrar de algo.

[Esta afirmação é falsa.]

"Eu te amo, Pete."

[Uma falsidade que faz tudo desmoronar.]

Não consigo acreditar, mas *sei* que é verdade. Mesmo agora, tanto tempo depois, fico com os braços meio dobrados, esperando pelo abraço da minha mãe que vai fazer tudo melhorar, fico de orelha em pé, para ouvir seus sussurros reconfortantes. Descobrir que a gente foi apunhalado pelas costas não é como virar uma chave, está mais para contaminação de um lençol freático, demora um tempo para o veneno se infiltrar por tudo.

Só me dou conta de que tinha fechado os olhos quando os abro de novo. Uma forma retangular e escura vai se formando no chão, diante de mim.

O terceiro caderno.

Devo ter derrubado de cima da mesa, junto com o resto das coisas. Caiu com a capa aberta.

"Borboleta Breu", é o que está escrito na página de rosto. Embaixo, minha mãe se deu ao trabalho de desenhar o inseto com detalhes intrincados, em tinta preta.

Já lemos sobre mim, penso, desesperado, já lemos sobre a minha irmã. Quem é que falta, caralho?

Estico a mão por cima das tábuas do chão para pegar o caderno, mas Ingrid pisa na frente dele e põe a mão no meu ombro.

– Pete, a equipe tática, o 57 já deve estar a caminho. A gente precisa ir embora.

– Mas... mas e o terceiro caderno?

– Não é nada.

– N-nada? – falo, com a voz fraca. Me sinto zonzo.

– Não é relevante. Dei uma olhada enquanto você estava... tendo um dos seus momentos.

– Mas...

Tremendo, fico de pé. Solto a mão da Ingrid e tento desviar do seu corpo, mas ela vai para o lado, ficando entre mim e o caderno. Tento de novo, e ela vai para o lado de novo, como se estivesse fazendo uma dancinha ridícula. Ingrid se virou em um ângulo de cento e oitenta graus, está de costas para a mesa, mas ainda entre mim e o caderno.

– Ingrid, não seja imbecil. Aquele caderno estava escondido junto com os outros dois, é *óbvio* que é importante.

– O que é imbecil, Pete, é a gente ficar aqui esperando o 57 explodir nossa cabeça, já que conseguiu encontrar o que estava procurando. *Vamos.*

Ela tenta encostar em mim de novo, mas afasto a sua mão. Seus olhos percorrem rapidamente meu rosto, bebendo os pensamentos estampados nele. Parece apavorada.

É claro que parece, seu imbecil, ela sente o que você sente. E, neste exato momento, você está sentindo que os seus intestinos estão prestes a soltar um pacotinho caprichado no meio das suas pernas.

Sim, só que sou um erudito em medo, e o que estou vendo estampado no rosto da Agente Máquina de Calcular Loira não é o mesmo pavor atônito que toma conta de mim.

Ela parece *nervosa*.

– Por que você não quer que eu olhe, Ingrid?

Dou um passo na direção dela, que dá um passo para trás, pisando com um pé em cima do caderno.

– Eu não... não é... a gente simplesmente precisa ir embora.

– Então por que não levamos o caderno?

– Não tem nada nele.

– Nada? – Dou mais um passo, e a Ingrid está quase encostando na mesa. – O que você quer dizer com "nada"?

– Tudo bem. Vamos levar essa porra. Mas temos que ir embora *agora*.

Ingrid cospe as palavras, furiosa, tentando reassumir o controle da situação, só que é tarde demais, porque avancei mais um passo, e ela está espremida contra a mesa. Põe as mãos nas costas, para se apoiar, olha para trás e – por uma fração de segundo apenas – sua mão fica pairando no ar, bem em cima da perna direita da mesa carcomida, que viria abaixo se apoiasse seu peso ali.

Ela já esteve aqui antes.

Ingrid franze a testa, analisando meus traços.

Merda, olha pra lá. Mas é tarde demais.

– Bom – diz, com um suspiro. – Então é isso.

Então põe a mão dentro do casaco e tira a arma que roubou do espião no andar de cima. Ouço o ruído da trava de segurança sendo desativada.

– Você falou... – lambo meus lábios ressecados – ...você falou que nunca tinha visto a minha mãe, que viu pela primeira vez no dia que eu te convidei pra jantar aqui em casa.

– Falei – admite.

– Imagino que, com esse negócio todo de ler meus pensamentos, é até constrangedor de tão fácil mentir para mim, hein?

Ela inclina a cabeça, pensando nas minhas palavras.

– Nunca fiquei constrangida.

– Bom, você é mesmo um exemplo de autocontrole!

A alfinetada não a atinge, mas talvez Ingrid não tenha nada que possa ser atingido. Ela espreme os olhos, e sei que consegue enxergar o que está por trás da minha fachada de valentia mal-ajambrada. Pode até estar com dor por causa da minha dor, mas segura a arma bem firme.

Para que arriscar? Me pergunto, por um breve instante. Por que me deixar vir até aqui se sabia que esse negócio estava no porão? Mas, pensando bem, será que eu lhe deixei escolha? Lembro da Ingrid suplicando, com o rosto choroso, embaixo do poste da rua: "Por favor, Pete, não faz isso" e depois, já dentro de casa, "Não quero que você pense em mim desse jeito".

– Tinha mesmo outro agente dentro de casa? – pergunto.

Ela dá de ombros.

– Mentiras e jogo duplo quatorze horas por dia, né?

– Tenho feito muita hora extra ultimamente.

Aposto que sim. Um dia sim e o outro também. Lágrimas sob demanda. Beijos no escuro. Cada palavra que sai da sua boca moldando os pensamentos que você lê estampados na minha cara; isso deve cobrar seu preço. E tudo para encontrar a minha irmã. Você a encontrou, mas ela escapou pelos seus dedos, e aí você dobrou a aposta, continuou usando o seu disfarce, porque sabia que eu era a melhor maneira de chegar até a Bel.

– O que tem no terceiro caderno?

– Eu – diz ela, apenas.

Balanço a cabeça para baixo e para cima.

"Borboleta Breu."

Olho para as asas perfeitamente simétricas do desenho a nanquim da borboleta na página de rosto. Uma é a imagem espelhada da outra. A Ingrid é um espelho. Vejo o meu próprio medo e a minha própria confusão refletidos nos seus traços, mas o cano da arma continua firme, feito um penhasco de pura rocha.

– O que foi que ela fez com você? – Minha voz arranha meus ouvidos.

– Não vem ao caso.

– A minha melhor amiga está apontando uma arma para mim. Acho que tenho o direito de saber por quê.

Chamavam o Gödel de "Senhor Por que", e acho que sei como ele se sentia.

De início, penso que a Ingrid não vai responder – afinal de contas, não estou em posição de fazer exigências –, mas aí ela faz aquela *cara*. É uma expressão que eu lembro de ter visto, mal iluminada pela lâmpada sem lustre do armário cheio de latas de tinta do 57, quando ela me disse, com lágrimas nos olhos: "Você não sabe a sorte que tem, de ter alguém que te conhece tão bem".

Tem um leve tom de amargura na voz quando ela fala:

– Vamos ouvir nas palavras da própria mulher?

Então se abaixa, tomando o cuidado de continuar apontando a arma para mim, e pega o caderno. Ergue o volume até ficar em uma altura que ela consegue me enxergar por cima do caderno enquanto lê:

– "Se a ligação empática entre LA e AL puder ser generalizada, existe a possibilidade de criar um canal empático humano multiuso, com aplicações óbvias nas áreas de investigação e inteligência. O Henry Black vai ter bebê e está disposto. Vamos começar os testes preliminares na quarta-feira: *animador*!"

Ingrid faz biquinho, como se o entusiasmo da minha mãe fosse algo ácido. Avança algumas páginas.

– "Está ficando cada vez mais claro que o maior desafio em relação a BB é 'limpá-la', abrir espaço para as emoções dos outros. Ela passou a última sessão inteira sem conseguir sentir nada além da própria empolgação pelo gatinho abandonado que adotou. Sinceramente, isso é mais afeto do que um predador domesticado gostaria de receber, suponho."

Ela dá um sorriso, mas parece ser doloroso. Seu maxilar está tão tenso que consigo ver os músculos estremecerem. Vira uma página.

– "BB está inconsolável hoje. Passou o dia inteiro gritando e chorando, provavelmente porque o Henry deu um tiro no gato dela. Não tinha o que fazer, mas não podemos trancá-la dentro de casa para sempre, temos que ensiná-la a policiar suas próprias interações. *Nada de relacionamentos íntimos*, nem mesmo com animais."

– Jesus Cristo – murmuro, mas Ingrid continua lendo, implacável.

– "Os resultados dos testes estão melhorando, a estratégia de manter BB isolada de outras pessoas da sua idade está dando certo, mas seu apego em relação aos *pais* continua sendo um problema. O isolamento está aumentando a dependência que tem das pessoas que ainda fazem parte da sua vida. Parece que, apesar de BB derivar o próprio estado emocional imediato da pessoa que está com ela, sua matriz decisória, sua *vontade* é governada por um conjunto de desejos mais profundos, como a de todos nós. A diferença é que BB deriva esses desejos não de dentro de si mesma, mas, em grande parte, de outra pessoa, da pessoa com quem passa mais tempo. Os sentimentos de lealdade e as paixões dessa pessoa se tornam os sentimentos de lealdade e as paixões *dela*. Ficarão infiltrados lá no fundo, feito uma tatuagem, ao passo que suas outras emoções são um fenômeno superficial, descartadas feito camadas de pele." *Humpf* – completa a Ingrid, quase para si mesma –, nunca pensei que sua mãe fosse do tipo poético.

Ela vira mais uma página. Fica olhando para o caderno, como se tivesse sido assaltada por uma memória terrível. O revólver treme e, por uma fração de segundo, penso que é a minha oportunidade de tirá-lo da mão dela, mas aí a Ingrid se recompõe.

– "Sucesso! Tive um dia fantástico no trabalho, mas preciso de um drinque. Fiquei muito nervosa. *Muito*. Dei um coelho para BB cuidar, depois do que aconteceu há tantos meses. Alto risco. Poderia ter posto a perder anos de pesquisa, mas precisava ser feito. Quando perguntei o que sentia pelo coelho, BB respondeu 'eu amo ele', mas nervosa. Sabe que isso não é permitido. Mas ela só tem sete anos. Quando perguntei o que o coelho sentia por ela, respondeu 'ele me ama', o que me deixou ainda mais nervosa. Mas não precisava! Quando entreguei o fio para ela e a fiz entender que era isso que eu realmente queria, BB estrangulou o coelho imediatamente."

A Ingrid fala isso sem emoção, como se estivesse anunciando os horários de partida dos trens. Fico olhando para ela, boquiaberto.

– "Reações ancilares: Lacrimejar e respiração errática enquanto o pobrezinho ficou se debatendo e gemendo indicam que ela *não* sofreu *perda de empatia* pelo animal durante a sua execução. Incrível! Vinte minutos depois, não demonstrava nenhum sinal de desconforto: 'Era isso que a senhora queria, então era isso que eu queria, doutora B'. Que amor!"

– Aaah, olha como eu era fofa! – Ingrid fecha o caderno e o atira no chão com força. – Deu pra ter uma ideia, Pete?

"Era isso que a senhora queria, então era isso que eu queria, doutora B."

Os desejos da minha mãe estão tatuados nela. Meus sentimentos estão apenas rabiscados na sua superfície. Penso na Ingrid estrangulando o coelhinho de estimação. Ela até pode chorar quando puxar o gatilho, mas suas lágrimas não vão turvar sua mira.

– Pronto – diz. – Você conseguiu as respostas que queria. Agora é a minha vez. Você conhece a sua irmã melhor do que ninguém. E as pistas o trouxeram até aqui. Alguma coisa, *qualquer coisa*, nestes cadernos, lhe deram alguma ideia de onde ela pode estar agora, porra?

– Não.

Consigo sentir meu pescoço esquentando. Minha garganta está se fechando, e o porão começa a girar.

– Não?

Não.

A não ser...

Emergindo de forma traiçoeira na superfície do meu cérebro, apesar dos meus esforços de afogá-la, vem uma frase do segundo caderno. O caderno sobre mim.

"...observação continuada em diferentes contextos..."

Ingrid espreme os olhos, que ficam indo de um lado para o outro enquanto ela lê meu rosto.

Merda. Não pense nisso. Pense em *qualquer* outra coisa.

– O que foi isso, Pete?

Caralho. *Ãhn*, o que é que eu faço, o que é que eu faço, o que é que eu faço?

Não tem nada que você *possa* fazer. Ela consegue ler seus pensamentos.

Ela consegue ler seus pensamentos.

Ela sente o que você sente. Então pense na arma apontada para a sua cabeça. Pense na bala sendo disparada a trezentos e sessenta e cinco metros por segundo e sendo achatada até ficar do tamanho de uma moeda de dez centavos, espatifando seu crânio.

Pense na equação para tentar reconstruir a geometria do seu crânio e então dê uma gargalhada desesperada ao perceber sua complexidade. Pense em como vai *doer*. Pense no som do *bangue*. Pense no aperto no seu peito e no suor pingando nos seus olhos e na pressão súbita e borbulhante na merda do seu cólon. Agora *entra em pânico*.

Está me ouvindo, Peter Blankman? Não começa a contar, não começa a falar.

Simplesmente entra em pânico.

Dou um passo em direção à Ingrid, sem deixar de olhá-la nos olhos. O suor brilha nas suas sobrancelhas, e ela se remexe. Sei que está sentindo tudo o que estou sentindo e, se quiser parar de sentir, vai ter que virar o rosto.

Mas não vai virar não vai virar vai atirar em mim acabou morri morri.

Ela se encolhe, mas a arma não sai do lugar.

– Eu sei o que está tentando fazer – fala.

Ela precisa se esforçar para pronunciar essas palavras.

Posso entender. Se eu entreabrir os lábios, acho que vou vomitar.

Dou mais um passo.

– N-não vai f-funcionar – gagueja –, s-sou muito bem treinada p-para enfrentar o seu m-medo de merda. *P-para!*

Mais um passo, e o contorno do cano da arma encostado na minha testa me dá uma sensação fria e agradável. Sinto um tremor. Será que sou eu que estou tremendo? Ou é ela?

– *P-para!* – grita a Ingrid.

Se você acha que eu posso simplesmente parar, *Ana*, é porque não prestou atenção direito.

– V-vou *atirar*!

Não vai, não. Afinal de contas, posso ser só uma engrenagem no mecanismo da minha irmã, mas sou uma engrenagem muito crucial. Acho que a minha – a *nossa* – querida mãe não ia levar numa boa se você me estragasse.

A arma está definitivamente tremendo agora. Os olhos da Ana Black vão da esquerda para a direita e para a esquerda de novo, em uma indecisão reflexiva interminável.

– Tchauzinho, Ana – falo, baixinho.

A arma vai deslizando pela minha testa suada porque me virei, me espremi para passar pela porta e estou subindo a escada. Minhas pernas bambeiam no segundo degrau e subo o resto engatinhando e as farpas da madeira bruta entram na palma das minhas mãos.

Mal consigo sair de casa, fico de pé e me arrasto meio de lado até uma cerca viva. Caio em cima dela, ofegando. Se a Ana tiver dito a verdade pela primeira vez na vida e os reforços do 57 estiverem mesmo a caminho, bom, podem me prender. Me esparramo de costas sobre a grama gelada e fico olhando para a lua. Pouco a pouco, vai passando a sensação de que uma tropa da cavalaria montada está trotando no meu peito e, à medida que o pânico vai diminuindo, o pensamento que tentei tão desesperadamente enterrar debaixo dele ressurge. Uma frase incluída de modo tão inocente no caderno da Alva Lebre.

"...exigirá uma observação continuada..."

Depois de diversas tentativas frustradas de me segurar no arbusto para conseguir levantar, decido simplesmente rolar *no meio* dele. Fico de pé, cambaleando na calçada, sangrando e cheio de espinhos, mas não paro para arrancá-los.

Finalmente, sei onde a Bel está. E sei o que ela está tentando fazer.

"...observação continuada em diferentes contextos..."

Não era só a Ana Black que estava de olho em mim.

Começo a correr, trôpego.

3

ITERAÇÃO

057, 069. 071, 069. 083, 035.
268, 041. 014, 022. 306, 022.
339, 008. 260, 013. 013, 022.
076, 042. 226, 003. 321, 014.

RECURSÃO:
5 DIAS ATRÁS

Pouco antes de sair, a minha mãe deu uma última olhada na cozinha que eu tinha destruído. Franziu o cenho, se abaixou e pegou a foto em um porta-retrato caído entre as cascas de ovos, a farinha e os cacos de vidro. Limpou a gosma e colocou em cima da geladeira, onde era seu devido lugar. Me deu um sorriso carinhoso. Um sorriso do tipo "a gente vai superar essa", um sorriso do tipo "acredito em você". E aí saiu porta afora.

Por alguns instantes, fiquei apoiado na vassoura, tremendo, todo dolorido, depois que a adrenalina baixou. Fiquei olhando para aquela foto. Era um retrato em preto e branco de Franklin Delano Roosevelt, dando seu segundo discurso inaugural. Na parte de baixo, estava impressa a máxima mais famosa desse discurso:

"A única coisa que devemos temer é o medo em si."

Minha mãe sempre disse que acha essa frase inspiradora.

À medida que a lembrança se esvai, ouço a voz da Ana Black, lendo trechos do caderno que contém a minha vida. "Quanto à geração do medo em si..."

Esfrego os olhos e levanto o dedo...

AGORA

...quero tocar a campainha, mas alguma coisa me faz ficar em dúvida. Não tem nenhuma luz acesa na frente da casa. Mas, dada a hora, isso não é estranho. Mesmo assim...

Eu me agacho do lado do canteiro de flores com borda de tijolos. A terra ainda está úmida da chuva que caiu, e sobe um cheiro forte de barro quando levanto o quarto tijolo. Respiro um pouco mais aliviado. Muita coisa pode mudar dentro de quase três anos, mas a chave está ali, enfiada na terra. Uma minhoca vai esburacando o canteiro, tentando se esconder. *Que sorte você tem, sua cretina*, penso. Porque a vozinha que nunca consigo silenciar está sussurrando dentro da minha cabeça. E se eu ficar paralisado? E se eu entrar em pânico e acabar causando não só a minha morte, mas a da Bel também?

O medo se acumula em cima do medo que se acumula em cima do medo; parece uma onda do mar se erguendo sobre mim, esperando para arrebentar. Não tenho escolha, a não ser andar debaixo da sua sombra.

Anda e pronto.

Entro na casa fazendo o mínimo de barulho possível. Mas, mesmo assim, o ruído da chave na fechadura parece um osso sendo despedaçado. Espero meus olhos se acostumarem com a escuridão. Tem uma mesa semicircular perto da porta. Em cima dela, um Tupperware sem tampa, com um molho de chaves dentro. Do lado do pote, outro molho de chaves, em cima da mesa. Tirando isso, a entrada é completamente vazia, só tem paredes, o teto e o carpete. Nenhuma foto. Entro em uma porta do lado direito e dou de cara com a cozinha.

Um batalhão de tanques de Tupperware está formado em cima do balcão, quatorze ao todo. Debaixo das etiquetas em braille, ainda dá para ver o que está escrito com pincel atômico, etiquetas antigas que ele teve que abandonar à medida que a doença foi carcomendo suas retinas: SAL, MANJERICÃO, CÚRCUMA. O doutor A gosta de cozinhar. Garrafas de azeite e vinagre estão encostadas na parede, com dosadores, e sua posição está marcada nos azulejos com pontos de cola instantânea. Fico imaginando o professor se movimentando por esse cômodo, guiado pelo tato e pela memória, pondo de volta tudo o que tira do lugar, para cada coisa estar exatamente onde ele precisa da próxima vez que entrar. Tudo tem seu lugar, tudo está em seu devido lugar.

A ausência da faca de cortar carne no cepo japonês chique praticamente grita.

Depois da cozinha, a sala de estar. A mobília está encostada nas paredes. Os cabos estão amarrados. Tem potes de plástico em cima de todas as mesas, contendo de tudo, de trocados perfeitamente arrumados a controles remotos. Estranhamente, os livros da estante encostada na parede dos fundos estão espremidos de qualquer jeito, revirados e quase caindo, feito um castelo de cartas. Penso se é por que o Dean lê para o doutor A. Espero que sim.

Volto para o corredor. A porta brilha, seu painel de vidro fica dourado por causa da luz do poste da rua. Eu poderia simplesmente ir embora. Mas aquele espaço vazio no cepo de facas não me deixa. Dou as costas para a porta e subo a escada.

O corredor do andar de cima está mal iluminado. E, se eu estivesse em qualquer outra casa, o volume que vejo quando piso no último degrau poderia ser qualquer coisa: uma pilha de roupa suja, um monte de sacolas, emboladas aleatoriamente para enganar meus olhos, fazê-los enxergar joelhos, cotovelos, costas. Em qualquer outra casa, mas não nesta, tão compulsivamente e *obrigatoriamente* arrumada. Tenho que me segurar para não sair correndo pelo corredor.

Só quando chego perto é que o reconheço e fico sem ar, com uma sensação de alívio e culpa. Não é o doutor A, é o Dean. Encosto os dedos no seu pescoço. Seu corpo está quente, mas por um milésimo desgraçado de segundo, não sinto sua pulsação. E aí, graças a Deus, ela aparece: belas e constantes cinquenta e duas batidas por minuto.

– Dean? – a voz do doutor A está abafada, trêmula. – Dean, por favor, responde.

O som vem do quarto à minha direita. Fico de pé, encosto os dedos na porta e a empurro.

O quarto está tão arrumado quanto o resto da casa, com exceção de duas coisas: os lençóis, embolados, mais parecendo um lixão ártico visto da janela de um avião, e o doutor A.

Os músculos do meu peito ficam tensos quando o vejo e, por um instante, não consigo respirar. Ele está meio agachado no canto, e a parte da frente da camisa do seu pijama está preta de sangue, que deve ter jorrado do nariz, que me parece quebrado. A barba também está manchada de sangue. O professor fica enroscando e desenroscando as mãos inutilmente, que sangram, cheias de cortes, e estão erguidas, tentando se proteger do agressor vestido de preto que ele não consegue enxergar.

Fico observando, desesperado, o doutor A tentar sair daquele canto, gritando "Dean!". Mas a Bel o atira no chão de novo, dando um empurrão no peito dele com a mão espalmada, usando luvas. Na outra mão, está segurando a faca.

– O Dean vai ficar bem, doutor A – falo, baixinho. Bel vira de frente para mim, mas não diz nada. – Ela não está aqui por causa dele.

– Peter? – grita o professor. – Peter, o que você está fazendo aqui? Corre!

– Foi isso que *ela* me mandou fazer.

Mas, ao olhar para a minha irmã, sinto a minha pulsação se acalmar, e a onda de enjoo se retrocede da minha garganta. Mesmo desse jeito, prestes a matar um homem que considero meu amigo, a Bel consegue me acalmar.

– Ela me mandou correr – prossigo –, e achei que estava tentando me proteger, como sempre fez. Acontece que só estava tentando me confundir, para poder fazer isso.

A Bel dá três passos rápidos em direção ao canto do quarto, para conseguir ficar de olho em nós dois ao mesmo tempo.

– Eu *estava* protegendo você – diz, baixinho. – Esse cara manipulou você, Pete. Ele te apunhalou pelas costas. – A voz dela tem um tom de súplica e, mesmo não querendo, sinto uma pontada de orgulho.

Bel, essa máquina de matar, precisa que *eu*, só eu, acredite nela, fique do seu lado, não a condene.

E eu não a condeno. Sei que não é culpa dela.

– Peter... – O doutor A está ofegante. – Por favor, não estou entendendo nada. O que está acontecendo? Não sei do que ela está falando. Diz para a sua irmã. Ela vai te ouvir. Vai lhe *dar ouvidos*. – Sua voz fica embargada, e um gemido escapa pelos lábios.

Eu me aproximo dele, lançando um olhar de desconfiança para a minha irmã, que está no outro canto do quarto.

– Calma, doutor A. Está tudo bem. – Tento manter a minha voz o mais tranquila possível. – Senta, as suas pernas estão tremendo.

– Mas o D-dean...

– O Dean vai ficar bem. Acabei de dar uma olhada nele, ele está bem.

Seguro as mãos do professor. São mãos de velho, grossas e com pelos brancos. Escorregam, molhadas de sangue. Amparo seu corpo até ele ficar sentado, com as costas apoiadas na parede, os pés descalços esticados. Sento de pernas cruzadas na sua frente.

– Quanto tempo faz que o senhor é meu professor de matemática, doutor A? – pergunto, tranquilamente.

Ele fica de boca aberta, sem entender.

– Quanto tempo faz? – insisto.

– U-uns quatro ou cinco anos?

– Cinco – confirmo. – O senhor lembra qual foi a primeira aula que me deu, cinco anos atrás?

– N-não.

– Cálculo de probabilidades. Foi a primeira vez que estudei isso, e adorei: "As chances de dois acontecimentos isolados ocorrerem por mero acaso é igual a probabilidade de um vezes a probabilidade do outro, sendo que a probabilidade dos *dois juntos* é menor do que a de cada um isoladamente". Lembra?

Ele balança a cabeça afirmativamente, perplexo.

– Peter, do que você está...?

– Existem menos de cem professores considerados cegos de acordo com a lei no país – falo. – Ou seja: a probabilidade de um professor qualquer ser cego é de uma em seis mil. Agora, qual é, na sua opinião, a probabilidade de *eu*, um *nerd* absurdo da matemática, puramente por acaso, ter um professor de matemática cego, por cinco anos seguidos, especialmente se considerarmos...

Mas não preciso terminar a frase. Posso ver pela sua expressão que ele já sabe o que vou dizer.

Se considerarmos que a cegueira é a única coisa capaz de proteger você de mim.

Fiquei observando seus olhos o tempo todo, mas é óbvio que nunca se fixaram em mim. O doutor A treme, puxa a barba, faz pequenos ruídos que poderiam ser tentativas fracassadas de dizer alguma coisa.

Está com medo – mas esse medo é todo dele.

– Você faz parte do esquema – digo, baixinho. – Você trabalha para aquela gente.

E aí Bel surge, agachada do nosso lado. E seus movimentos são tão silenciosos que o doutor A nem reage quando ela desce a faca pelo seu ombro, até chegar ao ponto onde a camisa do pijama se abre, projetando uma sombra fininha bem em cima de uma mancha marrom na pele logo acima da clavícula. Os nós dos seus dedos ficam brancos, de tanto apertar o cabo da faca. Observo o rosto do Arthurson. "Ele te apunhalou pelas costas." Bel não está errada. A minha mãe também me apunhalou pelas costas, assim como a Ingrid. Todo mundo me apunhalou pelas costas, menos a Bel. A minha irmã está fazendo isso por mim. Que direito eu tenho de questionar sua decisão?

– *Não* – sussurro, tão baixinho que, por um instante, fico com medo de ela não ter me ouvido, mas a faca não se mexe. – Deixa ele em paz.

– Por quê?

Mesmo naquela escuridão, olho bem nos seus olhos.

– Para você saber que é capaz de fazer isso.

Ela vira o rosto.

Não, penso. Não seja aquilo que a nossa mãe fez de você. Não precisa ser. Pensa bem. Tento transmitir isso para a Bel: todas as minhas dúvidas, toda a minha indecisão. Demora exatamente dezessete segundos, mas parece uma eternidade, até que ela diz:

– Então... o que a gente faz com esse cara?

"A gente." Respiro um pouquinho melhor.

– Por quanto tempo o Dean ainda vai ficar desacordado? – pergunto.

– O cara do corredor? – A minha irmã sacode os ombros. – Por um tempinho.

Fico momentaneamente escandalizado com a sua falta de precisão.

– Amarra ele – falo, olhando para o doutor A. – O Dean pode desamarrá-lo quando acordar. Joga todos os celulares e computadores da casa na privada. Acho que, com isso, a gente ganha tempo suficiente.

Fico tanto aliviado quanto perturbado por ela não perguntar "tempo para quê?". Sempre formamos uma só mente.

Me dirijo à porta, sem parar para olhar se ela está vindo atrás de mim.

Quando saímos da casa e ganhamos a rua, parece que nada aconteceu. A lua cheia brilha, a calçada está salpicada de geada. Ouço um barulho que parece o de duas almas danadas sendo estraçalhadas em alguma subdimensão do inferno, vindo de algum dos pátios, atrás do terraço, e presumo que raposas devem estar trepando. A Bel não está mais segurando a faca. Que eu lavei e coloquei de volta no lugar, enquanto ela recolhia os celulares. Uma espécie de pedido de desculpas, acho eu.

A minha irmã está agitada. Caminha rápido na minha frente, falando muito sem dizer nada.

– Como é que você descobriu? – pergunto. – O envolvimento do Arthurson?

Por algum motivo, duvido que a minha irmã tenha matado a charada fazendo cálculo de probabilidades.

Ela dá de ombros.

– Puseram um professor para me vigiar também, o Ferris. Ele dedurou o Arthurson.

Depois de você ter feito o que para convencê-lo? Fico imaginando, mas não pergunto. Em vez disso, digo:

– Eu não te condeno, Bel. Sei que não foi culpa sua.

A minha irmã para de andar e vira a cabeça para trás.

– Culpa? – fala bem devagar, medindo as palavras. – Você acha que me *envergonho* do que fiz?

– Bel, dezesseis pessoas estão mor…

Mas ela me corta, levantando a mão. Eu me encolho todo. Interpretei errado seus sinais. E agora consigo ver, estampado na sua cara: a raiva se alimentando da raiva se alimentando da raiva. Consigo ouvir, no modo como suas frases quase se atropelam.

– Aqueles caras aterrorizaram suas esposas. Fizeram isso por anos e anos, para conseguir controlá-las. Infligiram medo, insegurança e dor por *anos*, *anos*, e convenceram essas mulheres de que elas mereciam isso. Eu só matei esses caras. O castigo deles foi leve. Que foi? – indaga, e fico só olhando para ela. – Por acaso vai dizer que o que eu fiz foi errado? Que o que fiz com esses caras foi pior do que o que eles fizeram? Sério mesmo? Logo você…

Não digo nada. Não consigo.

– Não – diz ela, por fim. E, dentro da minha cabeça, ouço a minha irmã me acusando, na cama do hospital, anos atrás:

"Você tentou ir embora". – Você sabe muito bem. – Sacode a cabeça e continua andando. – Deixei o seu professor de matemática se safar porque você me pediu, mas não fica esperando que eu mude, Pete. Eu *gosto* de mim do jeito que eu sou.

Eu também, penso. A minha irmã fez coisas terríveis, coisas que vão povoar meus pesadelos por anos e anos. Mas o fato é que não consigo deixar de amá-la. Nem quero.

Ela não é a única, e é por isso que preciso completar:

– Não espero que você mude, mana. Na verdade, não pode mudar. Ainda não. A gente ainda tem que fazer uma coisa.

Ela para, com o pé no ar. Não olha para trás. Sabe o que eu quero dizer. Claro que sabe.

– A gente não pode simplesmente largar ela lá, com aquela gente.

Ouço o tom de determinação teimosa da minha própria voz. Herdei isso dela. Precisamos lhe dar uma chance. Talvez ela possa explicar, talvez haja outro lado da história que eu não esteja vendo. Não podemos simplesmente abandoná-la. *Eu* não posso. Ela é minha mãe.

– Não dá para ir atrás dela – diz Bel, apenas. – Não sei onde estão mantendo ela presa.

– Mas eu sei.

RECURSÃO:
5 DIAS ATRÁS

A minha irmã entrou na cozinha, coçando a cabeça, sonolenta. Tomou conhecimento da destruição, sacudiu os ombros, como se aquilo não fosse nada de mais, e se ajoelhou no chão. Corri até ela e limpamos tudo juntos, separando e arrumando, reconstruindo e consertando.

Somos uma equipe e tanto.

"Para que o sujeito estimule as tendências violentas de LA com a máxima eficiência..."

Um lobo de pele vermelha vai pulando por uma floresta de números. Ela é o meu inverso, o meu oposto. Sem ela, sou incompleto.

Uma... equipe... e... tanto.

AGORA

Blim-blom!

Às cinco da manhã, a campainha é tão alegre que chega a ser ofensivo, mas a porta se abre antes de eu contar até três, e o rosto enrugado que aparece no batente não tem nenhum sinal de sonolência.

– Senhora Greave! – grito, tirando o capuz do casaco de chuva. – Que bom ver a senhora! Pete, Pete Blankman. Estive aqui cinco dias atrás, com a minha mãe. A senhora deve se lembrar dela, estava...

Só que as palavras "se esvaindo em sangue por causa de um ferimento na barriga" não saem pelos meus lábios, porque a anciã que faz as vezes de recepcionista do 57 escancarou a porta, e está com uma expressão dura e sinistra. Olha por cima do meu ombro e faz sinal com a cabeça.

– Para que a senhora está fazendo sinal, senhora G? – Viro,

de um jeito dramático para trás, e acompanho seu olhar, que se dirige às janelas do sótão da casa do outro lado da rua, cujas vidraças têm o brilho azulado da alvorada. – Ah, claro! Os *rapazes*. Seus atiradores. Bom, eles preferem que eu continue vivo. Pelo menos, assim espero. Então, um tiro na cabeça está fora de cogitação. Na perna, quem sabe? No tornozelo? No joelho? Ai, meu Deus, na coluna? Será que tentariam me deixar paralítico? Seria pedir demais querer que tenham tranquilizantes, acho eu. Estou bem precisando dormir...

Minha conversa fiada não causa nenhum impacto visível nos traços entalhados da senhora Greave, mas me faz ganhar alguns segundos.

– Estão demorando, não é mesmo? A senhora acha que as armas travaram? Será que estão fazendo uma pausa para o chá? Que momento mais inapropriado, não que eu não entenda a tentação de uma bela fatia de bolo, mas mesmo assim... De todo modo, tenho certeza de que vão voltar logo.

Um *créc* de engrenagem corta o silêncio, e os músculos da minha coluna ficam tensos e logo relaxam. Foi só a tranca da casa do outro lado da rua, que fez um estrondo no silêncio da madrugada. Eu e a senhora Greave ficamos observando a porta abrir para dentro.

Quando um vulto sai pela porta e pisa na calçada, minha valentia se recolhe dentro de mim.

Mal dá para reconhecer a Bel. Está com o cabelo e as roupas manchados de sangue, escuro e coagulado. A minha irmã está coberta de sangue, mas não parece uma assassina, está mais para funcionária de matadouro, alongando os músculos doloridos depois de passar o dia inteiro trabalhando no abatedouro. Seus olhos, brancos no meio de tanto vermelho, nem piscam quando ela atravessa a rua.

Demônio.

Foi disso que a diretora do colégio chamou minha irmã. E, agora, ela bem que parece um. A porta de onde a Bel surgiu continua escancarada, parecendo um portal para o inferno. Não consigo deixar de imaginar o quadro vivo que ela deve ter deixado para trás, para ter ficado daquele jeito: atiradores esquartejados ou empalados nos canos afiados de seus próprios rifles. Até seu jeito de andar me parece ensaiado, imponente e, apesar disso, absurdamente rápido. Em um piscar de olhos, está bem na nossa frente; o fedor metálico do seu corpo invade as minhas narinas. A senhora Greave está embasbacada. Seus olhos vão de mim para a Bel e da Bel para mim, sem parar. Um suspiro contido escapa pela sua garganta.

– Chaves. Labirinto – diz a minha irmã, baixinho. – *Agora.*

A senhora Greave não nos causa nenhum problema. Ainda está tremendo quando a trancamos no armário de roupa de cama do andar de cima. Bel parece satisfeita consigo mesma, desce as escadas trotando alegremente e passa as mãos ensanguentadas por todo o retrato do *terrier* de roupa xadrez. Tateia na mochila que deixou perto da porta e tira dela uma caixa preta do tamanho de um baralho de cartas.

– Bloqueador de *Wi-Fi* – diz ela, confundindo o meu olhar fixo com uma pergunta. – O mesmo que usei para bloquear o sinal das câmeras lá no museu. Você falou que aqui tem câmeras de segurança.

Continuo olhando fixamente para ela.

– É claro que, como são uma empresa de segurança profissional, seria simplesmente vergonhoso se usassem câmeras *wireless*, e é aí que entra isso – ela tira dois acessórios peitorais enfeitados com pequenas luzes de LED – e isso – tira um martelo de dois quilos. – Não é muito sutil, mas...

Continuo olhando.

– Que foi? – pergunta. – Olha, nesse exato momento, os chefões devem estar discutindo se conseguem me enfrentar sozinhos ou se precisam chamar a polícia. Mas, se acabarem chamando a polícia, como vão manter as coordenadas deste local em segredo? Meu palpite é que vão tentar acabar com a gente por conta própria. Ou seja: provavelmente, temos um certo tempo, mas não é certeza e também não é muito. Então podemos, por favor, seguir em frente?

Ela se vira para o armário do corredor, fecha a porta e enfia a chave na fechadura. Eu continuo no terceiro degrau, só olhando.

– A gente combinou – falo, com a voz fraca, ofendida. – Você prometeu.

Bel dá de ombros.

– E?

– Você disse que não ia matar mais ninguém.

– A não ser em caso incontornável de legítima defesa – corrige, levantando o dedo, em um gesto pedante.

– Isso aí... – aponto para a sua camiseta, que vai endurecendo aos poucos – ...se for um toque de ousadia *fashion*, está mais para banho de sangue do que caso incontornável de legítima defesa.

A minha irmã dá de ombros de novo, mas sorri.

– Tá, mas é um toque de ousadia *fashion* mesmo. Não estressa, Pete. Os atiradores que cruzaram o meu caminho estão nocauteados. Mas, fora isso, não têm maiores danos.

– O que é isso tudo em cima de você, então? – indago. – *Ketchup*, por acaso?

Ela sacode a cabeça.

– *Ketchup* não fica bom quando seca. É basicamente água, xarope de açúcar e corante alimentício, e mesmo assim... – Bel dá um sorriso maléfico. Puxa a gola da camiseta e mostra um corte de fora a fora da clavícula, com um curativo imaculado. – Precisa de um pouquinho de sangue de verdade para dar o cheiro. Vem cá.

Bel abre os braços pra mim, e eu obedeço. Claro que sim. O cheiro de sangue me dá um soco no estômago, mas todo o resto – a força da minha irmã, seu carinho, seu ser inabalável – é tão conhecido e tão perfeito que me atiro nos seus braços, e ela tem que me segurar para eu não cair.

– Desculpa – sussurra. – Eu devia ter contado. Mas você foi perfeito, e a gente tinha que ser rápido, ou seja: a gente precisava *intimidar* a velha rápido. Acho que ela se assustou mais com a sua cara do que com a minha.

A minha cara, penso. O meu medo. Sinto o meu coração bater com força dentro do peito, que está encostado no da Bel. Se, tudo o que a gente precisa para o 57 ficar com medo a ponto de nos obedecer é eu estar apavorado, estamos com tudo em cima.

Minha irmã me afasta do seu ombro e me olha nos olhos, enroscando os dedos grudentos no meu cabelo.

– Eu consigo cumprir a minha parte no trato, maninho.

– Você só é oito minutos mais velha do que eu – falo.

Mas não consigo parar de pensar no corte que ela fez no próprio ombro. Às vezes, parece que minha irmã aprendeu tanta coisa durante esses quatrocentos e oitenta segundos que nunca vou conseguir alcançá-la. Nunca vou conseguir prever seu comportamento nem entendê-lo. Só posso confiar nela. A Bel é o meu axioma.

Ela coloca uma das cartucheiras de LED em mim, depois a outra em si mesma. Não acontece nenhuma mudança visível quando ligamos o negócio, mas sei que agora estou andando cercado por uma nuvem de luz negra, enganando as câmeras.

– Preparado? – pergunta ela.

– Não.

– Então tá.

Bel gira a chave na porta do armário, e o mecanismo é tão silencioso que, por um momento, penso que não funcionou. Mas aí o armário cai para dentro, a fresta escura se abre, a escada-caracol de ferro vem ao nosso encontro. Penso no que ela disse, que o 57 prefere não chamar a polícia. Poderiam ter impedido a nossa entrada, disso eu tenho certeza. Não impediram porque querem que a gente entre. Estão nos convidando para entrar. Engulo o gosto azedo que começa a inundar minha boca.

Para, você está sendo paranoico.

Será? Bom, claro que estou: sou eu. Mas será que estou sendo paranoico de um jeito irracional?

Acho que, no fim das contas, isso não vem ao caso. Eles nos querendo aqui ou não, temos que ir lá para baixo. Os pés da minha irmã batem nos degraus de metal, parecendo tambores de guerra.

Ela estende a mão ensanguentada, e eu a seguro. Depois disso, descer o próximo degrau fica mais fácil e, não sei como, acompanho o ritmo da Bel naquela descida rumo à escuridão.

RECURSÃO:
5 DIAS ATRÁS

"Lealdade e gratidão são coisas maravilhosas, Peter." O tom de voz da Rita foi suave e delicado, como um floco de neve. "Mas são motivos pessoais, não institucionais, e a nossa organização não tem o costume de se deixar levar por eles."

Mas aí, poucos segundos depois, ao falar do meu pai, ela disse: "A gente também tem medo dele".

E ela podia estar mentindo, podia ter fingido a intensidade do seu olhar, podia ter modulado o tremor da sua voz, mas acho que não. E, bem lá no fundo, uma parte de mim da qual eu mal tenho consciência, percebeu.

Uma agência de espionagem não vai atrás de vingança, não sente inveja...

...mas pode ser amedrontada, e isso já é alguma coisa.

AGORA

– Vira aqui – digo, lendo o trapo que restou da faixa em volta da minha mão. A sequência de "E"s e "D"s escrita com esferográfica azul ainda está, mal e mal, legível no tecido duro de sangue.

Vamos percorrendo os túneis depressa, maravilhados a cada segundo que não somos capturados, não levamos um tiro, não somos assassinados. Cada vez que respiramos, criamos coragem para acreditar que vamos conseguir sobreviver por só mais um segundo.

O labirinto continua tão desagradável quanto era cinco dias atrás: a luz dos tubos fluorescentes parafusados no teto faz meus olhos arderem como se fosse alvejante, a poeira sufocante que se solta dos tijolos, o teto que parece estar prestes a cair na minha cabeça, por puro desaforo, mas pelo menos *agora* não estou me movimentando às cegas. Agora, por mais que esteja com medo, meus passos têm um propósito.

Além das breves palavras de encorajamento que sussurramos um para o outro, só se ouvem nossos passos apressados, nossa respiração ofegante e o ocasional *cranch* da Bel despedaçando mais uma câmera de segurança com o martelo.

– Estão sendo meio displicentes, não? – pergunta Bel, com um tom impaciente.

Ela mal pode esperar, penso, perplexo. A pele da minha irmã é tão igual a minha, o mesmo tom alvo cheio de sardas, mas por dentro é tão diferente de mim. Cada partícula do seu ser está louca por uma briga.

– Por que ainda não vieram nos pegar? – indaga.

– Acho que estão com medo.

Posso até estar imaginando coisas, mas consigo *sentir* o medo que esse lugar exala, em sintonia com o meu. Será que isso é mais um efeito colateral das pesquisas da minha mãe? Meus ossos vibram; sou um diapasão afinado no tom necessário para *estragar tudo*.

– Medo do quê? Estamos só em dois.

– É, e é disso que estão com medo.

A minha irmã olha para mim com um ar de interrogação, mas me parece óbvio. Conheço muito bem os instintos paranoicos de duvidar de tudo, do 57, como se fossem um bairro cheio de becos sem saída, no qual você ficaria completamente perdido se não tivesse crescido ali.

– Eles são espiões, não soldados. Para essa gente, tudo é uma conspiração, tudo é um blefe que precisam desmascarar. Acho que jamais passaria pela cabeça deles que dois adolescentes de dezessete anos pensariam em atacar diretamente a agência de espionagem mais secreta da Grã-Bretanha.

E, posto dessa maneira, quem poderia condená-los por pensar assim?

– Além disso – completo, saindo de perto da chuva de cacos brilhantes causada por outra câmera que Bel espatifou –, os caras são profissionais da vigilância, e você não para de quebrar os olhos deles. Agora tem um ponto cego no meio do labirinto. Não querem saber o que pode estar à espreita nesse ponto, e não querem morrer na pressa de descobrir. Estão enrolando, só esperando a gente pôr as cartas na mesa.

Minha irmã se vira para mim, impressionada, e fico morrendo de orgulho.

– Olha só – diz ela. – Doutor em *Medo*.

– Gostei do jeito como você disse isso.

– Ah é?

– Tipo, como se fosse um superpoder e não o resultado de dezessete anos vivendo com diversas doenças relacionadas a um intestino irritável.

Ela dá de ombros.

– E por acaso não pode ser os dois?

Dou um sorriso envergonhado, mas só falo:

– Esquerda.

Desta vez, a Bel lança um olhar de desconfiança para as coordenadas escritas na faixa. A essa altura, já se deu conta de que não as estamos seguindo.

E é assim que tem que ser. Se formos direto ao encontro deles, seremos massacrados. Temos uma pequena janela de tempo, a dádiva de um punhado de minutos enquanto tentam se decidir, tentam descobrir o que estamos fazendo. Devem, e com razão, estar com receio do furacão ruivo sedento de sangue que corre alegremente do meu lado. Essa é a nossa vantagem, e temos que aproveitar.

Cranch...

Uma última câmera. Um último *cranch*, uma última geada de vidro pulverizado.

– Agora chega – falo.

Tomara que chegue mesmo. Tenho a sensação de que se passaram meses durante os quatro minutos que estamos aqui embaixo. Os oitenta e poucos mililitros de suor que perspirei parecem um oceano. Minha camiseta está grudada nas minhas costas.

– *Até que enfim* – diz a Bel, bufando.

– Não esquece o nosso trato – falo.

– Vou cumprir a minha parte, se você cumprir a sua. – Ela me olha como se estivesse me vendo pela primeira vez. – Sabe, Pete, você até pode ter esse seu doutorado em Medo, mas eu estou aprendendo rápido.

– Ah é?

– É.

– Por quê?

– Porque, e isso é uma coisa que as pessoas não notam logo de cara, você é bem assustador.

As palmas das suas mãos ainda estão vermelhas, o suor impede que sequem. Devagar, meticulosamente, ela mancha a minha testa e o meu rosto. Meu enjoo aumenta. Para mim, têm cheiro de sangue de verdade.

– Preparado? – pergunta.

– Ainda não, nem de longe.

– Então vai.

Longe da Bel, sou tomado subitamente pelo medo. Me sinto incapacitado, como se alguém tivesse cortado o tendão da minha perna. Fico murmurando coordenadas para mim mesmo como se fossem orações, tentando inverter o código, refazer meus próprios passos, me segurando na parede enquanto ando.

"Viramos à direita aqui, então vira à esquerda" e "Viramos à esquerda aqui, então vira... Merda, não consigo".

E se eu tiver esquecido de alguma vez que viramos? Todos os corredores parecem iguais. Se errar um vez só, como é que vou conseguir voltar?

– AI!

Esqueço de onde estou, e minha voz ecoa bem alto. Olho para baixo. Minha mão está sangrando: um caco de vidro fino como uma agulha brilha na minha mão, deve ter entrado ali quando encostei em alguma saliência nos tijolos. Levanto a cabeça e, espremendo os olhos, vejo uma câmera destruída; minha pulsação se aquieta.

Bom, *dãr*, Pete! Assim.

Sigo a trilha de vidro quebrado até o nosso ponto de partida e, a partir dali, as coordenadas escritas na minha faixa me levam até a porta de metal imensa. Diante dela, uma única câmera me observa, do teto. Fico parado, piscando para ela.

– *Por favor* – pronuncio, de um jeito exagerado, para a câmera. – *Me ajudem.*

Nada acontece. Os segundos se distendem feito uma gota d'água. Repasso, em pensamento, tudo o que eles sabem, tudo o que *realmente viram*. Hoje: um borrão de luz, gerado pelos LEDs, estática incompreensível. Nos dias anteriores: um rastro de cadáveres deixado pela minha irmã. Sabem que ela é instável e perigosa. Sabem o que a Bel *significava* para mim, mas não têm certeza do que significa agora.

– *Por favor* – pronuncio. – *Ela já vai voltar.*

Anda logo, galera, sai daí e vem me salvar.

Com um ruído de engrenagens, a porta começa a se mexer.

Eles surgem com as armas abaixadas, fazendo gestos tranquilizadores, falando palavras reconfortantes, com uma expressão confiável: ciladas que estou aprendendo a reconhecer.

Tomara que não possam dizer o mesmo.

Dou um giro. Os gritos das pessoas não chegam a abafar o ruído das travas de segurança sendo desativadas.

RECURSÃO: 5 DIAS ATRÁS

Atravessei aqueles túneis atrás da Rita, espremendo os olhos por causa do brilho das lâmpadas fluorescentes. Esquerda, direita, direita, esquerda de novo. Fiquei tentando anotar todas as vezes que viramos na minha mão enfaixada, mas isso me retardava. Tive visões com a Rita desaparecendo em um túnel secundário, a risada dela ecoando pelos túneis, me abandonando ali, me obrigando a andar em círculos, sozinho, até bater a cabeça na parede, de tanta frustração.

"Um labirinto", lembro de ter pensado. Existe um teorema dos labirintos. O doutor A me ensinou: "Se aprender isso nunca mais vai se perder". Mas, por mais que eu tentasse me agarrar aos detalhes, eles escapavam pelos meus dedos, feito flocos de neve ao vento. Não consegui lembrar dos detalhes naquele momento...

...mas consigo lembrar deles agora.

É do Euler. A lembrança vem à tona, emergindo de algum lugar nas minhas profundezas. É do Euler.

AGORA

As palavras reconfortantes se transformam em ordens para eu ficar parado, se transformam em ameaças de que vão atirar, se transformam em tiros.

Bangue!

O próprio som, confinado dentro do túnel, quase me derruba. A parede reage ao impacto soltando lascas e poeira a poucos milímetros da minha batata da perna. Perco o equilíbrio e me seguro nos tijolos, esfolando as mãos, que ficam ardidas e inchadas. Me escondo no canto do túnel.

"*Cessar-fogo!*" É o grito que ouço e, em seguida, "*...vivo!*". E agora só ouço minha respiração ofegante e o bater sincopado das botas me perseguindo.

Com um grito abafado, saio correndo, entrando cegamente nos corredores, quase de modo aleatório, mal enxergando o rastro das lentes espatifadas das câmeras. Sinto um gosto de vômito e de metal. Os túneis distorcem os ecos, não tenho ideia a que distância as pessoas que me perseguem estão. Cada vez que diminuo o passo para virar em outro túnel, tenho a sensação de que quase me alcançam. Mas, não sei como, continuo adiante deles.

É uma trajetória desenfreada. Minha respiração ricocheteia pelas paredes, o ar corrói meus pulmões, minhas pernas se transformaram em chumbo. Mas, não sei como, continuo correndo; não sei como, o chão continua passando debaixo dos meus pés.

Agarrem-me se puderem, galera! Sou a pessoa mais amedrontada que já perseguiram! Isso deve me render pelo menos uns dois quilômetros por hora a mais.

Mas, espera, isso foi...? Escuta, tento dar ordens para mim mesmo. *Escuta!* Mas o bater dos meus pés e o sangue correndo nas minhas veias fazem barulho demais. Tento arrancar o lagarto que se instalou no banco do motorista do meu cérebro, tento tirar sua pata cheia de garras do acelerador para conseguir ouvir...

Sim. Tenho certeza. As botas no meu encalço estão ficando mais lentas. Não muito, mas consigo perceber o ritmo diminuindo, a hesitação nos passos.

Uma euforia perversa se avoluma no meu peito.

Estão perdidos! Fico exultante. Conhecem as passagens seguras do seu labirinto, as entradas e as saídas certas, mas nunca se deram ao trabalho de aprender as erradas. Saíram do mapa.

No fim, não vai fazer diferença, é claro. Não tenho dúvidas de que estão equipados com GPS e podem se comunicar por rádio com a base. Não tenho dúvidas de que, mesmo sem suas preciosas câmeras, o QG está enxergando todos, um amontoado de pontinhos verdes brilhantes em um mapa eletrônico, e pode passar as coordenadas para voltarem ao lar...

Desde que tenham tempo.

Ouço gritos, depois berros, depois tiros que abafam as vozes. Fico à espreita, com a sensação de que cada tiro é um ataque cardíaco; tenho que me segurar para não dar meia-volta e sair correndo para ajudar a Bel, mas não faço isso. Tenho que confiar nela. Ela é meu axioma.

O grito vai ser formando, vindo do túnel, em uma série de ecos:

– De onde ela surgiu?

Do mesmo lugar de onde surgem todos os monstros, penso. E, com o peito arfando, vomito no chão, fazendo muito barulho. Limpo o rosto com a mão e sigo cambaleando. Para sair do labirinto.

Imagino a minha irmã, saindo de fininho de um corredor, atacando tão rápido que o inimigo só se dá conta de que foi atingido depois que ela sumiu. Imagino os caras correndo em círculos, gritando no rádio, pedindo ajuda. Imagino o controlador da operação sentado diante de telas cheias de estática, só ouvindo gritos pelos fones de ouvido, cego, sem ação e mudo, observando os pontinhos verdes, um por um, pararem de se mexer.

As botas começam a correr de novo. Algumas recuam, cada vez mais inaudíveis em sua retirada precipitada. Mas dois, não, três pares de botas estão se aproximando de mim. *Rápido.*

Ouço ordens, sussurros entrecortados por respirações ofegantes. "Lebre" e uma palavra que me dá arrepios: "refém".

Então começo a correr de novo para despistá-los, e eles me caçam como se eu fizesse jus ao apelido de Lebre que me deram. Só que não sou lebre coisa nenhuma, não mais...

Um breve grito, e os três pares de bota viram dois. Não quero, mas isso me dá uma sensação boa. Me dá aquela sensação de que está tudo *certo*. Nunca me dei conta do quanto ansiava por isso até sentir. Cada sombra é nítida, cada eco, perfeitamente claro. Não consigo tirar o sorrisinho perverso do meu rosto...

...lobos caçam em bando.

Quando paro de correr, caio no chão na mesma hora. Parece que os músculos das minhas pernas e dos meus braços foram triturados. Meus pulmões ardem dentro do peito, quase cansados demais para inspirar. Se algum dos agentes tiver conseguido passar pela Bel, eu já era. Parece que a última vez que ouvi passos atrás de mim foi em outra vida, mas só devem ter passado dois minutos.

Os tijolos onde me encosto parecem absurdamente confortáveis. Sinceramente, tenho certeza de que deu tudo certo. Tenho certeza de que a minha irmã deu um jeito em todos. Bem que eu poderia tirar um cochilo – mantenha a porra desses olhos abertos, Blankman!

Sim, Sargento!

Estupefato, fico olhando para o teto por quatro, cinco, seis segundos até conseguir me levantar. Olho em volta. Estou dentro de um cubículo quadrado, de tijolos. Tem quatro saídas de tijolos, todas impecáveis, sem marcas de martelada ou de sangue; todas idênticas. Não tenho a menor ideia de para que lado fica o norte, o sul, o leste ou o oeste. Corri até me esfalfar e ficar sem noção de direção.

Estou perdido no labirinto.

Sinto os primeiros rumores do pânico e tento abafá-los.

Está tudo bem, tento me convencer, tento me obrigar a acreditar. É Euler.

Tateio os bolsos e, por um instante cataclísmico, acho que deixei cair aquela porcaria. Mas aí uma dobra da minha calça se abre, e tiro a caixinha fina de dentro. Dez cilindros brancos e finos brilham na penumbra. Seguro um com os dedos trêmulos e o rolo na palma da mão. O giz de cera deixa um resíduo na minha pele.

Euler, repito para mim mesmo, tentando fazer meu coração acelerado bater mais devagar. *Euler.*

O Euler, para espanto geral da nação, *não* concebeu seu teorema para ajudar adolescentes neurologicamente projetados a desvendar labirintos que protegem as instalações mais secretas do governo. Estava estudando redes: teias de pontos interligados. Para a minha sorte, qualquer labirinto pode ser reduzido a uma rede. Só importam as coordenadas, os lugares onde você decide virar, à esquerda ou à direita. Para a frente ou para trás. O comprimento dos trajetos entre esses cruzamentos, suas reviravoltas e zigue-zagues, são irrelevantes. Um labirinto não passa de uma série de decisões, assim como a vida.

O teorema do Euler demonstra que qualquer ponto do labirinto pode ser alcançado, vindo de qualquer outro ponto, sem mapa, em um período finito de tempo, desde que nunca, jamais, repita determinado trajeto.

Encosto a ponta do giz de cera na parede, respiro fundo, ofegante, e começo a andar.

O labirinto *parece* infinito, mas é para isso que os labirintos servem: confundir o seu senso de distância primata, confundir com seus desdobramentos, até o desespero tomar conta. Labirintos são projetados para você entrar em pânico. Eu só preciso não me deixar levar por ele.

Né? Rá.

Ensaio os argumentos do Euler em voz alta, para ter companhia enquanto caminho. A voz me parece estridente, fraca e pouco convincente dentro do túnel; minha parte que tende a entrar em pânico zomba dela. Você está perdido. Está fodido. Aceita, que aí vai poder descansar. Você não quer descansar? Não está cansado?

Lambo o suor que se acumula no meu lábio superior, faço pequenos tratos comigo mesmo, e não os cumpro. Mais dez passos, e aí você pode dar uma paradinha. Tá, vinte. Tá, trinta.

A vozinha fica maldosa. Você está enganado, errou os cálculos. Você abandonou a Bel, largou ela lá, para morrer sozinha. Só vai encontrar o cadáver da sua irmã. As paredes se aproximam, apertando meu campo de visão, apertando meu coração. Xingando e suando, murmuro para mim mesmo: "Um: começa a se mexer".

Continua se mexendo.

O que derrota minha própria natureza é uma estratégia de milímetros – dez por centímetro, setecentos e sessenta por passo, um milhão por quilômetro. Continua andando e não para. Haja o que houver, *não para*.

De início, vou virando aleatoriamente, mas depois – no começo é raro, mas vai ficando cada vez mais frequente – dou de cara com trajetos que já percorri: viro em uma parede limpa que dá lugar a outra, com uma linha tremida e reluzente de cera branca. Sinal de que já passei por ali. Reconheço essas ciladas, me sinto encorajado por elas. A gente só precisa se certificar de que nunca, jamais, *vai repetir um trajeto*. Estou exaurindo o labirinto. Usando a estratégia de força bruta dos *hackers*. O labirinto começa a se reciclar porque *não* é infinito. Seu poder tem limites, e estou cada vez mais perto de superá-los. Segurando o giz de cera com todas as minhas forças, vou percorrendo novos trajetos, livres de marcas.

Continua andando.

Ela morreu.

Apenas continua andando.

– Pete!

– Bel!

Olho bem para a minha direita, e lá está ela, no fim de um dos túneis. O alívio que sinto é tanto que meu coração quase explode. Começo a correr na direção dela, mas tropeço em algo macio e olho para baixo. Tem três agentes, imóveis. Dois estão com o pescoço dobrado em um ângulo improvável. O terceiro se esvai em sangue lentamente, caído no chão.

– Pete?

Olho de novo para ela, que está com os olhos muito arregalados.

– Eu tentei. Tentei mesmo. Dos outros, só... só quebrei uns ossos. Foi fácil derrubá-los, mas esses três apareceram do nada, e eu só... foi por instinto... Sei que a gente tinha um trato, mas... Por favor, não me odeia.

A minha irmã se cala. O corpo caído aos meus pés me encara, com os olhos vidrados e inertes. Estou tremendo, mas dou um abraço nela. Ela fica completamente imóvel.

– Tudo bem. Foi legítima defesa. Você agiu certo, mana. Agiu certo.

Tomo consciência do silêncio do túnel e afasto a Bel dos meus ombros. A gente sorri, com os olhos cheios de lágrimas.

– Me mostra os outros.

Ela me guia por uma série de curvas fechadas. Em cada corredor, passamos por um único corpo vestido de preto, gemendo ou caído em silêncio no meio da poeira. Tem muitos braços e pernas quebrados em diversos pontos, mas o sobe e desce do peito deles diminui a pressão que sinto no meu.

– Você usou o labirinto para isolá-los.

Ela dá de ombros, como se aquilo fosse só uma questão de competência.

– Esse era o trato – diz. – Você falou "vivos", e vivos é complicado. – Ela sacode a mão, parecendo um encanador, descrevendo um conserto que vai sair caro. – Eu só ia conseguir dar conta de um por vez.

São onze no total, incluindo os mortos, um número que me incomoda, mas não consigo dizer por quê. Deparamos com um cara que parece não estar tão machucado quanto os outros, um jovem de cabeça raspada, encolhido no canto, com o queixo encostado no peito. Tirando o arranhão que sangra em um dos lados do rosto, poderia muito bem estar dormindo.

– Vamos usar este aqui – diz Bel. – Não tem nem concussão. Fiquei sufocando ele até o cara desmaiar de novo, de dois em dois minutos. A retina dele vai abrir aquela porta pra gente.

Levantamos o homem, segurando-o por baixo das axilas, e a cabeça dele pende de um jeito alarmante. *Onze*, penso. O que há de errado com esse número? E aí descubro: vejo um monte de folhas vermelhas e uniformes verdes de paramédico. Onze não é divisível por quatro, e nas operações do 57 que presenciei, os agentes sempre estavam em grupos de quatro.

– Bel, você acha que derrubamos todos...?

BANGUE!

Começo a cair antes de ouvir o tiro. Sinto um líquido quente empapando a minha camiseta, mas nenhuma dor. Minha primeira reação é de alívio: pisco e, debaixo das minhas pálpebras, vejo o telhado do colégio. *Acabei conseguindo, no fim das contas*, penso.

Mas não sou *eu* que estou sangrando.

É a Bel. Ai, meu Deus, é a Bel. Está caindo e me puxando para baixo. Está com os olhos vidrados, respira com dificuldade por causa da dor, mas mesmo assim consegue me empurrar contra a parede. Levanta o cara de cabeça raspada pelos ombros, posicionando-o entre nós e os tiros. O corpo dele estremece, três vezes, uma a cada um dos três outros tiros que leva.

BANGUE. BANGUE. BANGUE.

O cheiro pungente de sangue fica mais forte. Respirar esse ar é a mesma coisa que beber sangue, e quase vomito. Por cima da nossa barricada humana, vejo um vulto se esconder, agachado, em um túnel lateral. Só a vejo de relance, por um segundo, mas é o que basta. Rita.

26; 17; 448; 0,3337, 9, 1 bilhão, pi, triângulos, cossenos, integrais. Minha cabeça está cheia de estilhaços matemáticos, meus pensamentos foram estraçalhados pelos tiros. Parece que meu coração está rasgando meu peito, querendo sair. Mal ouço o grito estridente da Bel.

– PETEY!

Me espremo atrás do peso morto do cara de cabeça raspada, fico de pé, cambaleante, pensando em uma única coisa: estampar todo o medo absoluto e paralisante que sinto na minha cara, nas minhas mãos, na minha voz, e *dispará-lo* contra o meu inimigo. Com força suficiente para explodir um coração, para matar. Sou uma arma. Eles me transformaram em uma, e agora chegou a hora de se arrepender.

Dou um grito tão estridente que meus dentes tremem. Um grito que ecoa pelo túnel, e imagino meu medo indo atrás dele, invisível e venenoso, feito um gás nervoso. A Rita vai para o lado, sai do esconderijo, e nossos olhares se cruzam, acompanhando o cano da sua arma.

Toma essa, sua vaca manipuladora do caralho, penso.

Ela nem sequer pisca antes de atirar.

Estou caindo de novo. Mas, desta vez, levei um tiro. No ombro direito. É uma sensação ardida e dilacerante, como se alguém tivesse encostado um acendedor de cigarros de carro na minha clavícula. O berro que dou sacode meus dentes até a raiz. Bato as costas no chão. A Bella fica me olhando, e é só depois que as minhas lágrimas se dispersam que percebo que ela está aliviada, incrédula.

– Tá tudo bem! – grita. – Só pegou de raspão. Agora *corre*!

Mais tiros, mais estilhaços. Bel está armada. Atira usando o cara morto de escudo, e seus olhos brilham.

– *Corre!* – grita de novo, olhando rápido para trás.

Uma porta se abre devagar, a apenas dois metros atrás de nós. Ela está atirando para me proteger, gastando sua munição para eu conseguir fugir. Fico indeciso. Você não pode abandoná-la. De novo, não. Jesus, que dor no ombro.

Rolo no chão, fico de barriga para baixo e vou me arrastando, apoiado nos cotovelos, até passar pelo corpo, cada vez mais frio, do cara de cabeça raspada. Pego o revólver preso na cintura dele. É uma coisa pesada e estranha de segurar. Fico de joelhos, olho de relance para a Rita, com os olhos ardendo, cheio de lágrimas, e puxo o gatilho.

Caralho! O coice da arma me atira para trás. A bala atinge o teto, provocando uma chuva de fragmentos de tijolo. Parece que arrancaram meu ombro. Pisco, deitado de costas, e a pólvora do meu tiro mal dado arde nos meus olhos.

Uma mão me agarra pela gola e me põe de pé.

– Peter William do Caralho Blankman – grita Bel. Mal consigo enxergá-la no meio de toda aquela poeira dos tijolos. – Se você morrer aqui, juro que vou te odiar pra sempre. Agora *corre*.

Então me dá um empurrão, forte. Vou cambaleando, a arma puxa meu braço baleado para baixo como se fosse uma âncora, e a última coisa que vejo antes de passar aos tropeços pela porta é a silhueta da minha irmã, se esgueirando no meio da poeira.

Caçando.

RECURSÃO:
5 DIAS ATRÁS

Rita cruzou os braços. Seus olhos castanhos me observavam, pacientemente. Com o vestido manchado de sangue, exala um pragmatismo perturbador, digno de um cirurgião. Atrás dela, a imensa porta de metal se abriu, prestes a me engolir por inteiro.

"Você é o menino que tem medo de tudo", disse. "E eu sou terrivelmente assustadora."

Penso naqueles olhos castanhos pousados, sem pestanejar, no cano de uma arma apontada para a cabeça da minha irmã...

Sim, foi o que eu pensei naquele momento, e penso de novo agora, você é mesmo.

AGORA

A porta do 57 se escancara, pesada, feito um portão de mausoléu. Desta vez, Rita não está parada diante dela, de braços cruzados, com um ar hostil. No seu lugar, homens e mulheres saem correndo.

Passam apressados, de cabeça baixa e em silêncio, se espalhando pelos túneis, e suas sombras voam pelos tijolos. Dúzias deles. Reconheço vagamente um ou outro, são analistas que vi da primeira vez que estive aqui. Estão de mãos vazias, não vejo uma pasta ou *laptop* sequer.

Respiro com dificuldade, meu peito dói. Me aperto contra a reentrância nos tijolos, certo de que um deles vai me ver e gritar, por pura vingança. O revólver é um peso morto na minha mão. Fico tremendo e tento me imaginar puxando o gatilho de novo, mas não consigo.

Mas, à medida que os segundos vão passando, ninguém

chega perto de mim. Lentamente, meu cérebro confuso pelo pavor vai registrando a sua rota de fuga.

Portas aleatórias. Cada um deve estar se dirigindo para uma saída diferente, pegando o caminho mais curto para chegar lá fora. Não estão me caçando. Estão batendo em retirada. Do que estão fugindo?, fico me perguntando, feito um imbecil. E, de repente, fica óbvio.

Estão fugindo da gente.

São espiões, não soldados. Claro. Foram treinados para isso, estão prontos para sair a qualquer momento, ao menor dos sinais. Nada de pânico, uma evacuação organizada. Por que se dariam ao trabalho de defender este lugar? É só uma casca, um disfarce. No instante em que é revelado, não serve mais para nada. Só pensam nas informações que protegem. No instante em que a equipe de assassinos começou a gritar nos ouvidos deles pedindo ajuda, devem ter começado a incinerar documentos e bater na tecla *delete* sem parar. Os dados, o precioso padrão, devem ter uma cópia de segurança deles guardada a sete chaves em algum outro local secreto.

Mas usar sequências de zeros e umas gravações em um disco rígido não é a única maneira de guardar segredos. O repositório definitivo são os *próprios* espiões, que têm os segredos inscritos na arquitetura do cérebro, e é por isso que fogem, se espalhando feito cervos, para confundir o predador que os persegue. Um predador que tem o rosto da minha irmã...

...e o meu.

"Você é bem assustador, Pete."

Obrigado, Bel. Vou tentar fazer jus ao comentário. Vindo de você, significa muito.

Espero até o último – um homem corpulento, de nariz quebrado – sair de fininho. Meus dedos seguram a arma com mais firmeza, e vou andando na direção da porta aberta, da casca vazia que, um dia, foi o 57.

O escritório mais parece um cemitério de telas de computador em branco, os cabos que brotam da parte de trás parecem feixes de nervos, porque os processadores foram arrancados e descartados no incinerador.

São doze passos até o elevador. Doze chances para os meus nervos me deixarem na mão. Olho para a saída, atrás de mim. Sei que não deveria, mas olho.

Você ainda pode fugir, Pete. Você manda *muito bem* nisso. É um verdadeiro recordista mundial.

A saída é um buraco negro, exercendo sua força gravitacional. Fica me tentando com a mesma atração violenta que um *cheesecake* quando já estou com o estômago estourando de tanto comer. Desiste, diz ela. Corre. Acaba com isso. Se continuar, vai ter que enfrentar a mesma encruzilhada no segundo seguinte, no próximo e no próximo e no que vier depois. Quantas vezes acha que aguenta?

– Onze... *doze*.

Solto o ar com uma explosão. Nem tinha notado que estava contando, muito menos em voz alta. Aperto o botão do elevador com o meu dedão suado e dou graças a Deus quando as portas se abrem imediatamente, fazendo o ruído sibilante característico. Entro, com o corpo duro feito um cadáver e não olho para os lados até ouvir o mesmo som de novo, indicando que as portas se fecharam.

Uma parte de mim torce para que a porta do escritório que faz as vezes de quarto de hospital esteja trancada. Não está. A maçaneta gira sem oferecer resistência.

A mesma parte de mim torce para que a cama esteja vazia. Não está. Na verdade, não mudou quase nada naquele hospital improvisado: as marcas pretas, feitas pelas rodinhas da cama, no chão perto da porta continuam lá, as luzes fluorescentes continuam refletidas no piso emborrachado e branco, a janela continua com a mesma vista para o terraço de uma construção londrina de telhado reto, sob o mesmo céu de outono.

A única diferença é que a ocupante solitária daquele leito está sentada, com as mãos cruzadas no colo, vestida com a camisola de hospital verde-hortelã. Seu olhar está muito tranquilo.

– Oi, Peter – diz ela.

O alívio me engole, feito uma onda. Corro até ela. O revólver faz barulho ao cair no chão, quando lhe dou um abraço apertado. Dou risada e choro, encostado no seu ombro.

– *Você está bem* – sussurro, molhando sua camisola com as minhas lágrimas. – *Você está bem. Fiquei com tanto medo...*

Só que não. Tenho vontade de fazer isso, mas não faço. Em vez disso, tranco a porta e aí, centímetro por centímetro, dolorosamente, vou levantando a arma até apontá-la para a testa dela.

– Oi, mãe – é o que realmente digo.

RECURSÃO: 5 DIAS ATRÁS

Ficamos ali, no estacionamento, encolhidos dentro dos casacos para nos proteger do vento, que ficava cada vez mais forte. O enorme prédio do museu bloqueava o pouco de sol que brilhava naquele dia. Bel foi andando na frente, mas a minha mãe me segurou, encostando de leve no meu braço.

Aí segurou meu rosto com as duas mãos. Estava com um brilho no olhar, de orgulho. E, feito a chama que se acende em uma brasa que voa pelo ar, esse orgulho se acendeu em mim também, e meus olhos também brilharam.

– Peter, esse evento de hoje só vai acontecer *graças* a você e à sua irmã. Meu trabalho, minha vida... Eu não teria nada disso se não fosse por vocês dois, sabia?

Sim, mãe, agora eu sei.

AGORA

Coisas improváveis acontecem todos os dias. A gente não deveria se surpreender quando essas coisas acontecem conosco.

Estou parado no quartel-general do serviço de inteligência mais secreto da Grã-Bretanha, chorando e morrendo de vontade de fazer xixi. Estou apontando uma arma para a minha própria mãe, que, quando fala, é com uma voz tão calma quanto um lago em um dia sem vento:

– O que foi que ela contou?

"Ela." A minha mãe só fala assim a respeito de uma pessoa.

– Nada. A Bel não me disse nada. Eu descobri sozinho.

– Descobriu o quê?

Fico só olhando para ela, me recusando a responder. Minha cabeça começa a latejar, como se os vasos sanguíneos das minhas têmporas estivessem cheios de bolas de gude tentando passar. Pontinhos pretos brotam diante dos meus olhos.

– Peter...

– Você não conseguiu resistir, né? – Minha visão fica nítida, e vejo que ela está fazendo o Olhar nº 49: "preocupação e perplexidade de mãe". – Ou talvez nem tenha tentado. Gêmeos: duas mentes, duas vidas para controlar, desde o instante da concepção. Você teve a ideia, e essa era a sua oportunidade de pôr em prática. Deve ter achado que foi obra da divina providência. Que cientista conseguiria resistir?

– Peter, eu...

– "Você vai melhorar, Petey!" – resmungo, rouco, por causa das lágrimas. – "Vamos dar um jeito nesse negócio juntos, Petey!", você me disse. Você *mentiu, mãe*. Esse tempo todo, a nossa vida *inteira*, você estava mentindo, e eu continuei com medo, e a Bel continuou com raiva, porque foi assim que *você* nos projetou. Para ler as emoções um do outro e aperfeiçoar a mente um do outro. Aperfeiçoa, lê; lê, aperfeiçoa. *Alva Lebre, Lobo Avermelhado!*

Grito os codinomes. A dor que sinto no ombro faz a arma tremer, e a minha mãe se encolhe toda. Será que chega a pensar na gente como Peter e Anabel, fico me perguntando, ou será que, na sua cabeça, só nos chama pelos codinomes?

Seu olhar de preocupação sumiu: testou, não deu certo e descartou. Agora sua expressão é de puro choque: uma máscara de inocência.

– Peter, não sei do que você está falando. – A minha mãe sacode a cabeça devagar, mas não desvia o olhar. – Sim, eu menti. Confesso. O trabalho que eu faço para o governo exige que eu minta de vez em quando, até para vocês. Mas nunca, jamais, faria nada de mal aos meus filhos. Eu sei que você fica com medo. Sei que fica, querido. Mas o jeito como você *lida* com isso, o que você consegue fazer quando fica cara a cara com esse sentimento, tenho tanto *orgulho*.

Isso, pelo menos, é verdade. Ela *tem* orgulho de mim. O adjetivo que usou para me descrever ecoa na minha cabeça, e o repito em voz alta:

– *Extraordinário*.

– Isso mesmo – diz ela, com convicção. – Você é.

É só aí que eu realmente entendo. Para a minha mãe, *é isso* que torna essa coisa toda aceitável. Para ela, não tem nada pior do que ser medíocre.

Eu me lembro quando estive na sala de estudos dela, dois anos e meio atrás, bêbado pela primeira e única vez na minha vida, a minha mãe me mostrando suas anotações sobre as habilidades de animais exóticos: o polvo e seu veneno, a mosca pré-histórica e suas asas, enquanto eu me exibia, fazendo cálculos para ela.

"São uma reação a um ambiente hostil, Peter. Isso também."

Com todos os átomos do seu ser, ela acredita que me deu um dom.

– Eu não quero ser extraordinário. Só não quero mais ficar o tempo todo com medo.

Minha mãe dá de ombros.

– Isso não é uma coisa que a gente possa escolher, Pete.

Não consigo engolir, não consigo respirar. Estou com tanta raiva...

– Isso me faz *sofrer*, dá pra você entender? – berro. – Dá

pra entender que ser desse jeito que você me projetou me faz *sofrer* pra caralho todos os dias da minha vida?

Ela parece perplexa.

– Não sei do que está falando. Eu jamais faria você sofrer. Eu te amo, você é meu filho.

– Você me ama – repito, com desdém. – Sou um dos seus projetos.

O canto da sua boca estremece, é uma rachadura na sua máscara, mas não sei o que significa. Não consigo interpretar a minha mãe. Acho que nunca vou conseguir.

– Peter – insiste ela. – Por favor. Se acalma e fala comigo. Se você está querendo dizer o que eu acho que está querendo dizer... é impossível.

– *Para* – falo de um jeito duro, sem emoção, e ela se cala, sem tirar os olhos da arma. – Eu entrei na sua sala de estudos. Encontrei os seus cadernos, os cadernos que você escondeu. Eu sei.

– Que... cadernos? – Agora ela está com uma expressão confusa, de medo, abalada, magoada. – Peter, são ideias complexas, escritas de qualquer jeito. Não sei o que acha que leu nem como interpretou isso, mas...

– A Ingrid leu. Ela confirmou tudo. – Estou suplicando para a minha mãe parar, simplesmente parar de *mentir*. Estou apontando a arma para ela e estou suplicando. – OK? A Ingrid, a Ana, confessou. Então para de fingir. Eu *sei*.

Seu rosto finalmente fica parado. Vejo uma expressão que nunca vi antes. Acho melhor numerá-la. Olhar nº 277: "Pena. Uma pena descabida e aflitiva."

E, mesmo antes de a minha mãe abrir a boca, já sei o que vai dizer.

– Peter – seu tom de voz é carinhoso de um jeito apavorante –, a Ingrid não existe.

RECURSÃO

Nós três ficamos agachados no bosque atrás do colégio, as árvores ao nosso redor estavam cor de fogo, por causa do outono. Ouvimos gritos, passos apressados e galhos se partindo, chegando mais perto a cada segundo que passava. Eu estava suando, tremendo e, não sei como, funcionando, em um estado que ia além do pânico.

Bel destravou o gatilho, parecia estar cogitando deixar a arma comigo, e aí, graças a Deus, mudou de ideia. Em vez disso, quase sem mexer o braço, tirou o revólver de perto de mim e, ah merda ah merda ah merda *ah merda*, apontou para a testa da Ingrid.

"Ela sabe quem a Ingrid é", *pensei.*

Mas será que sabia mesmo? Agora, pensando bem, aqueles ruídos que os agentes do 57 faziam, atravessando o bosque na nossa direção, estavam vindo do meio das árvores bem atrás da cabeça da Ingrid...

Repasso sem parar essa lembrança na minha cabeça, como se estivesse revisando uma demonstração, procurando pelo único – e ah, tão natural –, salto sem respaldo na lógica.

Será que a Bel estava mirando na *Ingrid? Ou estava mirando* além *dela?*

Será que a minha irmã chegou a vê-la? Será?

Será que alguém *a viu?*

Sim! Teve a...

RECURSÃO

...Rachel Rigby, que fumava e percorria sem parar as trilhas esburacadas do bosque de Edimburgo, enquanto a Ingrid explicava as complexidades de levar a vida fugindo...

O alívio toma conta do meu peito, mas não dura muito, porque as minhas suposições céticas e nervosas já estão se esgueirando pela minha memória, rastejando feito besouros decompositores em cima de um cadáver. E, agora que parei para pensar, não consigo lembrar uma única vez em que a Rachel dirigiu a palavra à Ingrid, nem de, pelo menos, ter sinalizado que notara a sua presença.

"Vou matar a sua mãe. Acho que devia te avisar disso."

E agora estou tentando lembrar como era a voz da Ingrid, e é parecida demais com a minha. Não consigo... não consigo ver diferença entre as duas. Quanto mais me concentro, mais parece aquela vozinha que existe dentro da minha própria cabeça, aquela, que escuto quando estou lendo.

As lembranças vêm à tona rápido e são muitas. Fico embaralhando e descartando-as como se fossem cartas, procurando por qualquer sinal de que algum ser humano tenha tomado conhecimento da existência da Ingrid, mas esses sinais passam rodopiando por mim depressa demais para eu conseguir vê-los com nitidez.

E aí, como se fosse um solista de um coral, uma coisa fala mais alto do que todo esse burburinho.

RECURSÃO

– Então por que você não lê os pensamentos dela? – perguntei. Eu estava falando da LeClare. Estávamos parados embaixo da lâmpada do armário de material de faça-você-mesmo que me serviu de cela, lá no 57. – É isso que você faz, né?

– Não consigo ler qualquer pensamento, Peter. – A Ingrid me lançou um olhar irritado. – Só consigo ler os *seus*.

RECURSÃO...

RECURSÃO...

RECURSÃO...

AGORA

Faz-se um longo silêncio.

– Você serviu frango à Kiev pra ela.

É a única coisa que me vem à cabeça. A arma, a essa altura, está do lado do meu corpo. Estou exaurido e mal consigo ficar de pé.

– E macarrão, torta de maçã, salsicha, purê de batata e legumes refogados. – A minha mãe solta um suspiro. – Eu sempre fazia comida a mais quando você dizia que ela ia aparecer em casa. Uma comida que esfriava, diante de uma cadeira vazia. – Seus olhos azuis ficam enrugados, e sua voz é condoída. – Talvez devesse ter insistido mais em te contar. *Obrigado* você a entender. Mas parecia tão mais feliz com a Ingrid. Você era tão sozinho... Então pensei: que mal tem?

Depois dessa, ela teve capacidade de rir, sem tirar os olhos do revólver, mas sua risada não durou muito.

– Além do mais, qualquer amigo, ainda que imaginário, só podia ser uma coisa boa, fazia você ser menos dependente da sua irmã.

Sacudo a cabeça, sem forças.

– Isso não faz nenhum sentido.

Faz todo o sentido.

– Se a Ingrid é um delírio, um mecanismo de defesa que criei para me proteger da solidão, se eu imaginei que ela existe, por que *imaginaria* que ela me apunhalou pelas costas? Por que eu causaria um sofrimento desses em mim mesmo?

Porque é isso que *sempre* acontece. O remédio sempre acaba levando a uma *overdose*.

Começa a contar.

...e contar se torna uma prisão.

Começa a comer.

...até seu estômago chegar ao ponto de explodir.

Começa a se mexer.

...e se joga do telhado.

Começa a falar.

...é isso que você vem fazendo. Mas, me fala, Pete, não é bem pior?

– A minha irmã é uma p-pessoa boa – gaguejo, contrariado.

– Ela é uma assassina. Uma selvagem. Matou um garoto de quinze anos. Uma criança. Fui obrigada a encobrir o crime.

Eu também, sussurra a vozinha traiçoeira dentro da minha cabeça, mas não digo isso, apenas grito:

– Você foi obrigada a encobrir o crime porque a culpa foi *sua*! Foi *você* que fez a Bel ficar desse jeito!

A minha mãe fica com uma cara triste, nunca a vi tão triste. Duas expressões novas, no transcorrer de dois minutos. Olhar nº 288: "coração partido".

– Óbvio que é isso que você pensa. Jamais suportaria saber que ela tem culpa de alguma coisa.

Fico em silêncio porque não tenho como negar. A Bel é o meu axioma, o pressuposto que serve de base para tudo. Aquele que a gente não precisa demonstrar. Aquele sobre o qual é construído todo o seu entendimento. Aquela pessoa que, se faltar, seu mundo inteiro desmorona.

– Então você pôs a culpa em mim. – A minha mãe balança cabeça para cima e para baixo bem devagar, como se estivesse encaixando as peças do quebra-cabeça. – Tadinho do Pete, tão bom em ligar os pontos, em encontrar padrões, até quando não existem. Só você mesmo para imaginar essa conspiração insana, só para a sua irmã não ter culpa de nada. – Aí me lança um olhar duro e pergunta: – Quando foi que descobriu? Que ela tinha matado aquele menino?

"Faz dois anos", quase falo, mas não chego a dizer, porque talvez "faz dois dias" seja mais exato. Há dois dias, quando me lembrei de tudo.

E agora o pânico está realmente tomando conta de mim. De repente, as luzes fluorescentes ficam fortes demais, o sangue lateja nas minhas têmporas, meu coração bate no peito feito uma marreta, e a arma parece uma bigorna na minha mão e não consigo pensar não consigo pensar *não consigo pensar*.

Me vem a imagem de um tornozelo, branco e rígido, saindo de um tapete enrolado, em um beco atrás de casa; me vem a imagem de um bilhete, em código, amassado em cima do meu edredom, escrito "matei uma pessoa"; e me vem a minha própria imagem, dois anos depois, sentado na cozinha da casa da Anita Vadi, encolhido e exausto, sem nem sequer lembrar daquela noite até descobrir que a minha mãe, que é neurocientista, fazia pesquisas secretas para o governo, até encontrar fragmentos de um padrão aos quais pudesse me apegar, uma história que eu pudesse contar para mim mesmo, inocentando a Bel.

Memória. ARIA. Que coisa incrível.

– Tudo bem, Pete – diz a minha mãe, com um tom reconfortante. – Tudo vai ficar bem. Eu vou te ajudar, como sempre ajudei. Foi por isso que fiquei aqui. Estamos sozinhos. Estou aqui para ajudar, é só me dar essa arma.

– E... e a Bel?

A minha mãe se encosta sutilmente na cama. De repente, parece muito velha.

– Acho que não posso fazer mais nada por ela. Pode acreditar, eu tentei.

Fico só olhando para ela. Não sei no que acreditar.

– Me dá essa arma, Pete, por favor.

Agora estou com um problema. *Um só?*, debocha a parte de mim que fica contando tudo. Mas, sim, só tem um problema que importa nesse momento, talvez o único que já teve importância.

"A Ingrid não existe."

A minha mãe me conhece melhor do que ninguém, talvez até melhor do que a Bel. Se fosse mentir para mim, contaria *exatamente* essa mentira. Para me fazer duvidar de mim mesmo, dos meus olhos, dos meus pensamentos.

Meu cérebro traiçoeiro desencava a lembrança da primeira vez que vi a Ingrid na aula de matemática, há tantos anos – não no primeiro dia de aula, não toda constrangida, no meio do semestre, parada na frente da classe inteira enquanto o Arthurson a apresentava, mas simplesmente *ali*, do nada, naquele momento em que eu me sentia mais sozinho do que nunca. Como se fosse uma prece sendo atendida.

Será que ela podia ser uma invenção necessária? Como aquele número imaginário que os cientistas usam para que os aviões possam voar e as pontes continuem de pé? A raiz quadrada de menos um...

...o número que os matemáticos chamam de "*i*".

As imagens surgem e logo desaparecem na minha cabeça, enquanto tento esquadrinhar minha memória mais uma vez, à procura de algum instante em que a existência da Agente Máquina de Calcular Loira foi percebida por qualquer outra pessoa além de mim.

As meninas reunidas no banheiro, observando a Ingrid arrancar a pele dos dedos. Telas de celular brilhando, filmando, mas será que estavam filmando mesmo ou só trocando mensagens? Será que estavam rindo da Ingrid ou simplesmente rindo? A voz da Tanya Berkeley surge com clareza nos meus ouvidos: "Ai, meu Deus. Sai daqui!".

Eu, amarrado em uma cama, no porão deste mesmo prédio, sendo interrogado. Aquelas pessoas me amarraram, mas eu ataquei primeiro, me debati, mordi. Será que me encapuzaram porque estavam com medo de contrair o medo estampado no meu rosto? Ou foi só porque tentei morder?

A Ingrid é que fez as perguntas, mas será que alguma pergunta chegou a ser feita?

Será que eu estava sendo interrogado? Ou apenas contido?

Mas me queimaram, me deram choques elétricos, grudaram eletrodos nas minhas têmporas, no meu peito...

Meu peito!

Devagar, vou tirando a mão direita do cabo da arma e tateando por baixo da camiseta. Meus dedos encontram uma cicatriz de queimadura, mas parece antiga e lisa, não recente e descascada. Lembro de uma chaleira fervendo, a garrafa térmica transbordando, a água escaldante me atingindo, e não sei dizer se isso é uma lembrança ou algo que imaginei.

Nunca sei dizer. Nunca soube.

Coloco a minha mão trêmula em cima da arma de novo. Meu ombro lateja de dor por causa do ferimento à bala e mal consigo suportar o seu peso. Seja lá o que for que eu lembro ou acho que lembrei, não tem importância. Está tudo contaminado, estragado.

A memória é quem nos torna o que somos.

A memória é falha.

Não dá para usar uma memória para corroborar outra se a gente sabe que a memória pode nos enganar. Mas as memórias são tudo o que nos resta. A memória não é capaz de demonstrar a si mesma, e não existe nada confiável além dela capaz de fazer isso.

– *Encriptação.* – Meus lábios vão formando as palavras lentamente. – *Inversão. Iteração.*

Igualzinho à matemática.

Imagino o Gödel deitado, debilitado, na cama do hospital. "Não tem como ter certeza."

A minha mãe sorri para mim.

– Tudo bem, Pete. Acabou. Pode pensar com calma. Vamos resolver isso. Vamos dar um jeito nesse negócio juntos, como sempre. Só me entrega essa arma.

Verdadeiro ou falso.

Cara ou coroa.

A minha mãe ou a Bel.

Não tenho como saber qual é a escolha certa. Só posso escolher.

– Me entrega essa arma, Pete.

Suas mãos estão estendidas.

A arma é tão feia, tão difícil de segurar. De repente, não aguento mais senti-la nas minhas mãos. Tento me imaginar disparando e simplesmente… não consigo.

– Me entrega essa arma.

O cano treme quando começo a baixá-la. É a única escolha que me resta.

Nem chego a pensar que ouvi o tiro, apenas *sinto*. O disparo expulsa todo o ar do recinto, o barulho vem de tão perto que parece que levei um soco. A cabeça da minha mãe pende para trás, de um jeito abrupto. A parede se tinge de vermelho.

Fico boquiaberto. Meu dedo está no gatilho, mas… eu não fiz isso. Não posso ter feito. Meu cérebro é pura estática. Sem sinal. Sem resolução. Só caos.

Não sai fumaça do cano da arma que estou segurando. Aperto o revólver na mão, mas estou tão febril que não sei dizer se o metal está quente ou não. Quando a arma cai no chão, fazendo barulho, me dou conta. O tiro veio *de trás* de mim.

Com os ouvidos zunindo, viro.

Mãos que usam luvas sem dedo seguram um revólver tão idêntico ao meu... Pisco sem parar, e minha visão se torna nítida: vejo um cabelo curto bagunçado e loiro emoldurando um rosto que é parecido, parecido demais, com o da Ada Lovelace.

– Imagina essa – diz, baixinho.

Seus olhos estão arregalados, cinzentos e vazios como o céu de inverno. Corro até ela e a seguro para não cair, depois a encosto no canto do quarto.

– Você é... – começo a perguntar.

– O que você acha? – sussurra ela. Parece estar absolutamente confusa. Exaurida e atordoada. Parece que estou me olhando no espelho.

Espelho. Penso. *Borboleta Breu.* Ela reflete emoções, desejos, mas seus *próprios* desejos são mais profundos, suscitados por uma única pessoa. A pessoa com a qual ela passa a maior parte do tempo. A pessoa em quem acabou de dar um tiro na cabeça.

Ela olha para mim. Sempre soube o que eu estava pensando. Então o "porquê" silencioso que se forma nos meus lábios é uma redundância.

– Depois de três anos, se não consegue confiar em si mesmo, confie em mim – fala.

– Mas lá em casa... – argumento.

Ela dá de ombros e sorri, mas o sorriso parece forçado.

– Tive meio que uma crise de lealdade.

– Te entendo.

– Eu sei.

Passos apressados ecoam pelo corredor, vindo na nossa direção. Gritos alarmados.

– Ela falou que a gente estava sozinho – digo.

– Ela mentiu – responde Ingrid, com a voz fraca. – A sua mãe fazia muito isso.

Seja lá o que a minha mãe fazia ou deixava de fazer, ouvir esse verbo no passado foi como levar uma facada no estômago.

– Doutora Blankman! – grita uma voz masculina. – A senhora está bem, doutora Blankman?

A porta estremece e faz barulho, mas não se abre. Ingrid deve ter trancado de novo, depois que entrou.

Eu me encolho todo, porque dois tiros arrancam a fechadura. Uma bota chuta a porta. Meu estômago vai parar na boca, e me jogo no chão, tateando à procura da arma, mas meus dedos só conseguem empurrá-la para longe; o ferimento no meu ombro grita quando estico o braço. Algum instinto precário me faz ficar de pé e me põe entre a Ingrid e o primeiro tiro.

Mas não vem primeiro tiro nenhum. Só um corpo forte, masculino, com corte de cabelo militar, caído no corredor, e a minha irmã passando por ele com cuidado, como se desviasse de um bêbado caído na rua.

– Jesus – murmura. Olha de relance para a cama e me dá um abraço apertado. A força dos seus braços parecem ser o fundamento de tudo. – Você está bem, Pete?

Quase dou risada da pergunta. Mas não é bem uma risada, está mais para um ataque violento de tosse.

– Você agiu certo – sussurra a Bel.

Não agi, não. Não tomei nenhuma atitude. Mas não conto. Porque estou fazendo de tudo para não olhar a cabeça caída da minha mãe, o sangue grudado na parede atrás. Tentando não imaginar a trajetória da bala que a matou. Tentando não sentir a dor no meu pulso direito que o coice da arma pode ter causado. Tentando não olhar para a Ingrid, encolhida no canto, pálida demais, parecendo demais um fantasma.

Algo faz minha garganta coçar, depois arranhar, depois doer. Começo a tossir, lacrimejando. O suor se acumula na minha cabeça e nos meus ombros.

– Provoquei um incêndio – diz a Bel, com um olhar inquieto.

Ela também começa a tossir, mas dá um sorriso. A minha irmã sempre gostou de um bom incêndio.

– Por quê?

– Polícia. Assim que o 57 tirou todas as informações confidenciais daqui, finalmente chamou a polícia. Tem um enxame de guardas na frente da casa, a gente vai ter que sair pelos fundos. O fogo vai retardá-los um pouco, mas temos que ir. Vem.

Ela me arrasta até a janela e abre o vidro. O ar, fresco e gelado, e o clamor das sirenes me atingem em cheio.

– Espera – falo, ofegante.

– Pete…

Me solto dela e corro até a Ingrid. Que ainda está sentada, no mesmo lugar onde a deixei. A fumaça está tão espessa que arranha minha laringe de verdade, e começo a sufocar, mas ela não está tossindo, só olhando. Seguro seu braço, puxo, mas Ingrid parece feita de cera, não reage. Por uma fração de segundo, a imagino no meio das chamas, não queimando, mas derretendo, formando uma poça no chão, como se fosse uma vela.

– Anda logo! – grito.

Ela não se mexe.

– Preciso de você! Vinte e três, dezessete, onze, trinta e cinco, cinquenta e quatro!

Depois dessa, ela finalmente reage. Passo seu braço pelo meu ombro e a arrasto. Seus pés derrapam no chão, depois pulam, e aí engatam passos regulares.

– Pete, *anda logo*! – grita Bel.

Está sentada no parapeito da janela, com as pernas penduradas para fora. Acena uma única vez e em seguida se atira. Leva um segundo, em que meu coração para de bater, para chegar lá embaixo e some de vista.

Apoio a Ingrid na janela e olho para baixo. Bel está olhando para cima, no telhado reto, a menos de três metros de distância. Pedaços da construção caem de ambos os lados, e os tijolos são tão vermelhos quanto as folhas do outono.

Ingrid pula primeiro. Me dá um beijinho no rosto, sobe no parapeito e se joga naquela superfície reluzente, coberta de piche.

Me mostrando como é que se faz.

Bel não tira os olhos do meu rosto. Penduro as pernas no parapeito, tento criar coragem.

– Tudo bem, Pete. É fácil, que nem pular de um tronco.

– Ou de um telhado – completa a Ingrid.

Acho que ela também leva as coisas bem ao pé da letra quando está com medo.

Tenha fé, Petey. Às vezes, isso é tudo o que nos resta.

Eu pulo.

O impacto atinge os meus joelhos, e caio de lado, mas a Bel, com seus braços quentes, fortes, confiantes, me segura.

– Estou do seu lado – sussurra. E está mesmo.

O ar está um caos de vento, chamas e sirenes. Bel dá risada, um riso do mais puro deleite. Enrosca os dedos nos meus, e deixo ela fazer isso, mas enrosco os meus nos da Ingrid. Nós três ficamos de pé em cima do telhado. Alva Lebre. Lobo Avermelhado. Borboleta Breu. Os três filhos da minha mãe.

Três.

Bel tenta me arrastar, mas não deixo.

– Pete? – diz, confusa. – Que foi? A gente precisa sair daqui.

Olho para a Ingrid, ainda estou segurando sua mão.

– Bel? – falo. – Você está vendo…

Mas a pergunta fica entalada na minha garganta, para sempre incompleta.

AGRADECIMENTOS

É um paradoxo estranho o fato de que, quanto mais pessoal é o livro, mais preciso contar com a ajuda de outras pessoas para que ele se torne real. E *Alva Lebre, Lobo Avermelhado* é um livro muito pessoal. Então devo muitos agradecimentos a muitas pessoas.

A primeira da lista é minha heroica agente Nancy Miles. Sem ela, este livro teria ficado meio cru, na melhor das hipóteses, e nada apetitoso. Obrigado não só por vendê-lo, mas por insistir para que fosse o melhor livro que pudéssemos fazer mesmo antes de tê-lo vendido. Agradecimentos enormes também vão para Barry Goldblatt, Caroline Hill-Trevor e Emily Hayward-Whitlock, por seus incansáveis (e contínuos) esforços para fazer esta história chegar ao maior número de pessoas possível, no maior número de lugares possível e no maior número de formas possível, de modo sobre-humano.

Obrigado às equipes da Walker e da Soho: Frances Taffinder, Gill Evans, Maria Soler Cantón, Anna Robinette, Rosi Crawley, Emma Draude, Kirsten Cozens e John Moore; Dan Ehrenhaft, Rachel Kowal, Monica White, Abby Koski e Paul Oliver. É uma grande emoção trabalhar com pessoas tão talentosas e apaixonadas pelo que fazem, e me sinto honrado por poder chamar vocês de "colegas".

Sempre dependo muito de meus amigos, que nunca reclamam. São pessoas boas desse nível. Obrigado a Emma Trevayne, James Smythe, Gillian Redfearn, Charlotte Van Wyck e Will Hill não apenas por fazerem sugestões às primeiras versões que fiz deste livro, que o tornaram muito melhor, mas também pelo bolinho psicológico que tornou minhas várias longas e sombrias horas do chá da alma suportáveis.

O mérito e a culpa de eu ser quem eu sou é todo da minha família. Sendo assim, Sarah, Matt e Jasper, Mãe, Pai, Sally, Livs, Chris, Aislinn, Hugo, Toby, Arianna, Barbara, Robin, Moira, James e Rachel, este livro é dedicado a todos vocês.

Por fim e, mais do que tudo, agradeço a Lizzie, a quem eu venero. Obrigado por sempre aguentar tudo isso e por me aguentar também.

SUA OPINIÃO É MUITO IMPORTANTE

Mande um e-mail para opiniao@vreditoras.com.br
com o título deste livro no campo "Assunto".

1ª edição, nov. 2019

FONTE Fairfield LT Std 11,2/15, ITC Avant Garde Gothic Std
PAPEL Lu Cream 60 g/m²
IMPRESSÃO Lisgráfica
IMPRESSÃO L47385